Schwarze Schuld

Angela Lautenschläger

Schwarze Schuld

SAGA Egmont

Taschenbuch Lizenzausgabe.
Die Originalausgabe erscheint im dotbooks Verlag, München.

im Vertrieb bei Egmont Verlagsgesellschaften mbH
Ritterstrasse 26, 10969 Berlin

Covergestaltung: © HildenDesign, www.hildendesign.de, unter Verwendung eines Motives von Shutterstock.com und Midjourney
Satz aus der Minion Pro: Karol Kinal, Warschau
Druck und Bindung Mazowieckie Centrum Poligrafii, Marki

ISBN 978-3-98750-090-9

Dieser Titel erscheint auch als E-Book und Hörbuch.

Produktsicherheit: safety@egmont.de

FSC www.fsc.org
MIX
Paper | Supporting responsible forestry
FSC® C208702

TEIL I

Kapitel 1

„Tscha", sagte Lena. „Dascha nu gediegen."

„Was denn?", quäkte es von unten zu ihr herauf.

Lena konnte es überhaupt nicht leiden, wenn ihr jemand bei der Arbeit auf die Finger guckte, aber dieser Kerl regte sie besonders auf. Wobei er ihr nicht wirklich auf die Finger sehen konnte, denn dazu hätte er sich neben ihr auf dem Dach befinden müssen. Tatsächlich stand der Schnösel in seinem königsblauen Slim-Fit-Anzug unten auf der mit Kies bestreuten Einfahrt und reckte den Hals aus dem Kragen seines Button-Down-Hemdes.

„Stimmt was nicht?", rief Klaas Stamer zu ihr hoch, und in seiner Stimme klang ein *Sie wollen hier jetzt hoffentlich nicht ebenfalls Probleme machen* mit.

Probleme hatten sie hier schon mit ihrem Vorgänger gehabt. Bezirksschornsteinfegermeister Hans Moll war in Ausübung seiner Pflicht vom Dach des von-Kiesow-Hauses gefallen und sofort tot gewesen.

„Nee, nee, alles in Ordnung", rief Lena zu dem Makler hinunter. Sie konnte ihm von hier oben aus ansehen, dass er ihr kein Wort glaubte. Ungeduldig trat er von einem Fuß auf den anderen. Der Wagenschlüssel kreiste am Ring des Schlüsselanhängers um seinen Zeigefinger.

Lena setzte sich auf den Dachfirst und ließ den Blick über die Landschaft schweifen. In Hamburg sah man von oben auf ein Meer aus Dächern. Hoch, niedrig, schwarz, rot, bemoost, defekt oder mit einer Solaranlage bedeckt. Hier war Landschaft, so weit das Auge reicht, und hin und wieder ein Dach oder eine Ansammlung von Dächern, aber hauptsächlich Wiesen und natürlich Obstbäume. Apfelplantagen, Pflaumenbäume und Johannisbeersträucher. Und die Luft. Herrlich frisch und sauber. Ruhig war es hier auch. Sie hätte es sich hier nicht ausgesucht, aber jetzt, wo die Stelle des Bezirksschornsteinfegermeisters im Alten Land neu besetzt werden musste und man an sie gedacht hatte, konnte sie sich eigentlich nicht beklagen.

„Brauchen Sie noch lange?"

„Nee", brummte Lena. Tatsächlich hätte sie schon vor einer Viertelstunde ihren Kram zusammenpacken und vom Dach steigen können. Aber Hans Moll, ihr verunglückter Vorgänger, hatte nach allem, was man so hörte, noch mehr Zeit hier oben verbracht. Und wenn er nicht wie sie die Landschaft betrachtet hatte, dabei eingeschlafen und vom Dach gefallen war, stellte sich die Frage, was der Schonsteinfeger dann eigentlich die ganze Zeit hier oben gemacht hatte.

„Frau Becker, ich hätte dann gleich noch einen Termin."

„Jaja."

Denn einen seit offenkundig längerer Zeit stillgelegten Kamin musste niemand kehren und schon gar nicht länger als eine halbe Stunde.

„Frau Becker?"

„Ja doch." Lena packte ihr Handwerkszeug zusammen und kletterte über die Dachleiter hinunter, wo sie auf die Leiter hinüberwechselte, die an die Dachkante angelehnt war.

„Also, das hat ja jetzt doch seine Zeit gedauert." Klaas Stamer ließ den Autoschlüssel mehrfach um den Zeigefinger rotieren, der daraufhin mit viel Schwung von seinem Finger flippte und in der blauen Hortensie verschwand. „Scheiße." Der Makler trat mit seinen spitz zulaufenden Lederschuhen in den regennassen Mutterboden des Blumenbeets und bückte sich zwischen Blumen und Unkraut.

„Wie lange steht das Haus denn schon leer?", fragte Lena.

„Schon viel zu lange, und so eine Hütte wird nicht besser, wenn sie leer steht und nicht regelmäßig beheizt und belüftet wird. Wo ist jetzt dieser verdammte Kackschlüssel?"

Lena sah etwas unter einem Büschel Katzenminze blinken. Sie griff danach, aber es entpuppte sich nicht als der Autoschlüssel eines Porsche Carrera, sondern als Goldring.

„Jetzt ist dieses Scheißding verschwunden, und in fünf Minuten habe ich den nächsten Termin."

„Ich kann Sie fahren."

Stamer tauchte aus dem Beet auf, und sein Blick wanderte zu dem weißen Kastenwagen mit der Aufschrift *Die Schornsteinfegerin – Unterwegs im Auftrag des Glücks* hinüber. „Nee, lassen Sie mal."

Lena zeigte ihm den Ring. „Ist das Ihrer?"

Stamer warf nur einen kurzen Blick darauf. „Nee, kenn ich nicht. Bei mir hat sich auch keiner gemeldet, der einen Ring vermisst."

Lena steckte den Ring in die Tasche ihrer dunkelgrauen Cargohose. Vielleicht gab es in Jork ein Fundbüro. Oder eine Polizeidienststelle.

„Ahrgg!" Klaus Stamer richtete sich auf. „Das ist wirklich ein Scheißpech." Er seufzte. „Na gut", sagte er in einem Tonfall, als täte er Lena einen großen Gefallen. „Bringen Sie mich eben zum Rathaus."

„Das war ja ein glücklicher Zufall, dass Sie mich mitnehmen konnten. Sie schicken mir dann Ihren Bericht", forderte Klaas Stamer sie auf, als sie in ihrem Wagen saßen. „Oder nein, besser, Sie reichen ihn in meinem Büro rein. Ich will nicht noch mehr Zeit verlieren." Seine Stimme kiekste leicht, als sie über eine Bodenwelle hüpften, die Lena ermahnte, das Tempolimit von 30 km/h einzuhalten.

„Sie können mich hier rauslassen", sagte der Makler plötzlich.

Lena bremste, und Stamer stieß mit den Knien gegen das Armaturenbrett und mit dem Kopf gegen den Holm. Der Makler verzog keine Miene, als er, ohne sich zu bedanken, ausstieg. Er beugte sich zu dem Außenspiegel auf der Beifahrerseite hinunter, befeuchtete seine Fingerspitzen mit ein wenig Spucke, fuhr sich damit über die Schläfen und eilte dann zum Rathaus, das in einem großzügigen Fachwerkhaus untergebracht war.

Lena hatte Hunger, und ihr geschultes Auge entdeckte auf der gegenüberliegenden Seite des Verkehrskreisels ein Café. Und Café Apfelschnitte klang doch ganz gut. Der Kastenwagen überwand unter einigen Mühen den Kantstein. Lena parkte am Rand des breiten Gehwegs und stellte den Warnblinker an. Niemand wagte es, das Auto eines Schornsteinfegers abzuschleppen. Dafür war immer noch viel zu viel Magie im Spiel. Was, wenn man damit sieben Jahre Pech riskierte?

„Guten Tag", begrüßte die Verkäuferin hinter dem lecker bestückten Verkaufstresen sie freundlich. „Wie schön, Sie in Jork willkommen heißen zu können."

„Danke, Tach auch. Ich hätte gern …"

„Wissen Sie, wir sind heilfroh, dass sich so schnell eine Nachfolgerin für den Hans gefunden hat. Wir sahen schon dunkle Wolken am Himmel aufziehen. So ein Schornsteinfeger bringt ja bekanntlich Glück. Aber einfach vom Dach zu fallen und tot aufzuschlagen, das nenne ich doch eher Pech. Dabei ist der Hans fast vierzig Jahre unfallfrei auf jedes Dach im Kreis geklettert und wieder runter, und nun, so kurz vor der Rente, passiert dieses Unglück. Und ich hab zu meinem Ewald gesagt, Ewald, hab ich gesagt, wenn wir jetzt man nicht vierzig Jahre lang Pech in Jork haben werden."

Während des Monologs der Verkäuferin hatte die Türglocke mehrmals die Ankunft eines neuen Kunden verkündet und sich eine veritable Schlange hinter Lena aufgereiht.

„Gussi!", brüllte die Verkäuferin. „Kommst du mal?" Anschließend kam sie hinter dem Tresen hervor, packte Lena an den Schultern und deutete an, ihr dreimal über die linke Schulter zu spucken. Dann sah sie Lena an, als wären sie jetzt frisch verlobt. „Ich bin die Ingrid."

„Ich hätte gern einen großen dunklen Kakao und ein halbes Brötchen mit Käse und einem Apfelschnitz", sagte Lena, bevor die Situation eskalierte.

Die Verkäuferin nahm die Hände herunter und strich damit über ihren beigefarbenen Kittel mit den orangefarbenen Paspeln. „Kommt sofort. Nimm doch schon mal Platz." Dann reckte sie die Fäuste. „Oh, ich freue mich ja so."

Lena setzte sich an einen Fenstertisch und dachte weiter nach. Sie fand eigentlich nicht, dass die Menschen auf dem Land verhaltensauffälliger waren als in der Stadt. Anders vielleicht. Sie stützte das Kinn auf. Hans Moll. Sie kannte ihn von früher und von den Treffen der Bezirksschornsteinfeger. Dort hatten sie immer nett miteinander geplaudert. Wieso fiel so einer kurz vor der Rente vom Dach? Und warum war er überhaupt auf dem Dach gewesen? Solche Kaminüberprüfungen fanden einmal jährlich statt, aber der Kamin war deutlich länger nicht mehr in Betrieb gewesen. Das hätte Moll bereits bei der Feuerstättenschau im Haus feststellen können. Dafür musste man nicht erst umständlich aufs

Dach klettern. Jedenfalls dann nicht, wenn die Ausbildung einige Jahre zurücklag.

Die Verkäuferin brachte ihr Kakao und Brötchen und strich ihr noch einmal über die Schulter. Lena trank einen Schluck und biss in das Brötchen. Auf der gegenüberliegenden Seite des Kreisverkehrs wurde die Tür des Rathauses geöffnet und Klaas Stamer kam mit forschem Schritt heraus. Er stoppte und sah sich nach rechts und links um. Lena fragte sich, wie lange er brauchen würde, sich daran zu erinnern, dass sein Porsche noch auf dem Grundstück derer von Kiesow stand, wo sein Autoschlüssel im Blumenbeet lag. Stamer schlug sich mit der flachen Hand gegen die Stirn und sah sich um. Dann entdeckte er ihren Wagen und eilte über die Fahrbahn. Lena biss gerade ein weiteres Mal von ihrem Brötchen ab, als er sie entdeckte. Er deutete auf seine teure Armbanduhr, dann auf ihr Auto und anschließend in Richtung Westen. Das Anwesen der von Kiesow lag von hier aus östlich.

Lena trank einen Schluck Kakao.

Klaas Stamer warf die Arme in die Luft und begann, vor dem Ladenfenster auf und ab zu laufen.

„Was hat Klaas denn nu wieder?“, fragte Ingrid.

„Vielleicht hat ihn was gestochen.“ Lena beendete in Ruhe ihre Mahlzeit. „Tschüss und danke“, sagte sie und ging dann nach draußen.

„Du meine Güte, das hat ja ewig gedauert. Sie müssen ja massig Zeit haben. Können Sie mich bitte nach Hause fahren, ich muss meinen Zweitschlüssel holen.“

„Gern."

„Und anschließend bringen Sie mich bitte zurück zum von-Kiesow-Anwesen. Da steht nämlich mein Wagen."

„Gern."

Stamer wohnte in einer für das Alte Land eher untypischen Villa vom Typ Toskana, deren Eingang zwei geschmacklose Säulen flankierten. Während er im Haus verschwand, hatte Lena Gelegenheit, den gepflasterten Vorgarten mit der Doppelgarage zu betrachten. Nach ein paar Minuten kam der Makler aus dem Haus, ließ die Tür hinter sich zufallen und hielt dann inne. Einen Augenblick betrachtete er die Haustür, dann stieg er in ihren Wagen.

„War was?", fragte sie, als sie den ersten Gang einlegte.

„Hab den Hausschlüssel drinnen liegen lassen. Macht aber nichts, glücklicherweise hab ich einen Zweitschlüssel im Büro." Er sah sie an. „Kann losgehen."

Lena bog auf die Straße ab. „Sie sind doch Makler, Herr Stamer."

„Richtig, und zwar, wie ich mit einigem Stolz verkünden darf, ein ziemlich guter."

„Schön. Dann haben Sie doch sicher einen guten Überblick über den Immobilienmarkt in Jork."

Stamer sah sie von der Seite an. „Ja?"

„Prima. Ich brauche nämlich eine Unterkunft."

„Ah. Wo wohnen Sie denn im Augenblick?

„In der Pension Zum Alten Land. Die nehmen so viel für eine Übernachtung, dafür kann ich mir locker ein Haus kaufen."

„Ja, das alte Land ist eine beliebte Urlaubsregion." Stamer deutete auf die vorbeiziehende Landschaft. „Wir haben hier ein Weltklasseklima, die größte Obstplantage Europas und wunderschöne Fachwerkhäuser."

Lena beugte sich vor und deutete auf ein Mehrfamilienhaus. „Und etwas hässliche Neubauten."

„Sicher, aber das muss auch mal sein."

„Aha."

„Im Alten Land heißt es Urlaub machen, wo andere arbeiten", erklärte Stamer. „Ich meine natürlich umgekehrt."

„Wollen Sie mir gerade sagen, dass ich mir eine Immobilie in Jork nicht leisten kann?"

Er sah sie aus zusammengekniffenen Augen an. „Wollen Sie mieten oder kaufen?"

„Ich weiß nicht. Wissen Sie, es war nicht geplant, dass ich aus Hamburg wegziehe. Es kam etwas überraschend für mich, und ich konnte nicht so richtig Vorbereitungen treffen. Meine Sachen sind auch noch in Hamburg."

„Tja, also, ich habe natürlich eine ganze Menge Angebote im Portfolio, Frau Becker. Ich würde sagen, wir machen Termine für die Besichtigung einiger Immobilien, die in Frage kommen."

„Herr Stamer, ich bin berufstätig. Durch den Tod von Herrn Moll ist eine Menge liegen geblieben, das ich aufholen muss. Ich kann nicht den ganzen Tag durch Jork fahren." Lena legte den Kopf schief. „Natürlich werde ich den ganzen Tag durch Jork fahren, aber nicht um Häuser zu besichtigen, sondern Kamine zu kehren. Also, auch nicht nur Kamine kehren, sondern Feuerungsanlagen kontrollieren, Brandschutzmaßnahmen überprüfen, Bera…" Lena musste scharf bremsen, weil eine Radfahrerin die Straße überquerte, ohne auf den Verkehr zu achten. „Ha!"

Stamer wurde im Sitz nach vorn geschleudert und stützte sich am Armaturenbrett ab. „Ach so, das hätte ich vielleicht sagen sollen. Hier fährt immer eine Irre durch die Gegend, vor der müssen Sie sich in Acht nehmen."

Lena hatte den Motor abgewürgt und startete neu. „Und wer ist diese Irre?

„Ach, nicht weiter wichtig. Da sind wir ja schon."

Lena bog auf das Grundstück von Kiesow ein und stellte den Wagen ab. Stamer stieg aus und ging direkt auf seinen Porsche zu. Eigentlich wollte Lena wenden, aber ihr Blick fiel auf das Beet neben dem Weg zur Haustür. Dort blinkte etwas zwischen den Blumen. Sie stieg aus und bog die Hortensien beiseite und sammelte einen Schlüsselanhänger aus Silber auf, an dem ein Autoschlüssel hing.

„Ah, Herr Stamer?" Sie richtete sich auf und wandte sich um.

Hinter ihr zischte ein Porsche vorbei, und sie hätte schwören können, dass der Seitenspiegel ihr Hinterteil gestreift hatte. Sie sah ihm nach.

„Ich habe Ihren Schlüssel gefunden", sprach sie dem davonfahrenden Auto hinterher.

Das Rathausgebäude trug die Bezeichnung Gräfengericht. Lena ging über den Weg zwischen den von niedrigen

Buchsbaumhecken umgebenen Beeten auf die grüne doppelflügelige Tür zu. Im Eingangsbereich standen zwei Männer im Gespräch. Ein hochgewachsener Dunkelhaariger im dunkelgrauen Anzug und ein älterer Mann mit beigefarbener Windjacke und brauner Cordhose. Lena hatte den Eindruck, dass sie dem Anzugträger einen Gefallen täte, wenn sie ihn vor dem Redeschwall des aufgebrachten Alten rettete.

Sie wandte sich an den jüngeren Mann. „Entschuldigung. Ich muss mich ummelden. Also genau genommen muss ich mich nicht ummelden, weil ich hier noch nicht wohne, aber ich muss irgendwie klarstellen, dass ich jetzt erst mal hier wohne. Wo mache ich das?"

Keiner der beiden Männer schien sich über Ihr Gestammel zu wundern. Der Ältere hatte offenbar sogar verstanden, was sie hatte sagen wollen.

„Ah", sagte der Alte. „Da gehen Sie die Trep…"

„Warten Sie." Der andere Mann fasste ihren Ellenbogen. „Ich bringe Sie hin."

„Oh, das ist wirklich nicht nö…"

„Das ist doch kein Problem." Er fasste ihren Arm fester und zog sie etwas unsanft mit sich. „Das mache ich gern."

Er zerrte sie die Stufen hoch und ließ sie erst vor einer geschlossenen Tür im oberen Stockwerk wieder los.

„Da wären wir", sagte er und klopfte. „Ines", sagte er beim Eintreten. „Diese junge Dame will sich bei uns im schönen Jork anmelden."

„Hi." Ines war eine freundliche Mittvierzigerin. Sie schob ihren Drehstuhl zurück und gab Lena die Hand. „Herzlich willkommen. Setzen sie sich. Sie wollen sich also ummelden?"

Der Mann war ein wenig unschlüssig neben ihnen stehen geblieben. „Gut, ich denke, ihr kommt hier zu recht", sagte er nach einer Weile.

„Ja, vielen Dank für Ihre Hilfe", sagte Lena zu ihm. Und zu der freundlichen Beamtin: „Das weiß ich noch nicht genau. Auf alle Fälle muss ich bestimmt irgendwelche Formalitäten erledigen."

Der Mann ging zur Tür.

„Ich bin nämlich die neue Bezirksschornsteinfegerin." Lena hatte den Eindruck, dass der Mann kurz innehielt, dann verließ er den Raum, und hinter ihm fiel die Tür zu.

Er ging in sein Dienstzimmer, schloss die Tür hinter sich und faltete die Hände auf der ledernen Schreibtischunterlage, um sie dort eine Weile zu betrachten. Bezirksschornsteinfegerin. Sicher, er wusste, dass für den Moll eine Nachfolgerin eingesetzt worden war. Er konnte nur hoffen, dass sie ihre Nase nicht in Angelegenheiten steckte, die sie nichts angingen. Er griff zum Hörer und drückte eine der Kurzwahltasten.

Am anderen Ende der Leitung wurde abgehoben. „Polizei Altes Land, Dienststelle Jork, Polizeiobermeister Kevin Timmermann am Apparat, was kann ich für Sie tun?"

„Ich bin es, Kevin", sagte Hajo.

„Weiß ich doch. Seh ich an der Nummer, Bürgermeister."

„Und warum meldest du dich dann so?"

„Wie, so? Weil ich die Polizeidienststelle Jork bin. Deshalb."

Hajo rieb sich die Nasenwurzel. „Gibt's was Neues?", fragte er betont geduldig.

„Nö. Nicht viel. Wegen des Blütenfestes habe ich Verstärkung aus Stade angefordert, aber die haben mich nach Buxtehude verwiesen, und dann hat einer wegen der Isabel angerufen, aber er hat gemeint, er hätte sie nur beinahe erwischt."

„Gut. Und sonst?"

Eine Weile war es still in der Leitung.

„Du meinst wegen dieser Sache?", fragte Kevin.

„Wegen dieser Sache."

„Tja, eigentlich nicht. Weißt du, die Ermittlungen sind nicht ganz leicht, und genau genommen weiß man ja nicht, ob es nicht doch ein Unfall war."

„Es muss doch irgendwie rauszufinden sein, ob es ein Unfall war oder nicht?"

„Ja, schon, aber was könnte es denn sonst sein? Ich mein, der Hans hätte sich doch nicht vom Dach … hätte der sich doch nicht."

„Nein", sagte Hajo. Das hätte der Hans nicht. Also musste es ein Unfall gewesen sein, denn etwas anderes kam doch nicht in Betracht, oder? „Alles klar, Kevin. Danke."

Hajo legte den Hörer auf und ging zum Fenster. Bis vor Kurzem waren sie eine ruhige, übersichtliche Gemeinde gewesen. Aber seit Hans Moll vom Dach gefallen war, war irgendwie der Wurm drin.

Unten verließ die junge Frau das Rathaus. Er sah sie über den Weg gehen. Sie war nicht besonders groß, machte einen kräftigen Eindruck, und sie trug dieses schwarze Kehrzeugs und einen Zylinder. Der Teufel wusste, warum die Schornsteinfeger so etwas trugen. Ihre roten Haare hatte sie zu einem Pferdeschwanz gebunden.

Den Hartfelder sah er nicht, was bedeutete, dass der sich noch im Haus herumtrieb, um den Leuten auf die Nerven zu gehen. Über die Unterbrechung von Hartfelders üblichem Wortschwall war er ziemlich erfreut gewesen. Der Beiratsvorsitzende der Bürgerinitiative zur Verhinderung des Neubaugebiets in Jork wäre imstande, direkt an der Stelle weiterzusabbeln, an der er unterbrochen worden war. Besser, Hajo blieb vorerst in seinem Büro und verhielt sich ruhig.

Die junge Frau stieg in einen verkehrswidrig geparkten weißen Kastenwagen mit der Aufschrift *Die Schornsteinfegerin – Unterwegs im Auftrag des Glücks.* Seufzend wandte er sich ab. Glück konnte er allerdings gebrauchen.

Lena parkte ihren Dienstwagen auf dem freien Stellplatz vor dem Haus. Man musste ja nicht immer mit Warnblinker auf dem Gehweg oder sonst wo im Weg herumstehen. Sie nahm ihre Tasche vom Beifahrersitz und ging zu dem kleinen Reetdachhaus, wo sie den Klingelknopf neben dem Namensschild *Moll* drückte. Wenig später öffnete ihr eine grauhaarige Frau mit einer Brille mit Metallgestell.

„Ach, Frau Becker, wie nett. Kommen Sie rein."

„Hallo, Frau Moll." Lena putzte sich die Schuhe ab und betrat den gefliesten Eingangsflur.

„Mögen Sie einen Kaffee?"

„Gern." Lena wandte sich nach rechts. „Ist es okay?", fragte sie mit Blick auf die geschlossene Tür. Immerhin befand sie sich im Wohnhaus von Gerlinde Moll, deshalb fragte sie immer, bevor sie das Büro betrat.

„Natürlich. Ist ja jetzt sozusagen Ihr Arbeitszimmer." Gerlinde Moll verschwand in der Küche, und Lena betrat Hans Molls Arbeitszimmer. Er war ein sehr ordentlicher Kollege gewesen und hatte beschriftete Ordner und kein Blatt Papier im Ablagekorb hinterlassen. Wenn es mich mal vom Dach reißt, dachte Lena, wird mein Nachfolger deutlich mehr zu tun haben. Sie stellte ihre Tasche ab und fuhr den PC hoch.

„Auch ein Stück Apfelkuchen?", rief Gerlinde Moll.

„Gern."

Die Witwe war eine wirklich nette Frau, die es Lena auch nicht verübelte, dass sie die Stelle ihres verunglückten Mannes einnahm. Im Gegenteil. Jedes Mal, wenn Lena ihre Büroarbeit erledigte, konnte die Versorgung mit der auf einem Kreuzfahrtschiff mit fünf Restaurants mithalten.

Lena sah den Stapel Briefe durch, der auf dem Schreibtisch lag.

„Ich hab Ihnen die Post schon hingelegt", rief Frau Moll.

„Hab ich gesehen, danke." Lena griff zum Brieföffner und machte sich an die Arbeit.

Gerlinde Moll kam mit einem klappernden Tablett herein und stellte einen Kuchenteller neben die Tastatur. „Ich hab ein bisschen Sahne draufgemacht."

„Danke." Lena nahm die Kuchengabel. Sie hatte heute noch nicht viel gegessen.

„Sie haben bestimmt noch nicht gegessen."

Hans Moll hatte die Büroarbeit im häuslichen Arbeitszimmer erledigt, das Lena übergangsweise nutzte. Wie und wo sie ihr eigenes Büro später einrichten würde, musste sich noch zeigen. Gerlinde Moll hatte ihrem Mann bei der Büroarbeit geholfen, was ein Glücksfall für Lena war. Sie hatte das Angebot der Witwe des Schornsteinfegers, ihr unter die Arme zu greifen, gern angenommen.

Lena deutete auf den PC. „Wenn Sie Lust haben, könnten Sie den Terminplan für morgen zusammenstellen." Sie hatte im Laufe der Zeit den Eindruck gewonnen, dass es Gerlinde Moll half, wenn sie weiterhin im Büro tätig sein konnte.

„Mach ich." Die Witwe des Schornsteinfegers rückte die Brille gerade und machte sich eifrig an die Arbeit.

Und während Lena die Post bearbeitete, druckte Gerlinde Moll den Tagesplan für den nächsten Tag aus und prüfte die Zahlungseingänge.

„Na ja", sagte sie schließlich. „Der Oswald Kogler hat noch nicht gezahlt, aber der ist auch immer etwas klamm. Haben Sie was dagegen, wenn wir noch ein paar Tage zuwarten?"

„Nein, ist schon in Ordnung", sagte Lena abwesend. „Frau Moll, wissen Sie zufällig, warum Ihr Mann für das von-Kiesow-Haus noch keinen Energieausweis erstellt hat?" Und im selben Augenblick hätte sie sich auf die Zunge beißen können. Oder selbst in den Hintern treten. „Tut mir leid."

„Ach, wieso denn? Ist doch nun mal Ihre Arbeit." Gerlinde Moll sah sie fragend an. „Das ist wirklich merkwürdig. Der Klaas hat auch noch gar nicht danach gefragt, dabei braucht er den doch, wenn er das Haus anbieten will."

„Ich werde Herrn Stamer morgen danach fragen. Ich muss ihm ohnehin den Prüfbericht vorbeibringen." Lena aß den letzten Bissen vom Kuchen und trank ihren Kaffee aus. „Lecker, aber Sie sollten mich nicht immer so betüddeln, Frau Moll."

„Tja", sagte Frau Moll. „Aber wen soll ich denn sonst betüddeln?"

Nach dem Gespräch mit dem Bürgermeister hatte Kevin den Hörer aufgelegt, die Beine über die Ecke seines Schreibtisches gelegt (sodass die Füße über die Kante hingen, anderenfalls würde er Ärger mit seiner Mutter kriegen) und aus dem Fenster gesehen. Das war jetzt etwa eine knappe Stunde her und allmählich schliefen ihm die Beine ein. Von ihm selbst ganz zu schweigen. Du bist nicht doof, Kevin, pflegte seine Mutter zu sagen. Nur etwas langsamer. Sie hatte noch nie gesagt, langsamer als wer. Langsamer als eine Schnecke? Langsamer als ein Faultier? Langsamer als die Zeit, wenn man auf etwas wartete? Aber seine Mutter liebte ihn, anders als Sabine, die gesagt hatte, er sei dumm wie fünfzig Meter Feldweg, oder Isabel, die ihn kürzlich als dämlich bezeichnet und hinzugefügt hatte, dass sein Name Programm sei. „Da weiß man gleich, was drin ist." Als er sich eine Sekunde gefragt hatte, was an dem Namen Timmermann falsch sei, wusste er, dass beide recht hatten. Seine Mutter und Isabel. Seufzend nahm er die Beine runter, schüttelte sie eine Weile aus, bis sie wieder einigermaßen durchblutet waren, und stakste zum Abstellraum hinüber. Er nahm den Schlüssel aus der Hosentasche und schloss auf. Er war vielleicht nicht der intelligenteste Mitbürger Jorks, aber er bemühte sich. Und hinter dieser Tür befand sich quasi sein ganzes Wissen.

Kapitel 2

„Und dein Vater?“

Das war genau genommen keine Frage. Es war mehr eine mit einem Fragezeichen versehene Bemerkung. Malte schnippte eine weitere Heidelbeere in seinen Joghurt. Vielleicht hatte seine Mutter nicht bedacht, dass sie nach der Trennung von seinem Vater auch nicht mehr die Frau des Bürgermeisters sein würde.

„Malte, bist du noch dran?“

„Bin ich, Mama. Was soll sein?“

„Wie geht es ihm? Was macht er?“ Seine Mutter hatte diesen Tonfall drauf wie damals, wenn er seine Hausaufgaben nicht gemacht hatte.

„Frag ihn selbst. Du hast ja seine Nummer.“ Er warf eine weitere Heidelbeere in den Joghurtbecher.

„Malte!“

„Ja, was denn? Er steht morgens auf und geht zur Arbeit. Wenn du Genaueres wissen willst, müsst ihr mal miteinander reden. Ist ganz leicht. Machen wir ja auch gerade. Und seine Nummer hast du ja."

Seine Mutter seufzte. „Ich hatte gedacht, dass sich unser Verhältnis verbessert, wenn wir nicht mehr zusammenwohnen." Sie seufzte wieder. „Da habe ich mich wohl geirrt."

„Mama, ich muss zur Schule."

„Natürlich. Keine Zeit. Genau wie dein Vater. Vermutlich versteht ihr euch deshalb auch so gut. Na dann, vielleicht ein andermal."

Sie legte auf, und Malte steckte die nächste Heidelbeere direkt in den Mund. Wozu der unnötige Umweg über den Joghurt. Und wer sagte eigentlich, dass er sich gut mit seinem Vater verstand.

„Moin, Malte." Sein Vater kam in die Küche. Er trug ein weißes Shirt, eine gestreifte Pyjamahose und fuhr sich mit den Fingern durch die Haare.

„Moin. Kaffee ist in der Maschine."

„Danke." Sein Vater schenkte sich eine Tasse ein und setzte sich zu ihm. „Soll ich dich zur Schule bringen?"

Diesmal seufzte Malte. „Nein, danke."

„Ich weiß. Ist peinlich."

„Ist nicht nötig. Ich habe ein megateures Gravel Bike."

Sein Vater grinste. „Weiß ich. Hab ich dir gekauft. Ist mir auch recht. Kann ich noch ein bisschen hier rumhängen, bevor ich zur Arbeit gehe."

„Und vielleicht staubsaugen. Staubsauger steht unter der Treppe."

„Ich weiß. Ich muss noch einen Aushang für eine Putzfrau machen." Sein Vater sah ihn nachdenklich an. „Aber ich finde trotzdem, dass wir hier ohne Frau ganz gut zurechtkommen, oder?"

Malte nickte. Eigentlich schon. Trotzdem war er als Einzelkind irgendwie der Dreh- und Angelpunkt dieser beiden Erwachsenen, die sich zwar getrennt hatten, aber trotzdem unbedingt von ihm wissen wollten, was der andere so machte. Wobei, was der andere so den ganzen Tag machte, interessierte die beiden wohl eher weniger. Vermutlich ging es beiden um die angeblich wichtigste Sache der Welt. Aber keiner von beiden traute sich konkret zu fragen, ob er bereits durch jemand anderen ersetzt worden war. Dabei war seine Mutter noch vollkommen fixiert auf seinen Vater, der seinerseits vergessen zu haben schien, dass es überhaupt Frauen gab. Außerdem würde sich in einem kleinen Ort wie Jork im Nullkommanichts herumsprechen, wenn der Bürgermeister eine Neue hatte.

Malte musterte seinen Vater, der sich über das unrasierte Kinn strich und in aller Ruhe Kaffee trank. So entspannt erlebte er seinen Vater erst, seitdem seine Mutter auszogen war. Sie hätte mit vor der Brust verschränkten Armen dagestanden und zum dritten Mal zu ihrem Mann gesagt: Musst du nicht los? Außer schlechte Stimmung zu verbreiten, hatte sie damit allerdings nichts bewirkt. Sein Vater verließ jeden Morgen exakt zur selben Zeit das Haus wie früher. Nur war er besserer Laune.

Eigentlich verstand Malte sich wirklich gut mit seinem Vater. Seinen Plan auszuziehen hatte er jedenfalls nach dem Auszug seiner Mutter vorerst aufgegeben.

Malte hatte seinen Joghurtbecher leer gelöffelt. Er stand auf, warf den Becher in den Verpackungsmüll, spülte den Löffel ab und ging in den Flur. „Bis später."

„Bis später, Malte."

Draußen holte er sein Fahrrad aus dem Schuppen, hängte sich die Schultasche quer über die Schulter und stieg auf. Er besuchte den gymnasialen Zweig im Schulzentrum Jork und hoffte, dass er im nächsten Jahr das Abi bestand. Und falls nicht, konnte er das immer noch auf eine posttraumatische Belastungsstörung nach der Trennung seiner Eltern schieben.

Als er vor der Schule ankam und sein Rad in den Fahrradständer schob, tauchte neben ihm Lars auf.

„Alles klar, Mann?", fragte Malte und legte das dicke Kettenschloss um den Fahrradbügel, bevor er es durch die Speichen zog und um die Stange legte.

„Geht schon."

„Und sonst?" Malte schob sich die Tasche auf den Rücken. „Was macht deine Verletzung?"

„Alles klar, sag ich doch."

„Okay." Malte war nicht blöd. Er merkte, wenn jemand nicht reden wollte.

Lars schloss sein klappriges Fahrrad gar nicht erst an und war deshalb vor ihm auf dem Weg zum Schulgebäude. Malte konnte sehen, dass er immer noch ein wenig humpelte.

Als Lena am nächsten Morgen ihr Zimmer in der Pension Zum Alten Land verlassen wollte, stellte sie fest, dass sie kein Bargeld mehr hatte. Da würde sie an einer Bank vorbeifahren müssen, bevor sie sich auf das Dach von Theresa Hassmann schwang. Sie nahm sich nur ein Brötchen vom Buffett im Frühstücksraum und checkte vor der Tür ihr Handy. Erstaunlicherweise zeigte die interaktive Karte von Jork alle möglichen Sehenswürdigkeiten an, zu denen aber keine einzige Bank gehörte.

„Tscha", murmelte sie. „Dascha nu merkwürdig."

Dann musste es erst mal ohne Geld gehen. Sie setzte sich in ihren Wagen und machte sich auf den Weg zu ihrer ersten Kundin an diesem Tag.

Theresa Hassmann bewohnte ein gut erhaltenes Fachwerkhaus am Rande Jorks. Offenbar war sie eine Naturfreundin, denn die üppig sprießenden Blumen, die sich über den Gartenweg neigten, ließen kaum Platz für Besucher. Sie selbst war vermutlich Ende fünfzig, trug eine lange Strickjacke in Pink, darunter einen gestrickten Pullover in Rot und eine gestrickte Hose in Grün.

„Moin", grüßte Lena. Und mit Blick auf das Farbwunder fragte sie: „Sie stricken viel?"

Theresa Hassmann sah an sich hinunter. „Sieht man, oder? Kommen Sie rein. Ich hab uns frischen Ingwertee aufgebrüht."

„Tscha, eigentlich …"

„Nix", sagte Theresa. „Hans hat immer erst mal eine Tasse getrunken." Sie schloss die Tür hinter Lena. „Allerdings hat er bei Ingwertee immer ein missmutiges Gesicht gemacht. Na ja, hab ich eben eine Ausnahme gemacht, und er hat Kaffee getrunken. Setzen Sie sich."

Sie nahmen an einem runden Tisch Platz. Auf der mit einer gehäkelten Decke belegten Tischplatte stand eine Porzellankanne auf einem Stövchen, daneben zwei Teetassen und ein Teller mit Keksen, bei denen Lena einen hohen Anteil an Dinkelmehl vermutete. Auf einem der vier Stühle lag eine schwarze Katze und musterte Lena misstrauisch.

„Das ist Olga. Sie wirkt auf den ersten Blick etwas abweisend, ist aber ansonsten eine recht höfliche Katze."

„Schön." Lena sah zu, wie die Hausherrin Tee einschenkte und probierte einen Schluck. „Hu", sagte sie. „Ganz schön stark."

„Ja? Ach je. Ich war heute Morgen etwas abgelenkt und hab vergessen, ihn rechtzeitig rauszunehmen. Kann sein, dass der Ingwer jetzt irgendwelche Bitterstoffe freigesetzt hat."

„Okay." Lena nahm sich einen Keks und knabberte vorsichtig daran. Möglicherweise ließ sich der Tee damit neutralisieren. „Und worüber haben Sie zwei so gesprochen, Herr Moll und Sie?"

„Ach, Klatsch und Tratsch. Gibt es ja genug davon in Jork."

„Tatsächlich?" Lena stellte fest, dass sie immer noch auf demselben Keks herumkaute. Er war ein bisschen trocken, aber von dem Tee sollte sie besser nicht mehr trinken, wenn sie heil vom Dach runterkommen wollte.

„Ja, wer mit wem und wer nicht mehr mit wem. Kann auch sein, dass ich dem Hans das alles erzählt habe, und er sich keinen Deut dafür interessiert hat." Frau Hassmann rückte etwas näher. „Darüber können wir vielleicht ein anderes Mal plaudern. Ich erzähle Ihnen dann auch gern Einzelheiten, zum Beispiel über Kevin, also da gibt's wirklich genug zu erzählen. Na ja, wer weiß, nächstes Mal ist bestimmt alles schon wieder überholt."

„Kevin?"

„Unser Dorfpolizist."

Lena nickte. Kevin interessierte sie auch nur am Rande.

„Nein, was ich eigentlich mit Ihnen besprechen möchte, betrifft mein Haus." Theresa Hassmann rückte noch näher. „Meinen Sie, man kann da was machen?"

Lena schluckte hinunter. „Äh, wie meinen Sie?"

Ihr Gegenüber hob die Hände und machte vage Bewegungen. „Spüren Sie sie nicht?"

„Wen jetzt?"

„Die Energie", raunte Frau Hassmann.

Lena blies die Backen auf. „So richtig nicht, ehrlich gesagt."

„Sehen Sie, und das ist auch kein Wunder. Geht alles zum Schornstein raus, wie Sie vielleicht sagen würden."

„Was geht zum Schornstein raus?"

„Na, die Energie. Es zieht und klappert an allen Ecken und Enden." Theresa Hassmann sah Lena mit besorgter Miene an. „Und Sie müssen was dagegen machen."

Nach fünfminütiger Wartezeit rechnete Lena eigentlich nicht mehr damit, dass ihr jemand öffnen würde. Aber durch das gekippte Küchenfenster drang nicht nur ein unangenehmer Geruch, sondern schließlich auch das Geräusch schlurfender Schritte. Nach einer Weile öffnete Ernst Hohlbach, jedenfalls nahm Lena an, dass es sich um den Hausherrn handelte.

Es wäre ihr jedenfalls lieber, als wenn der Mann vor ihr ein Frauenmörder wäre. Er trug ein kariertes Hemd mit hochgekrempelten Ärmeln und eine fleckige Jeans. Und in der linken Hand ein Stück Holz, in der rechten eine Tube Kleber.

„Heizung ist im Keller." Er drehte sich um und schlurfte den Flur hinunter.

„Ihnen auch einen guten Tag." Lena betrat das Haus und schloss die Tür hinter sich. Keine gute Idee. Hier drinnen roch es furchtbar. Auf der Suche nach der Kellertür öffnete sie die Tür zum Gästeklo und zu einer Abseite, bis sie schließlich die richtige Tür erwischte. Mit dem Lichtschalter brachte sie nur eine schwache Glühbirne zum Brennen. Auf den Treppenstufen standen jede Menge Sachen an der Wand. Lena schaffte es, heil hinunterzukommen, allerdings musste sie unten angekommen den Weg zur Heizungsanlage mit der Taschenlampe ihres Handys suchen. Die Heizung war außer Betrieb, nur die rote Notleuchte brannte.

„Tscha, da bin ich wohl vergeblich gekommen." Sie stieg die Treppe wieder hoch, knipste das Licht aus und machte sich auf die Suche nach Herrn Hohlbach. „Herr Hohlbach?"

Es kam keine Antwort, weshalb sie einen Blick in die Küche warf. Dort sah es so aus, wie es roch, und beim Hinausgehen stolperte sie über einen leeren Katzennapf.

„Herr Hohlbach."

Sie fand ihn in einem Wohnzimmer auf einem durchgesessenen Sofa, vor sich auf dem Couchtisch ein Schiffsmodell in fortgeschrittenem Bauzustand. Gerade war Ernst Hohlbach dabei, den Mast festzukleben.

„Herr Hohlbach, Ihre Heizung funktioniert nicht.“

„Hab ich auch nich behauptet.“

„Ich kann deshalb auch keine Überprüfung vornehmen.“

„Hat auch niemand von Ihnen verlangt.“

„Doch, Herr Hohlbach, der Gesetzgeber verlangt das von uns beiden. Aber das Problem ist ganz einfach zu lösen. Rufen Sie den Wartungsdienst an, der wird die Anlage wieder zum Laufen bringen und dann komme ich wieder.“

„Hab keinen Wartungsdienst.“

Lena blies die Backen auf. So furchtbar gern wollte sie sich hier nicht mehr aufhalten, um eine sinnfreie Unterhaltung zu führen.

„Wo ist denn eigentlich Ihre Katze?“

„Minka ist tot.“

„Oh, das tut mir leid.“

„Muss nicht. Ist ja schon fast zwei Jahre her.“

Lena nickte. „Nee, klar. Gut. Ich werde Ihnen dann eine Liste mit Heizungsmonteuren bringen. Oder in den Briefkasten einwerfen. Wissen Sie, ich glaube, ich werfe die Liste in den Kasten. Sie müssen sie dann aber da rausnehmen und einen Monteur anrufen. Und dann melde ich mich wieder bei Ihnen, und wir holen die Prüfung nach.“

Hohlmann schnaubte.

„Okay, ich bin dann mal weg. Tschüss.“

Draußen atmete Lena tief durch. Es ging doch nichts über frische Luft im Alten Land. Sie sah auf die Uhr. Zeit für einen kleinen Snack.

„Ah, die Schornsteinfegerin, unterwegs im Auftrag des Glücks." Ingrid strahlte sie über den Verkaufstresen hinweg an. „Was kann ich für dich tun?"

„Äh, ich warte einfach, bis du die Kunden vor mir bedient hast", sagte Lena.

Das Lächeln erlosch, und Ingrid Wagner sah die zwei Frauen und den Mann vor ihrem Tresen, die schon vor Lena dagewesen waren, an wie schlimmes Ungeziefer. „Was darfs sein?", fragte sie die erste Kundin.

Als Lena an der Reihe war, beugte sie sich vertraulich über den Tresen. „Es ist so, ich habe kein Geld dabei."

„Aber das ist doch gar kein Problem!", tönte Ingrid. „Schreiben wir einfach an."

Zehn Minuten später saß Lena mit einem Käsebrötchen mit einer Extraportion Remoulade und einem Stück Apfelkuchen mit Sahne am Tisch. Sie mochte eigentlich Sahne gar nicht so gern, aber Ingrid meinte es eben gut mit ihr. Nach einigen weiteren Minuten gellte der Ruf „Gussi!" durch das Café. „Mach du mal hier weiter." Ingrid kam hinter dem Tresen hervor und deutete auf den Stuhl an Lenas Tisch. „Darf ich?"

„Natürlich."

Ingrid rückte den Stuhl zurecht und setzte sich. „Wie geht es dir? Geht es dir gut?"

„Ja, danke."

„Und du kommst hier zurecht in Jork? Keine Probleme?"

„Keine nennenswerten jedenfalls. Ich komme gerade von Ernst Hohlmann. Was stimmt nicht mit ihm?"

Ingrid machte eine wegwerfende Handbewegung. „Frag lieber, was mit ihm stimmt. Kann man schneller beantworten. Er wohnt im Haus seiner Eltern. Und das tut er schon seit seiner Geburt, aber seit beide verstorben sind, eben allein."

„Und seit die Katze tot ist, lebt er allein mit seinem Modellboot."

„Die Gorch Fock, ja." Ingrid seufzte. „Ist intellektuell ausbaufähig, aber kein unrechter Kerl."

„Seine Heizung funktioniert nicht." Lena biss von ihrem Brötchen ab.

„Das hat Hans auch gesagt. Und sie geht immer noch nicht?"

„Nein, aber es scheint ihn nicht zu kümmern. Ich habe ihm empfohlen, einen Heizungstechniker zu suchen, aber ich weiß nicht, ob er das überhaupt mitbekommen hat."

„Das wird schon." Ingrid rückte näher. „Was mich viel mehr interessiert: Wo wirst du denn wohnen?"

„Das weiß ich noch nicht. Ich habe Herrn Stamer gefragt, ob er mir etwas anbieten kann." Lena sah auf die Uhr. „Ach, Mist. Ich wollte ihm noch den Bericht zu dem Haus von Richard von Kiesow vorbeibringen. Na ja, muss ich mich ein bisschen ranhalten mit dem Essen. Sonst verpasse ich noch meinen nächsten Termin."

„Was will denn der Klaas mit einem Bericht? Ich mein, der Hans war doch auf dem Dach." Ingrid legte den Kopf schief. „Andererseits hatte er natürlich nicht mehr viel Zeit, um seinen Bericht abzufassen. Oder genau genommen gar keine Zeit."

Eine halbe Stunde später betrachtete Lena die Immobilienangebote im Schaufenster des Maklers Klaas Stamer.

„Eine halbe Million für diese olle Hütte?", murmelte sie. „Ich glaube, es hackt." Wie es aussah, kamen sie und Klaas Stamer nicht ins Geschäft. Oder jedenfalls würde sie allenfalls etwas mieten können. Sie schob die Glastür auf und wurde von einem jungen Mann empfangen.

„Guten Tag, was kann ich für Sie tun?" Die einstudierte Begrüßungsformel kam nicht so richtig flott über die Lippen, während der junge Mann sie intensiv musterte.

Bisschen langsam, dachte Lena. Aber immerhin scheint ihm aufzufallen, dass ich nicht wie ein herkömmlicher Kunde gekleidet bin. „Ich möchte gern zu Herrn Stamer."

„Herr Stamer."

„Ihr Chef."

„Ja, richtig. Augenblick bitte." Der junge Mann verschwand hinter einer Glastür, von der etwa zwei Drittel geätzt waren und damit den direkten Blick auf den Makler verhinderten. Der erschien kurz darauf in der Tür.

„Frau Becker."

„Haben Sie kurz Zeit?"

„Natürlich. Kommen Sie rein. Rainer, mach doch unserer Glücksbringerin einen Kaffee."

„Selbstverständlich."

Stamer hatte sich ein cooles Büro in Weiß und Chrom eingerichtet. Lena konnte seinen körperlichen Schmerz spüren, als sie sich mit ihrer schwarzen Hose auf das weiße Leder setzte.

„Kaffee kommt gleich. Ich habe Ihnen hier schon einige Angebote herausgesucht." Er nahm eine Mappe aus der Schublade und legte sie auf den Tisch. „Wobei es wirklich hilfreich wäre, wenn Sie mir sagen würden, ob Sie mieten oder kaufen wollen."

„Mieten." Lena betrachtete das Gleichgewichtsspiel mit den Chromkugeln. „Oder kaufen."

Man musste Stamer lassen, dass er eine professionelle Miene beibehielt.

„Ich würde gern kaufen, aber wenn ich Ihre Angebote im Fenster ansehe, dann bleibt es wohl beim Mieten."

„Wie gesagt, ich habe Ihnen etwas herausgesucht. Sie können sich das alles in Ruhe ansehen."

Die Tür wurde geöffnet, und Rainer stellte zwei Tassen Kaffee auf den Schreibtisch.

„Danke, Rainer." Stamer klappte die Mappe auf und stieß dabei gegen die Kaffeetasse. „Oh, Mist."

„Ist nicht schlimm." Lena reichte ihm ein Taschentuch über den Tisch. „Wenn man den Preis noch lesen kann."

Stamer tupfte den Kaffee vom Papier. „Ich druck Ihnen das schnell noch mal aus."

„Ist wirklich nicht nötig, Herr Stamer. Ich nehm es mit und sehe es mir an."

„Gut, wie Sie meinen." Er reichte ihr die Mappe über den Tisch.

„Ich habe Ihnen auch etwas mitgebracht." Lena zog den Autoschlüssel aus der Tasche. „Ich habe hier Ihren Autoschlüssel."

„Ach, das ist ja nett." Er nahm den Schlüssel und steckte ihn in die Schublade.

„Und das hier." Lena reichte ihm den Prüfbericht über von Kiesows Heizungsanlage. „Und dann habe ich noch eine Frage."

„Äh, ja?" Stamer strich den Bericht auf der Schreibtischplatte glatt.

„Hat Herr Moll Ihnen schon einen Energieausweis für das Haus von Herrn von Kiesow erstellt? Den brauchen Sie doch dringend für den Verkauf."

„Tja, nun, also, das ist kompliziert."

„Aha."

„Immerhin ist die Heizungsanlage in Ordnung."

„Ja, ist sie. Und was folgt daraus?"

„Sehen Sie, Frau Becker, mit dem Rest sieht es nicht ganz so rosig aus."

„Mit welchem Rest?"

„Mit dem Rest vom Haus."

„Was genau meinen Sie?"

„Praktisch alles. Sehen Sie, es handelt sich um ein altes Fachwerkhaus." Stamer hob den Kopf und sah sie mit einem gekonnten Maklerblick an. „Es ist ein wunderschönes Haus, Frau Becker. Damals hat man optimale Bauleistung erbracht, da gibt es nichts dran zu rütteln. Nur ..."

„Nur?"

„Nur liegt der Zeitpunkt, an dem das Haus errichtet wurde, schon eine ganze Weile zurück, und da hat sich doch allerhand getan in dieser Zeit."

Lena legte den Kopf schief.

„Um es kurz zu machen: Die Mühe mit dem Energieausweis können Sie sich sparen. Alle Werte im roten Bereich. Da muss ordentlich was dran gemacht werden."

„Und trotzdem brauchen Sie einen Energieausweis."

„Richtig."

„Sie sagen den Interessenten, dass er noch nicht fertiggestellt ist, richtig?"

„Nun, so ein Energieausweis dauert seine Zeit, und dann ist auch noch der Schornsteinfeger tödlich verunglückt, und da dauert es eben länger."

„Verstehe. Und wenn der Notartermin steht, dann ziehen Sie die böse Überraschung aus der Tasche. Richtig?"

„Frau Becker."

„Ist mir auch egal. Ich bin nicht die Makleraufsicht. Sagen Sie einfach Bescheid, wenn Sie einen Energieausweis brauchen."

„Mach ich. Sicher. Aber Sie haben vermutlich erst mal genug zu tun. Melden Sie sich einfach, wenn es passt." Stamer stützte die Ellenbogen auf und legte die Fingerspitzen aneinander. „Sehen Sie, das Haus ist nicht ganz leicht zu verkaufen. Eine Immobilie, in der innerhalb kurzer Zeit zwei Menschen gestorben sind, liegt ein bisschen schwer im Regal. Ist wie mit schwarzen Katzen. Die Leute sind ja so furchtbar abergläubisch."

„Wieso zwei Tote?", fragte Lena.

„Na, der Eigentümer, Herr Dr. von Kiesow, und Ihr Vorgänger."

„Ja gut, aber das kommt doch sicher häufiger vor, dass der Eigentümer verstirbt, oder?“

„Natürlich.“ Stamer sah Lena mit undurchdringlicher Miene an. „Aber nicht jeder Eigentümer fällt die Kellertreppe runter und bricht sich den Hals.“

„Wie? Das war auch ein Unfall?“

Stamer hob die Schultern. „Nun ja, Herr von Kiesow war nicht mehr der Jüngste, und so eine Kellertreppe ist von Natur aus eine gefährliche Sache. All die vielen Stufen.“

Lena blies die Backen auf. „Na schön. Dann sehen Sie mal zu, dass Sie das von-Kiesow-Haus loswerden, und ich gucke, ob Sie mich richtig einschätzen.“ Lena stand auf und nahm die Mappe an sich.

Stamer erhob sich ebenfalls und knöpfte sein Jackett zu. „Sicher, ich hoffe doch sehr, dass es mir gelungen ist, Ihren Bedarf richtig einzuschätzen. Übrigens, wo haben Sie denn den Autoschlüssel gefunden?“

Lena lächelte ihn an. „Dort, wo Sie ihn verloren haben.“

In der Pension Zum Alten Land gab es auch ein kleines Restaurant. Morgens wurde dort das Frühstücksbuffett aufgebaut, abends trafen sich einige Bewohner auf ein Glas Bier und eine Kleinigkeit zu essen. Lena setzte sich an einen Fenstertisch, auf dem eine karierte Decke ausgelegt war. Vor sich ein Glas Pils und einen Toast Altes Land. Normalerweise hätte sie ein solches Gericht, bestehend aus Frikadellen und Apfelscheiben, überbacken mit Käse, nicht angerührt, aber zum einen gab es heute nichts anderes auf der Karte, zum anderen wollte sie sich der regionalen Küche nicht verschließen. Sie schlug die Mappe auf, die der Makler ihr ausgehändigt hatte. Während sie eine Ecke vom Toast abschnitt, warf sie einen Blick auf das oberste Angebot. Eine Wohnung in einem Mehrfamilienhaus.

„Das kenne ich doch", murmelte sie. „Das ist doch dieses hässliche Ding, das ich kürzlich gesehen habe", murmelte sie. Sie steckte sich den Bissen in den Mund und blätterte weiter. Darunter lag das Exposé für ein gemauertes Giebelhaus mit fünf Zimmern. „Viel zu groß", sagte sie und blätterte weiter. Es folgten ein scheußlicher Bungalow und eine Mietwohnung im Ortskern. Ganz unten in der Mappe lag das letzte Exposé, und dieses Gebäude kannte sie ebenfalls.

„Tscha", murmelte sie. „Dascha nu gediegen."

Es war die Frage, ob Stamer das Exposé des Hauses von Kiesow absichtlich oder versehentlich in die Mappe gelegt hatte. Im Haus selbst war sie noch nicht gewesen, nur auf dem Dach. Stamer hatte fotografisches Talent, das sie ihm gar nicht zugetraut hätte. Sonnenbeschienen sah das alte Fachwerkhaus wirklich schön aus, allerdings wusste sie, dass die Balken zwischen den Steinquadraten in Wahrheit nicht so blütenweiß waren, wie das Foto ihr weismachen wollte. Außerdem hatte sie auf dem Dach einige lockere Dachziegel gesehen, die Stamer im Text nicht erwähnte. Die umfangreiche Nutzung des Maklervokabulars ließ in ihren Augen eher vermuten, dass das Objekt schöngeredet werden musste.

Die Beleuchtung im Gastraum war nicht besonders gut. Über dem Tisch hing eine Deckenlampe mit einem mit beigefarbenem Stoff bezogenen Schirm und gab aus einer übrig gebliebenen Glühbirne gelbes Licht ab, das es gerade eben schaffte, das Papier zu beleuchten. In die Decke waren Strahler mit modernen LED-Leuchten eingelassen, die zwar mehr Licht abgaben, aber trotzdem den Gastraum in einem schummrigen Licht ließen.

Plötzlich legte sich ein Schatten über ihr Lesegut. Lena hob den Blick. Vor ihr stand ein riesiger Kerl. Zwei Meter groß, Vorfahren Wikinger, schätzte Lena.

„Moin."

„Moin."

„Birger."

„Angenehm. Ich bin Lena Becker, die neue Bezirksschornsteinfegerin."

Er grinste. „Ganze Sätze, wie?"

„Leichte Sprache, oder? Ich mache mir einfach viel aus Verben und ein bisschen Grammatik."

Birger deutete auf den Stuhl auf seiner Seite des Tisches.

„Bitte, setzen Sie sich. Kann ich Ihnen etwas ausgeben?"

„Ich nehm auch so eines." Er deutete auf ihr Bier.

Lena winkte dem Kellner. „Können wir noch zwei Pils haben? Danke."

Birger deutete mit dem Kinn auf die Mappe mit den Immobilienangeboten.

„Kundin von Klaas? Darf ich?"

„Bitte."

Er legte seine riesige Pranke auf die Papiere und zog sie zu sich rüber. Eine Weile betrachtete er das Exposé des von-Kiesow-Hauses, dann nickte er und schob ihr die Mappe wieder zurück. Dann deutete er auf ihren Teller.

„Sie müssen weiteressen, sonst wird es kalt."

„Hey, Sie lernen schnell." Lena aß noch ein Stück Toast. „Wollen Sie das kaufen?"

„Ich habe Herrn Stamer gefragt, ob er mir etwas anbieten kann, und das Haus war bei den Angeboten dabei."

„Na ja, Sie sehen nicht aus wie jemand, der Angst hat."

Lena fragte sich, ob das ein Kompliment oder eine Beleidigung war, aber es war jedenfalls die Wahrheit. Angst kannte sie eigentlich nicht. „Wovor sollte ich Angst haben?"

„Na ja, erst fällt Richard die Treppe runter und dann Hans vom Dach. Vielleicht liegt ein Fluch auf dem Haus."

„Ein Fluch?"

„Natürlich nicht. Ich wollte nur mal ausprobieren, ob ich mit meiner Einschätzung recht habe. Dass Sie nicht ängstlich sind."

„Warum ist Richard von Kiesow die Treppe runtergefallen?"

„Die Kellertreppe. Ich nehme an, dass er bei der schlechten Beleuchtung die Stufen verfehlt hat. Er lag am Fuß der Kellertreppe auf dem kalten Boden. Als wir eintrafen, war es schon zu spät."

„Wir?"

„Freiwillige Feuerwehr Jork. Sie sprechen mit Oberbrandmeister Birger Busch."

„Ich bin überrascht. Sie können ja richtig mitteilsam sein."

„Muss mich immer erst warmlaufen.“ Er deutete auf das Exposé. „Und, kaufen Sie es?“

„Es hat einen interessanten Grundriss, ist aber nicht gerade in Topform.“

„Klaas hat Schwierigkeiten, es loszuwerden. Er schiebt es auf die beiden Todesfälle, die damit verbunden sind“, sagte Birger. „Aber vielleicht ist der Preis auch einfach zu hoch.“

Lena ließ den Blick über das Exposé schweifen. Diese Immobilie war hochinteressant, und über den Preis konnte man schließlich verhandeln.

Kapitel 3

Es war kurz vor acht Uhr morgens, als Lena an der Polizeidienststelle Jork vorbeikam. Um halb neun hatte sie ihren ersten Termin, es war also noch Zeit, hineinzugehen. Sie schob die grün gestrichene Tür des Fachwerkhauses auf. Nur das blaue Schild mit der leuchtenden weißen Schrift deutete darauf hin, dass es sich hier nicht um ein gemütliches Zuhause handelte. Auch drinnen unterschied sich die Polizeistation deutlich von der Behördenoptik der Hamburger Polizeikommissariate. Der Boden war mit schönen alten Fliesen ausgelegt, die Wände bis auf Schulterhöhe gefliest, darüber waren sie in einem dunklen Grünblau gestrichen. Auf dem hölzernen Tresen stand ein dampfender Kaffeebecher, von einem Polizeibeamten war jedoch nichts zu sehen.

„Hallo?", rief sie.

Zu hören war nichts, aber vermutlich war, wer immer hier Dienst tat, gerade auf dem Klo. Also betrachtete sie den

Straßenplan von Jork und die Poster von Szenen des Alten Landes. Die hatten hier wirklich viele Obstbäume.

Hinter sich hörte sie eine Tür gehen, dann erschien ein junger uniformierter Beamter, der ein wenig erschrocken wirkte. Immerhin musste er nicht den Reißverschluss seiner Hose hochziehen und den Gürtel schließen. „Oh, Morgen."

„Guten Morgen, ich bin Lena Becker, die neue Bezirksschornsteinfegermeisterin."

„Polizeiobermeister Timmermann. Kevin. Kevin Timmermann." Der junge Mann ging hinter den Tresen und griff nach dem Kaffeebecher. „Wollen Sie auch einen?"

„Nein, vielen Dank."

„Ach so." Timmermann stellte den Becher wieder auf den Tresen. „Wie kann ich Ihnen helfen?"

„Sie können gern Ihren Kaffee trinken. Sonst wird er kalt. Der stand hier ja schon eine Weile."

„Okay, danke." Er nahm einige Schlucke Kaffee.

Lena warf einen Blick auf die Tür, durch die er hereingekommen war. Die Toilette befand sich nicht dahinter. Die Klotür hatte sie zwischenzeitlich auf der anderen Seite des Eingangsbereichs entdeckt.

„Ich wollte Ihnen etwas bringen."

„Ah, was denn?"

Sie steckte die Hand in die Tasche ihrer Cargohose und legte den Ring auf den Tresen, den sie im Garten des Hauses von Kiesow gefunden hatte. „Ich habe diesen Ring gefunden."

Timmermann betrachtete den Ring und nickte. „Einen Ring."

„Einen Goldring. 333er. Keine Gravur. Nur dieser kleine Stein. Ich schätze aber, dass es kein echter Stein ist. Ich habe ein bisschen geforscht. Es könnte ein Selenit sein."

„Aha." Der Polizeibeamte stellte den Kaffeebecher ab und zog seine Hose hoch.

„Jetzt möchten Sie bestimmt wissen, wo ich den Ring gefunden habe, oder?"

„Genau. Das wollte ich gerade fragen."

„Ich habe ihn im Garten von Richard von Kiesow gefunden."

„Echt?" Kevin Timmermann griff nach dem Ring und betrachtete ihn.

„Ich denke, Fingerabdrücke können Sie ohnehin vergessen. Ich habe ihn ja auch schon angefasst."

Er ließ den Ring auf den Tresen fallen, wo er eine Weile herumtrudelte und dann liegen blieb. „Scheiße."

„Wie gesagt, der lag da vielleicht ja schon länger im Blumenbeet."

Timmermann bückte sich und begann hektisch Schubladen aufzuziehen und wieder zuzuschieben.

„Ah, da." Er tauchte wieder hinter dem Tresen auf. „Wusste ich. Gehört zu jeder guten Polizeiausstattung." Mit spitzen Fingern nahm er den Ring wieder auf und ließ ihn in eine kleine Tüte fallen, die er mit einem Druckverschluss verschloss. „Und den haben Sie da im Blumenbeet gefunden?"

„Ja, neben den Hortensien." Sie betrachtete seine Mimik. „Also vor dem Haus. Dort, wo einige Menschen vorbeikommen."

Kevin Timmermann verzog den Mund.

„Ich habe gehört, dass Richard von Kiesow bei einem Unfall ums Leben gekommen ist."

„Ja, das ist richtig."

„Und dann ist Hans Moll wenig später vom Dach gestürzt. Mein Vorgänger."

„Ja."

Lena versuchte eine freundliche Miene aufzusetzen. Einen kurzen Moment hatte sie den Eindruck, dass er etwas sagen wollte, aber er schwieg. Trotzdem spürte sie, dass ihn etwas bewegte. Dummerweise kam ein Telefonanruf dazwischen.

„Sorry, ich muss da rangehen."

„Natürlich. Sie sind schließlich die Polizei."

Er nahm den Hörer ab. „Polizei Altes Land, Dienststelle Jork, Polizeiobermeister Timmermann am Apparat, was kann ich für Sie tun?"

Lena winkte ihm zu und ging zur Tür. Als sie sich umwandte, sah sie, dass er nachdenklich die Tüte mit dem Ring betrachtete, während er dem Anrufer zuhörte.

Hajo zog die Haustür hinter sich zu. Er war ein bisschen spät dran, weil er im Frühstücksfernsehen einen Beitrag über Beziehungsprobleme zu Ende hatte sehen wollen. Und als Bürgermeister war er in der komfortablen Situation, niemandem Rechenschaft schuldig zu sein. Es hatte ihn einfach interessiert zu erfahren, welche Probleme es zwischen Mann und Frau geben konnte. Dabei hatte er gar keine. Keine Beziehung. Seine Ehe mit Susanne war gescheitert, aber er war gerade mal vierzig. Nicht ausgeschlossen also, dass er noch mal auf eine Frau traf, die es ihm antat.

Die erste Erkenntnis, für die er allerdings den Fernsehpsychologen nicht gebraucht hatte, war, dass er nicht für das Alleinleben geschaffen war. Er hatte immer viel gearbeitet, und damit war Susanne nicht klargekommen. Wenn er dann mal zu Hause war, hatten sie sich gestritten. Völlig beknackt und nicht sehr erwachsen. Und jetzt lebte er allein und arbeitete immer noch viel, aber er verstand inzwischen, was Susanne meinte. Denn wenn er zu Hause war, war er allein. Er würde gern über seinen Tag sprechen und die Fragen, die sich aus seinem Amt ergaben. Es würde ihm helfen, die Meinung eines Außenstehenden zu hören. Immerhin hatte er einen Sohn. Malte war ein kluger Junge, und er unterhielt sich gern mit ihm. Aber er war eine andere Generation.

Hajo zog die Fahrertür seines Wagens auf, warf seine Aktentasche auf den Beifahrersitz und stieg ein. Als er den Wagen auf seinem reservierten Stellplatz vor dem Rathaus abstellte, klopfte jemand an die Scheibe der Beifahrertür. Seufzend ließ er die Scheibe runter. „Herr Hartfelder."

„Herr Bürgermeister. Neun Uhr zehn. Wir waren um neun Uhr verabredet."

„Und sehen Sie, schon bin ich da." Er ließ die Scheibe wieder hochfahren, und Hartfelder zog seine Nase zurück.

Natürlich war es nicht nett, den alten Mann warten zu lassen, aber der Beiratsvorsitzende der Initiative Altes Land ging ihm wirklich auf die Nerven. Auch wenn er es nur gut meinte, aber sie lebten im einundzwanzigsten Jahrhundert und mussten nach vorn sehen. Sie konnten hier auf Dauer nicht von Äpfeln und Touristen leben. Er nahm die Tasche vom Beifahrersitz und stieg aus.

„Moin, Herr Hartfelder. Wir gehen rein." Hajo legte dem alten Mann versöhnlich die Hand auf die Schulter. „Kommen Sie."

Im Rathaus schob er Hartfelder in den Besprechungsraum, ging in sein Büro hinüber und kehrte mit zwei Bechern Kaffee zurück. Mit dem Fuß zog er die Tür hinter sich zu.

Hartfelder thronte am kurzen Ende des Konferenztisches wie der amerikanische Präsident.

„Bitte." Hajo stellte ihm einen Becher Kaffee hin.

Eigentlich hatte er sich neben den Alten setzen wollen, aber der hatte jede Menge Papiere ausgebreitet. Darunter mehrere Pläne im Din-A3-Format.

„Herr Bürgermeister …", hob Hartfelder an. „Herr Bürgermeister, im Namen der Initiative möchte ich noch einmal mit Ihnen sprechen."

„Ich weiß. Deshalb sind wir zwei ja da."

„Es geht um das Neubaugebiet Landflucht."

„Ich weiß, Herr Hartfelder. Ein Gebiet, das wir dringend benötigen."

„Ein Gebiet, das wertvolle Anbaufläche vernichtet."

„Herr Hartfelder, wir müssen in der Sache mal weiterkommen. Es gibt bereits eine Menge Anfragen."

„Natürlich gibt es die. Schließlich locken Sie die Leute mit einer beachtlichen Prämie."

„Wir haben auf der letzten Sitzung darüber gesprochen. Der Altersdurchschnitt der Bevölkerung ist ein bisschen hoch. Wir müssen ihn drücken, und das geht nur mit Hilfe junger Leute. Wir haben Anfragen von zwanzig Familien, die in Landflucht bauen wollen."

„Das sind vierhunderttausend Euro an Prämien." Hartfelder tippte mit dem Kugelschreiber auf die Tischplatte.

„Jede Familie zahlt für ihr Baugrundstück mehr als hunderttausend Euro. Das sind mehr als zwei Millionen Euro." Hajo faltete die Hände auf der Tischplatte. „Und ich bin heute Abend mit den Geschäftsführern der ansässigen Baufirmen verabredet, um über eine Informationsveranstaltung mit den Interessenten zu sprechen. Eine Art Baumesse. Damit unterstützen wir die hiesige Bauwirtschaft und spülen Gewerbesteuer in die Kasse. Das ist die Zukunft, Herr Hartfelder."

Günther Hartfelder nahm seine Brille ab. „Ich muss Ihnen sagen, Herr Bürgermeister, dass die Initiative damit nicht einverstanden ist. Im Übrigen haben Sie bei Ihrer Berechnung den Betrag außen vor gelassen, den die Gemeinde an Lukas Altvogel zahlen muss."

Hajo seufzte. Natürlich hatte Hartfelder damit recht und den Finger in die Wunde seiner Kostenaufstellung gelegt. Immerhin gehörte das Planungsgebiet im Augenblick noch Altvogel, der sich zur Ruhe setzen wollte. „Herr Hartfelder, wir müssen mit der Zeit gehen. Wir können uns nicht auf dem ausruhen, was wir haben. Wir müssen in die Zukunft sehen."

„Das sehe ich. Die ganze Initiative tut das, und sie sieht dorthin mit Sorge. Sie haben es eben gesagt. Das Alte Land zeichnet sich durch Obstbäume aus und nicht durch Neubauten."

Hajo sah auf seine Armbanduhr. Um zehn hatte er einen Telefontermin, der ziemlich wichtig war und ihn auch wesentlich weiter bringen würde als diese Unterredung. Nach seiner Auffassung blieben ihnen nicht sehr viele andere Möglichkeiten, um die Gemeindekasse ein bisschen zu füllen.

„Was halten Sie davon, dass wir beide noch einmal ein bisschen in uns gehen und über dieses Thema nachdenken. Vielleicht fällt uns ja etwas ein, damit wir uns in der Mitte treffen können."

Hartfelder schob seine Unterlagen zusammen. „Was soll das für eine Mitte sein, Herr Bürgermeister? Es gibt nur Häuser oder Bäume."

Hajo versuchte sich an einer zuversichtlichen Miene. „Wir probieren es einfach mal. Bis bald. Sie müssen mich entschuldigen."

„Ihr Onkel war da ganz unserer Meinung, Herr Bürgermeister. Mit Richard von Kiesow haben wir ein wertvolles Mitglied der Initiative verloren."

„Ja“, sagte Hajo und verließ den Besprechungsraum, um als Nächstes mit Dieter Schlag, seines Zeichens Mitarbeiter im Grünflächenamt, Denkmalamt, Bauamt und Amt für Straßenbau und die Bürokratie in Person, zusammenzutreffen. Vom Regen in die Traufe, dachte er. „Moin, Dieter.“

„Moin, Hajo. Hat Hartfelder dich gefunden?“

„Hat er.“ Hajo deutete mit dem Daumen über die Schulter zur Tür des Besprechungsraums.

„Wir müssten über diese Sache auch noch mal sprechen. Um die Infrastruktur anzupassen, ist eine weitere Versiegelung der Fläche erforderlich. Wir werden einige Gutachten einholen müssen.“

„Holen wir ein.“ Hajo machte einige Schritte nach vorn. „Ich erwarte einen dringenden Anruf.“

„Selbstverständlich. Das läuft uns alles ja nicht davon.“ Dieter Schlag ging den Flur runter zu seinem Dienstzimmer, und Hajo in sein Bürgermeisterbüro. Er musste sich unbedingt merken, dass er am Morgen keine Verabredungen mit Hartfelder traf.

Kevins Blick wanderte zur Wanduhr über der Eingangstür der Polizeidienststelle. Kurz nach zehn. Etwas mehr als eine Stunde war vergangen, und er hatte immer noch keine Idee. Natürlich wusste er, dass die Umgebung von Tatorten nach Spuren und Beweismitteln durchsucht werden musste. Aber von Kiesow war doch nur die Treppe runtergefallen. Jedenfalls hatte er das damals gedacht. Und dann war Hans Moll vom Dach gestürzt. Auch ein Unfall, hatte er anfangs gedacht. Aber dann wurde dieser Krimi im Fernsehen wiederholt, und der Kommissar hatte diesen Satz gesagt: Ich glaube nicht an Zufälle. Und jetzt glaubte er auch nicht mehr an Zufälle. Das Dumme war nur, dass er keinen blassen Schimmer hatte, welche Schlussfolgerung er daraus ziehen sollte. Wenn von Kiesow und der Schornsteinfeger beide irgendwo runtergefallen waren, was genau bedeutete das dann?

Sein Blick fiel auf die Tüte mit dem Ring. Und was bedeutete es, dass ausgerechnet die neue Schornsteinfegerin den Ring gefunden hatte? Steckte sie hinter diesen mysteriösen Stürzen? Aber dann würde sie ihm wohl kaum diesen Ring vorbeibringen. Obwohl, andererseits vielleicht doch, um ihn auf eine falsche Fährte zu locken. Allerdings hatte er keinen Schimmer, was das für eine Fährte sein sollte. Und überhaupt: Was sollte das heißen, es gab keine Zufälle. Wenn es kein Zufall war, was dann? Gab es das Gegenteil von Zufall überhaupt?

Kevin richtete den Blick zur Decke. Absicht vielleicht? Nein, es musste etwas anderes sein. Etwas Logisches, so wie ein Ereignis, das auf ein anderes Ereignis folgte. Das würde bedeuten … Was würde es bedeuten? Das würde bedeuten, dass Hans Moll vom Dach gefallen war, weil Richard von Kiesow die Kellertreppe runtergefallen war. Da musste man erst mal draufkommen. Es fehlte doch vorne bis hinten an der Logik.

Okay, mal sehen. Was hatten beide Vorfälle gemeinsam? Beide Männer waren wo runtergefallen. Nicht erstochen, erschossen, aufgehängt, vergiftet oder sonst wie kaltgemacht, sondern gestürzt. Kevin nahm den Notizblock mit dem aufgedruckten Apfel und notierte das Wort Sturz. Hans Moll war vom Dach gefallen, also quasi ein Arbeitsunfall. Richard von Kiesow war die Kellertreppe runtergefallen, was im Alter schon mal passieren konnte. Aber dann kam er wieder auf den Zusammenhang. Zufall? Er kreiste das Wort ein. Nachdem er schon die Beweissicherung versemmelt hatte, sollte er vielleicht erst mal einen Hintergrundcheck von der neuen Schornsteinfegerin machen. Möglicherweise hatte sie dringend einen neuen Job gebraucht.

Nach der Überprüfung zweier Schornsteine, zweier Heizungsanlagen und dem Genuss einer Tasse Kaffee bei Herrn Meyer, so stark, dass man damit die Löcher im Asphalt hätte schließen können, steuerte Lena gegen Mittag das Café Apfelschnitte an. Ihren Wagen stellte sie verkehrswidrig auf die übliche Fläche.

Diesmal standen keine wartenden Kunden vor dem Tresen, und Ingrids Aufmerksamkeit richtete sich direkt auf sie. „Oh, wie schön!“, rief sie und reckte die Fäuste. „Das Gleiche wie immer?“

„Ja, bitte.“ Lena setzte sich an einen Fenstertisch. Es herrschte ziemlich dichter Verkehr, ein Fahrzeug reihte sich an das nächste. Plötzlich bremste ein dunkler SUV, und sein Hintermann fuhr beinahe auf. Die Ursache für die Vollbremsung war eine Radfahrerin, die ohne Rücksicht auf Verluste vor dem SUV die Fahrbahn überquerte.

„Die kenne ich doch", murmelte Lena.

„Ach, das ist Isabel", sagte Ingrid, die einen Teller und einen Becher Kakao auf den Tisch stellte. „Ein Wunder, dass sie noch lebt."

Vor dem Schaufenster sprang die junge Frau ab und lief neben dem Rad her, bis sie es zum Halten bringen konnte.

Ingrid schüttelte den Kopf. „Wie ein Albatros bei der Landung."

Die junge Frau klappte den Fahrradständer aus und wandte sich zum Eingang des Cafés. In dem Augenblick, in dem sie die Tür aufschob, fiel das Fahrrad um.

„Aber sie ist nicht unrecht", stellte Ingrid fest.

„Moin", rief die junge Frau in den Laden. „Gussi, machst du mir zwei Halbe?"

„Mit mit oder mit ohne?"

„Einen so, einen so." Die junge Frau steuerte Lenas Tisch an.

„Moin, Isabel", grüßte Ingrid.

Die junge Frau trug einen beigefarbenen Trenchcoat, Jeans und Turnschuhe. Die langen blonden Haare hatte sie hochgesteckt.

„Kann ich mich zu euch setzen?", fragte sie, bevor sie mit dem Fuß an einem Stuhlbein hängen blieb.

„Isabel, du musst dich mal an die Verkehrsregeln halten. Sonst ist die nächste Veranstaltung hier im Café eine Trauerfeier."

Die junge Frau ließ sich auf einen Stuhl plumpsen und gab Lena die Hand. „Hallo, ich bin Isabel. News Jork."

„News?“ Lena nahm ihre Hand. „Lena Becker, Bezirksschornsteinfegerin.“

„Weiß ich doch, Lena. Uns gibt's auf Papier und seit einem Jahr auch online. Das ist ungefähr der Zeitpunkt, an dem Gerd von der Existenz des Internets erfahren hat.“ Isabel lächelte. „Gerd ist unser Chefredakteur.“ Sie rückte sich auf dem Stuhl zurecht. „Wollen wir einen Welcome-in-Jork-Artikel machen?“ Isabel deutete eine Überschrift an. „Bezirksschornsteinfegerin Lena Becker – Über den Dächern von Jork.“

„Nu pass mal auf, was du schreibst“, wandte Ingrid ein. „Sonst denken die Leute noch, die Lena ist auf Diebestour unterwegs.“

„So, Isabel, halbes Mett, halbes Erdbeermarmelade.“ Gussi, die etwa sechzigjährige Verkäuferin stellte Isabel einen Teller hin.

Während Lena noch darüber grübelte, was genau jetzt mit mit und mit ohne war, sprach Isabel weiter. „Ich könnte dich begleiten, deine Arbeit dokumentieren und …“

„Und ihr unter den Füßen rumstehen“, warf Ingrid ein.

„Darüber können wir ja immer noch sprechen.“ Lena deutete auf den Teller mit den halben Brötchen. „Du solltest das essen. Sonst wird es …“ Lena ließ offen, welches Schicksal einem halben Mettbrötchen drohte, wenn es zu lange an der frischen Luft herumstand. Sie biss von ihrem Brötchen mit Camembert und Apfelschnitz ab. Eigentlich, dachte sie, sitze ich hier genau richtig.

„Hört mal zu, ihr beiden“, sagte sie.

„Na klar", sagte Ingrid und legte ihr die Hand auf den Unterarm. „Wo drückt denn der Schuh?"

„Hmpf", machte Isabel.

„Ihr kennt euch doch hier aus."

„Natürlich. Wir sind beide hier geboren", sagte Ingrid. „Was willst du wissen? Wir kennen alle Geheimnisse."

„Na ja, eigentlich will ich nur wissen, wo hier die nächste Bank ist."

Ingrid lehnte sich enttäuscht zurück. „In Stade."

„Hat sich hier nicht mehr gelohnt", fügte Isabel mit vollem Mund hinzu. „Die Raiffeisenbank hat ihre Filiale vor einiger Zeit geschlossen. Die Personalkosten waren zu hoch." Sie schluckte. „Haben sie jedenfalls behauptet. Geht ja heute nur noch um Gewinn und nicht mehr darum, dass alte Leute einen annehmbaren Weg zur Bank haben. Jetzt müssen alle mit dem Bus nach Stade."

„Verstehe. Dann fahre ich eben gelegentlich mal nach Stade. Kein Problem für mich."

„Für die Jorker war das wirklich nicht schön, so ohne einen Menschen hinter dem Bankschalter", stellte Ingrid fest. „Dann wollten sie den erst mal durch Geldautomaten ersetzen, was ja an sich schon unmenschlich ist, aber das war ja auch nichts."

„Was war denn mit den Geldautomaten?"

„In die Luft gesprengt haben sie die."

„Da war was los." Isabel legte ihr Brötchen ab und fummelte ihr Handy aus der Manteltasche. „Hier." Sie tippte und wischte einige Male über das Display und hielt das Smartphone dann Lena hin.

Die konnte eine zerborstene Schaufensterscheibe erkennen, notdürftig durch Polizeiabsperrband gesichert. Dahinter in einer Art Vorraum die Reste zweier grauer Automaten. Auf dem Gehweg davor lagen die restlichen Teile der Automaten verstreut, vermengt mit Fetzen bunter Plakate, Scherben und weiteren Bestandteilen des teilweise zerstörten Gebäudes. Auf den Gehwegplatten meinte sie Blutflecken zu erkennen.

„Ui", sagte sie und wollte Isabel das Handy zurückgeben.

Die hob die Hand „Geht noch weiter. Wisch mal nach links."

„Okay." Lena wischte sich durch die Bilder, die keine neue Erkenntnis brachten, außer dass die Redakteurin keine begnadete Fotografin war. Sie legte das Handy auf den Tisch zurück. „Wann war denn das?"

„Wie lange mag das her sein, Isabel?"

„Ende letzten Jahres." Die Redakteurin steckte das Handy wieder ein. „War jedenfalls die letzte große Sache hier."

„Aber seither gab es doch zwei Todesfälle", wandte Lena ein.

„Du meinst Ilse Kleinschmidt und Horst Ziegler?", fragte Isabel.

„Nein, ich meine Richard von Kiesow und Hans Moll."

„Also, der alte Herr von Kiesow ist die Treppe runtergefallen. Und Hans Moll ist vom Dach gestürzt. Über Senioren berichten wir eigentlich nur ab dem Achtzigsten zu jedem runden Geburtstag, und Arbeitsunfälle finden in einem Randartikel Erwähnung."

„Verstehe." Lena bemerkte, dass Ingrid sie nachdenklich musterte, während Isabel herzhaft in ihr Mettbrötchen biss. „Und sonst ist hier nichts passiert?"

„Was soll denn passiert sein?", fragte Isabel mit vollen Backen.

„Nee, seitdem ist wirklich nichts passiert", bekräftigte Ingrid. „Also, nichts Verdächtiges jedenfalls."

„Hier passiert sowieso nie was Verdächtiges." Isabel nahm ihr Brötchen mit Erdbeermarmelade. „Gar nichts passiert hier."

Malte war nicht doof. Er konnte sehen, wenn es jemandem schlecht ging, aber er merkte auch, wenn jemand nicht wollte, dass er ihn anquatschte. Jedenfalls ließ er sich Zeit damit, seinen Kram in den Rucksack zu packen, während er aus dem Augenwinkel Lars im Blick behielt. Der spielte mit seinem Kuli herum und guckte aus dem Fenster. Die anderen Schüler hatten das Klassenzimmer schon vor einigen Minuten verlassen und waren nur noch auf dem Gang zu hören.

Malte zog den Reißverschluss zu und warf sich den Rucksack über die Schulter. Dann schob er seinen Stuhl ordentlich unter den Tisch und kam sich selten dämlich vor. „Lars."

„Hm?" Sein Kumpel wandte sich ihm zu. Er schien eine Weile zu brauchen, um von dort, wo er sich befunden hatte, in die Realität zurückzukehren.

„Bock auf Döner?“

Lars warf den Kuli auf den Tisch. „Klar, Mann.“

Es gab eine Dönerbude in der Nähe der Schule. Gesundes Mittagessen für die Schüler, wie es in Schülerkreisen hieß. Die Eltern versuchten jedenfalls seit Jahren vergeblich, den Dönerladen aus dem Umfeld des Schulzentrums zu verbannen. Vor dem Tresen standen schon einige Schüler und warteten darauf, dass Addi Fleisch vom drehenden Spieß herunterschnitt. Malte war kein ausgesprochener Vegetarier, aber seit er nachgelesen hatte, woraus allein das Fleisch bestand, das sich da am Spieß drehte, war er kurz davor, die Petition der Eltern zu unterstützen. Was nützte es, ein gutes Abitur zu machen und dann entweder an Lebensmittelvergiftung oder einer Zivilisationskrankheit einzugehen. Immerhin war Joghurt im Döner.

Eine Weile standen er und Lars schweigend an einem weißen Bistrotisch, in dessen Mitte ein Aufsteller für einen Energiedrink warb, und warteten darauf, dass die Schlange kürzer wurde.

„Hast du alles verstanden heute?“, fragte Malte.

„Eigentlich schon. Ich finde, der Tiemeyer erklärt ziemlich gut.“

Malte nickte. Das stimmte. Tiemeyer war ein guter Mathelehrer, und es war eine Kunst, trotzdem schlechte Noten in Mathe zu kriegen. So wie Lars.

„Wenn du Bock hast, können wir zusammen lernen“, schlug Malte vor.

„Mal sehen.“

Malte sah zu den beiden blonden Mädchen hinüber, die eine Klasse unter ihnen waren. Er hatte das Gefühl, dass die kleinere von beiden ein Auge auf ihn geworfen hatte. Schmeichelhaft, aber sie war nicht sein Typ. „Wolltest du dir nicht ein neues Fahrrad kaufen?", fragte Malte.

„Bin noch am Überlegen."

Allmählich hatte er eine Ahnung, wie sich seine Mutter fühlte, wenn sie mit ihm sprach. „Wir könnten zusammen in den Laden gucken gehen."

„Mal sehen."

Malte seufzte und ging zum Tresen hinüber. Da war es wirklich spannender, sich mit den blonden kichernden Mädchen zu unterhalten als mit Lars. Kurz darauf war er an der Reihe und bestellte zwei Döner und zwei Cola light. Als er sich umwandte, war der Tisch leer. Draußen sah er Lars, der zu einem anderen Typen ins Auto stieg. Na toll, dachte er. Zwei Döner, und ich mag das Zeug noch nicht mal.

Lena hätte gern noch ein wenig mit Ingrid und Isabel geplaudert, aber sie musste dringend zu ihrem nächsten Termin, und auch Ingrid konnte das Bedienen der Kunden nicht länger Gussi allein überlassen.

Etwas anders als in Hamburg war ihre Arbeit im Alten Land schon. Die Menschen nahmen sich mehr Zeit für sie, erwarteten aber auch, dass sie sich nicht nur um ihre Heizungsanlage, sondern auch um deren Besitzer kümmerte. Abgesehen von Ernst Hohlbach vielleicht. Aber so plauderte sie immer ein wenig mit den Menschen, hörte sich ihre Geschichten an und musste den ein oder anderen auch mal bremsen, denn ihre Tätigkeit betraf Heizungsanlagen, keine Beziehungsprobleme, Ernährungsfragen oder Modeerscheinungen.

An diesem Tag war es verhältnismäßig warm, und als Lena ihren Wagen vor der Pension abstellte, hatte sie keine Lust, den Abend in ihrem Zimmer zu verbringen. Also beschloss sie, ein wenig durch die Gegend zu spazieren. Nicht weit entfernt von der Pension lag eine Apfelplantage, mit der die Pension auch warb. Die bezeichnete es allerdings nicht als Plantage, aber in Lenas Augen waren es eben Apfelbäume auf einer Wiese, egal wie man es nannte.

Sie zog ihre Arbeitskleidung aus und Jeans und Turnschuhe an und band sich eine Strickjacke um die Hüften, falls es später kühl wurde. Im Prospekt der Pension war eine sauber gemähte Wiese mit Bäumen voller roter Äpfel zu sehen gewesen. Tatsächlich war das Gras ziemlich hoch gewachsen, und zwischen einigen Bäumen lagen Haufen aus getrocknetem Gras. Es war noch früh im Jahr. Hier blühte noch nichts. Es gab nur unendlich viele nicht allzu hoch gewachsene Bäume. Es roch nach grünem Gras, und die Luft war frisch, aber von Äpfeln war nichts zu sehen.

„Moin." Zwischen den Bäumen kam ein älterer Mann mit grauer Wuschelmähne, grauem Bart und einem karierten Hemd auf sie zu. „Na?"

Lena blieb stehen. „Moin. Ich wollte mir ein bisschen die Beine vertreten. Ich hoffe, das ist in Ordnung."

„Das ist in Ordnung." Er reichte ihr die schwielige Hand. „Zorn, Berthold."

„Freut mich. Lena Becker, Bezirksschornsteinfegerin."

„Ach, Sie sind das. Na, darf ich?"

Als sie nickte, machte er einen Schritt nach vorn und spuckte ihr dreimal über die Schulter.

„Ist ja alter Aberglaube, aber wer weiß", sagte er.

„Eben." Lena steckte die Hände in die Hosentaschen. „Sind das Ihre Bäume?"

„Ich kümmer mich jedenfalls drum. Sind alles alte Sorten. Kriegen Sie sonst gar nicht mehr." Zorn steckte die Hände in die Hosentaschen. „Ich hab mir zur Aufgabe gemacht, dafür zu sorgen, dass sie nicht verloren gehen, die alten Schätze. Im Supermarkt kriegen Sie ja nur noch die blank polierten Dinger ohne Makel. Das ist eben der Mensch. Der schafft es sogar, den Apfelanbau zu industrialisieren. Dabei gibt es so viel mehr Sorten, und bevor die aussterben wie die Dinosaurier, dachte ich, ich kümmere mich drum."

„Schön." Lena sah sich um. Wenn man genauer hinsah, mochten sich die Bäume vielleicht ein wenig voneinander unterscheiden, aber genau genommen sahen sie für sie alle gleich aus.

„Sehen für Sie alle gleich aus, wie?" Zorn lächelte. „Sie müssen in zwei Wochen wiederkommen, dann fangen sie an zu blühen, und in vier Wochen werden sie ganz berauscht sein vom Duft."

„Ich habe weiter drüben im Ort schon Blüten gesehen."

„Das sind Kirschen. Die Blütezeit beginnt Mitte April, und etwa zwei Wochen später folgen die Äpfel. Dann ist hier einen Monat lang Blütezeit, und die Bienen sind ganz besoffen. Und wenn dann die Äpfel wachsen, werden auch Sie den Unterschied zwischen Pommerschem Langsüßem und Finkenwerder Herbstprinz erkennen."

Das bezweifelte Lena zwar, aber sie würde es trotzdem versuchen.

„Kann ich mich hier noch ein wenig umsehen?"

„Natürlich. Wandern sie herum und sprechen Sie mit den Bäumen. Sie werden sehen, das beruhigt nach einem langen Tag."

Als Lena eine Stunde später den Gastraum der Pension betrat, war sie tatsächlich ruhiger und auch ziemlich müde.

Wenn man in Jork abends ein schnelles Bier trinken wollte, ging man in die Gaststube der Pension Altes Land. Wenn man etwas gehobenere Ansprüche hatte, ging man in den Apfelhof. Kein Gourmetrestaurant, aber eines, in dem Familienfeiern und sogar Geschäftsessen abgehalten werden konnten. Ziemlich zufrieden verließ Hajo gegen halb zehn das Restaurant. Er hatte zwar zwei Glas Rotwein intus, aber der Weg nach Hause war nicht weit, und Kevin hatte ohnehin schon Feierabend. Außerdem war er nicht betrunken, sondern beschwingt, als er zu Hause in die Einfahrt fuhr und den Wagen abstellte.

Er schloss die Haustür auf, und sein Blick fiel auf Malte, der auf dem Sofa herumhing und eine laute Musiksendung sah. Es war Susannes Verdienst, dass einen im Innern des traditionsbewussten Fachwerkhauses eine moderne Wohnung erwartete. Der Boden war in einem dunklen Anthrazit gefliest, und wenn man hereinkam, stand man bereits im Wohnraum, der beinahe das gesamte Untergeschoß ausmachte. Von der offenen Landhausküche mit Kochinsel ging es über einen Essbereich in das Wohnzimmer über. Dort, wo Malte den Abend verbrachte.

„Hi, Dad." Malte beugte sich vor und machte den Ton etwas leiser.

„Hi." Hajo stellte seine Aktentasche ab und ging zum Kühlschrank, um sich ein kaltes Bier zu holen. Erstaunlicherweise lag im Kühlschrank etwas, das entfernte Ähnlichkeit mit einem Döner hatte.

„Was ist das denn?", fragte er und klappte die Kühlschranktür zu.

„Ein Döner. Kannst du haben, wenn du willst."

„Nein danke." Hajo nahm den Flaschenöffner aus der Schublade. „Im Apfelhof gab es Sauerbraten." Er ließ sich neben Malte aufs Sofa fallen. Auf dem Bildschirm mühten sich ein paar Jungs damit ab, ihren Instrumenten grässliche Töne zu entlocken. Eine Weile sahen sie gemeinsam auf den Bildschirm.

„Ist nicht deine Musik, oder?", fragte Malte nach einer Weile.

„Ich kenne im Augenblick niemanden, dessen Musik das sein könnte. Warum spielen die nicht nach Noten?"

„Ist ne neue Band. Sie wollen die Rockmusik reformieren", erklärte sein Sohn.

„Aha. Ich hätte gedacht beerdigen."

„Was hast du denn im Apfelhof gemacht?"

„Ich hab mich mit Gerrit Asmussen und Herbert Zanger getroffen. Wir wollen eine Informationsveranstaltung für das Neubaugebiet vorbereiten."

„Ist aber nicht ganz objektiv, oder?", stellte Malte fest, ohne den Blick vom Bildschirm zu nehmen.

„Wie meinst du?"

„Na, zwei Bauunternehmer, und ihr wollt den Leuten doch noch eine Bauprämie zahlen. Ein unvoreingenommen geplantes Neubaugebiet sieht für mich anders aus."

„Die Leute müssen doch nicht mit Asmussen oder Zanger bauen."

„Nee, klar. Aber wenn sie es mit einem anderen Bauunternehmen versuchen, wird es langwieriger, und bestimmt findet ihr noch ein paar Steine, die ihr den Leuten in den Weg legen könnt."

„Was du für eine blühende Fantasie hast, mein Sohn." Hajo setzte die Flasche an die Lippen.

„Klingt für mich wie ein abgekartetes Spiel."

„So schlimm ist es jetzt auch nicht. Wir haben hier schließlich keine Baumafia."

„Klingt aber so."

Hajo wandte sich Malte zu. „Warum bist du denn so muffig. Hast du schlechte Laune?"

Sein Sohn bedachte ihn mit diesem Blick, den Hajo noch von Susanne kannte. Diesen *Bis eben hatte ich keine schlechte Laune, aber seit du mich dumm von der Seite angesprochen hast, hat sich das geändert*-Blick.

„Wie auch immer", sagte er und legte die Füße auf den Tisch. „Ein Blick in die Gemeindekasse spricht Bände."

„Also ein Griff in den leeren Topf, um den Topf wieder aufzufüllen", stellte Malte fest. Dabei behielt er den Gitarristen, dessen rechte Hand die Kamera in Nahaufnahme im Fokus hatte, im Blick.

So eine schöne Gitarre, dachte Hajo. Und solche grauenvollen Töne.

„Grundsteuererhöhung kommt auch nicht besser an", sagte er.

„Mir habt ihr immer gepredigt, dass ich mit meinem Taschengeld eben auskommen muss. Und wenn es nicht reicht, kann ich auch nur weniger ausgeben."

Hajo gab ihm einen liebevollen Klaps auf den Hinterkopf. „Erinnere mich daran, dass ich um jeden Preis verhindern muss, dass du im Gemeinderat landest."

Malte grinste ihn an. „Alles klar. Dann weiß ich jetzt, womit ich dich kriegen kann."

„Und was ist jetzt mit dem Döner?", fragte Hajo.

„Ach, ich wollte eigentlich mit Lars Döner essen gehen, aber der ist dann mit wem anders weggefahren."

„Und mit wem anders?"

Malte hob die Schultern. „Irgendeine Arschgeige mit Auto."

„Soll ich dir meinen Wagen leihen?"

„Ich habe keinen Lappen."

Hajo warf sich in die Brust. „Aber ich bin der Bürgermeister."

Malte grinste, und Hajo lächelte zurück. Diese Momente mit seinem Sohn waren sehr wertvoll für ihn, und er war sehr froh darüber, dass sie sich gut verstanden.

Kapitel 4

Lena verabschiedete sich gerade von ihrem ersten Kunden an diesem Morgen, als ein Wagen heranschoss und vor der Gartenpforte abrupt stehen blieb.

„Na, welcher Döskopp ist das denn?“, fragte Herr Massmann, der zwei Stufen über Lena in der Haustür stehen geblieben war.

„Das ist Herr Stamer“, stellte Lena mit Blick auf den Porsche fest. „Wollen Sie Ihr Haus verkaufen?“

„Nä!“, machte Herr Massmann und fummelte hinter seinem Rücken nach dem Türgriff „Nur über meine Leiche.“

„Das sollte man im Augenblick nicht so laut sagen“, murmelte Lena, nachdem der Hausherr die Tür zugeknallt hatte.

Klaas Stamer stieg aus dem Wagen, warf die Fahrertür zu und wollte über die Gartenpforte flanken. Allerdings hatte Lena versäumt, sie hinter sich zu schließen, als sie gekommen war. Jetzt schwang sie unter der Bewegung des Maklers auf, brachte den Mann ins Straucheln und schließlich zu Fall.

„Geht's?", fragte Lena, als sie Stamer half, aus seiner misslichen Haltung über der Pforte wieder in die Senkrechte zu kommen.

„Moin, Frau Becker."

„Guten Morgen."

„Frau Becker."

„Ja?"

„Es ist möglich, dass mir da gestern ein Versehen unterlaufen ist."

„Ein Versehen."

„Ja, als ich Ihnen einige Immobilienangebote zusammengestellt habe, ist möglicherweise das von-Kiesow-Haus dazwischengeraten."

„Aber warum denn? Ich dachte, es steht zum Verkauf."

„Ja schon." Stamer zog die Ärmel seines dunkelgrauen Jacketts lang.

„Aber?"

„Na ja." Stamer rückte den Krawattenknoten gerade.

„Sie meinen, weil Sie mir die Hütte als ziemlich heruntergekommen geschildert haben? Und der Preis für den Zustand viel zu hoch ist? Und dann die Sache mit dem Energieausweis? Herr Stamer, was stimmt denn nun mit dem Haus nicht?"

„Nichts. Also, natürlich alles, wollte ich sagen. Da ist überhaupt gar nichts mit."

„Wissen Sie was, Herr Stamer, jetzt haben Sie mich neugierig gemacht. Ich habe jetzt eine halbe Stunde Zeit. Lassen Sie es uns doch ansehen."

„Sie meinen jetzt?" Stamer reckte den Hals aus seinem fliederfarbenen Hemd.

„Jetzt."

„Gut. Okay. Wenn Sie meinen." Stamer wandte sich um und ging zu seinem Wagen.

„Hübsche Farbe übrigens. Ich meine Ihr Hemd."

Lena setzte sich in ihren Wagen und folgte Stamers Porsche. Glücklicherweise kannte sie den Weg zum Haus von Richard von Kiesow, denn dem Makler zu folgen, war lebensgefährlich. Er fuhr dreimal bei Rot über die Ampel und nahm einmal einem anderen Wagen die Vorfahrt. Man konnte nur hoffen, dass Isabel nicht von irgendwoher auftauchte. Wenn die beiden aufeinandertrafen, hatte ihr letztes Stündchen geschlagen. Aber vielleicht waren die beiden auch miteinander verwandt. Ihr Fahrstil ähnelte sich jedenfalls.

Als Lena ihren Kastenwagen auf dem Gehweg vor dem Haus abstellte, brachte sich Stamer bereits in Positur. Er wippte auf den Zehenspitzen seiner schwarzen Lederschuhe und trug eine professionelle Miene zur Schau. „Also", begann er. „Wir haben hier ein sehr traditionsreiches Fachwerkhaus, wie es nur noch wenige gibt in Jork. In Bestlage, der Garten ist im Stil eines Obstbauerngarten angelegt und befindet sich in einem guten Zu…"

„Kann ich mal den Schlüssel haben?“ Lena hielt ihm die Handfläche hin. „Bitte.“

„Tja, also, ich …“ Stamer seufzte und zog den Schlüssel aus der Tasche. „Hier, bitte.“

Lena steckte den Schlüssel ins Schloss und öffnete die Tür. Sie hatte schon so viele Häuser betreten und war auf viele verschiedene Menschen getroffen. Dies hier war etwas anderes. Dieses Haus barg ein Geheimnis, denn es waren zwei Menschen gestorben.

Drinnen war die Luft etwas abgestanden und kühl. Die Raumaufteilung war ein wenig kleinteilig, aber es gab noch einige Wände mit nahezu unbeschädigten alten Fliesen. Ins Obergeschoss führte eine schöne Holztreppe. Lena sah in die Küche hinein, in einen Raum, der vermutlich das Schlafzimmer gewesen war, das Bad, ein winziges Gäste-WC, dann stand sie im Wohnzimmer. Es hatte einen L-förmigen Grundriss. In der Ecke, die auf diese Weise in den Raum hineinragte, befand sich ein Kamin. Stamer musste gute Kontakte zu einer Putzkolonne haben, denn es gab keine Spur von Ruß. Der Dielenboden war sauber, und die Fenster waren blitzblank geputzt. Wenn Richard von Kiesows Tod kein Unfall war, sondern jemand nachgeholfen hatte, hätte die Spurensicherung hier nichts mehr zu tun. Stamer hatte vermutlich alle Spuren beseitigt.

Nachdenklich betrachtete sie den Kamin. Tatsächlich wirkte der Raum trotz seiner Leere nicht kalt. Lena konnte sich schon vorstellen, wie er gemütlich eingerichtet aussehen würde.

„Ah, hier sind Sie.“ Stamer tänzelte um sie herum. „Da haben Sie ja zielstrebig den schönsten Platz im Haus entdeckt.“ Er deutete auf den Kamin. „Hier kann man romantische Abende am Kamin verbringen, mit einem Glas Apfelwein. Und Sie kennen sich ja bes…“

Lena wandte sich ab. „Wo ist denn der Keller?“

„Der Keller? Sie wollen den Keller sehen?“

Eigentlich kam nur noch eine Tür in Betracht. Lena öffnete die am Ende des Flurs. Hinter einem kleinen Absatz führte eine Treppe hinunter. Oberhalb des Absatzes gab es einen alten Lichtschalter, und als Lena ihn betätigte, flackerte eine staubige Glühbirne auf.

„Okay“, murmelte sie. „Da kann man schon mal die Treppe runterfallen.“

Irgendwo im Haus klingelte es, kurz darauf hörte sie Klaas Stamer sprechen. In gewichtiger Tonlage sprach er ziemlich laut. Sie stieg die Kellertreppe hinunter. Die Heizungsanlage war ausgeschaltet, dessen hatte sie sich beim letzten Mal im Vertrauen darauf, dass Hans Moll seine Arbeit ordentlich gemacht hatte, gar nicht vergewissert. Ein Aufkleber an der Seite zeigte an, dass der letzte Wartungstermin vor einem dreiviertel Jahr durchgeführt worden war. Hans Moll hatte alles ordnungsgemäß notiert und gekennzeichnet. Es handelte sich um eine Gasheizung, die etwas mehr als zwanzig Jahre alt war. Damit schien alles in Ordnung zu sein.

Lena sah sich in dem Kellerraum um. Schön war es hier nicht, aber immerhin waren die Wände trocken. Als sie am Fuß der Kellertreppe stand, warf sie einen Blick nach oben. Natürlich konnte man eine Kellertreppe runterfallen, gerade wenn man altersbedingt nicht mehr so gut zu Fuß war, aber andererseits hatte der Alte von Kiesow vermutlich jede ausgetretene Stufe auswendig gekannt. Warum also war er an jenem Tag gestürzt? Und vor allem, was hatte er überhaupt im Keller gewollt?

Sie stieg die Treppe wieder hoch, schaltete das Licht aus und zog die Kellertür zu. Stamer hielt seinem Gesprächspartner einen Vortrag über den Immobilienmarkt in Jork und schien damit auch nicht so schnell aufhören zu wollen. Im Haus hatte Lena alles gesehen. Sie ging nach draußen und machte die Haustür zu, weil sie Stamers Gespräch nicht belauschen wollte. Oder sich genau genommen nicht dafür interessierte.

Sie ließ den Blick über den Garten schweifen. Tatsächlich war es ein schöner alter Bauerngarten, der allerdings gerade von Unkraut heimgesucht wurde. Stamer hatte recht damit, dass es weder Haus noch Garten gut bekam, wenn niemand drin wohnte. Automatisch legte sie den Kopf in den Nacken und sah zum Dach hoch. Einer fällt die Kellertreppe runter, der andere vom Dach. Sie ging zum Schuppen, holte die Leiter und lehnte sie an die Dachkante. Sie kletterte die Leiter hoch und stieg von dort auf die Dachleiter um, die sie bis zum Schornstein hochkletterte. Dort warf sie einen Blick in den gemauerten Schornstein. Zu sehen war nichts, aber zu hören. Von hier oben konnte sie jedes Wort hören, das Stamer sprach.

„Hm, dascha gediegen", murmelte sie und setzte sich auf den Dachfirst.

Hajo war noch keine halbe Stunde im Büro, als die Tür geöffnet wurde.

„Hajo, hast du einen Moment?"

Er sah auf. „Dieter."

Dieter Schlag blieb einen Augenblick in der Tür stehen, bis er endlich hereinkam. Er machte Hajo jetzt schon nervös. Dieter neigte manchmal zur Umständlichkeit.

„Was gibt's?", fragte Hajo.

„Es geht noch mal um das Neubaugebiet."

Hajo war geübt darin, eine undurchdringliche Miene zur Schau zu stellen. Eine wichtige Eigenschaft, um in die Politik gehen zu können. Und das Bürgermeisteramt war nicht einfach nur die oberste Position der Verwaltung, sondern die Schnittstelle zur Politik. Und Schnittstelle hieß immer, dass man von allen Seiten Dampf bekam.

„Gut, ich habe aber nur etwa eine halbe Stunde Zeit, dann habe ich einen Termin mit dem Controlling." Hajo verschwieg, dass ihm ein Gespräch mit Dieter fast noch lieber war als eine Besprechung mit dem Team Finanzen und Beteiligungen. Von den einen konnte er das Gejammer über leere Kassen nicht mehr hören, von dem anderen das Lieblingsthema Bodenversiegelung. „Setz dich doch", forderte er Dieter auf.

Dieter war groß, dünn, und trug regelmäßig graue Pullover zu Tweedhosen.

„Möchtest du Kaffee?"

„Nein, danke." Dieter rieb sich über die Oberschenkel. „Der Hartfelder war noch mal bei mir wegen dem Neubaugebiet."

Des Neubaugebiets, dachte Hajo und lächelte, ohne Dieter zu korrigieren.

„Er hat noch mal zu bedenken gegeben, dass damit eine nicht unerhebliche Bodenversiegelung einhergeht, und ich muss sagen, dass er damit recht hat."

„Natürlich hat er damit recht." Hajo rückte seinen Stuhl ein Stück vom Schreibtisch zurück und lehnte sich entspannt zurück. „Ohne Bodenversiegelung kein Bauen."

„Sicher, aber das Gebiet ist recht groß, die Versiegelung entsprechend umfangreich. Zumal wenn man bedenkt, dass neben der Bebauung mit Häusern auch Terrassenflächen, Zufahrten und die neu angelegte Infrastruktur berücksichtigt werden müssen."

„Dafür haben wir ja die Bauordnung, die vorgibt, wie viel Fläche versiegelt werden darf."

„Hajo, du weißt ja, dass ich mein Leben lang in Jork bin. Ich bin hier aufgewachsen und …"

Ja, dachte Hajo. Und praktisch gleich nach der Grundschule in die Verwaltung eingestiegen. Er hatte hier seine Ausbildung gemacht und war einfach geblieben. In Jork und in der Verwaltung. Dieters Herz hing an Jork. An Jork, aber nicht an den Menschen, die dort lebten. Wenn es nach Dieter ging, hätten sie hier Obstbäume und sonst gar nichts.

„Ich meine nur, wir müssen im Blick behalten, dass sich durch das Neubaugebiet vieles verändert."

„Das tut es mit Sicherheit, Dieter. Aber es sind nur ein paar Häuser." Aus taktischen Gründen verlor Hajo kein Wort über die Menschen, die darin leben würden. Mit Menschen konnte Dieter nicht so viel anfangen wie mit Obstbäumen. „Und wir müssen auf die Bevölkerungsstruktur achten. Du hast selbst gesehen, dass wir noch nicht mal mehr für die Raiffeisenbank interessant genug sind. Genau genommen reicht das Interesse noch nicht mal so weit, einen Geldautomaten aufzustellen. Für mich sind das ernsthafte Anzeichen dafür, dass das wirtschaftliche Interesse nachlässt."

„Wir sind ein Touristenmagnet. Das Alte Land ist das größte Obstanbaugebiet Europas."

„Die für das Neubaugebiet vorgesehene Fläche ist kein Obstanbaugebiet." Hajo hielt Dieters Blick stand. Er konnte es sich nicht leisten, einen städtischen Mitarbeiter von einem alten Mann umdrehen zu lassen. Es reichte schon, dass der Hartfelder ihn nervte, aber Dieter musste er klarmachen, dass er seinem Dienstherrn verpflichtet war.

„Ist das Neubaugebiet auch Thema bei deiner Sitzung gleich?"

„Unter anderem."

Hajo mochte Dieter, aber er war der Bürgermeister. Und das wollte er gern noch ein wenig bleiben. „Wir können das gern noch mal im großen Kreis erörtern", sagte er.

„Du hast dich doch gestern mit Zanger und Asmussen getroffen."

„Ja, wir haben über das Neubaugebiet gesprochen."

Dieter nickte. Allmählich drang die Erkenntnis zu ihm durch, dass die Dinge schon weiter fortgeschritten waren, als er gedacht hatte. Fast tat er Hajo leid.

„Es ist ja noch nichts in Stein gemeißelt", sagte er. „Und das letzte Wort bei der Planung haben immer noch wir."

Dieter rieb sich noch mal über die Oberschenkel. „Ja, das letzte Wort haben wir." Er stand auf. „Ich will dich auch nicht länger aufhalten."

Lena stellte ihren Kastenwagen vor der Polizeidienststelle Jork ab. Bevor sie hineinging, betrachtete sie die Fassade eine Weile. Kevin Timmermann, dachte sie. Dann wollen wir mal sehen, was du so drauf hast.

Als sie die Dienststelle betrat, telefonierte der junge Polizist. Er sah kurz auf, als die Tür aufging, dann widmete er sich wieder seinem Gespräch, um zwei Sekunden später wieder aufzusehen. Er winkte ihr kurz zu und deutete dann auf den Hörer. Lena hob die Hand und setzte sich auf einen der beiden Besucherstühle unter dem Fenster, wo sie dem Disput über angebliches Falschparken lauschte. Timmermann zeigte sich in ihren Augen erstaunlich geduldig dafür, dass über dem in Rede stehenden Platz offenbar ein dickes fettes Halteverbotsschild angebracht war.

„Wollen Sie einen Kaffee?", fragte Timmermann, als er auflegte.

„Nein, vielen Dank."

„Tee?"

„Gern."

„Gut." Timmermann stand auf und verschwand in einer kleinen Teeküche.

Währenddessen betrachtete Lena das Plakat mit der Karte von Jork. Allmählich kannte sie sich hier schon etwas aus, aber sie brauchte trotzdem immer noch das Navi, um den Weg zu ihren Kunden zu finden.

„So, hier bitte." Timmermann stellte einen hohen Porzellanbecher mit Apfelaufdruck auf den Tresen.

„Vielen Dank." Lena ging zum Tresen hinüber. „Warum dachten Sie, dass ich so lange bleiben würde, um einen Tee zu trinken?"

Kevin Timmermann rührte verlegen in seiner Kaffeetasse. „Ich dachte, wir können vielleicht ein wenig plaudern."

„Gern." Lena trank einen Schluck Tee. „Hm, lecker. Und worüber?"

„Über Sie?" Es klang ein wenig fragend.

„Also, was wollen Sie wissen?"

„Na ja, ich hab schon ein bisschen recherchiert."

„Uh, bin ich verdächtig?" Eigentlich hatte Lena einen Witz machen wollen, aber Timmermann wurde rot bis an die Haarwurzeln.

Sie musterte ihn eine Weile. „Haben Sie gedacht, dass ich etwas mit dem Tod meines Vorgängers zu tun habe, oder überprüfen Sie jeden Neuzugang in Jork?"

„Nein, ich, also, das würde ich natürlich niemals.“ Er räusperte sich. „Niemals würde ich das.“

„Aber Sie haben doch gesagt, Sie hätten schon über mich recherchiert.“

„Das hab ich nicht gedacht, also nicht gehofft, also ich dachte, dass Sie sehr nett sind und dass ich mir das eigentlich nicht vorstellen könnte.“

„Gut. Ich erzähle Ihnen etwas von mir.“ Lena stützte die Ellenbogen auf den Tresen. „Ich heiße Lena Becker, bin 36 Jahre alt, in Hamburg geboren und habe dort bis vor Kurzem auch gewohnt und gearbeitet. Ich habe keine Kinder und bin von Beruf Bezirksschornsteinfegerin. Ich habe mich zwar in Jork angemeldet, aber da ich noch in der Pension Zum Alten Land wohne, ist die Ummeldung noch nicht so richtig. Also, nicht so richtig richtig.“

Timmermann nickte.

„Das wussten Sie alles schon, oder?“

„Sie haben keine Vorstrafen, und in Ihrer Schornsteinfegerkammer spricht man nur Gutes über Sie.“

„Innung. Schornsteinfegerinnung.“ Jetzt nickte Lena. „Sie wollten es aber genau wissen.“

„Ja.“

„Und warum?“

„Also, Sie haben doch den Ring hergebracht.“

„Den Ring, den ich im Garten des leerstehenden Hauses gefunden habe.“

„Ja.“

„Herr Timmermann, Sie müssen sich entscheiden, ob Sie mir vertrauen wollen oder nicht."

„Ich vertraue Ihnen. Ihr Führungszeugnis ist einwandfrei. Sie haben auch keine Punkte in Flensburg."

„Gut, dass Sie das sagen. Ich habe das nie selbst überprüft, und wissen Sie, ich nehme es mit dem ordnungsgemäßen Parken nicht so genau."

„Das ist, glaube ich, nicht so schlimm. Ist ja wohl beruflich bedingt, Ihr Falschparken."

„Genau."

„Ich hab mich gefragt, warum Sie den Ring gefunden haben und nicht ich."

„Hm. Das weiß ich nicht. vielleicht weil Sie nicht danach gesucht haben. Ich habe auch nicht nach dem Ring gesucht, aber nach dem Autoschlüssel von Herrn Stamer, und statt des Schlüssels habe ich den Ring gefunden."

„Im Haus von Kiesow."

„Im Garten vor seinem Haus."

„Wissen Sie, es ist so, wir haben hier in Jork eine sehr niedrige Kriminalitätsrate. Und irgendwie hab ich nicht richtig geschaltet."

„Als Hans Moll vom Dach gefallen ist?"

„Wissen Sie, alle haben gesagt, der Moll war alt, und er wollte ja ohnehin in Rente gehen, und dann hat er eben nicht richtig aufgepasst und ist vom Dach gestürzt."

„Und das haben Sie geglaubt."

„Es ist so, dass ich das nicht geglaubt habe. Aber ich wollte jetzt auch nicht so dastehen, als wenn ich der Sherlock

Holmes von Jork bin. Das bin ich nämlich nicht. Ich bin eher der Mr. Stringer. Sie wissen, der etwas dämliche Freund von Miss Marple."

„Aber Sie haben trotzdem ermittelt."

„Haben Sie etwas Zeit?"

„Eine halbe Stunde etwa. Dann muss ich zu Herrn Jürgens und eine Feuerstättenschau durchführen."

„Dann nehmen Sie Ihren Tee und kommen Sie."

Timmermann ließ seine Kaffeetasse stehen und ging zu der Tür hinüber, aus der Lena ihn bei ihrem ersten Besuch hatte herauskommen sehen. Er zog einen Schlüsselbund aus der Tasche und steckte den Schlüssel ins Schloss. Er warf Lena einen kurzen Blick zu, dann schloss er auf.

Lena war mächtig beeindruckt. Nachdem Timmermann das Licht in dem kleinen Raum angeschaltet hatte, wurde eine Art Schautafel an der Wand sichtbar. Die ganze Wand gegenüber der Tür war beklebt mit Fotos, Zeitungsausschnitten und Notizen. Dazwischen waren schwarze beschriftete Linien gezogen.

„Wow." Lena trat dichter an die Wand heran. Den Mittelpunkt bildete eine etwas verwackelte Aufnahme des von-Kiesow-Hauses. Rechts daneben war ein Zeitungsartikel über Hans Moll angebracht. Anlass war das vierzigjährige Dienstjubiläum ihres Amtsvorgängers. Hans Moll blickte fröhlich in die Kamera. Das Interview hatte Isabel Dorn für News Jork geführt. Links neben dem Foto des Hauses war ein Artikel über Richard von Kiesow angebracht.

Unser altverdienter Dorfarzt geht in den wohlverdienten Ruhestand, las sie. Was er denn mit seiner Freizeit anfangen wolle, erkundigte sich Isabel Dorn ebenfalls für News Jork. Viel lesen und sich allmählich daran gewöhnen, dass er nachts nicht mehr zu Notfällen aus dem Bett gerufen würde, lautete die Antwort.

Lena wandte sich Timmermann zu. „Und, war das so? Wurde von Kiesow wirklich nicht mehr aus dem Bett geholt?"

„Hat nicht so richtig geklappt. Es gibt ja keinen Nachfolger, und die Leute gewöhnen sich schlecht an etwas Neues."

„Hatte von Kiesow seine Praxis im Haus?"

„Nein, die war im Ortskern, aber trotzdem hat er hin und wieder Leute außerhalb der Praxis behandelt. Nach der Sprechstunde sind die Leute bei ihm zu Hause aufgekreuzt und haben ihre Wehwehchen vorgezeigt."

„War er ein guter Arzt?"

„Also, ich hatte eigentlich nie was. Ich war nur mal bei ihm, als ich mir den Fuß verknackst hatte. Aber da musste er mich zum Röntgen nach Stade überweisen. Die Leute mochten ihn."

Flankiert wurde der Artikel über den ehemaligen Dorfarzt von weiteren Artikeln, in denen Patienten über ihre Erfahrungen mit dem Arzt berichteten. Außerdem hatte Timmermann Fotos der Kellertreppe aus mehreren Perspektiven aufgenommen. Und auf einem Foto war die Leiche eines alten Mannes zu sehen. Den linken Fuß noch auf der untersten Stufe, das rechte Bein eigenartig angewinkelt, die Arme ausgebreitet, lag Richard von Kiesow auf dem Steinfußboden. Unter seinem Kopf hatte sich eine Blutlache gebildet. Die Augen waren geöffnet und blickten starr gegen die Wand.

„Als Sie eintrafen, war das Licht im Keller eingeschaltet?", fragte sie.

„Ja."

„Es muss doch immer der Tod durch einen Arzt festgestellt werden. Wer hat das denn gemacht?"

„Äh, darf ich mal?" Timmermann zwängte sich an ihr vorbei und deutete auf ein Formular, das etwas blass kopiert war. „Das war ein Notarzt aus Stade."

Lena ging dicht an die Kopie heran. Angekreuzt war unnatürlicher Tod, Todesursache Unfall, Sturz auf der Kellertreppe.

Timmermann stemmte die Hände in die Hosentaschen. „Man liest ja immer wieder darüber, dass diese herbeigerufenen Ärzte Anzeichen für eine unnatürliche Todesursache übersehen, deshalb hab ich den Arzt gefragt, ob er ihn sich mal ansehen kann."

„Und?"

„Na ja, man muss mindestens eine äußere Leichenschau vornehmen, aber das hat er natürlich nicht gemacht. Er hat geguckt, ob er blaue Flecken am Hals oder an den Handgelenken findet und so, aber da war nichts zu sehen. Hab ich natürlich selbst auch geprüft. Ich hab dann noch in Buxtehude bei der Kripo nachgefragt, aber die haben gesagt, ich soll ihnen einen Bericht schicken."

„Und das haben Sie gemacht."

„Hab ich, und ich hab auch reingeschrieben, dass mindestens eine Leichenschau durchgeführt werden muss, aber die haben gesagt, dass der alte Mann die Treppe runtergefallen ist und das wars. Es gäbe keine Anhaltspunkte für einen unnatürlichen Tod. Es gab keine Einbruchsspuren und auch sonst keine Hinweise auf Fremdverschulden."

„Gab es ja objektiv auch nicht. Warum denken Sie, dass es anders gewesen sein könnte?"

Timmermann zog die Unterlippe ein. „Kann ich nicht sagen. War so ein Gefühl."

„Okay." Lena ging zu der Seite der Wand hinüber, an der alles über Hans Moll befestigt war. Auch hier hatte Timmermann Fotos der Leiche gemacht, zusätzlich Aufnahmen der Leiter, die an der Dachkante angelehnt war. „Haben Sie das so vorgefunden?"

„Ja. Die Leiter stand da eins a. Ich weiß nicht, warum er nicht runtergeklettert ist."

„Ich war ja auch auf dem Dach. Die Dachleiter, auf der man von der Dachkante bis zum Schornstein hochklettert, ist ordnungsgemäß befestigt und auch nicht defekt. Ich habe das überprüft, bevor ich hochgestiegen bin. Auch hier gibt es objektiv keinen Grund für den Absturz."

„Okay." Timmermann klang enttäuscht. „Vielleicht liege ich auch falsch."

„Nein, das glaube ich nicht, Herr Timmermann." Lena trank einen Schluck Tee, der inzwischen fast kalt war. „Ich habe auch so ein Gefühl, dass hier etwas nicht stimmen könnte." Sie sah auf ihre Uhr. „Allerdings muss ich jetzt los. Haben Sie heute Abend vielleicht Zeit? Wir könnten uns dann weiter unterhalten."

Die Augen des jungen Polizisten leuchteten. „Um sechs bei mir?"

Nach der Schule traf sich Malte mit einigen Freunden auf dem Sportplatz des Schulgeländes. Sie kickten dort ein bisschen, einer stellte sich ins Tor, und sie übten sich in Torschüssen. Ihr großer Traum war es, eine eigene Schulmannschaft aufzustellen, aber dazu fehlte es an Spielern und an Qualität. Bis dahin spielten sie eben für sich, und das gar nicht mal schlecht, wie Malte fand. Und sie konnten ja träumen.

„Pause!", rief Jens nach einer knappen Stunde. Er war immer der erste, der schlapp machte.

Aber die anderen hatten sich an die Pausen schon gewöhnt und folgten gern seinem Aufruf. Wenig später saßen die sieben Jungs auf der Bank hinter dem Tor, einige auf der Rückenlehne, und Clemens lag ausgestreckt auf dem Rasen. „Mann, bin ich fertig", ächzte er.

Das waren die anderen auch, aber alle lachten über Clemens. Malte nahm seinen Isodrink aus der Sporttasche.

„Was ist eigentlich mit Lars?", fragte Jens. „Der hat echt gut gespielt."

„Der hängt neuerdings mit zwei Idioten aus Stade rum", stellte Paul fest. „Einer von den Pennern hat ständig neue Autos, damit fahren sie nach Hamburg."

„Aha. Und was machen sie da?", fragte Tom.

„Keine Ahnung. Angeben vermutlich. Das, was Idioten am besten können."

„Ich werd auch bald mit Fahrstunden anfangen", verkündete Niklas. „Ich hab das Geld fast zusammen."

Jeder hatte etwas zu dem Thema beizutragen. Einige bereiteten sich auf die erste Fahrprüfung vor, Jens hatte sie in der letzten Woche bestanden und erzählte noch mal von zwei kritischen Situationen während der Prüfung.

Bastian legte den Arm um Maltes Schultern. „Nur unser kleiner Öko hier ist nicht dabei."

„Warum auch. Ich habe ein tolles Fahrrad."

„Genau", japste Jens. „Und wenn du mal alt bist, kaufst du dir einfach ein e-Bike."

„Wir könnten Lars doch fragen, ob er nicht wieder mitmachen will. Ich finde, wir sind im Augenblick ziemlich gut in Form", schlug Paul vor. „Und wenn wir einen Aushang machen, kriegen wir bestimmt noch drei Spieler zusammen."

„Gut, dann ist der Plan, dass Paul einen Aushang macht und Lars fragt, ob er wieder mit uns trainiert." Jens richtete sich auf und stützte sich auf die Ellenbogen. „Alles klar. Dann machen wir jetzt weiter."

Bei den Worten *um sechs bei mir* hatte Lena erwartet, dass sie sich bei Kevin Timmermann zu Hause treffen würden. Aber auf ihre Nachfrage, wo er denn wohnte, hatte die Antwort gelautet: „Bei meiner Mutter. Wir treffen uns auf dem Revier."

Sie war etwas spät dran, weil ihr Heinz Mahler einen endlosen Vortrag über die Vor- und Nachteile des Heizungsgesetzes gehalten hatte. Es war schon viertel nach sechs, als sie die Türklinke zum Revier hinunterdrücken wollte, aber die Tür war geschlossen. Ein Schild wies darauf hin, dass die Dienststelle von 9 bis 18. Uhr geöffnet war. Außerhalb dieser Zeiten solle man 110 wählen oder sich an die Dienststellen in Buxtehude oder Stade wenden. Lena klopfte, und nach einer Weile öffnete Timmermann.

„Hi, kommen Sie rein."

Lena betrat das Revier, und Timmermann schloss hinter ihr ab.

„Wir gehen in meine Kammer."

Lena zog eine Flasche Apfelwein aus der Jackentasche. „Haben Sie zwei Gläser?"

„Kommen sofort."

„Ich würde sagen, dass ich die Ältere bin", erklärte Lena, als sie anstießen. „Ich bin Lena."

„Kevin", sagte Kevin Timmermann etwas verlegen.

„Freut mich. Also, wo waren wir stehen geblieben?"

Kevin stellte sich vor seine Ermittlungswand. „Bei den beiden Stürzen und der Frage, ob es sich um Zufälle und Unfälle handelt."

„Konntest du schon etwas über den Ring in Erfahrung bringen, den ich gefunden habe?" Lena hatte sich auf den offenbar ausrangierten Drehstuhl gesetzt, dessen Gasdruckfeder defekt war, weshalb sie ziemlich tief saß. Aber nach einem anstrengenden Tag konnte sie es gebrauchen, ein wenig zu sitzen.

„Er wurde nicht als vermisst gemeldet. Mehr habe ich noch nicht geprüft. Meinst du, ich sollte Fotos aufhängen und den Eigentümer suchen?"

Lena drehte die Sitzfläche von links nach rechts. „Schwer zu sagen. Wenn der Ring jemandem gehört, der etwas auf dem Kerbholz hat, wird er sich kaum melden. Und wenn der Eigentümer etwas beobachtet hat, vielleicht auch nicht. Er müsste sich fragen lassen, warum er sich nicht früher gemeldet hat." Sie hielt in der Bewegung inne. „Vielleicht eignet sich der Ring eher dazu, jemanden zu überführen."

Kevin verschränkte die Hände hinter dem Rücken. „Das bedeutet, dass es einen Täter gibt. Und wo ein Täter, da auch eine Tat."

„Oder zwei." Lena wandte sich nach links. „Was ist das denn?" Sie stand auf und ging näher an die Aufnahmen einer zerstörten Fassade heran. Das Motiv kannte sie. „Sind das die gesprengten Geldautomaten?"

Kevin drehte sich um. „Ja. In dieser Sache ermitteln die Kollegen aus Stade."

„Aha?" Lena sah ihn an. „Obwohl das hier bei dir in Jork passiert ist?"

Er betrachtete die Aufnahmen. „Das ist ja eine eindeutige Straftat. Also eine Sache für die Kripo."

„Das muss einen ordentlichen Wumms gegeben haben."

„Hat es", bestätigte Kevin. „Das Diensttelefon stand nicht mehr still, weil alle Leute vor Schreck aus dem Bett gefallen sind. Die meisten waren jedenfalls schon im Bett. Ich war natürlich als Erster da." Er grinste Lena an. „Ich hab gar nicht erst meinen Pyjama ausgezogen, sondern bin so in die Uniform gestiegen und hin gerast. Da waren die Kerle noch da."

„Was? Das war ja gefährlich!"

„Sie waren in der Überzahl, das schon", erklärte er und warf sich in die Brust. „Immerhin drei Täter. Zwei waren damit beschäftigt, die Geldkassette aus einem der Automaten herauszubrechen. Bei der Explosion ist das Gehäuse des Automaten nicht vollständig zerstört worden. Die Kollegen haben später festgestellt, dass sich eine Metallschiene verklemmt hat."

„Und haben sie es geschafft, die Kassette herauszubekommen?"

Kevin nickte. „Haben sie. Die waren wohl nicht besonders geübt. Bei dem zweiten Geldautomaten haben sie eine größere Sprengladung angebracht, die sogar die Geldkassette geknackt hat." Er deutete auf eines der Fotos. „Allerdings hat das dazu geführt, dass die Scheine durch die Luft geflogen sind. Als ich eintraf, war noch einer damit befasst, die Geldscheine einzusammeln."

Lena betrachtete die Aufnahmen. Man kannte solchen Szenarien immer nur aus Filmen. Wenn in finsterer regennasser Nacht Polizeiwagen heranrasten, Polizisten heraussprangen und ihre Waffen zogen. Je nach Film hoben die

Verbrecher die Hände und ergaben sich oder sie schossen zurück. Einige flüchteten, und dann gab es eine Verfolgungsjagd mit quietschenden Reifen. In Jork alles nicht denkbar. Sie erinnerte sich an die mäßig gelungenen Fotos, die Isabel gemacht hatte, und ging näher an die Aufnahmen heran. „Und musstest du schießen?“, fragte sie.

Kevin verzog das Gesicht. „Ich habe geschossen.“

Die Aufnahmen an Kevins Ermittlungstafel waren deutlich professioneller als Isabels. „Und getroffen“, stellte sie fest und deutete auf die Blutflecken auf dem Gehweg.

„Ja, einer der Täter war offenbar verletzt. Aber die Verletzung kann auch durch herumfliegende Teile hervorgerufen worden sein.“

„Du weißt nicht, ob du einen der Täter getroffen hast?“

„Na ja, ich kam erst an, als das meiste gelaufen war. Als die Täter den Polizeiwagen gesehen haben, sind sie natürlich abgehauen. Ich habe einen Warnschuss abgegeben und dann versucht, einen der fliehenden Täter zu verfolgen. Dabei habe ich auf die Beine gezielt. Kann sein, dass ich ihn noch getroffen habe. Aber es war höchstens ein Streifschuss. Jedenfalls wurde niemand in den umliegenden Krankenhäusern mit einer Schussverletzung eingeliefert.“ Kevin seufzte. „Wie auch immer. Darum kümmern sich die Kollegen aus Stade, und ich habe hier diese Sache mit den beiden Todesfällen.“

„Verstehe. Okay.“ Lena stand auf. „Also, erst ist Richard von Kiesow die Kellertreppe runtergefallen. Das Licht war an, er trug allerdings Hausschlappen. Könnte also sein, dass er sich ein Bier holen wollte und gestolpert ist." Nachdenklich trank Lena einen Schluck Wein. „Aber dann wäre er vorwärts gefallen, und selbst, wenn er sich einmal überschlagen hätte, um so zum Liegen zu kommen, wie er hier liegt, müsste er doch Verletzungen im Gesicht haben." Sie stieß beinahe mit der Nase gegen das Foto. „Aber sein Gesicht sieht unbeschädigt aus, oder?"

„War es auch. Er hatte eine starke Verletzung am Hinterkopf. Sieht man ja auch am Blut."

„Hast du Fotos vom Keller gemacht? Also von dem, was drin war?"

Kevin schüttelte den Kopf. „Nein, ich dachte nicht, dass das notwendig ist. Dort stand jede Menge Gerümpel herum. So wie vermutlich in fast jedem Keller."

„Es könnte natürlich auch sein, dass von Kiesow in den Keller runtergehen wollte, sich dann aus irgendwelchen Gründen anders entschieden hat, sich umdrehte, das Gleichgewicht verloren hat und rückwärts die Treppe runtergefallen ist. Allerdings müssten wir dann wissen, warum es zu dieser Unachtsamkeit gekommen ist."

Ganz links an der Wand hing Kevins Bericht über den Leichenfund. Er hatte notiert, dass der alte Dorfarzt zum Zeitpunkt seines Auffindens etwa zwölf Stunden tot war.

„Das hat der Notarzt gesagt", erklärte Kevin. „Er hat festgestellt, dass sich die Leichenstarre schon wieder löste."

„Ich habe diesen Wikinger von der Feuerwehr getroffen, wie heißt er noch?"

„Meinst du Birger?"

„Richtig, Birger. Er hat gesagt, dass die Feuerwehr ebenfalls vor Ort war."

„Das stimmt. Margot Ohlsen, das ist Richard von Kiesows Nachbarin, hat sich gewundert, dass von Kiesow an jenem Morgen nicht seine Zeitung aus dem Zeitungsrohr am Gartenzaun genommen hat. Sie ist reingegangen, hat ihn im Keller gefunden und 112 gewählt. Die Freiwillige Feuerwehr Jork ist ausgerückt, hat festgestellt, dass da nichts mehr zu machen war, und den Notarzt gerufen, damit er den Tod feststellt."

Lena nickte nachdenklich. Das klang wie die plausible Wiedergabe eines häuslichen Unfalls. „Von Kiesow hat allein gelebt?"

„Ja. Im Alter sind solche Notrufknöpfe vermutlich nicht die schlechteste Sache, aber wer weiß schon, ob von Kiesow überhaupt noch Gelegenheit gehabt hätte, ihn zu drücken."

Kevin hatte die Hände in den Taschen seiner Uniformhose versenkt und hob die Schultern. „Klingt alles ganz plausibel, oder? Und trotzdem habe ich so ein merkwürdiges Gefühl."

„Das verstehe ich. Ich finde es merkwürdig, wie der Leichnam dort am Fuß der Treppe liegt." Lena stellte sich neben Kevin. „Außerdem gibt es etwas, das du vielleicht wissen solltest."

Der Polizeiobermeister war einen Kopf größer als sie und sah zu ihr herunter. „Was denn?"

„Der Schornstein des Hauses ist stillgelegt und funktioniert wie ein Hörrohr."

Der junge Polizist legte die Stirn in Falten. „Und was bedeutet das?"

„Es ist lediglich eine Feststellung. Das, was im Wohnzimmer gesprochen wird, kann man durch den Schornstein hören. Ob das irgendwie mit dem Tod von Richard von Kiesow zusammenhängt, weiß ich nicht."

Kevin kratzte sich am Kopf. „Aber vielleicht mit dem Tod von Hans Moll."

„Das hab ich auch gedacht."

Er griff nach seinem Weinglas. „Das ist alles ziemlich verwirrend. Ob Hans Moll etwas durch den Schornstein gehört hat und vor Schreck vom Dach gefallen ist?"

„Was sollte das sein?" Lena schüttelte den Kopf. „Ist doch eher unwahrscheinlich, oder? Warum sollte er sich erschrecken? Wer hat denn überhaupt Zugang zum Haus gehabt?"

Kevin hob die Schultern. „Na, Stamer natürlich."

„Dann musst du mit ihm sprechen."

„Vielleicht haben sich in dem Haus Leute aufgehalten, die dort nichts zu suchen hatten. Und erst hat Richard von Kiesow etwas gehört und ist die Kellertreppe runtergefallen, und dann Hans Moll."

„Aber wer könnte das gewesen sein?", überlegte Lena laut. „Hat Stamer schon zu Lebzeiten von Richard von Kiesow versucht, das Haus zu verkaufen?"

„Glaub ich nicht. Wenn das ein richtig guter Schuppen wäre, vielleicht. Aber Stamer wird das Haus ja nicht los."

Lena gähnte. „Ich kann nicht mehr klar denken, Kevin. Aber wir haben doch eine Menge Ansatzpunkte für weitere Ermittlungen."

„Ja." Kevin strahlte. „Danke."

„Oh, ich hab nichts gemacht." Lena gähnte nochmal. „Wir haben uns doch nur unterhalten."

Kapitel 5

Eigentlich wollte Kevin am nächsten Morgen als Erstes Klaas Stamer aufsuchen, aber ihm fiel gerade noch rechtzeitig ein, dass Makler ihr Geschäft nicht vor zehn Uhr morgens öffneten. Dann dachte er daran, zum Bürgermeister zu gehen, aber im Rathaus erhielt er die Auskunft, dass Hajo von Kiesow nicht vor Mittag erscheinen würde. Irgendwie raubte ihm diese Ergebnislosigkeit gleich zu Tagesbeginn die Energie. Er kehrte in die Wache zurück und saß eine Weile deprimiert da. Aber dann kam ihm eine Idee. Er war ja schließlich die Polizei. Also griff er zum Hörer. Inzwischen war es kurz nach zehn, und Stamers Mitarbeiter nahm ab.

„Guten Morgen, Polizei Altes Land, Dienststelle Jork, Polizeiobermeister Timmermann am Apparat. Ich möchte gern Herrn Stamer sprechen."

„Guten Morgen, Herr Polizei… Herr Timmermann, der Chef ist zu auswärtigen Terminen unterwegs."

„Nicht so schlimm. Sagen Sie ihm bitte, dass er im Laufe des Vormittags auf dem Revier vorsprechen möchte. Ich habe noch einige Fragen zum Tod von Richard von Kiesow."

„Von Kiesow? Aber was soll Herr Stamer denn dazu sagen?"

„Das würde ich gern selbst mit ihm besprechen. Danke."

Kevin legte auf und fühlte sich ziemlich gut. Souverän ein Telefonat geführt.

Am späten Vormittag hatte Lena ein wenig Zeit zwischen zwei Terminen. Ihre Hoffnung, dass sich von Kiesows Nachbarin zeigen würde, wenn sie sich im Garten des Toten herumdrückte, ging in Erfüllung. Sie betrachtete gerade einige Obstbäume, bei denen sie keine Ahnung hatte, welche Früchte daran wohl wachsen würden, als die Hintertür des Nachbarhauses geöffnet wurde und ein kläffender Pudel herausstürmte. Er blieb hinter dem Jägerzaun stehen, den kleinen Körper angespannt und bellte sie wütend an.

„Ruhig, Linus, das ist die Frau Schornsteinfegerin, und die darf man nicht anbellen." Das Frauchen folgte dem Hund. Eine etwa sechzigjährige Frau mit modernem grauen Kurzhaarschnitt und Jeans. „Moin."

„Moin. Ich bin Lena Becker."

„Margot Ohlsen. Wollen Sie da jetzt auch noch mal aufs Dach rauf?"

„Nein, da war ich schon. Ich wollte mich hier nur ein bisschen umsehen."

„Wollen Sie das Haus kaufen?" Margot Ohlsen legte die Stirn in Falten. „Dann handeln Sie aber einen ordentlichen Preis mit Klaas aus. Der denkt, der kann hier alle übers Ohr hauen. Aber Richard hat seit einer Weile nicht mehr viel gemacht am Haus. Da können Sie noch ordentlich Geld reinstecken. Aber wem erzähl ich das. Sie sind ja vom Fach."

„Na ja, was die energetische Sanierung und die Heizungsanlage anbetrifft, vielleicht, aber mit den Fachwerkhäusern hier im Alten Land kenne ich mich ehrlich gesagt nicht besonders gut aus."

„Sind hübsch anzusehen mit ihren Giebeln und den angeordneten Ziegeln in den Fächern. Richards Haus ist noch richtig alt." Frau Ohlsen deutete auf ihr eigenes Haus. „Meins ist etwas jünger. Zu der Zeit hat man diese weißen Säulen vor den Eingängen angebracht."

„Sieht hübsch aus, auch wenn es wie eine Art Stilbruch wirkt." Tatsächlich war das Nachbarhaus hübsch und gut in Schuss, aber Lena wollte eigentlich etwas anderes wissen. „War Herr von Kiesow ein angenehmer Nachbar?"

„Er war in Ordnung. Zuletzt konnte er nicht mehr so viel. Sieht man ja auch am Garten." Frau Ohlsen deutete auf das hoch gewachsene Gras. „Sein Neffe hat sich immer um ihn gekümmert. Jetzt müsste Klaas den Gärtner mal wieder hier durchschicken." Frau Ohlsen tätschelte dem Pudel, der sich beruhigt hatte, den Kopf. „Ist aber schon ein bisschen einsam ohne ihn. Wir haben uns eigentlich täglich unterhalten. Ich muss sagen, dass ich zuletzt auch ein bisschen

Angst um ihn hatte und erst beruhigt war, wenn ich ihn gesehen habe."

„Deshalb waren Sie auch beunruhigt, als er an dem Tag seine Zeitung nicht reingeholt hat?"

„Ja, das war ja sehr ungewöhnlich. Ich geh immer um acht Uhr mit Linus Gassi, und da hat Richard die Zeitung sonst immer schon reingeholt. Er hat immer in der gemütlichen Sitzecke seinen Morgenkaffee getrunken und die Zeitung gelesen. Und wenn wir uns dann über den Zaun hinweg unterhalten haben, hat er sich über die Politik verbreitet."

„Herr von Kiesow hat allein gelebt, oder?"

„Ja, seine Frau ist schon vor einigen Jahren verstorben. Kinder hatten sie nicht. Deshalb hat er, glaube ich, auch so lange wie möglich gearbeitet. Es wurde ihm dann doch ein wenig zu anstrengend. Aber sein Neffe ist ja hin und wieder vorbeigekommen. Und noch öfter der Sohn des Neffen. Der hat hier auch den Rasen gemäht und Unkraut gezupft. Netter junger Mann, der mir auch hin und wieder hilft."

„Und an dem Abend, bevor Sie Herrn von Kiesow gefunden haben, ist Ihnen nichts aufgefallen?"

„Ich war ja nicht da!" Margot Ohlsen schüttelte den Kopf. „Sie glauben gar nicht, wie oft ich darüber nachdenke. Aber andererseits, wenn er die Kellertreppe runterfällt, krieg ich das ja nicht mit."

Lena nickte. Kevin hatte gesagt, dass das Kellerlicht eingeschaltet gewesen war, als er eintraf. „Haben Sie das Licht im Keller angemacht, als Sie Herrn von Kiesow gefunden haben?"

„Ich? Nein, das war schon an. Die haben dann ja auch festgestellt, dass er schon am Abend vorher runtergefallen ist. Da hat er vermutlich selbst das Licht angeknipst, bevor er die Treppe runtergefallen ist."

Hinter dem Haus erstreckte sich eine große Wiese. Ein Umstand, der das Haus mit dem weiten Blick ins Grüne interessant machte. Aber in diesem Fall bedeutete es natürlich, dass keinem Nachbarn auffallen konnte, wenn die ganze Nacht über das Licht im Keller brannte.

„Machen Sie sich Sorgen, weil er im Haus verstorben ist? Ich meine, wenn Sie es kaufen wollen?"

„Ich weiß gar nicht, ob ich das Haus kaufen will. Aber dieser Umstand würde für mich keine Rolle bei der Entscheidung spielen."

Frau Ohlsen ließ den Blick über Lenas Kluft wandern. „Und Sie sind jetzt die Nachfolgerin vom Herrn Moll?"

„Ja. Rufen Sie mich gern an, wenn Ihre nächste Feuerstättenschau ansteht." Sie reichte der Frau ihre Visitenkarte.

„Bei mir steht, glaube ich, erst mal eine neue Heizungsanlage an, bevor Sie sich hier was anschauen können", stellte Frau Ohlsen fest, während sie die Visitenkarte studierte. „Dazu könnten Sie mir vielleicht mal was erzählen. Also, was man denn nun eigentlich einbauen soll in so ein altes Haus."

„Ist schon in Planung." Tatsächlich hatten sich schon einige Bewohner Jorks an Lena gewandt, um sich zu diesem Thema schlau zu machen. Das, was man von der Politik hörte, war tatsächlich ziemlich unfachmännisch und unausgegoren. „Ich will eine Informationsveranstaltung abhalten, aber die muss ich noch vorbereiten.“ Lena sah auf ihre Armbanduhr. „Ich muss jetzt auch los.“

Stamer tauchte erst nach zwölf im Polizeirevier auf. Kevin verdrehte innerlich die Augen. So ein toller Kerl war der Makler nun wirklich nicht. Vermutlich hatte er irgendwo die Zeit vertrödelt, um zu spät zu kommen und geschäftig zu wirken. Jetzt stand er vor dem Empfangstresen und zog die Hemdmanschetten aus den Jackettärmeln hervor.

„Herr Timmermann, mein Office sagte mir, dass Sie mich sprechen möchten.“

„Richtig. Ich möchte eine Befragung vornehmen.“

Stamer hielt inne und hob die Augenbraue. „Befragung? Wozu?“

„Es geht noch einmal um die Todesfälle im Zusammenhang mit dem Haus von Richard von Kiesow, Herr Stamer.“

„Och nö, es wär mir wirklich lieb, wenn wir nicht so ein Theater darum machen würden.“ Stamer beugte sich über den Tresen. „Was wollen Sie denn wissen?“

„Wir gehen hier drüben in den Besprechungsraum.“

Stamer schnalzte mit der Zunge und setzte eine genervte Miene auf.

„Wenn wir uns ranhalten, geht es ganz schnell.“ Kevin stellte den Anrufbeantworter ein, auf dem Anrufer gebeten wurden, die Dienststelle in Stade oder den Notruf zu wählen.

Er öffnete die Tür zum Vernehmungsraum und deutete auf den Besucherstuhl. Er drehte das Mikrofon in Stamers Richtung und schaltete es ein.

„Echt jetzt?", fragte Stamer.

Kevin nahm Ort, Datum, Uhrzeit und die Personalien der Anwesenden auf.

„Mensch, Herr Timmermann, das wissen wir doch alles schon."

„Ist fürs Protokoll. Herr Stamer."

„Ja?"

„Wann und von wem haben Sie den Auftrag erhalten, das Haus von Richard von Kiesow zu verkaufen."

„Sie meinen das wirklich ernst, oder?" Klaas Stamer sah sich um. „Hier, so offiziell wie im Fernsehen und so."

„Wir sind nicht im Fernsehen, es läuft auch nur eine Bandaufnahme, keine Kamera. Bitte beantworten Sie meine Frage."

„Vom Bürgermeister."

„Hajo von Kiesow", sagte Kevin. „Wann haben Sie den Auftrag erhalten?"

„Nachdem die Formalitäten geklärt waren, Erbschein und so. Das war etwa vor eineinhalb Monaten."

„Nicht schon früher?"

Klaas Stamer legte die Stirn in Falten. „Wie, früher?"

„Zu einem früheren Zeitpunkt", präzisierte Kevin. „Beispielsweise als Richard von Kiesow noch lebte."

„Hä? Was soll das denn? Der Alte von Kiesow wollte sein Haus nicht verkaufen, und sein Neffe, der Bürgermeister, braucht keines, der hat nämlich schon eines."

„Also hat Hajo von Kiesow seinen Onkel beerbt. Und darüber gibt es einen Erbschein."

„Was wollen Sie eigentlich die ganze Zeit mit diesen Scheinen? Erst die Becker mit dem Energieausweis und jetzt Sie mit dem Erbschein."

„Was ist denn mit dem Energieausweis?", fragte Kevin.

„Nichts."

„Und warum fragt dann Frau Becker danach?"

„Weiß nicht. Vielleicht weil sie hier Schornsteinfegerin ist."

„Bezirksschornsteinfegerin", präzisierte Kevin erneut. Das machte Spaß. Genauigkeit ist wichtig, das hatte er von seiner Mutter gelernt. Von ihr hatte er auch den Begriff Akkuratesse gelernt.

„Also, fassen wir zusammen", sagte Kevin. „Richard von Kiesow starb bei, sagen wir mal, einem häuslichen Unfall, sein Neffe Hajo von Kiesow ist zum Amtsgericht Stade und hat einen Erbschein beantragt, das dauerte, weil überlastet und so, und dann hat er Sie beauftragt, das Haus seines Onkels zu verkaufen."

Stamer musterte Kevin eine Weile und nickte dann.

„Sie müssen in das Mikrophon sprechen. Es erfolgt wie gesagt keine Bildaufnahme."

Stamer hob eine Augenbraue, beugte sich dann vor und sagte: „Ich bestätige die Worte des Herrn Polizeimeisters."

„Polizeiobermeisters Timmermann", korrigierte Kevin, dessen Laune sekündlich besser wurde. „Bisher haben Sie keinen Käufer", stellte er fest.

„Die Immobilie ist am Markt."

Jetzt betrachtete Kevin ihn. Er war froh, dass er selbst einen anderen Beruf als Makler ergriffen hatte. „Haben Sie bereits Besichtigungstermine durchgeführt?"

„Ja."

„Wie viele?"

„Das weiß ich nicht so genau. Mein Tablet ist im Auto. Ich kann es holen und nachsehen."

„Das können wir im Anschluss an die Besprechung machen. Besichtigen Sie mit den Interessenten auch den Garten?"

Stamer seufzte. „Wenn, dann meist nur kurz. Die Leute interessieren sich für das Haus, der Garten spielt meist erst bei einer zweiten Besichtigung eine Rolle, wenn sich die Leute ernsthaft für das Haus interessieren."

„Gab es Interessenten, die eine zweite Besichtigung wünschten?"

„Ja."

„Hat nach einem Besichtigungstermin einer Ihrer Kunden etwas vermisst?"

„Wie, vermisst?"

„Fehlte einem Kunden etwas? Hat er vielleicht etwas verloren?"

Klaas Stamer kniff die Augen zusammen. „Was sollte das gewesen sein?"

Kevin hatte kürzlich wieder den üblichen Spruch in einem Tatort gehört, wenn der Kommissar dem Verdächtigen sagt: Ich stelle hier die Fragen. Also sagte er: „Ich stelle hier die Fragen."

„Also, wissen Sie." Stamer konnte seine Empörung schlecht unterdrücken. „Nee, ist nix weggekommen. Jedenfalls hat sich niemand beklagt."

„Und Ihnen fehlt auch nichts." Kevin betrachtete Stamers Hände, der keine Ringe trug. Um sein rechtes Handgelenk hatte er eine ziemlich protzige Chromuhr gebunden, die aussah, als könne man damit problemlos tiefseetauchen. Die Elbe war jetzt nicht gerade tiefseeverdächtig.

„Nein. Herr Polizeiobermeister, können Sie mir mal sagen, wozu diese ganze Fragerei gut ist?"

Kevin legte die Tüte mit dem Ring auf den Tisch. „Kennen Sie diesen Ring?"

Etwas verdutzt betrachtete Stamer das Tütchen, hob es dann zwischen Zeigefinger und Daumen an und wendete die Tüte einmal. „Nein, kenne ich nicht."

„Den Ring haben Sie auch nicht am Finger eines Ihrer Kunden gesehen."

„Nein", erklärte Stamer und gab die Tüte zurück.

„Herr Stamer, gab es bei Gesprächen mit Kaufinteressenten oder sonstigen Beteiligten Situationen, die Sie für erwähnenswert halten?"

„Ich weiß nicht mal, was das für Situationen sein sollten."

„Eine eigenartige Frage, merkwürdiges Verhalten, auffällige Neugier für einen bestimmten Umstand?"

„Nein."

„Gut. Dann beende ich hiermit die Befragung um 12.43 Uhr. Vielen Dank für Ihre Kooperation, Herr Stamer." Kevin schaltete das Mikro aus.

Stamer hatte die Hände auf der Tischplatte gefaltet und sah Kevin an. „Das war es jetzt, oder wie?"

„Ja, Sie können gehen." Kevin hätte sehr gern noch gefragt, ob Stamer wusste, dass man durch den Schornstein des Hauses jedes Wort hören konnte, das im Wohnzimmer gesprochen wurde, aber auch das hatte er bei der Lektüre zahlreicher Krimis gelernt: Der Ermittler gab sein Wissen nicht frühzeitig preis, es sei denn, die Situation erforderte es. Er stand auf und schob seinen Stuhl unter den Tisch.

Stamer machte es ihm nach. „Ich guck dann mal eben nach meinem Tablet."

„Das wäre nett."

Kevin schaltete das Licht im Besprechungsraum aus und kehrte hinter den Tresen zurück, wo er den Anrufbeantworter abstellte. Stamer kam kurz darauf mit seinem Tablet herein und legte es auf den Tresen. „Ich habe fünfzehn Besichtigungen durchgeführt", erklärte er.

„Vermerken Sie auch Datum und Uhrzeit?"

„Ja."

„Gut, dann können Sie mir das vielleicht ausdrucken. Die Namen der Interessenten können Sie erstmal schwärzen."

„Herr Timmermann, also, dass da in dem Haus zwei Leute umgekommen sind, macht die Sache schon nicht einfacher, und die Frau Becker mit dem Energieausweis, und jetzt kommen Sie auch noch mit so komischen Fragen. Wie soll ich die Hütte denn da loswerden?"

Kevin blickte auf und sah Stamer an. „Machen Sie sich keine Sorgen, Herr Stamer. Wir arbeiten sehr diskret."

„Na, dann.“ Stamer klappte das Tablet zu. „Schönen Tag noch.“

„Ihnen auch.“

Der Anrufbeantworter vermeldete keine Anrufe in Abwesenheit, weshalb sich Kevin erst mal dem zufriedenen Gefühl über seine spektakuläre Befragungstechnik hingeben konnte.

Ihr letzter Termin vor der Mittagspause fand in der Nähe des Rathauses statt, weshalb Lena eine Planänderung vornahm und statt einen Mittagssnack im Café einzunehmen, einen Besuch im Rathaus machte. Dort stand sie eine Weile vor der Tafel, die Aufschluss über die einzelnen Abteilungen gab. Der freundliche Mann, der sie das letzte Mal direkt zum Einwohneramt geschleift hatte, befand sich diesmal nicht im Eingangsbereich. Heute musste sie allein klarkommen. Aber das konnte nicht so schwer sein für jemanden, der aus Hamburg kam mit seinen zahlreichen Ämtern und Abteilungen. Ihr Blick glitt von oben nach unten über die Tafel und blieb auf halber Höhe hängen, um wieder hochzuwandern. Bürgermeister Hajo von Kiesow las sie. Daran fand sie zwei Dinge bemerkenswert. War Hajo ein richtiger Name oder die Abkürzung für Hans-Joachim? Und hätte dann nicht der vollständige Name auf die Tafel gehört? Und zum anderen die Namensgleichheit mit Richard von Kiesow. Lena legte den Kopf schief. Warum sollte sie nicht mal ganz oben anfangen mit ihrer Anfrage, bevor sie sich durch das ganze Amt durchfragte. Der Bürgermeister residierte ein Stockwerk höher in Raum 1.1.

Lena stieg die Treppe hoch, ging den Gang entlang und studierte die neben den Türen angebrachten Schilder. Raum 1.0. hatte die Aufschrift *Vorzimmer Bürgermeister.* Lena klopfte und trat ein. Hinter einem höhenverstellbaren Schreibtisch stand eine etwa vierzigjährige Frau und tippte am PC.

„Moin." Sie strahlte. „Das Glück kommt zur Tür herein."

„Moin. Lena Becker, Bezirksschornsteinfegerin."

„Sieglinde Schramm. Schön, Sie zu sehen."

„Ich habe gerade Zeit zwischen zwei Terminen und wollte fragen, ob der Bürgermeister kurz Zeit für mich hat."

„Das wollen wir doch mal sehen." Die Mitarbeiterin kam hinter ihrem Schreibtisch hervor und klopfte an die Tür auf der rechten Seite. „Hajo, hier ist das Glück für dich." Sie winkte Lena heran und trat beiseite.

Lenas Blick fiel auf den Mann hinter dem wichtigen Holzschreibtisch. Sie kannte ihn. Er hatte sie das letzte Mal zur Anmeldung gebracht.

„Moin", grüßte sie. „Lena Becker. Wir kennen uns."

Obwohl sie damals keine Kluft getragen hatte, konnte sie sehen, dass er sie wiedererkannte. Besonders erfreut wirkte er nicht, aber da Frau Schramm die Tür hinter Lena bereits geschlossen hatte, konnte er sie schlecht hinauskomplimentieren, jedenfalls nicht, ohne unhöflich zu wirken. Er stand auf und kam ihr entgegen. Er trug Hemd und Anzughose, sein Jackett hing über der Rückenlehne seines Drehstuhls.

„Ich hoffe, es stört Sie nicht, wenn ich kein Jackett trage."

Lena nahm seine Hand. Er hatte einen angenehmen Händedruck, nicht zu fest, aber auch nicht zu schlaff. Er war etwas größer als sie und hatte ein sympathisches Gesicht.

„Nein, es stört mich nicht, wenn es Sie nicht stört, dass ich Sie überfalle."

Er lächelte. „Nehmen Sie Platz. Hat es kürzlich mit Ihrer Ummeldung geklappt?"

„Hat es. Obwohl ich noch nicht so richtig umgemeldet bin, weil ich noch in der Pension Zum Alten Land wohne."

„Aber dort wollen Sie vermutlich nicht dauerhaft bleiben", stellte von Kiesow fest, als sie sich gegenübersaßen.

Lena konnte vor ihm ausgebreitet Baupläne und Schriftstücke erkennen, die aussahen wie Gutachten.

„Nein, ich bin gerade auf der Suche nach einem Haus oder einer Wohnung. Sie kennen sicher den Makler Klaas Stamer. Er hat mir ein Haus gezeigt, das Richard von Kiesow gehörte. Sind Sie mit ihm verwandt?" Lena hielt seinem Blick stand, der von freundlich zu distanziert wechselte.

„Mein Onkel."

„Mein Beileid. Ich habe gehört, dass er verstorben ist."

„Danke." Von Kiesow faltete die Hände auf den Papieren vor sich. „Was kann ich denn für Sie tun, Frau Becker?"

Lena nahm zur Kenntnis, dass der Bürgermeister mit ihr nicht über seinen Onkel sprechen wollte. Und auch nicht über das Haus seines Onkels, anderenfalls hätte er sich vielleicht danach erkundigt, wie es ihr gefallen hatte.

„Ich bin zwar noch nicht lange in Jork, aber fast jeder Hauseigentümer, mit dem ich gesprochen habe, macht sich Sorgen wegen der Energiewende und deren Auswirkungen auf ihn, sein Haus und vor allem seinen Geldbeutel. Ich habe deshalb daran gedacht, eine Informationsveranstaltung durchzuführen, um den Leuten die Angst zu nehmen. Und Gerüchte durch Informationen zu ersetzen."

„Eine schöne Idee." Von Kiesow schaffte es mehr schlecht als recht, seine Ungeduld zu verbergen. „Und was kann ich dafür tun?"

„Nun, ich wollte mich einfach nur mit Ihnen abstimmen. Ich kann einen Raum suchen und die Veranstaltung auf eigene Faust durchführen, aber wir könnten den Vortrag auch als Gemeindeveranstaltung halten." Er schafft es kaum, ein Gähnen zu unterdrücken, dachte Lena. „Die alten Fachwerkhäuser sind eine ziemliche Herausforderung, was die Energieeffizienz anbetrifft. Vermutlich gibt es kein einziges Haus, dessen Fenster ohne Sonderanfertigung auskommen wird. Das bedeutet ziemlich hohe Kosten. Man muss die Fenster aber nicht in jedem Fall austauschen. Es gibt auch andere Maßnahmen."

„Frau Becker."

„Ja?"

„Sie sagen, dass Sie den Leuten die Angst nehmen wollen. Wenn Sie allerdings einen Vortrag darüber halten wollen, dass jeder teure Fenster einbauen muss, die er sich ohnehin nicht leisten kann, wird das doch eher zu Unruhe führen."

„Unruhe bedeutet ja noch keine Unruhen, Herr von Kiesow. Und es ist eben nicht erforderlich, sämtliche Fenster auszutauschen, die deutlich günstiger sind. Genau darum geht es. Also, was halten Sie von meinem Vorschlag?"

Hajo von Kiesow sah sie an. „Ich muss darüber nachdenken."

„Natürlich. Es ist bisher ja auch nur eine erste Idee, und natürlich will ich auf keinen Fall Unruhe stiften, sondern ganz im Gegenteil beunruhigte Gemüter beruhigen." Lena stand auf und schob den Besucherstuhl zurecht. „Vielen Dank für Ihre Zeit."

Hajo von Kiesow stand auf. „Wir bleiben in Kontakt. Ach, Frau Becker, wie hat Ihnen das Haus meines Onkels gefallen?"

„Gar nicht mal schlecht. Allerdings energieeffizienzmäßig sehr bedenklich." Lena lächelte, um deutlich zu machen, dass sie scherzte.

Hajo von Kiesow erwiderte das Lächeln. „Es ist wirklich ein schönes Haus, und es hängen einige Erinnerungen daran. Und über Ihren Plan werde ich mir Gedanken machen." Er ging zur Tür, aber bevor er sie erreichte, wurde sie von außen geöffnet.

„Herr Bürgermeister, Sie haben noch einen Besucher", sagte seine Assistentin.

Hinter ihr stand Kevin Timmermann und sah erst von Kiesow an, dann Lena.

„Tut mir leid, wenn ich störe“, sagte der junge Polizist.

„Ich wollte gerade gehen.“ Lena nickte ihm zu. „Auf Wiedersehen.“

Lena verließ das Büro und verabschiedete sich von Sieglinde Schramm.

„Kevin“, sagte Hajo und schloss die Tür hinter der Schornsteinfegerin. „Was gibt's?“

„Ich komme ungelegen, oder?“

Als er das erste Mal unterbrochen worden war, hatte Hajo gerade einen guten Gedanken gehabt, aber der war ihm inzwischen entfallen. Vielleicht würde er ihm wieder einfallen, wenn er mal Ruhe hatte und nicht ständig unterbrochen wurde. Hajo wies auf den Besucherstuhl. „Setz dich.“

Kevin setzte sich, schlug die langen, dünnen Beine übereinander und begann zu sprechen.

Hajo hatte immer gedacht, dass Rothaarige grundsätzlich grüne Augen hatten. Aufgrund einer genetischen Regelung oder eines biologischen Gesetzes oder so, aber diese Lena Becker hatte grünbraune Augen. Die Iris war von einem dunklen Grünton umrandet und innen braun. Dadurch hatte sie einen warmen Blick, und selbst wenn sie eine etwas spöttische Miene aufsetzte, wirkte sie immer noch herzlich. Allerdings musste er versuchen, ihr diese Vortragssache auszureden. Er hatte schon genug an allen Fronten damit zu tun, Apfelbauern, Dieter und Hartfelder und seine Truppe in Schach zu halten, damit sie seine Baupläne nicht schredderten. Da brauchte er nicht noch eine Schornsteinfegerin, die den Leuten Vorträge über dreifach verglaste Fenster und Wärmepumpen hielt.

Hajos Blick fiel auf das kleine Tütchen, das plötzlich auf seinem Tisch lag. „Was ist das?“

„Der Ring.“

„Welcher Ring?“

„Der Ring, über den ich gerade gesprochen habe?“, erklärte Kevin, dessen Stimme sich zum Satzende hin in die Höhe schraubte.

Scheiße, dachte Hajo. Statt zuzuhören, war ich in Gedanken bei dieser Frau. Das war schlecht. „Entschuldige, ich war nicht ganz bei der Sache.“ Er nahm die Tüte und betrachtete den Goldring. „Und woher hast du den?“

„Wie gesagt, der stammt aus dem Beet mit den Hortensien im Garten deines Onkels.“

„Aha?“ Hajo zog das Plastik über dem Ring glatt. Er konnte einen kleinen Stein erkennen, aber ansonsten war der Ring eher unauffällig. Er hatte ihn noch nie gesehen. „Den kenne ich nicht.“

Kevin nahm die Tüte zurück und nickte. „Warst du in letzter Zeit auf dem Grundstück deines Onkels?“

„Seit einer Weile nicht, nein. Ich finde im Augenblick keine Zeit. Warum fragst du das alles?“ Hajo deutete auf die Tüte. „Geht es um diesen Ring?“

Kevin legte den Kopf schief. „Es geht um die Frage, wie der Ring dorthin gekommen ist, wo er gefunden wurde.“

„Nun, offenbar hat ihn jemand dort verloren, oder?“

„Richtig.“

„Und es ist deine Aufgabe, den Besitzer zu finden? Warum gibst du ihn nicht bei den Kollegen im Fundbüro ab?“

„Vielleicht mache ich das.“ Die Tüte mit dem Ring verschwand in Kevins Hosentasche. Hajo hatte das Gefühl, dass der junge Polizist noch etwas sagen wollte, aber Kevin stand auf und verabschiedete sich.

„Tschüss“, sagte Hajo, und fragte sich, was das für ein Auftritt gewesen war.

Im Anschluss an ihren Besuch im Rathaus hatte Lena einen Termin bei Peter Sommer. Sie stand vor seiner Haustür und läutete geschlagene fünf Minuten, aber niemand öffnete. Dass ein Kunde den Termin mit dem Schornsteinfeger vergaß, kam eher selten vor. Und Peter Sommer hatte bei der Terminvereinbarung nicht vergesslich gewirkt. Irgendetwas sagte ihr, dass hier etwas nicht stimmte. Deshalb umrundete Lena das Haus und sah durch die Fenster ins Haus. Durch die Terrassentür konnte sie sehen, dass auf dem Wohnzimmerteppich ein Mann lag. Sie zog ihr Handy aus der Tasche und wählte 112.

Der Vorteil kurzer Wege war, dass sie schon wenig später das Martinshorn hörte. Unter den Männern, die kurz darauf aus dem Feuerwagen sprangen, war auch Birger. Die Feuerwehrmänner fackelten nicht lange, schlugen die Glasscheibe der Terrassentür ein und leisteten erste Hilfe. Als kurz darauf der Krankenwagen und ein Notarzt erschienen, wurde Herr Sommer nach Stade ins Krankenhaus gebracht.

Wenn sie ihren nächsten Kunden den Grund für ihre Verspätung nannte, wollten die natürlich alle Einzelheiten erfahren. Es wurde schon dunkel, als sie ihren letzten Kunden verließ. Für Büroarbeit fehlte ihr die Geduld. Die würde morgen immer noch da sein.

Ihr Weg führte sie an einer Kneipe mit dem Namen Elbpub vorbei. Auf ein Abendessen in ihrer Pension hatte sie nach diesem Tag keine Lust. Stattdessen stand ihr der Sinn nach einem Glas Bier oder zwei. Und irgendetwas zu essen gab es in einer Kneipe schließlich auch immer. Und wenn es Erdnüsse aus einer offenstehenden Schale auf dem Tresen waren. Alles, was sich außer den Erdnüssen darin befand, war möglicherweise gut zur Abhärtung des Immunsystems geeignet.

Lena stellte ihren Kastenwagen auf dem Parkplatz vor dem Pub ab. Die Hälfte der Plätze war frei, ganz vorn an der Straße stand ein alter Mercedes in Hellgrünmetallic. Zwei junge Männer lehnten daran und tranken Dosenbier.

Sie schlug die Wagentür zu und betrat das Pub. Es war einigermaßen düster, nicht besonders voll. Einige Tische waren besetzt, aber Lena setzte sich an den Tresen. Oberhalb der Bar, hinter der ein Spiegel angebracht war, wies eine beleuchtete Tafel die Snacks aus. Lena entschied sich für ein Viertel Pizza und betrachtete die Gäste, während sie wartete. Im Spiegel konnte sie sehen, dass die beiden Männer vom Parkplatz hereingekommen waren. Sie setzten sich ein Stück weiter an den Tresen, sodass zwischen ihnen und Lena ein freier Platz blieb. Der ältere von beiden bekam ein bisschen

Ärger, weil er seine Bierdose mit reingebracht hatte. Aber nachdem die beiden eine Bestellung aufgegeben hatten, beruhigte sich der Barkeeper wieder.

Lena versank in Gedanken, biss von ihrem Pizzaviertel ab und trank hin und wieder einen Schluck Bier, während sie den Tag Revue passieren ließ. Sie hatte im Krankenhaus angerufen, um sich nach dem Gesundheitszustand von Herrn Sommer zu erkundigen und eigentlich damit gerechnet, nach einer Abfrage, ob sie verwandt seien, abgewiesen zu werden. Aber als sie berichtete, dass sie Schornsteinfegerin war und den Patienten gefunden hatte, erhielt sie die Auskunft, dass Herr Sommer vier Stents erhalten habe und über den Berg sei. Den Termin zum Kaminkehren, wie die Krankenschwester es nannte, könne sie demnächst nachholen.

Nach dieser beruhigenden Auskunft hatte sie ein bisschen über den Bürgermeister nachgedacht. Besonders erfreut über Lenas Pläne schien er nicht gewesen zu sein. Dafür hatte er sich allerdings professionell höflich verhalten. In gewisser Weise hatte Lena auch Verständnis für die eingeschränkte Begeisterung der Leute. Veränderungen, die Geld kosteten und mit Behördenkontakt und Umbauten zu tun hatten, waren nun mal keine schöne Sache.

„Hi“, sagte plötzlich jemand neben ihr.

Lena grüßte automatisch zurück, nur um dann festzustellen, dass der junge Mann, der sich auf den Barhocker neben ihr setzte, mit den beiden Jungs auf seiner anderen Seite sprach.

Aber der neue Gast war höflich und reichte ihr die Hand. „Hi", sagte er zu ihr. „Ich bin Malte."

Irgendwie war es nicht sein Tag heute. Erst Lena Becker mit ihren unausgegorenen Plänen, dann Kevin mit dem Ring. Das Schlimme war, dass er beide zwar einigermaßen höflich hatte abwimmeln können, aber sie hatten ihm beide einen Floh ins Ohr gesetzt. Seine erste Reaktion auf die Pläne der Schornsteinfegerin waren Ablehnung gewesen, aber er war nicht Bürgermeister geworden, weil er keinen Sinn für Diplomatie hätte. In der heutigen Zeit energetische Maßnahmen abzulehnen, wäre politischer Selbstmord. Natürlich musste er mit der Zeit gehen, und auf keinen Fall durfte er riskieren, dass sich die Dinge verselbstständigten und sich eine Gegenbewegung bildete. Also würde er mit Frau Becker sprechen und versuchen, das Beste daraus zu machen. Was ihn eigentlich noch viel mehr beschäftigte, war diese Sache mit dem Ring. Kevin war ein guter Typ, und er selbst hatte ihn gebeten, herauszufinden, was im Haus seines Onkels geschehen war. Aber heute war Kevin hier aufgetreten, als sei Hajo verdächtig. Was sollte dieser verdammte Ring für eine Bedeutung haben? Den konnte doch jeder im Blumenbeet vor dem Haus seines Onkels verloren haben. Oder jede. Und zu allem Überfluss hatte er auch noch drei verpasste Anrufe von Susanne auf seinem Handy. Was zum Teufel wollte seine Exfrau von ihm? Er konnte sie anrufen, aber er konnte es auch lassen. Er drückte auf zurückrufen. Susanne ging dran, bevor es das zweite Mal läutete.

„Endlich."

„Hallo, Susanne. Was gibt's?"

„Ich habe Malte heute den ganzen Tag nicht erreicht. Weißt du, was mit ihm los ist?"

Hajo war aufgestanden und sah aus dem Bürofenster in die Dunkelheit. Er wollte sich nicht aufregen, denn dafür gab es keinen Grund. „Malte geht es gut. Wenn etwas nicht stimmt, melden wir uns. Das weißt du doch."

„Aber warum geht er nicht an sein Handy?"

„Er meldet sich nachher bei dir. Heute war er ziemlich beschäftigt." Die Wahrheit wollte er ihr nicht sagen. Die Wahrheit war, dass Malte die Freiheit ihrer Männer-WG genoss. Es war viel einfacher, Anrufe seiner Mutter zu ignorieren als ihren strafenden Blick, wenn er nach Hause kam.

„Aber er hätte doch kurz rangehen können."

„Susanne, wir wissen beide, dass du dir Sorgen machst, weil du ihn nicht mehr täglich siehst, aber ich verspreche dir, dass ich dich sofort anrufe, wenn etwas nicht stimmt. Okay?"

Susanne seufzte. „Okay. Danke."

„Ich lege jetzt auf. Bis bald." Hajo beendete das Gespräch und schaltete die Schreibtischlampe aus. Er musste jetzt nach Hause und irgendetwas für sich tun. Er könnte zum Beispiel mal wieder joggen.

Das Projekt Joggen fiel dem Projekt Staubsaugen zum Opfer, aber das war schließlich auch keine schlechte Sache. Nach einem Käsebrot setzte er sich mit einigen Unterlagen und einem Glas Rotwein aufs Sofa. Ihm fielen schon die

Augen zu, und er träumte von einer rothaarigen Schornsteinfegerin, die ihn mit einem Ring verfolgte, als die Haustür geöffnet wurde. Erschrocken setzte er sich auf.

„Hi, Dad."

Hajo rieb sich die Augen. Er hätte schon längst zu Bett gehen sollen. Jetzt würde er erst mal wieder wachliegen, bevor er einschlafen konnte.

Malte ließ sich neben ihn aufs Sofa fallen. „Wie geht's?"

„Müde." Hajo beugte sich vor, um einige Papiere vom Boden aufzusammeln, die ihm vom Schoß gerutscht waren.

„Dann solltest du ins Bett gehen, alter Mann."

„Mach ich auch." Hajo stapelte die Unterlagen auf dem Couchtisch. „Warst du in einer Kneipe? Du riechst so komisch."

Sein Sohn schnupperte an seinem Hoodie. „Riecht ganz normal. In der Kneipe war ich aber trotzdem. Hab ne tolle Frau kennengelernt."

„Aha?"

„Nix aha. Viel zu alt für mich. Aber voll nett und schlau." Malte schubste die Sneaker von den Füßen und legte die Füße auf den Tisch. Die Hände verschränkte er im Nacken.

„Hm, nett und schlau? Beides? Da spielt doch das Alter keine Rolle mehr."

„Musst du ja wissen. Ist auch eher deine Altersgruppe."

„Apropos Frauen. Ruf mal bitte morgen deine Mutter an und sprich mit ihr. Und zwar nett. Ich glaube, sie fühlt sich ein bisschen ausgebootet. Vielleicht sitzt sie zu Hause und macht sich Gedanken darüber, was wir so tun."

„Wir tun doch nichts Verbotenes." Malte beugte sich vor und griff nach der Fernbedienung. „Zeit für dich ins Bett zu gehen", sagte er und schaltete einen Musiksender an.

„Das glaube ich auch." Hajo stand auf, verstaute die Unterlagen im Aktenkoffer und stieg die Treppe hoch.

Kapitel 6

Beim Frühstück hatte Kevin ein langes Gespräch mit seiner Mutter über Schmuck geführt. Diese Sache mit dem Ring war ihm nicht mehr aus dem Kopf gegangen, weshalb er das Thema angesprochen hatte. Seine Mutter hatte praktisch zu jedem Thema eine Meinung und auch von fast allem Ahnung. Ihre erste Frage war gewesen, ob es sich um einen Herren- oder Damenring handelte. Das wusste Kevin nicht, und seine Mutter hatte ihn belehrt, dass er das doch ganz leicht an der Größe feststellen konnte. Männer hätten eine durchschnittliche Ringgröße von 59 bis 61, Frauen von 52 oder 53. Ausnahmen würden die Regel bestätigen, und natürlich gäbe es auch Männer mit dürren Fingern oder übergewichtige Frauen mit dicken Fingern, die die Regel völlig außer Kraft setzten.

Irgendwie war das Gespräch dann abgedriftet, und seine Mutter war auf Sandra Kleen zu sprechen gekommen, eine recht korpulente Schulfreundin von Kevin. Und als seine Mutter dann begonnen hatte, darüber zu lamentieren, dass das Mädchen neben seiner Körperfülle einiges mehr zu bieten gehabt hatte, hatte Kevin dringende Geschäfte vorgeschützt.

Mit einem Becher Kaffee saß er jetzt in der Abseite seiner Dienststelle und betrachtete seine Ermittlungstafel. In der Hand hielt er die Beweismitteltüte mit dem Ring.

„Das Schlimme ist", sagte er zu dem Ring, „dass du möglicherweise überhaupt keine Rolle spielst. Aber wenn doch, dann bin ich der Gelackmeierte."

Es war erst kurz nach neun. Juwelier Fölschau, der einzige Schmuckhändler in Jork, öffnete erst um zehn. Und dann würde er seine Ermittlungen fortsetzen.

Lena hatte am Abend ein bisschen zu tief ins Glas geschaut. Aber ihre Gesellschaft war so nett gewesen, dass es immer später geworden war und sie noch zwei weitere Runden bestellt hatte. Allerdings nur für ihren neuen Freund Malte und nicht für seine beiden Kumpel, die nach einer Weile das Interesse an dem Gespräch verloren und sich verabschiedet hatten.

Lena richtete sich auf und sehnte sich zum ersten Mal, seit sie in Jork war, nach einer eigenen Küche. Eine Tasse starker Kaffee, bevor sie unter die Dusche ging, wäre wirklich wundervoll. Aber dazu musste sie sich erst mal für eine Immobilie entscheiden. Und das konnte sie schlecht vom Bett aus machen. Also hieß es aufstehen.

Frisch geduscht und nach drei Tassen Kaffee stieg sie in ihren Kastenwagen und machte sich auf den Weg zum Haus von Hans Moll. Sie musste die Aufträge vom Vortag nachbereiten und arbeitete deshalb auch am Samstag.

„Guten Morgen, Frau Becker." Frau Moll begrüßte sie in offenbar aufgeräumter Stimmung. „Käffchen?"

„Gern." Lena stellte ihre Route für den Tag zusammen und suchte die Unterlagen der Kunden heraus, die ihr Vorgänger ordentlich alphabetisch sortiert hatte. Sie musste sich dringend um die Digitalisierung ihres künftigen Büros kümmern, wenn sie nicht in ihrem künftigen Arbeitszimmer unter Aktenbergen ersticken wollte. Nachdem Frau Moll ihr Kaffee gebracht hatte, war sie irgendwo im Haus verschwunden, und kurz darauf war der Staubsauger zu hören.

Lena ging zum Aktenschrank und nahm die Akte für die Immobilie von Richard von Kiesow heraus. Die Vorschrift sah eine Feuerstättenschau zweimal in sieben Jahren vor, aber Hans Moll hatte die Prüfung der Heizungsanlage sogar alle zwei Jahre durchgeführt. Die Anlage, die mit Gas betrieben wurde, war nicht mehr ganz neu und bei den letzten beiden Prüfungen hatte ihr Vorgänger Mängel festgestellt. Nachdem diese von einer Heizungsfirma behoben worden waren, war die zweite Begutachtung dann anstandslos erfolgt. Die letzte Überprüfung hatte ein dreiviertel Jahr vor Richard von Kiesows Tod stattgefunden. Die nächste Prüfung war von Klaas Stamer in Auftrag gegeben worden, und zwar schon einen Monat nach dem Tod des Eigentümers. Und das brachte sie wieder zu Hajo von Kiesow, der nach dem Tod seines Onkels mit erstaunlicher Eile den Verkauf des Hauses vorbereitet hatte.

Im Haus wurde der Staubsauger abgestellt, und Lena verstaute die Unterlagen wieder im Schrank. Für den Umstand, warum Hans Moll kurz darauf ein zweites Mal auf das Dach des Hauses von Kiesow gestiegen war, gab es in Lenas Augen nur eine Erklärung. Er hatte herausgefunden, dass man durch den Schornstein Gespräche hören konnte, die im Wohnzimmer geführt wurden. Aber diesen Effekt hätte er schon bei einem seiner zahlreichen früheren Feuerstättenschauen bemerken müssen. Oder vielleicht auch nicht, wenn der Dorfarzt allein lebte. Andererseits hätte Moll ein Gespräch zwischen dem Arzt und seiner zwischenzeitlich verstorbenen Ehefrau oder einem anderen Dritten mit angehört haben können. Vielleicht hatte er ein Gespräch zwischen Klaas Stamer und Hajo von Kiesow mit anhören wollen. Sie mochte es sich gar nicht vorstellen, dass einer der beiden mit dem Tod ihres Vorgängers zu tun hatte. Und sie konnte es sich auch nicht vorstellen.

Gerd kam um kurz nach neun in die Redaktion der Zeitung News Jork.

„Was machst du noch hier, Isabel?“ Er hängte seine Jacke an den Garderobenständer. „Um halb zehn wird der neue Drogeriemarkt eröffnet.“

Die junge Redakteurin imitierte ein Gähnen. „Das ist megalangweilig.“

Gerd setzte sich an seinen Platz. „Das ist megawichtig. Wir sind auf die Anzeigen angewiesen, und der Markt hat sowohl in der Papier- als auch in der Online-Ausgabe wöchentliche Anzeigenplätze für Sondernagebote gebucht."

„Jaha, ich bin ja auch schon weg."

Als Gerd seinen PC startete, machte Isabel immer noch keine Anstalten, endlich loszuziehen. „Isabel!"

„Ja, doch." Sie stand auf, griff sich im Gehen ihre Jacke und rannte hinaus.

Kopfschüttelnd sah Gerd ihr hinterher. Jetzt musste sie nur noch heil am Ziel ankommen, was bei ihrer Fahrweise keine Selbstverständlichkeit war.

Nachdem er seine Mails gecheckt und schnell einen Artikel über die geplanten Baumaßnahmen auf der Schützenhofstraße heruntergeschrieben hatte, stand er auf und ging zu Isabels PC hinüber. Er erweckte den Computer aus dem Stand-by-Modus. Eigentlich hatte er damit gerechnet, dass sie den Artikel über die Eröffnung des Drogeriemarktes begonnen oder sonst etwas Nützliches geschrieben hatte, aber sie hatte nur im Netz gesurft. Gerd hatte weder Geduld noch Zeit, sich mit Isabels Abwegen zu befassen. Allerdings würde er ein ernstes Wort mit ihr sprechen, sobald sie zurückkehrte. Wenn sie zurückkehrte. Bei Isabels Fahrweise musste man immer mit dem Schlimmsten rechnen. Sie war eine nette Person und eine angenehme Mitarbeiterin, auf die er nicht verzichten wollte.

Gerd kehrte an seinen Arbeitsplatz zurück, und eine Stunde später war Isabel wieder da. Sie riss beinahe den Garderobenständer um, als sie ihre Jeansjacke anhängte.

„Wenn du den Artikel geschrieben hast, müssen wir uns mal unterhalten", sagte Gerd, ohne von seinem PC aufzusehen.

„Es war entsetzlich langweilig, aber ich habe eine ganze Menge Proben bekommen, die es umsonst gab." Isabel hievte ihre Handtasche auf den Schreibtisch und breitete den Inhalt aus. Im Nu standen dort jede Menge Kosmetikproben und Schachteln. Offenbar wollte der Marktleiter dafür Sorge tragen, dass der Artikel positiv ausfiel. Isabel war begabt und machte aus dem eher unspektakulären Ereignis eine spannende Geschichte.

„Okay", sagte Gerd, nachdem er den Artikel gelesen hatte. „Und jetzt erzähl mir, was du heute Morgen gesucht hast."

„Ich hab nur ein bisschen gesurft." Ihre Schreibtische standen sich gegenüber und sie sah zu ihm auf.

Gerd legte den Kopf schief.

„Ich hab geguckt, was es über die Arbeit von Schornsteinfegern gibt. Wir haben doch die neue Schornsteinfegerin in Jork, und ich würde gern einen Artikel über sie bringen. Oder sogar eine Reihe."

„Und was hat sie mit tödlichen Unfällen zu tun?"

„Nichts."

„Isabel, jetzt lass dir nicht alles aus der Nase ziehen."

„Ich bin einfach darüber gestolpert, dass unser früherer Schornsteinfeger vom Dach gefallen ist. Erinnerst du dich?"

„Natürlich. Wir haben darüber berichtet. Und?"

„Ich weiß nicht. Er ist fast sein ganzes Leben lang auf Dächern herumgeklettert und dann fällt er kurz vor der Rente vom Dach?"

„Bitte keine Verschwörungstheorien, Isabel."

„Aber über die neue Schornsteinfegerin kann ich doch berichten, oder?"

Gerd hob eine Augenbraue.

„Was sie so macht, dann, wie es als Frau in diesem Beruf ist", zählte Isabel auf.

„Die Idee ist nicht schlecht", gab Gerd zu. „Dann entwickle mal ein Konzept. Und vor allem müssen wir wissen, ob die Schornsteinfegerin mitmacht."

„Das macht sie. Ich habe sie neulich schon angesprochen."

„Okay, wenn die Sache schon so weit gediehen ist, kann ich wohl schlecht etwas dagegen sagen." Gerd zeigte auf ihren Computer. „Aber jetzt machst du erst mal den Artikel über den Drogeriemarkt fertig."

Ihre letzte Kundin vor dem Mittagessen war eine junge Mutter mit drei Kindern, deren ältester Sohn jeden ihrer Handgriffe verfolgte. Als sie die Überprüfung der Heizungsanlage beendete, stand der Berufswunsch des Achtjährigen fest. Er lief Lena voran die Kellertreppe hoch, um seiner Mutter von seinen Plänen zu berichten.

„Tut mir leid", sagte Lena, als sie die Kellertür schloss.

Frau Lehmann trug ihren Jüngsten, ein etwa einjähriges Baby auf dem Arm. „Oh, das ist in Ordnung. Sie tun ja nichts Kriminelles."

„Nein, meistens nicht." Lena kitzelte das Baby am Bauch, der von einem mit Spinat vollgekleckerten Lätzchen bedeckt war. „Ich lasse Sie in Ruhe zu Ende essen."

„Wenn Sie möchten, können Sie mitessen. Bei uns gibt es heute Spinat und Spiegelei."

„Danke, das mache ich gern."

Die Lehmanns bewohnten ein Haus am Stadtrand, das Lena auf das Baujahr 1970 schätzte. Die Heizungsanlage jedenfalls war vor zehn Jahren erneuert worden, wie der Aufkleber der Wartungsfirma verriet. Frau Lehmann setzte ihren Jüngsten in den Kindersitz und rief ihre Tochter Sophie zum Essen.

„Hat Herr Moll Ihre Anlage bisher gewartet?", fragte Lena nach einer Gabel voll Spinat.

„Ja, er war wirklich ein netter Mann. Er hat auch manchmal mit uns gegessen. Ich habe ihm immer sein Lieblingsgericht gemacht, wenn er kam. Spagetti Bolognese. Es ist furchtbar, was passiert ist."

„Hatten Sie den Eindruck, dass er sich in der letzten Zeit verändert hat?"

„Hm." Frau Lehmann legte den Kopf schief. „Verändert, ich weiß nicht. Wir haben über die Zeit nach seiner Pensionierung gesprochen. Ich glaube, Herr Moll hat sich auf die Zeit gefreut, die er mit seiner Frau verbringen wollte. Es ist traurig, dass es dazu nicht mehr kommen wird."

„Und hat Herr Moll auch mal über seine Arbeit gesprochen? Über andere Kunden?"

„Manchmal. Dann hat er über die Probleme gesprochen, die andere Kunden mit ihren Heizungen haben, oder über skurrile Begegnungen."

„Ich kannte ihn nicht besonders gut, nur von einigen beruflichen Veranstaltungen. Was für ein Mensch war er, was meinen Sie?“

„Eine ungewöhnliche Frage. So gut kannte ich ihn ja auch nicht. Wir haben die Heizung allerdings einmal im Jahr von ihm prüfen lassen. Mein Mann ist der Meinung, dass sich die geringen Kosten schon rentieren, sobald der Schornsteinfeger etwas feststellt.“ Frau Lehmann lächelte. „Also Sie.“

„Ja, aber mit der Heizung ist alles in Ordnung. Dass Herr Moll bei Ihnen war, ist aber schon länger her, oder?“

„Ja, ziemlich genau ein Jahr.“

Das war ein zu langer Zeitraum, um Veränderungen bei Hans Moll in der jüngsten Zeit festzustellen.

„Aber witzigerweise habe ich ihn kurz vor seinem Tod getroffen. Er war gerade auf dem Weg zu einem Kunden, und ich wollte Sophie von einer Freundin abholen. Herr Moll war unterwegs zu Dr. von Kiesow. Er plante wohl gar nicht, die Heizung zu überprüfen, sondern hatte vor, nach dem alten Mann zu sehen. Er machte sich vermutlich Sorgen um ihn.“

„Aha? Hat er erzählt, warum er sich Sorgen machte?“

„Genau habe ich es nicht verstanden. Er wollte nach dem Rechten sehen, weil unser Dorfarzt ein wenig durch den Wind zu sein schien. Und nachdem Dr. von Kiesow gestorben war, schien er wirklich besorgt.“

„Besorgt?“

„Besorgt ist vielleicht der falsche Ausdruck. Er fand es merkwürdig, dass Dr. von Kiesow die Kellertreppe hinuntergefallen ist.“

„Ja, das ist auch merkwürdig, aber hat Herr Moll gesagt, warum er es merkwürdig fand?“

Frau Lehmann schüttelte den Kopf, während sie das Baby von Spinatresten säuberte. „Nein. Ich dachte erst, dass sich der Arzt nach dem Tod seiner Frau einsam gefühlt hat, vielleicht zu viel getrunken, oder dass er wegen seines Alters unsicher gegangen ist. Aber Herr Moll hat darauf beharrt, dass irgendetwas vorgefallen sein muss. Ich habe ihm gesagt, dass er mit seinem Verdacht zur Polizei gehen soll, aber das hat er abgelehnt. Er meinte, die hätten den Fall schließlich schon untersucht und zu den Akten gelegt.“

„War Dr. von Kiesow auch Ihr Hausarzt?“

„Nein, ich bin zugezogen und gehe immer noch zu meinem Arzt in Hamburg. Mit den Kindern bin ich bei einem Kinderarzt in Stade. Aber mein Mann war Patient bei Dr. von Kiesow. Er hat es sehr bedauert, als der seine Praxis schloss.“ Sie sah Lena nachdenklich an. „Sie interessieren sich für den Unfall Ihres Vorgängers, nicht? Aber was ist denn mit Dr. von Kiesow?“ Sie legte die Stirn in Falten. „Glauben Sie, dass mit ihm auch etwas nicht stimmte?“

„Ich weiß nicht. Vielleicht liege ich auch falsch, aber ich habe mir das Dach angesehen und konnte keine Unfallursache feststellen. Die Polizei hat seinen Sturz vom Dach jedenfalls als Unfall eingestuft.“

„Ein bisschen unheimlich ist es ja schon, dass die beiden Männer innerhalb kurzer Zeit in dem Haus verunglücken.“

„Ja, das ist es“, bestätigte Lena. Vielleicht musste sie über ihren Schatten springen und Frau Moll dazu befragen, ob ihr

Mann ihr gegenüber Andeutungen zu Richard von Kiesows Tod gemacht hatte. Sie bedankte sich für das Essen und verließ das Haus. Auf ihrem Handy, das sie während des Essens auf lautlos gestellt hatte, waren zwei Anrufe mit unbekannten Telefonnummern eingegangen. Eine hatte die Jorker Vorwahl und sah aus wie eine Behördennummer. Die andere war eine Handynummer. Lena drückte auf die Rückruftaste des Handyanrufs.

Als sein Telefon läutete, ging Hajo davon aus, dass die Schornsteinfegerin zurückrief, aber die Nummer kannte er. Es war eine Festnetznummer, und zwar eine, die er ungern auf dem Display sah. Nicht dranzugehen war keine langfristige Lösung. Es gab nur wenige Personen, die seine direkte Durchwahl hatten. Wenn er nach dem dritten Läuten nicht dranging, sprang der Anruf auf den allgemeinen Büroapparat über. Zweimal hatte es geläutet, und Hajo streckte die Hand aus und nahm ab.

„Herr Hartfelder, was gibt's?"

„Herr Bürgermeister, wir wollten uns noch einmal zusammensetzen, wenn Sie mit den Baufirmen gesprochen haben."

„Richtig, Herr Hartfelder. Das machen wir auch. Ich würde nur gern eine Expertin dazuholen, die aber schwer zu erreichen ist. Aber sobald ich mit ihr gesprochen habe, melde ich mich. In Ordnung?"

„In Ordnung." Günter Hartfelder zögerte. „Sie wissen aber, dass wir nicht mehr sehr viel Zeit haben, Herr von Kiesow."

„Weiß ich. Ich bin dran, Herr Hartfelder." Hajo legte den Hörer auf.

Eigentlich hatte er genug mit seinen Amtsgeschäften zu tun, aber er war nicht ganz bei der Sache, weil er auf den Rückruf wartete. Eine Weile ging es, aber je mehr Zeit verging, desto unkonzentrierter wurde er. Und darüber ärgerte er sich. Und der Umstand, dass er sich ärgerte, verärgerte ihn noch mehr. Seine Versuche, sich ganz auf seine Arbeit zu konzentrieren, schlugen eklatant fehl. Eine Kaffeepause nützte auch nichts, und natürlich rief am Samstag auch niemand anders an, um ihn auf andere Gedanken zu bringen.

Am Nachmittag kochte Hajo innerlich. Wenn diese Frau nicht zurückrief, war sie offensichtlich nicht geeignet für sein Vorhaben. Mit anderen Worten war die Sache zu Ende, bevor sie begonnen hatte, und er musste sich etwas anderes überlegen. Es war schon kurz nach halb sieben, als er die Unterlagen zusammenschob und das Schreibtischlicht ausknipste. Er schlüpfte gerade in seine Jacke, als das Telefon läutete.

„Das gibt's doch nicht", murmelte er. Ganz kurz überlegte er, nicht ranzugehen, aber das war natürlich kindisch. Und er war der Bürgermeister und nicht kindisch.

„Von Kiesow."

„Ah, oh."

Wenn er die Nummer, die er inzwischen auswendig kannte, nicht auf dem Display gesehen hätte, hätte er aufgelegt. Trotzdem wollte er es ihr auch nicht zu einfach machen.

„Jetzt habe ich nicht genau verstanden, wer am Apparat ist."

„Hab ich auch noch nicht gesagt. Lena Becker."

„Frau Becker, was kann ich für Sie tun?"

„Tja, ich wundere mich, dass Sie noch im Amt sind."

„Und deshalb rufen Sie an?" Irgendwie fand er dieses Gespräch ganz witzig. Jedenfalls war er nicht mehr sauer.

„Ich rufe nicht an, sondern zurück. Sie haben doch versucht, mich anzurufen, oder?"

„Das war heute Mittag."

„Ja, es tut mir auch leid, aber ich hatte den ganzen Nachmittag über Termine und bin nicht eher dazu gekommen zurückzurufen. Wenn es nicht passt, rufe ich am Montag wieder an."

„Nein, es passt schon. Ich wollte mit Ihnen über Ihren Vorschlag sprechen."

„Ach. Tatsächlich?"

„Ja." Sein Magen knurrte. Scheiße. Jetzt hatte er seine sorgsam einstudierte Formulierung vergessen, und ihm fiel keine Erwiderung ein. Er seufzte.

„Wissen Sie, ich habe Hunger", meinte Lena Becker da zum Glück. „Heute gibt's in der Pension Zum Alten Land Apfelpfannkuchen. In meinen Augen keine vollwertige Mahlzeit, aber wenn man einen Apfelschnaps dazu trinkt, kann man sich wohl einbilden, es wäre ein Abendessen. Ich lade Sie auch ein."

Hajo war froh, dass sie nicht sehen konnte, wie er grinste. Später würde er sich allerdings zusammenreißen müssen.

„In Ordnung. Bis gleich."

Sie saß schon am Tisch, als er das Restaurant betrat. Ein Restaurant war es eigentlich nicht. Eher der Frühstücksraum einer Pension am Abend. Die etwas biedere, altbackene Einrichtung wirkte in dem gedimmten Licht nicht mehr ganz so bieder.

„N'Abend, Moni", grüßte er die Bedienung hinter dem Tresen und ging zu dem Tisch der Schornsteinfegerhin hinüber. Sie trug wieder einen Pferdeschwanz und ein dunkelblaues Shirt mit der Aufschrift ICH BIN NICHT im ALTen land. „Guten Abend."

„Guten Abend." Sie sah von ihrem Bier hoch. Sie wirkte ein bisschen müde, und in ihren Augen spiegelte sich das Kerzenlicht.

„Hallo, setzen Sie sich." Lena schob ihr Bierglas ein Stück beiseite. „Ich glaube, ich muss mich erst mal entschuldigen. Oder vielmehr bedanken. Als Sie mich zur Anmeldung geschleift haben, wusste ich nicht, dass Sie der Bürgermeister sind."

„Ja und?" Er setzte sich, und Moni brachte ihm ein Bier.

„Na ja, ich hätte etwas höflicher sein können, weil Sie doch meinetwegen Ihr Gespräch unterbrochen haben."

Das mit dem Pokerface funktionierte gut. Sie hatte ihm schließlich keinen besseren Gefallen erweisen können, als ihn aus den Händen von Günther Hartfelder zu befreien. Oder vielmehr vor seinem Redefluss zu retten. „Dienst am Bürger", sagte er und trank einen Schluck.

„Was hat Sie zu Ihrer Meinungsänderung bewogen?", fragte Lena.

Hajo stellte das Glas ab. Er hatte sich eigentlich auf einen entspannten Feierabend gefreut, aber bei dieser Frau musste er auf der Hut sein. „Offenbar ist bei Ihnen der falsche Eindruck entstanden, dass ich Ihrem Vorhaben nicht gerade positiv gegenüberstehe."

Sein Gegenüber betrachtete ihn nachdenklich. Über Ihrer Nasenwurzel hatte sich eine Falte gebildet.

„Echt jetzt?", fragte sie. „Sie sprechen wie ein Politiker." Dann hob sie die Ellenbogen vom Tisch, damit die Bedienung ihren Teller mit dem Apfelpfannkuchen hinstellen konnte. „Danke."

„Ich bin Politiker", stellte er fest und machte ebenfalls Platz für sein Abendessen.

„Ich weiß. Aber meinetwegen müssen Sie sich keine Mühe geben."

„Keine Mühe?", fragte Hajo und nahm das Besteck auf. „Ich bemühe mich um jeden Menschen und jede Sache."

„Das wäre mir zu anstrengend." Sie steckte sich ein Stück Pfannkuchen in den Mund und kaute.

Hajo tat es ihr nach. Er war nicht hier, um sich mit dieser Frau über sein Auftreten zu unterhalten oder sich sogar ihretwegen zu verstellen, und schon gar nicht würde er sich erklären oder entschuldigen. Er wollte keine Probleme mit ihr, und im optimalen Fall würde sie ihm nützlich sein.

Sie schnitt ein Stück von ihrem Pfannkuchen ab. „Tut mir übrigens leid mit Ihrem Onkel. Was ist denn da eigentlich genau passiert?"

„Er hatte einen häuslichen Unfall."

Sie sah ihn an, und ihre Augen, in deren Iris sich bisher der Kerzenschein widergespiegelt hatte, hatten jetzt die Kraft von Röntgenstrahlen. „Er ist die Kellertreppe hinuntergefallen. Ich habe mir das mal angesehen. Die Nachbarin, Frau Ohlsen, hat erzählt, dass sie an dem Abend, an dem es passierte, nicht zu Hause war. Aber wer weiß, ob sie den Unfall überhaupt bemerkt hätte. Ihr Onkel wird die Kellertreppe in seinem Leben unzählige Male hinuntergegangen sein, und das Licht war wohl eingeschaltet, als man Ihren Onkel fand. Also ist doch wirklich die Frage, warum er ausgerechnet an diesem Tag die Treppe hinuntergefallen ist."

„Warum machen Sie sich darüber Gedanken? Spielt das eine Rolle für Sie, weil Sie sich überlegen, ob Sie das Haus kaufen?"

„Nein, es spielt eine Rolle für mich, weil ich den Vorfall ungewöhnlich finde und mich frage, ob es wirklich ein Unfall war."

Hajo schob seinen Teller von sich, auf dem der Pfannkuchen nahezu unberührt lag. „Frau Becker, worum geht es hier eigentlich?"

„Um Ihren Onkel. Ihr Onkel soll an jenem Abend das Licht oben an der Kellertreppe eingeschaltet haben, um dann die Treppe runterzufallen. War er schlecht zu Fuß?"

„Mein Onkel war über achtzig, und da ist es nicht ausgeschlossen, dass man stolpert oder fällt."

„Richtig. Das ist in keinem Alter ausgeschlossen. Aber der Treppenabsatz oberhalb der Kellertreppe ist sehr kurz. Wenn man es geschafft hat, das Licht einzuschalten, stellt sich für mich die Frage, warum man dann als Nächstes die Treppe runterfällt."

„Frau Becker, der Unfall", Hajo machte eine kleine Pause, damit sie den Begriff sacken lassen konnte. „Der Unfall wurde von der Polizei untersucht, und es wurden keine Auffälligkeiten festgestellt."

Sie sah ihn eine Weile an, und er wusste, dass sie das Thema jetzt ruhen lassen würde. Aber das bedeutete keinesfalls, dass er all ihre Bedenken ausgeräumt hatte. Ganz im Gegenteil. Ihm kam dieses Gespräch allmählich vor wie ein Verhör.

„Also", sagte er. „Um noch mal auf Ihr Anliegen zurückzukommen."

Sie hatte ihren Pfannkuchen aufgegessen und deutete auf seinen Teller. „Wenn Sie das nicht essen, kann ich das vielleicht haben?"

Aus irgendwelchen Gründen hatte Hajo von Kiesow ihr Angebot für einen Apfelschnaps nur für ein einziges Glas angenommen und sich dann entschuldigt, weil er noch arbeiten müsse. Lena saß satt und zufrieden an ihrem Tisch, während die Bedienung die inzwischen verwaisten Tische abräumte und Biergläser spülte. Er hatte ein wenig zickig reagiert auf ihre Fragen nach seinem Onkel, aber das musste nicht unbedingt einem schlechten Gewissen geschuldet sein, sondern konnte auch daran liegen, dass er fand, sie würde sich zu sehr in seine Angelegenheiten einmischen. Womit er gar nicht mal unrecht hatte, aber ungelöste Rätsel machten sie nervös. Über ihre Pläne zu einer Informationsveranstaltung wollte er sich am Montagmittag mit ihr im Rathaus unterhalten. Lena nahm ihre Strickjacke von dem Stuhl neben sich. Auch verständlich. Dort befanden sie sich in seinem Revier, und vermutlich ging er davon aus, dass sie sich nicht zu privaten Fragen hinreißen lassen würde.

Sie schob den Stuhl unter den Tisch und verabschiedete sich von der Bedienung. Die Letzte in einem Lokal zu sein und dann in einem Pensionszimmer zu landen, war kein erstrebenswerter Zustand. Gut möglich, dass sie morgen mit Klaas Stamer in Preisverhandlungen über das Haus von Richard von Kiesow eintrat.

Kapitel 7

Der Vorteil einer Pension war, dass man sich weder um Mahlzeiten noch um die Reinigung kümmern musste. Der Nachteil war, dass es feste Frühstückszeiten gab. Als Lena aufwachte, war es zehn nach zehn. Die Frühstückszeit endete um zehn. Sie hob kurz den Kopf, um einen Blick auf den Wecker auf ihrem Nachtisch zu werfen, und ließ ihn dann aufs Kopfkissen zurücksinken. Ohne irgendeine Veränderung verwandelte sich der erste Schreck, dass sie sich jetzt furchtbar beeilen musste, in der nächsten Sekunde in wohltuende Entspannung. Jetzt war es ohnehin zu spät, das Frühstücksbüffett wurde vermutlich gerade abgeräumt, und sie konnte noch einmal die Augen schließen. Es war elf Uhr, als sie das nächste Mal aufwachte.

Nach einer belebenden Dusche stand Lena wenig später vor der Pension. Die Luft war frisch, aber nicht kalt, und Lena hatte nach einer anstrengenden und bewegten Arbeitswoche ein ungeheures Bedürfnis, sich zu bewegen. Sie durchquerte die Apfelplantage, kam in einer kleinen Wohnstraße heraus und steuerte nach einer kurzen Orientierung das Café an. Es war nicht besonders voll, und das Brötchenregal ziemlich geräubert. Nur zwei Tische waren besetzt. Lena kaufte sich eine Zeitung und bestellte das kleine Frühstück, das aus einem Becher Kaffee und zwei halben Brötchen bestand. Sie setzte sich an einen Tisch und schlug die Zeitung auf.

Als erst draußen Autobremsen quietschten und wenig später die Eingangstür des Cafés schepperte und etwas umfiel, ahnte sie, welcher Gast hereingekommen war. Lena wandte sich um und entdeckte die Journalistin Isabel, die am Tresen gerade eine Bestellung aufgab. Lena widmete sich wieder ihrer Lektüre und war wenig später froh darüber, dass sie ihren Kaffee fast ausgetrunken hatte, als Isabel mit dem Fuß am Tischbein hängen blieb.

„Hi", sagte Isabel atemlos, als sie sich auf ihren Stuhl fallen ließ. „Darf ich?"

„Sicher", sagte Lena freundlich zu der Journalistin. Sie faltete ihre Zeitung zusammen. „Wie geht's? Bist du im Dienst?"

„Immer." Isabel war noch außer Atem.

„Ingrid hat recht. Du musst mal langsamer machen."

„Ich bin hektisch, ich weiß. Ich arbeite dran." Isabel umfasste ihren Kaffeebecher mit beiden Händen. „Ich habe mit meinem Chef über eine geplante Artikelserie über deine Arbeit gesprochen. Er war ganz begeistert, weil das mal etwas Neues ist. Und wir könnten gleich mit dem Artikel anfangen." Sie legte ihr Handy auf den Tisch. „Erzähl mal. Woher kommst du, was machst du?"

„Ich denke, es geht um meinen Beruf?"

Isabel legte den Kopf schief. „Die Leute wollen auch etwas über den Menschen hinter dem Beruf wissen. Also." Sie drückte den Knopf für eine Aufnahme.

„Tja, also." Lena wehrte sich vergeblich gegen das Befangenheitsgefühl. Wenn Isabel sie einfach gesprächsweise gefragt hätte, wäre es viel einfacher gewesen.

„Keine Sorge, ich picke mir nur das Spannendste heraus."

„In meinem Leben gibt es nichts Spannendes. Ich bin 1989 in Hamburg geboren, habe mit neunzehn Abitur gemacht, dann ein Jahr rumgedödelt und …"

„Was genau hast du so gedödelt?"

„Ich wusste nicht, was ich machen soll. Meine Eltern waren der Meinung, dass Lehrerin der passende Beruf für mich wäre, aber der Gedanke daran, nach der Schule wieder in die Schule zu gehen, war entsetzlich. Und ich hatte wirklich keine Ahnung, was ich machen soll. Ich wollte frei sein und Menschen kennenlernen, nicht in einem Büro sitzen."

Isabel nickte. „Lernt man Menschen auf Hausdächern kennen?"

„In den Häusern. Es ist auch ein Irrglaube, dass der Schornsteinfeger den ganzen Tag auf Dächern herumklettert. Wir machen im Wesentlichen eine Feuerstättenschau und sind eher selten mit Stahlbesen und Stahlkugel unterwegs."

„Aber schon auch."

„Ein Kamin muss gekehrt werden, wenn feste Brennstoffe verwendet werden und sich Ruß im Schornstein festsetzt."

„Okay, dazu kommen wir später. Also, du wolltest Menschen kennenlernen."

„Ich wollte Geld verdienen, Isabel."

„Und nicht im Büro sitzen."

„Es gibt keinen Beruf, in dem man nicht auch mal im Büro sitzen oder wenigstens etwas schriftlich niederlegen muss", stellte Lena klar. „Aber die Mischung machts. Und als Schornsteinfeger habe ich den idealen Beruf gefunden."

„Und du hast keine Höhenangst."

Lena lächelte. „Nein. Das wäre schlecht. Ich bin schon als Kind gern auf Bäume geklettert, und außerdem bin ich sehr neugierig. In Hamburg bin ich abends durch die dunklen Straßen gegangen und habe in die beleuchteten Fenster gesehen. Und als Schornsteinfeger kann ich sogar in die Häuser hineingehen." Sie wurde Ernst. „Aber manchmal sehe ich auch Dinge, die nicht so schön sind. Und dann frage ich mich, wo die Grenze zwischen Neugier und Fürsorgepflicht verläuft."

Isabel hatte schon vor einer Weile einen Notizblock aus ihrer Tasche genommen und schrieb eifrig mit. „Super", sagte sie. „Wir haben schon Themen für mindestens fünf Folgen."

Lena legte den Kopf schief. „Ich weiß nicht, ob ich das alles in der Zeitung über mich lesen will."

„Das ist eine einmalige Gelegenheit, den Leuten das Berufsbild des Schornsteinfegers näherzubringen."

„Na ja, es ist jetzt nicht gerade so, dass wir geächtet werden und Hilfe brauchen."

„Nein, ihr bringt Glück." Isabel kritzelte etwas auf ihren Block. „Und das wird der letzte Teil. Die Schornsteinfegerin – Unterwegs im Auftrag des Glücks."

Kapitel 8

Malte wachte auf, bevor sein Handywecker läutete. Eine Weile starrte er an die Decke. Schließlich raffte er sich dazu auf, seine Mutter anzurufen. Ein geschickter Schachzug, wie sich zeigte, denn sie war gerade dabei, sich einen Kaffee zu kochen. Dadurch war sie einigermaßen besänftigt, und sie hatte nicht viel Zeit, weshalb sie sich fünf Minuten zivilisiert unterhielten, bis sie auflegen musste. Abgehakt, dachte Malte und ging unter die Dusche.

Als er in die Küche kam, saß sein Vater am Küchentisch und machte ein mürrisches Gesicht.

„Probleme?", fragte Malte und öffnete die Kühlschranktür.

„Nein."

„Aha, und welche?" Er nahm sich einen Stracciatella-joghurt und setzte sich zu seinem Vater. „Mit einer Frau?" Er zog sich den Kaffeebecher seines Vaters heran und trank einen Schluck. „Üäh, der ist ja kalt."

„Mach dir einen neuen."

Malte schob den Becher zurück und zog den Deckel vom Joghurtbecher ab.

„Findest du es eigentlich okay, dass wir Onkel Richards Haus verkaufen?"

Malte sah auf. „Ja. Wieso?"

Sein Vater hob die Schultern.

„Wir können es auch behalten. Ich zieh da ein und wohn dann alleine."

Sein Vater sah ihn eine Weile an, und Malte hatte das Gefühl, dass er Bedauern in seiner Miene las.

„Hast du nicht gesagt, du willst weg aus Jork, wenn du mit der Schule fertig bist?"

Malte löffelte den Joghurt aus. „Na ja, studieren geht hier ja schlecht."

„Was willst du denn studieren?"

„Keine Ahnung. Irgendwas Technisches. Nichts mit Paragraphen und Vorschriften."

„Technik beruht auf physikalischen Gesetzen und Verordnungen."

Malte warf den Becher in den Müll und packte den Löffel in den Geschirrspüler. „Muss zur Schule."

Im Flur schlüpfte er in seine Sneaker, deren Schnürsenkel er nie öffnete, und zog die Jacke an, während er zur Haustür rausging. Eltern waren echt schwierige Geschöpfe. Er öffnete das Garagentor und holte sein Rad raus. Als er das Tor wieder zugezogen hatte und aufsteigen wollte, sah er Lars auf der Straße. Ganz kurz hatte er das Gefühl, dass Lars, ohne abzusteigen, auf ihn gewartet hatte, aber Malte konnte gar nicht gucken, so schnell war Lars weitergefahren.

Heute sind irgendwie alle beknackt, dachte er.

An diesem Vormittag verliefen alle Termine komplikationslos. Alle Kunden waren zu Hause, alle Heizungsanlagen funktionierten einwandfrei, und so stand Lena pünktlich um zwölf vor dem Rathaus. Denkfehler, dachte sie, als ihr Magen knurrte. Bei der Vereinbarung eines Termins mit Hajo von Kiesow hatte sie vergessen, dass sie auf anderem Wege für ein Mittagessen sorgen musste. Sie stieg die Treppe hoch und klopfte an die Tür zum Vorzimmer des Bürgermeisters.

„Ah, Frau Becker", sagte seine Assistentin, als sie die Tür öffnete. „Sie können gleich in den Besprechungsraum rübergehen. Den Flur runter rechts."

Die Tür zu dem Besprechungsraum stand offen, und Lena konnte mehrere Männerstimmen hören. Dascha gediegen, dachte sie. Sie war davon ausgegangen, dass sie sich mit dem Bürgermeister allein unterhalten würde. Das war offenbar nicht der Fall. Der Bürgermeister stand mit zwei Männern im Anzug am Fenster, ein schlaksiger Mann im karierten Hemd hielt sich in einer Ecke des Raumes auf und telefonierte mit seinem Handy, und am Tisch saß ein älterer Mann, der einen Haufen Papiere vor sich ausgebreitet hatte. Lena kam es vor, als hätte die den Älteren schon mal irgendwo gesehen.

„Ah, Frau Becker." Hajo von Kiesow löste sich aus seinem Gespräch und kam auf sie zu, als hätten sie sich ewig nicht gesprochen und er würde sich furchtbar darüber freuen, sie endlich wiederzusehen. Das konnte kaum stimmen, nachdem er sich bei ihrem letzten Treffen mit eher muffiger Miene von ihr verabschiedet hatte. Er fasste ihre Hand mit beiden Händen und zog sie in den Raum. „Meine Herren, darf ich Ihnen unsere Glücksbringerin und Zukunftsgestalterin vorstellen."

Der Ältere der beiden Anzugträger gab ihr die Hand. „Herbert Zanger, freut mich."

Der andere etwas schnöseliger wirkende Mann war jünger, packte Lena an beiden Schultern und tat so, als spucke er ihr dreimal über die Schulter. „Super", sagte er enthusiastisch. „Ich bin Gerrit. Gerrit Asmussen."

Mit einem fiesen Quietschen schob der Alte, der am Tisch gesessen hatte, den Stuhl über den Steinboden und gab Lena die Hand. „Günter Hartfelder, angenehm."

Den weiteren Anwesenden musste der Bürgermeister erst ermahnen. Der Mann beendete daraufhin schnell das Telefonat und begrüßte Lena mit schlaffem Händedruck. „Schlag, Dieter Schlag."

„So, dann sind wir alle vollzählig", verkündete von Kiesow. „Nehmen Sie Platz und bedienen Sie sich."

In der Mitte des Tisches standen kleine Flaschen mit Wasser, Limonaden und Cola, und ein Teller mit eingewickelten Schokoladenbonbons, mit denen Lena liebäugelte.

Der Bürgermeister nahm an der Stirnseite des Tisches Platz. „Schön. Also, dann wollen wir über Jorks Zukunft sprechen."

Günter Hartfelder hob die Hand. „Herr von Kiesow, wenn ich dazu gleich anmer..."

„Gleich, Herr Hartfelder. Gleich. Lassen Sie mich erst einige Worte sagen. Wir haben das Glück, eine Schornsteinfegerin in unserer Mitte zu wissen. Und, wie wir alle wissen, gehört zu deren Berufsbild viel mehr als nur das gute alte Kaminkehren. Schornsteinfeger haben, nahezu unbemerkt von der Gesellschaft, zukunftsträchtige Aufgaben zugewiesen bekommen, und ohne sie ist unser aller Zukunft überhaupt nicht mehr denkbar."

Lena nahm sich einen Schokoladenbonbon und wickelte ihn aus. Interessant, dachte sie. Ich bin hier in eine Werbeveranstaltung für meinen Berufszweig geraten, und ich wüsste gern, was der Bürgermeister seit unserem Abendessen eingeworfen hat.

„Frau Becker hat angeboten, eine Informationsveranstaltung über die mit dem Erneuerbare-Energien-Gesetz, kurz EEG, verbundenen Veränderungen abzuhalten, und das im Hinblick auf die vielen traditionsreichen Fachwerkhäuser, die unser schönes Jork ausmachen. Nicht, Herr Hartfelder?"

Bevor der alte Mann den Mund öffnen konnte, fuhr von Kiesow fort. „Das stellt eine besondere Hausforderung dar, und wir hier in Jork wollen uns der Zukunft nicht verschließen. Auch wir müssen für ausreichenden und bezahlbaren Wohnraum sorgen. Das kann man als widersprüchlichen, nicht auflösbaren Konflikt betrachten oder einfach als Herausforderung."

„Donnerwetter", sagte Lena und nahm sich einen zweiten Schokoladenbonbon.

Von Kiesow ignorierte Lenas Bemerkung und wandte sich Zanger und Asmussen zu. „Und wir haben hier am Tisch die gesamte Kompetenz Jorks zusammengebracht. Damit kann man arbeiten, und wir sitzen hier zusammen, um einen Schlachtplan zu machen."

„Ich wollte eigentlich nur eine Informationsveranstaltung ausrichten und nicht in die Schlacht ziehen", stellte Lena fest.

Der Bürgermeister setzte dieselbe Miene auf wie an dem Abend, als er gegangen war. Die beiden Anzugträger sahen Lena an, als sei sie nicht ganz zurechnungsfähig. Dieter Schlag grinste, und Günter Hartfelder hob an, etwas zu sagen.

„Wenn Sie, Frau Becker, etwas über die Anforderungen dieses EEG …", begann der Bürgermeister.

„Genau genommen sind es das EEG und das GEG, aber ich habe eigentlich nicht vor, den Vortrag so paragraphenmäßig abzuhalten, sondern eher praktisch."

Jetzt sahen Zanger und Asmussen den Bürgermeister an. Offenbar hegten sie Zweifel an seinem Vorhaben. Oder vielleicht auch nur an seiner Beurteilung, dass Lena etwas zur Kompetenz beitrug.

Von Kiesow tat ihr fast schon wieder leid. „Aber natürlich bleibt es nicht aus, bei den Regelungen zur Energieeinspeisung auch auf das EEG einzugehen." Sie schlug die Beine übereinander und verkniff sich einen weiteren Griff in die Bonbonschale.

„Gut, wir sind ja auch hier, um ein Konzept zu entwickeln", fuhr Hajo von Kiesow fort, ohne sie aus den Augen zu lassen. „Frau Becker kann etwas zur praktischen Umsetzung beitragen, die Herren Zanger und Asmussen etwas zu den technischen Voraussetzungen der Umsetzung und Herr Schlag behält die behördliche Aufsicht im Blick. Herr Hartfelder, unser altgedienter Bürgerbeirat, kann dabei die Tradition bewahren.

„Aha", sagte der alte Mann mäßig überzeugt. „Und wie soll ich das machen? Ich dachte, es geht hier um das Neubaugebiet Landflucht?"

„Was für ein Ding?", fragte Lena.

Der Bürgermeister stützte die Ellenbogen auf und legte die Fingerspitzen gegeneinander. „Wie ganz Deutschland steht auch Jork vor großen Herausforderungen. Wir müssen Wohnraum schaffen, unsere traditionellen Gebäude erhalten und zugleich die Energiewende umsetzen. Das ist zwar ein großes Projekt, aber wie eingangs gesagt, können wir das gemeinsam stemmen."

Lena beugte sich vor und nahm eine Wasserflasche aus der Mitte des Tisches. Asmussen, der ihr die Flasche anreichen wollte, war zu langsam. Stattdessen gab er ihr den Flaschenöffner.

„Danke." Lena öffnete die Flasche und trank einige Schlucke daraus. „Gut, mit dem Neubaugebiet habe ich weniger zu tun. Mein Plan ist eigentlich, in der nächsten Zeit bei meinen Kunden eine Bestandsaufnahme der Gegebenheiten aufzunehmen. Also Heizungsanlage, Dämmung, Fenster. Ich dokumentiere mit dem Einverständnis der Eigentümer den Zustand fotografisch und schriftlich. Das, was ich dort feststelle, werde ich als Grundlage für meine Empfehlungen nutzen. Das war es im Wesentlichen. Weitere …“ Lena sah in die Runde. Sie traute sich nicht, den Begriff Klugscheißer zu verwenden. Das wäre wohl auch unpassend. „Weitere kompetente …“ Sie blies die Backen auf. „Ich wollte das eigentlich allein machen“, schloss sie.

Jetzt seufzte der Bürgermeister. Ihr war schon klar, dass er mit ihrem Alleingang nicht klarkam. Er hatte sich das hier ganz anders vorgestellt.

„Nun, wenn Sie erlauben“, meldete sich Herbert Zanger, „würden wir, also Herr Asmussen und ich, uns Ihnen gern anschließen. Ihre Informationen für die Hauseigentümer werden viele Fragen nach der Umsetzung und den damit verbundenen Kosten aufwerfen.“ Zanger hängte einen Arm lässig über die Rückenlehne seines Stuhls. „Und das ist dann der Punkt, an dem Gerrit und ich ins Spiel kommen.“

„Ich würde auch gern etwas sagen.“ Günter Hartfelder hob die Hand. „Mir geht es eigentlich in erster Linie um das Neubaugebiet. Vielleicht ist es noch nicht allen Anwesenden bekannt, aber damit werden mehrere Hektar unseres wertvollen Obstanbaugebiets vernichtet.“

Lena sah vom Bürgermeister zu den beiden Bauunternehmern. Hier lief etwas ab, was sich ihr erst allmählich erschloss. Ganz offensichtlich wollte der Bürgermeister ein umstrittenes Neubaugebiet errichten und ihr Engagement dafür nutzen. So ganz durchschaute sie seinen Plan noch nicht, aber den würde er ohnehin ohne sie durchziehen müssen.

Sie sah auf die Uhr. „Ich muss gleich zu meinem nächsten Termin. Ich würde mich gern mit Ihnen unterhalten, Herr Hartfelder." Lena zog einige Visitenkarten aus der Tasche und reichte sie den Männern. „Und mit Ihnen natürlich auch", sagte sie zu Zanger und Asmussen. „Und jetzt müssen Sie mich entschuldigen."

Lena verließ den Besprechungsraum und zog die Tür leise hinter sich zu. „Alter Schwede", sagte sie leise und ging den Flur hinunter. Hier warteten ja einige Baustellen auf sie.

Obwohl Malte Lars am Morgen vor dem Haus gesehen hatte, blieb der Platz seines Klassenkameraden im Unterricht leer. Die Lehrerin vermerkte das Fehlen und erkundigte sich bei den anderen Schülern danach, ob die die Gründe für Lars' Fehlen kannten, aber keiner von ihnen hatte einen solch engen Kontakt zu Lars.

Mittags zog Malte sein Rad aus dem Fahrradständer vor der Schule und stieg auf. Aber er fuhr noch nicht los, sondern stützte sich mit einem Fuß am Boden ab und dachte nach. Das Gespräch mit seinem Vater über Richard hatte ihn ein wenig ins Grübeln gebracht. Nachdem seine Mutter ausgezogen war, war mit ihm und seinem Vater eine völlig neue Wohnsituation entstanden. Sein Vater war seitdem viel entspannter und außerdem auch selten zu Hause, sodass Malte ziemlich viel Freiraum hatte. Aber der Gedanke, in Onkel Richards Haus wohnen zu können, war wie ein kleines Saatkorn in seinem Kopf verankert und hatte seitdem richtige Wurzeln geschlagen. Ein eigenes Haus wäre cool. Echt cool.

Sein Handy läutete, und auf dem Display sah er, dass Roman anrief. Scheiße, er war vor einer halben Stunde mit ihm zum Lernen verabredet gewesen. Er tippte eine Nachricht, dass er sofort da sein würde, und fuhr los.

Nach dem Mittagessen funktionierte es mit den Terminen nicht mehr so gut. Ihre erste Kundin, Frau Köhler, hatte zwar eine intakte Heizungsanlage, aber Probleme mit ihrem Wasserboiler in der Küche. In der Abseite fand Lena Werkzeug, mit dem sie den Boiler notdürftig reparieren konnte. Frau Köhler war über achtzig und hatte Probleme damit, sich selbst um einen Handwerker zu kümmern. Ein Blick auf die ungeordneten Papiere auf ihrem Sekretär legte die Vermutung nahe, dass die alte Dame auch mit anderen Angelegenheiten zu kämpfen hatte.

Ihren nächsten Kunden bat sie darum, den Termin auf den nächsten Tag zu verschieben. Den würde sie dann als ersten Termin am nächsten Morgen wahrnehmen. Durch die Verlegung verschaffte sie sich einen etwas entspannteren Nachmittag, und gegen achtzehn Uhr war sie endlich fertig.

Sie zog ihr Handy aus der Jackentasche und wählte die Nummer des Maklers.

Am Nachmittag war Hajo extrem schlechter Laune. Er hatte gehofft, dass dieser Vormittagstermin alle seine Probleme lösen würde, aber genau genommen war es nur noch schwieriger geworden. Diese Schornsteinfegerin war eine echt harte Nuss. Er musste sich eingestehen, dass sein Plan nicht aufgegangen war. Asmussen und Zanger waren natürlich Feuer und Flamme gewesen, als er sie in seinen Plan eingeweiht hatte, umso größer war ihr Unverständnis darüber, dass er Lena Becker noch nicht – wie sie es nannten – auf Spur gebracht hatte. Zanger hatte gemeint, dass Lena Becker wohl etwas widerspenstig sei, und Asmussen war weniger feinfühliger gewesen und hatte sie als Zicke bezeichnet. Günter Hartfelder war ganz begeistert von ihr, und was Dieter dachte, wusste Hajo nicht. Der hatte den Besprechungsraum so schnell wie möglich verlassen. Es blieb Hajo also nicht viel anderes übrig, als noch einmal mit der Schornsteinfegerin zu sprechen. Oder er musste sich einen anderen Plan ausdenken. Er stieg vor dem Rathaus gerade in seinen Wagen, als sein Handy läutete.

„Von Kiesow."

„Herr von Kiesow, Klaas Stamer hier. Ich melde mich, weil ich einen ernsthaften Kaufinteressenten für das Haus Ihres Onkels habe. Tatsächlich sind wir gerade vor Ort. Allerdings befinden wir uns in Preisverhandlungen, und wenn es Ihre Zeit erlaubt, hätte ich Sie gern dabei."

„Jetzt?"

„Jetzt wäre optimal."

Hajo stieg in den Wagen und zog die Tür zu. „Ich bin gleich da."

Zehn Minuten später hielt er vor dem Haus seines verstorbenen Onkels. Neben dem Porsche des Maklers stand ein weißer Kastenwagen.

Er schlug die Hände aufs Lenkrad. „Nein! Das gibt es doch nicht." Er stieg aus und schlug die Tür mit Wucht zu. Diese Frau würde jetzt etwas von ihm zu hören kriegen. Preisverhandlungen. Ganz offensichtlich dachte sie, dass er sich irgendwie beeinflussen oder sogar bestechen ließ. Er trat durch die Haustür und fand Stamer und Lena Becker im Wohnzimmer.

„Ah, Herr von Kiesow, wie schön Sie zu sehen." Stamer reichte Hajo die Hand, aber er war nicht auf Förmlichkeiten eingestellt.

„Was soll das heißen, Preisverhandlungen?"

„Nun, Frau Becker hier …" Stamer deutete auf die Schornsteinfegerin. „Sie kennen Frau Becker?"

„Preisverhandlungen, Herr Stamer."

Zu seiner Verärgerung machte Lena Becker einen leicht amüsierten Eindruck. Was war hier wohl so komisch? Er vielleicht?

„Nun, Herr von Kiesow, wir haben ja früher schon einmal über den energetischen Zustand der Immobilie gesprochen, der durchaus verbesserungswürdig ist. Nun ist es so, dass uns bisher kein Energieausweis vorliegt. Frau Becker hat nun vorgeschlagen, einen Energieausweis durch einen unabhängigen Schornsteinfeger erstellen zu lassen, um keinesfalls den Anschein zu erwecken, sie würde aus ihrer Tätigkeit einen Vorteil ziehen. Und Frau Becker hat mir ein Angebot von 400.000 Euro unterbreitet."

Hajo sah erst Stamer an, dann Lena Becker. „Energieausweis?", fragte er. „400.000?"

Klaas Stamer rieb sich die Hände. „Kurz zusammengefasst, ja."

„Sie wollen mein Haus kaufen?", fragte er Lena.

„Sagen wir, ich finde, es ist eine sehr interessante Immobilie, und ich könnte mir vorstellen, hier zu leben. Die Raumaufteilung ist für mich noch nicht ganz optimal, weil ich ein Arbeitszimmer benötige, aber ich habe mit Herrn Stamer gerade, als Sie hereinkamen, darüber gesprochen, dass das durchaus möglich wäre."

„Arbeitszimmer." Er kam sich selbst dämlich vor, weil er wie ein Papagei die wichtigen Stichworte wiederholte, aber er konnte es einfach nicht glauben. An irgendeiner Stelle an diesem Tag war er falsch abgebogen. Hajo wandte sich an den Makler. „Sie haben gesagt, für das Haus kriegt man 500.000 Euro."

Stamer hob die Schultern und ließ sie wieder fallen. „Bisher haben wir noch nicht den passenden Käufer gefunden, aber wenn Sie das Angebot von Frau Becker nicht annehmen wollen, dann habe ich dafür durchaus Verständnis." Der Makler wandte sich an Lena. „Oder wären Sie bereit, Ihr Angebot eventuell ein klitzekleines bisschen zu erhöhen?"

„Hi, Dad."

Hajo wandte sich um. Plötzlich stand Malte im Raum. „Was machst du hier?", fragte er wenig freundlich, aber Malte wandte sich bereits an die Schornsteinfegerin. „Hi, Lena."

„Hallo, Malte."

„Wie, hi, Lena?" Hajo sah zwischen den beiden hin und her. „Wieso kennt ihr euch?"

„Ich hab dir doch von der Frau in der Kneipe erzählt."

„Das waren Sie? Wieso sprechen Sie meinen Sohn an?"

„Genau genommen haben wir uns gegenseitig angesprochen. Ich dachte, Malte grüßt mich, dabei hat er seine Freunde gemeint, aber na ja, wir sind eben einfach ins Gespräch gekommen."

Hajo betrachtete seinen Sohn. Was hatte er über seine neue Bekanntschaft gesagt? Nett und schlau? Er seufzte. Wirklich irre, wie ein völlig verkackter Tag zum Abend hin noch schlechter werden konnte.

„Gut, das ist ja auch gar nicht das Thema."

„Was ist denn das Thema?", fragte Malte.

„Frau Becker möchte das Haus Ihres Onkels kaufen", erklärte Stamer. „Also, des Onkels Ihres Vaters. Das dürfte ja wohl Ihr Großonkel sein."

„Ach Krass."

Zu Hajos Überraschung war Malte nicht vor Begeisterung von den Socken über das, was diese nette und schlaue Frau vorhatte.

„Hast du was dagegen?", fragte Hajo.

Malte schüttelte den Kopf. „Nee, das fände ich toll. Kann ich dich dann mal besuchen?", fragte er Lena.

„Na klar. Jederzeit."

Hajo ging zum Fenster hinüber und sah auf die Wiese. Es konnte ihm doch eigentlich egal sein, wer dieses Haus kaufte. Und auch der Preis war in Ordnung. Richard hatte zuletzt nicht mehr viel gemacht, und das Haus war nicht im besten Zustand. Als Stamer vollmundig verkündet hatte, dafür würde man locker eine halbe Million kriegen, war er schon nicht überzeugt gewesen. Dummerweise war es ihm nicht egal. Er wandte sich zu den anderen um.

„Ich denke darüber nach."

„Also wirklich, Dad."

„Ich sagte, ich denke darüber nach."

„Das ist in Ordnung", sagte Lena. „Wissen Sie, ich finde, es ist ein sehr schönes Haus, und es liegt gut. Und den Abschlag habe ich gemacht, weil das meiner Meinung nach in etwa der Betrag ist, den ich noch mal reinstecken muss. Ich dachte, ich könnte die Sanierung in den sozialen Medien dokumentieren und kommentieren. Sozusagen als Unterstützung meiner Informationsveranstaltung für die energetische Sanierung." Sie wandte sich an Malte. „Du bist nicht zufällig social-media-affin?"

„Ich bin sowas von affin", erklärte Malte überzeugt.

„Dann bist du genau mein Mann."

Hajo wurde das alles zu viel. „Wie gesagt, ich denke darüber nach." Er kam sich wirklich dämlich vor, und ihm entging auch nicht, dass Malte Lena ansah und mit den Augenbrauen wackelte. „Kommst du mit, Malte?“

„Ich bin mit dem Rad da. Ich komm gleich nach.“

„Gut. Dann gehe ich. Ich melde mich.“ Hajo verließ das Haus und ging zu seinem Auto, wo sein Blick auf den Wagen der Schornsteinfegerin fiel. *Unterwegs im Auftrag des Glücks*, dachte er. Davon habe ich bisher nichts gemerkt.

Kapitel 9

Bei einer Tasse Kaffee im Frühstücksraum studierte Lena ihren Tagesplan, den sie am Vorabend bei Frau Moll abgeholt hatte. Seit ihrem Entschluss, das Haus zu kaufen, war sie innerlich viel ruhiger. Mit einer eigenen Wohnung hatte sie abends ein Ziel, sie konnte ihren Tagesablauf besser planen, ohne Rücksicht auf Frühstückszeiten zu nehmen, und sie würde auch wieder selbst kochen können. Und wenn sie schon ins Alte Land zog, wollte sie nicht in einer Wohnung, sondern in einem typischen Haus wohnen. Das Haus von Richard von Kiesow hatte für ihre Zwecke die richtige Größe, bot genügend Raum, aber sie kam sich darin nicht verloren vor. Bisher hatte sie recht sparsam gelebt, und ihr Vater hatte ihr schon vor längerer Zeit angeboten, etwas für die Anschaffung einer Immobilie dazuzugeben. Das war der Vorteil des Einzelkindes. Aber vielleicht würde aus dem Kauf auch nichts werden. Hajo von Kiesow hatte nicht gerade Luftsprünge vor Begeisterung gemacht, als er von ihrem Interesse gehört hatte.

Nach dem Frühstück zog sie ihre Arbeitskleidung an. Und außerdem musste sie sich auf die Suche nach einem Mitarbeiter machen. Sie konnte Frau Molls kostenlose Hilfe nicht ewig in Anspruch nehmen. Am besten suchte sie nach einem Auszubildenden. Zu ihrer Verwunderung stieß sie bei der heutigen Kundenliste auf den Namen Hartfelder. Die Witwe des Schornsteinfegers hatte *dringend* daneben geschrieben. Dascha nu gediegen, dachte Lena.

Der alte Mann erwartete sie schon am Gartentor. „Kommen Sie rein, Frau Becker."

Er öffnete die Pforte. Die Haustür zu seinem gelb geklinkerten Backsteinhaus stand offen, in der Tür saß eine dicke weiße Katze, die den Schwanz ordentlich um sich herum drapiert hatte.

„Meine Frau hat uns schon Kaffee gekocht."

„Lassen Sie mich raten, Herr Hartfelder, mit Ihrer Heizung ist gar nichts, oder?"

„I wo." Hartfelder winkte ab. „Aber Sie schreiben mir natürlich trotzdem eine Rechnung. Ich habe gestern die Gerlinde angerufen, das ist eine alte Schulfreundin meiner Frau. Die hat mich gleich als Erstes auf Ihre Liste gesetzt." Sie waren am Eingangspodest zur Haustür angekommen. „Nu gehen Sie mal rein. Minka husch."

Minka, die weiße Katze, machte keine Anstalten, den beiden Herrschaften den Durchgang leicht zu gestalten.

Erst als sich beide an ihr vorbeigedrängelt hatten, erhob sie sich und lief allen voran in die Küche.

„Marianne!", rief Hartfelder und schloss die Haustür. „Die Frau Becker ist da."

„Ach, wie nett. Kommen Sie rein. Darf ich?" Marianne Hartfelder rieb über Lenas Schulter. Jeder hatte so seine Vorstellung, wie er vom Glück, das der Schornsteinfeger angeblich brachte, etwas abbekam.

Unter Kaffeekochen verstand Marianne Hartfelder einen üppig gedeckten Frühstückstisch. Lena aß morgens nie viel, heute Morgen hatte sie sich in der Pension glücklicherweise auf den Kaffee beschränkt.

„So, Sie sitzen da drüben", ordnete Frau Hartfelder an. „Nehmen Sie Kaffee oder Tee?"

„Ich nehme gern Kaffee."

Marianne Hartfelder schenkte ihr welchen ein, rückte Zuckerdose und Milchkännchen in Lenas Nähe und reichte ihr den Korb mit den Brötchen.

„Vielen Dank, Frau Hartfelder. Setzen Sie sich doch. Ich will auch gar nicht so viel essen, weil ich gleich zum nächsten Kunden muss."

„Nu lass sie doch mal, Marianne."

Mit einem Seufzen setzte sie sich und faltete die Hände. „Ich dachte, dass Sie gut gestärkt in Ihren Tag gehen sollten."

„Da haben Sie völlig recht, Frau Hartfelder." Lena nahm sich ein Brötchen.

„Sie nehmen es meinem Mann doch nicht übel, dass er Sie unter einem falschen Vorwand hergelockt hat, Frau Becker?"

„Was ist denn der eigentliche Grund für meinen Besuch bei Ihnen?“, fragte Lena und legte eine Scheibe Käse auf eine Brötchenhälfte.

„Es geht um das Neubaugebiet“, sagte Günter Hartfelder. „Wissen Sie, der Herr von Kiesow will dafür ein ganzes Obstanbaugebiet opfern, und das sehen viele natürlich kritisch.“

„Gibt es da keine Vorschriften, was den Erhalt von Obstplantagen anbetrifft?“

„Der Eigentümer will ja verkaufen, und die Gemeinde wird die Fläche in Kürze als Bauland ausweisen. Lukas Altvogel, dem die Fläche gehört, war Obstbauer mit Herz und Seele. Aber jetzt ist er alt und will die Plantage aufgeben. Für die Gemeinde ist das die Gelegenheit zu bauen. Unsere Initiative jedenfalls ist damit überhaupt nicht einverstanden.“

„Und warum nicht?“

Hartfelder sah sie an. „Warum nicht? Weil das Alte Land ein Obstanbaugebiet ist und kein Bauland. Es fängt klein an, und dann ist ein Anfang gemacht, und beim nächsten Mal geht es dann noch einfacher.“

„Na ja, Jork ist jetzt keine Großstadt, die Fläche ist doch begrenzt, und wie …“

„Eben!“, fiel ihr Günter Hartfelder ins Wort. „Und die Apfelbäume sind wichtiger als Häuser.“

„Verstehen Sie mich nicht falsch, Herr Hartfelder. Aber dazu kann ich mich jedenfalls in meiner Eigenschaft als Schornsteinfegerin nicht kümmern. Oder besser gesagt, ist mein Typ dort vermutlich nicht gefragt. Die werden ihre Neubauten mit Wärmepumpen und Photovoltaikanlagen ausrüsten. Dazu braucht man keinen Kaminkehrer."

„Ach?" Marianne Hartfelder sah Lena interessiert an. „Und was machen Sie dann in Zukunft?"

„Um meine Zukunft muss ich mir keine Sorgen machen. Bis ich in Rente gehe, wird es Öl- und Gasheizungen geben. Außerdem habe ich auch noch andere Aufgaben. Die Neubauten werden alle vom Bauunternehmer einen Energieausweis erhalten, also werde ich dafür nicht gebraucht. Aber der ein oder andere benötigt vielleicht Beratung oder Reinigung von Lüftungsanlagen. Also werde ich vielleicht hin und wieder dort sein, aber bei der Errichtung der Gebäude eher nicht."

Hartfelder schüttelte den Kopf. „Nein, nein, nein, Frau Becker. Das ist der falsche Weg. Herr von Kiesow hat Sie doch schon angesprochen. Jetzt ist die beste Gelegenheit, in die Sache einzusteigen. Sie sind doch sogar erwünscht."

„Na ja, ich habe das Gefühl, dass ich mit den Herren Zanger und Asmussen nicht so gut kann."

„Ich auch nicht, Frau Becker. Aber manchmal muss man über seinen Schatten springen."

„Tja, eigentlich bin ich gerade erst in Jork angekommen, und ich habe mich noch nicht mal richtig niedergelassen, und …"

„Alles kein Problem, meine Liebe." Hartfelder legte ihr die Hand auf den Unterarm. „Wir unterstützen Sie. Nicht, Marianne?"

„Natürlich. Nun essen Sie mal, Frau Becker.“

„Unterstützung brauche ich eigentlich nicht, vielen Dank. Es geht eher um Freiräume und um Zeit.“

„Eben, dabei unterstützen wir Sie, Frau Becker, und Sie stehen dann der Initiative zur Seite.“ Marianne Becker schob ihr ein Glas selbstgemachter Erdbeermarmelade hin.

„Das geht nicht. Ich bin zur Objektivität verpflichtet und kann mich jedenfalls in diesem Punkt nicht Ihrer Initiative anschließen.“

„Das ist ja nun blöd.“ Marianne Becker sah ihren Mann besorgt an. „Ihr habt ja wirklich ein Pech.“

„Ach, was ist denn noch passiert?“ Lena gab noch einen Löffel Marmelade auf ihr Brötchen. Die war wirklich lecker.

„Unser bester Mann ist tot.“

„Oh, das tut mir leid.“

„Richard war nicht nur ein wichtiges Mitglied der Gemeinde, dessen Wort Gewicht hatte, er war auch der Onkel unseres Bürgermeisters.“

„Ach.“

„Und unser Dorfarzt“, ergänzte Frau Hartfelder.

„Richard von Kiesow war auf Ihrer Seite?“

„Richard stand fest für unsere Sache ein. Und natürlich hatte sein Neffe Respekt vor ihm.“

„So viel Respekt, dass er jetzt, wo sein Onkel verstorben ist, über Leichen geht?“ Lena schlug sich die Hand vor den Mund. „So habe ich das nicht gemeint. Ich meinte eher, dass für den Bürgermeister jetzt der persönliche Aspekt dieser Sache nicht mehr gegeben ist."

„Ja, vielleicht, aber wenn Sie mich fragen, hätte der Bürgermeister keine Rücksicht auf die Ansichten seines Onkels genommen."

Marianne Hartfelder nickte. „Hat er ja schon zu Lebzeiten seines Onkels nicht."

„Haben sich die beiden nicht gut verstanden?" Jetzt liebäugelte Lena doch mit einem weiteren Brötchen, stattdessen nahm sie sich einen Apfel.

„Die beiden waren ein Herz und eine Seele. Wie Vater und Sohn, aber in diesem Punkt sind die beiden auf keinen gemeinsamen Nenner gekommen."

„Interessant. Dann kommt der Tod seines Onkels Hajo von Kiesow jedenfalls in diesem Punkt gelegen, oder?"

„Na ja, so gesehen vielleicht, aber ich glaube, Hajo hätte lieber seinen Onkel länger behalten."

„Was ist denn eigentlich mit Dr. von Kiesow passiert?" Lena gab sich unwissend. Sie wollte gern noch eine weitere Theorie zum Tod des alten Dorfarztes anhören.

„Also, das war wirklich eine schlimme Sache. Er muss unachtsam gewesen sein, anders können wir es uns nicht erklären, nicht Marianne?"

„Waren Sie Patienten bei Dr. von Kiesow?"

„Nein, also auch, aber Richard war mein alter Schulfreund. Er ist der Erste von uns vieren, der gegangen ist."

„Von welchen vieren?", fragte Lena.

Günter Hartfelder hob seine rechte Hand und zählte ab. „Walter, Richard, Heinz und ich."

„Mein Mann und Richard sind zusammen zur Schule gegangen. Sie waren ein richtiges Kleeblatt, vier. Jetzt sind es eben nur noch drei."

„Ja, das war unser letztes gemeinsames Abiturtreffen neulich", sagte Günter Hartfelder. „Wenn ich das gewusst hätte ..." Er schüttelte traurig den Kopf.

„Was hätten Sie tun sollen, Herr Hartfelder. Glücklicherweise kann man noch nicht in die Zukunft sehen. Oder hatten Sie ein komisches Gefühl bei Ihrem Abiturtreffen?"

„Nein, überhaupt nicht. Es war wunderbar."

„Aber du hast auch gesagt, dass Richard ein wenig abwesend war."

„Ja, aber das hatte doch nichts zu bedeuten. Jedenfalls nicht, dass der arme Kerl kurz darauf die Kellertreppe runterfällt."

„Nein, natürlich nicht, Liebling. Aber ich hätte vielleicht mal nachfra..."

Lenas Handy unterbrach die Unterhaltung. „Entschuldigung." Ein Blick auf das Display sagte ihr, dass sie vor zehn Minuten bei Eleonore Marquard hätte sein müssen, und sie wusste noch nicht mal, wo der Ulmenweg war.

„Vielen Dank für das Frühstück, aber ich muss jetzt zu meinem nächsten Termin." Sie stand auf. „Ich bin jetzt schon zu spät."

Hartfelder begleitete sie zur Tür. „Aber Sie werden sich doch für unsere Sache einsetzen, oder? Sie sind als

Zugezogene ja gänzlich unvorbelastet. Und in Ihrem Beruf sind Sie doch firm darin, Altes zu erhalten."

Lena ließ dieses Ansinnen unkommentiert. „Vielen Dank noch mal, Herr Hartfelder. Bis bald."

Hajo wachte mit Kopfschmerzen und schlechter Laune auf. Er hörte die Haustür ins Schloss fallen, was wohl bedeutete, dass Malte auf dem Weg zur Schule und er selbst spät dran war. Wütend warf er die Decke beiseite und stand auf. Er wusste gar nicht, woher seine Laune kam. Die Kopfschmerzen hatte er sich redlich durch zu viel Apfelkorn verdient. Sein Handy, das auf dem Nachttisch lag, läutete. Er hatte keine Lust dranzugehen. Er hatte zu überhaupt nichts Lust. Er musste mal in sich gehen und nachdenken.

Draußen lief seine Nachbarin vorbei. Joggen, dachte er. Das habe ich doch neulich schon verschoben. Seine Laufschuhe fand er, wo sie hingehörten, nämlich ganz hinten im Schuhschrank. Er schaffte es gerade bis zur übernächsten Ecke und war nach zwanzig Minuten wieder zurück. Da war noch viel Luft nach oben. Aber immerhin war ihm in den zwanzig Minuten etwas klar geworden. Er genoss die gemeinsame Zeit mit Malte und das entspannte Zusammenleben. Die Vorstellung, dass diese Zeit irgendwann zu Ende sein würde, machte ihm Angst. Er würde es wirklich bedauern, auch wenn er natürlich wusste, dass Malte irgendwann flügge werden und ausziehen musste.

Als er unter der Dusche stand, fasste er einen Entschluss. Diese Weisheit hatte er aus dem Frühstücksfernsehen.

Wenn man jemanden festhielt, entfernte man sich immer mehr von ihm. Und das Haus würde er auch verkaufen. Das war schließlich von Anfang an sein Plan gewesen, nachdem Richard gestorben war. Und warum sollte es nicht Lena Becker sein, die das Haus bekam. Dann konnte die Schornsteinfegerin eben das verdammte Haus haben, und auch zu dem von ihr gebotenen Preis. Er war froh, wenn er die alte Hütte endlich los wäre. Sie hatte genug Probleme gemacht. Und das Geld konnte er gut gebrauchen, seitdem er Susanne Unterhalt zahlte.

TEIL II

Kapitel 10

Mit Dienstagen hatte Lena eigentlich keine guten Erfahrungen. Vom Montag wusste man, dass er den beschwerlichen Einstieg in eine neue Woche bedeutete, der Mittwoch bedeutete Halbzeit. Der Dienstag hingegen war ein farbloser Tag ohne eine wirkliche Bedeutung für die Woche. Mit diesen Gedanken hantierte sie bereits seit einer halben Stunde auf dem Dach von Annabell Krüger, dessen größere Anzahl an Dachschindeln locker war. Lena konnte es egal sein, der Schornstein hielt noch und würde jetzt, nachdem sie ihn gekehrt hatte, auch wieder seiner Funktion, den Rauch abziehen zu lassen, gerecht werden. Lena hatte nicht direkt herumgetrödelt, aber sich auch nicht besonders beeilt. Sie hatte die Landschaft bewundert, versucht, die Hausdächer zu zählen und abzuschätzen, wie viel Raum bebaut war und wie viel man den Obstbäumen überließ. Die Obstbäume waren deutlich in der Überzahl. Außerdem hatte sich in ihrem Hinterkopf dieser Gedanke an ein eigenes Haus festgesetzt, was sie zugegebenermaßen ein wenig von der Arbeit ablenkte.

„Ist alles in Ordnung?" Frau Krüger sah von ihrer Auffahrt zu ihr herauf, die Hand hielt sie gegen die Sonne waagerecht über die Stirn.

Lena hatte sich bis zur Regenrinne vorgearbeitet und trat auf die oberste Stufe der Leiter, die an die Hauswand gelehnt war. „Beinahe", sagte sie. „Sie brauchen einen Dachdecker."

„Ich weiß."

Lena kletterte die Leiter hinunter und betrat wieder festen Boden.

„Der hat übernächsten Monat wieder für mich Zeit. Ich hoffe, dass es bis dahin nicht allzu stark regnet."

„Ihr Schornstein ist jedenfalls wieder picobello. Da können Sie im weißen Hosenanzug durchrutschen."

Annabell Krüger lachte. „Danke."

„Na ja, vielleicht wird er hinterher grau oder gestreift, aber jedenfalls nicht schornsteinfegerdunkel."

„Schornsteinfegerdunkel?", fragte Frau Krüger.

„Schwarz." Lena hob ihre Tasche vom Boden auf. „Ich schicke Ihnen meinen Bericht per Mail. Ist alles in Ordnung."

„Danke."

„Gern geschehen."

Bevor sie sich auf den Weg ins Café machte, legte Lena einen kurzen Zwischenstopp bei Klaas Stamer ein. Sie interessierte sich doch sehr dafür, ob Hajo von Kiesow das Haus seines Onkels überhaupt an sie verkaufen wollte. Egal zu welchem Preis. Wenn er es nicht eilig hatte, würde er vielleicht lieber auf einen anderen Käufer warten. Sie öffnete die Tür zum Maklerbüro, woraufhin sich ein junges Paar irritiert zu ihr umwandte. Die beiden saßen Stamers Mitarbeiter Rainer gegenüber, der Lena überrascht ansah.

„Hallo, Rainer. Ist Herr Stamer da?"

Der junge Mann hob wortlos den Zeigefinger und deutete auf die Tür zu Stamers Büro.

„Danke." Lena ging auf die Glastür zu, über deren geätzten Mittelteil hinweg sie den Makler an seinem Schreibtisch sitzen sah. Er starrte konzentriert auf seinen Bildschirm und sah erst auf, als Lena gegen das Glas klopfte. Stamer stand auf, knöpfte sein Jackett zu und kam zur Bürotür.

„Frau Becker, kommen Sie doch herein."

„Hallo, Herr Stamer, tut mir leid, wenn ich störe."

„Sie stören überhaupt nicht. Ich wollte mich ohnehin noch heute bei Ihnen melden." Stamer rieb sich die Hände. „Es gibt nämlich gute Neuigkeiten."

„Aha?"

„Setzen Sie sich doch bitte." Er schob ihr den Besucherstuhl zurecht. „Herr von Kiesow möchte an Sie verkaufen. Und zwar zu dem von Ihnen gebotenen Preis." Er rieb sich die Hände und setzte sich. „Freuen Sie sich?"

„Tja, also, grundsätzlich freue ich mich, aber vielleicht haben Sie noch ein paar mehr Informationen für mich?"

„Nun, ich kann Sie beruhigen, Herr von Kiesow ist damit einverstanden, dass Sie den Energieausweis selbst erstellen.

Er verzichtet jedenfalls darauf, dass ein objektiver Schornsteinfeger ihn erstellt.“ Klaas Stamer verzog das Gesicht. „Nicht, dass Sie nicht objektiv wären, das habe ich nicht gemeint. Und Herr von Kiesow natürlich auch nicht.“

„Alles klar. Ich denke, die Mühe können wir uns ohnehin schenken, weil ich erhebliche energetische Maßnahmen durchführen will.“

„Gut.“ Stamer legte die Fingerspitzen gegeneinander. „Sie hatten ja gesagt, dass Sie etwa einhunderttausend Euro investieren wollen.“

„Ich sagte, dass ich davon ausgehe, dass die Maßnahmen etwa so viel kosten werden. Es kann auch mehr oder weniger sein.“

„Alles klar. Jedenfalls ist Herr von Kiesow damit einverstanden, an Sie zu verkaufen.“

„Schön, das freut mich wirklich.“

„Der reduzierte Kaufpreis hat natürlich Auswirkungen auf meine Courtage, aber na gut.“

„Aber Sie verdienen eine Courtage“, sagte Lena. „Und zwar jetzt.“

Sie erklärte sich damit einverstanden, dass Stamer den Notar mit der Erstellung eines Kaufvertrages beauftragte. Und dann war sie wieder auf der Straße und spürte eine kribbelige Vorfreude. Jetzt stand fest, dass sie sich in Jork niederlassen würde.

Kevin saß an seinem Schreibtisch im Dienstzimmer und guckte Löcher in die Luft. Er würde so gern die Rätsel um die Todesfälle von Hans Moll und Richard von Kiesow lösen, aber er hatte überhaupt keinen Plan. Eigentlich könnte er auch Feierabend machen, aber zu Hause war nur seine Mutter, die ihn nach seinem Tag ausfragen würde. Und der war vollkommen ereignislos verlaufen. So als würde man Zuckerwatte beim Auflösen in Wasser zusehen.

Als die Tür zum Revier geöffnet wurde, nahm Kevin vor Schreck die Füße vom Schreibtisch und stand auf. „Oh, hi."

„Hallo, Kevin." Lena trat in ihrer Dienstmontur vor den Tresen. „Wie geht's?"

Kevin kratzte sich am Kopf. „Eigentlich ganz okay."

„Hast du noch keinen Feierabend?"

„Doch." Er versuchte möglichst intelligent dreinzublicken. Er wollte nicht gern wie jemand wirken, der lieber bei der Arbeit war, als sich zu Hause aufzuhalten.

Die Schornsteinfegerin nickte.

„Ich bin aber gern noch für dich da."

Sie lächelte ihn an. „Das ist toll. Ich habe eine Frage."

Kevin öffnete eine Schreibtischschublade und nahm die Tüte mit dem Ring heraus. „Hierzu?"

„Eigentlich nicht, aber wenn ich dazu etwas fragen würde, was würdest du antworten?"

Er brauchte eine Weile, um zu verstehen, was sie meinte, aber dann entschied er sich, ihr zu berichten, was er herausgefunden hatte. „Ich habe den Ring von einem Juwelier begutachten lassen."

„Ah.“ Sie warf noch einmal einen Blick auf die Tüte. „Und?“

„Damenring, Größe 52. Und mit dem Stein hast du recht. Ein Selenit, nicht besonders wertvoll.“

Jetzt griff sie doch nach der Tüte. „Warst du deshalb neulich beim Bürgermeister?“

„Das war eine Befragung.“

„Zu dem Ring.“

„Unter anderem.“ Kevin versuchte, ihrem Blick standzuhalten, aber das gelang ihm nur mittelmäßig gut. „Es ist nicht sein Ring.“

„Sagt er.“

„Er ist der Bürgermeister. Und ein Mann.“

„Auch Bürgermeister können die Unwahrheit sagen. Er könnte den Ring für eine Frau gekauft haben.“

„Der Bürgermeister ist geschieden, und der einzige Ring, mit dem ich ihn jemals gesehen habe, war sein Ehering.“

Wieder nickte sie und schwieg eine Weile. „Okay“, sagte sie schließlich. „Er könnte sich trotzdem einen neuen Ring zugelegt haben, vielleicht weil er eine neue Freundin hat.“

„Hat er nicht.“

Sie sah ihn überrascht an. „Aha?“

„Der Herr von Kiesow ist mit den Frauen erst mal durch.“ Kevin wechselte die Beinhaltung. „Sagt man sich.“

„Okay.“ Die Schornsteinfegerin stützte sich lässig mit dem Ellenbogen auf seinem Tresen ab. „Und hast du eigentlich sein Alibi überprüft.“

Kevin riss die Augen auf. „Alibi? Wofür?"

„Für die beiden Todesfälle. Er profitiert von dem Tod seines Onkels. Und wenn ich das Haus jetzt kaufe, erhält er vierhunderttausend Euro."

„Du kaufst das Haus?"

„Wenn nichts dazwischenkommt, ja."

„Das ist schön." Kevin lächelte sie an. „Wirklich." Tatsächlich freute er sich. Lena war eine Seelenverwandte für ihn. Oder jedenfalls jemand, mit dem er sich sehr gut verstand.

„Also, wie siehts aus mit den Alibis des Bürgermeisters für beide Todesfälle?"

„Nä", machte Kevin. „Der Bürgermeister bringt doch seinen Onkel nicht um."

„Ich bin ja kein Ermittler", sagte sie. „Aber überprüft man nicht immer Alibis derjenigen, die von einem Todesfall profitieren?"

Kevin sah sie an. „Aber der Bürgermeister ist doch nicht verdächtig."

„Warum nicht?"

„Weil er der Bürgermeister ist?"

„Ich glaube nicht, dass man Personen wegen ihrer Position oder ihres Berufs ausschließen sollte."

Kevin wand sich verlegen. „Ich glaube nicht, dass der Bürgermeister seinen Onkel umgebracht hat." Er versuchte, ihrem prüfenden Blick standzuhalten. Vielleicht waren sie doch nicht seelenverwandt, jedenfalls war er ihr intellektuell klar unterlegen.

„Gut, dann etwas anderes", sagte Lena. „Weißt du etwas über das Klassentreffen, auf dem Richard von Kiesow kurz vor seinem Tod war?"

Kevin kniff die Augen zusammen. Klassentreffen?, dachte er. Er hatte keinen Schimmer, aber wie war es immer in den Filmen, wenn jemand keine Ahnung von etwas hatte und eine Frage nicht beantworten konnte? Er stellte eine Gegenfrage. „Warum sollte dieses Klassentreffen eine Rolle spielen?"

„Das weiß ich nicht, aber ich denke immer noch an den Schornstein. Wenn unsere Theorie stimmt, dass Hans Moll durch den Schornstein etwas gehört hat, gab es vielleicht auf dem Klassentreffen ein Vorkommnis, und später hat sich Richard von Kiesow in seinem Wohnzimmer über dieses Vorkommnis mit jemandem unterhalten."

„Dieses Klassentreffen …" Kevin wusste nicht, wie er weitermachen sollte, ohne allzu ahnungslos zu wirken.

„Herr Hartfelder hat mir davon erzählt. Offenbar gab es ein Vierergespann von Abiturienten, dem von Kiesow, Günter Hartfelder, ein Heinz und ein Walter angehörten. Vielleicht sollte man diese drei befragen."

„Aber warum?"

„Weil Frau Hartfelder erwähnte, dass Richard von Kiesow etwas gedrückter Stimmung war nach dem Treffen." Die Schornsteinfegerin dachte nach. „Nein, Frau Hartfelder sagte, er habe abwesend gewirkt. Es war übrigens das Abiturtreffen der vier."

„Gut. Also, ich muss zugeben, dass ich in den Ermittlungen ein wenig festhänge."

„Das kann ich verstehen. Ich glaube ja, dass uns ein wichtiger Bestandteil der Ereignisse nicht bekannt ist."

Dieses *Uns* erfreute Kevin irgendwie. „Ich werde Herrn Hartfelder zu diesem Abiturtreffen befragen. Und die übrigen Beteiligten auch. Vielleicht hat Herr von Kiesow jemandem etwas erzählt, das uns weiterhilft."

Lena Becker lächelte ihn an. „Sag mir Bescheid, wenn es weitergeht."

Als Lena vor dem Polizeirevier stand, warf sie einen Blick auf die Uhr. Die Polizei war über ihre neuesten Erkenntnisse unterrichtet, weshalb wohl nichts dagegensprach, dass sie selbst versuchte, etwas herauszufinden. Die eigentlich beste Informationsquelle, Ingrid, dürfte für diesen Tag versiegt sein. Das Café war inzwischen geschlossen. Am besten ging sie dort morgen früh vorbei. Jetzt könnte sie es noch bei der Zeitung probieren. Vielleicht wusste Isabel etwas über das Abiturtreffen oder hatte sogar darüber berichtet.

Plötzlich war Lena furchtbar müde. Vielleicht sollte sie sich lieber mit ihren eigenen Angelegenheiten befassen. Schließlich musste sie sich um die Vorbereitungen für den Kauf ihres Hauses kümmern. Sie war zwar nicht ganz arm, aber sie würde noch etwas Geld von der Bank benötigen.

Erwartungsgemäß war das Treffen mit dem Gemeinderat nicht nur erfreulich verlaufen. Es gab durchaus Ratsmitglieder, die dem Projekt Landflucht offen gegenüberstanden. Aber es waren auch genug Ökos darunter, die ihr Leben für jeden verdammten Apfelbaum geben würden. Allerdings befanden sich dieselben Leute in einer Zwickmühle, wenn es um bezahlbaren Wohnraum für junge Familien ging und darum, energieeffiziente Häuser zu bauen. Mit denen hatte sich Günter Hartfelder natürlich bestens verstanden. Es würde auf einen Kompromiss hinauslaufen, aber im Augenblick standen die Chancen nicht allzu schlecht, dass sie das Projekt umgesetzt bekamen.

Es war inzwischen dunkel, und Hajo war ziemlich müde. Nach einem Umweg an seiner Hausbar vorbei würde er gleich ins Bett gehen. Zu so später Stunde war ein Zwischenstopp an der Bar vermutlich besser als ein Halt am Kühlschrank. Jedenfalls musste er jetzt ein bisschen runterfahren und sich beruhigen. Früher hätte er sich nach so einem Abend mit Susanne auf einen späten Imbiss in die Küche gesetzt und ihr von seinem Abend erzählt. Aber das war schon sehr viel früher gewesen. Zuletzt hatte Susanne schon im Bett gelegen und geschlafen, wenn er spät nach Hause kam. Eine Weile hatte er das bedauert, aber dann hatte er sich daran gewöhnt.

Er bog in die Einfahrt zu seinem Haus ein. Maltes Fenster war schon dunkel, was in Anbetracht des Umstandes, dass es nach Mitternacht war, eine erfreuliche Feststellung war, andererseits hätte er gern ein paar Minuten mit seinem Sohn auf dem Sofa verbracht. Selbst wenn es dazu scheußliche Musik aus dem Fernseher gab.

Er stellte gerade den Motor ab, als er aus dem Augenwinkel eine Bewegung wahrnahm. Vielleicht hatte er Malte in Gedanken mit Vorschusslorbeeren bedacht, und der Junge kam jetzt erst nach Hause. Aber als sich Hajo umwandte und durch das Seitenfenster nach draußen sah, konnte er erst niemanden sehen. Malte war erwachsen, und es würde ihm nichts ausmachen, wenn sein Vater ihn nach Mitternacht nach Hause kommen sah. Jedenfalls würde er sich nicht hinter der Thujahecke verstecken.

Weil er nach hinten gesehen hatte, war Hajo abgelenkt und bekam gar nicht mit, dass plötzlich das Garagentor vor ihm hochging. Erschrocken sah er nach vorn. Das Tor stoppte nach etwa einem Drittel, jemand rollte darunter hervor und lief an seinem Auto vorbei. Hajo war so verdutzt, dass es einen Augenblick dauerte, bis er die Fahrertür öffnete und aus dem Wagen sprang. Er lief die Auffahrt hinunter und sah die Straße entlang. Dort konnte er noch zwei Gestalten über die Hecke des Grundstücks schräg gegenüber springen und im Dunkeln verschwinden sehen. Es hatte keinen Zweck, hinterherzulaufen. Er würde sie niemals erreichen. Und selbst wenn, was sollte er schon gegen zwei Typen ausrichten.

Sein Herz klopfte wild, als er zum Haus zurückging. In der Garage befand sich nur der alte Kram seines Onkels, aber um Malte machte er sich Sorgen. Wenn er zu Hause war, war er vielleicht in Gefahr. Hajo beschleunigte seine Schritte und lief zum Haus zurück. Ihm fiel ein Stein vom Herzen, als oben das Fenster von Maltes Zimmer aufging. Sein Sohn sah heraus.

„Papa? Ist was passiert?“

Hajo warf die Autotür zu. „Das weiß ich auch nicht so genau.“

Kevin hatte noch nicht lange geschlafen, als sein Handy läutete. Verschlafen tastete er auf dem Nachtschrank danach und warf einen Blick aufs Display. Es war ein weitergeleiteter Anruf seines Reviers.

„Polizei Altes Land, Dienststelle Jork, Polizeiobermeister Timmermann am Apparat, was …"

„Herr Timmermann, sind Sie es?"

Kevin setzte sich auf. „Bin ich. Und wer sind Sie?"

„Helmut Schönfelder. Ich komme gerade von einem Theaterbesuch in Hamburg mit anschließendem Barbesuch. Also, nicht, dass Sie denken, ich hätte was getrunken. Ich bin stocknüchtern. Jedenfalls ist hier ein Unfall passiert. Am Elbdeich, kurz vor dem Obsthof. Da steht ein Wagen mitten auf der Wiese zwischen Kohlenhusen und Hinterbrack. Ich hab nicht angehalten. Man hört ja so Sachen, aber vielleicht können Sie mal gucken."

„Sie konnten also nicht sehen, ob Personen im Fahrzeug sind?", fragte Kevin, während er die Decke beiseite schlug und die Füße auf den Boden stellte.

„Mensch, Herr Timmermann, ich bin da nur dran vorbeigefahren. Wenn da noch einer drin sitzt und ist bewaffnet, dann raubt der mich doch aus."

„Alles klar, danke Herr Schönfelder."

Kevin zog sich in Windeseile an, lief aus dem Haus und stieg in den Dienstwagen. Während er sich auf den Weg zum Deich machte, rief er einen Rettungswagen dazu. Man wusste ja nie. Er fuhr die Straße Osterjork hinunter und bog rechts in die Große Seite ein, an deren Ende man auf eine Reihe Felder vor dem Elbdeich stieß. Er musste ein Fahrzeug abwarten, das vorüberfuhr, dann bog er links ab und nach etwa siebenhundert Metern sah er das Auto, von dem Schönfelder gesprochen hatte. Kevin stellte die Rundumkennleuchte ein, deren blaues Licht über den Deich und die Häuserfronten auf der gegenüberliegenden Straßenseite flackerte. Dann nahm er seine Taschenlampe aus dem Handschuhfach und legte die Hand auf sein Pistolenholster. Der Wagen war auf gerader Strecke von Osten kommend durch den Schafszaun gebrochen, etwa fünf Meter auf das Feld gefahren, das von geraden Ackerfurchen durchzogen war, und vermutlich stecken geblieben. Die beiden Vordertüren standen offen, ebenso die Hintertür auf der rechten Seite. Kevin lauschte in die Dunkelheit. Der Motor lief nicht, und es war auch sonst nichts zu hören. Keine Stimmen, keine Geräusche.

„Polizei. Bitte steigen Sie aus dem Wagen", rief er.

Es geschah nichts. Kevin leuchtete auf die Heckscheibe, aber er konnte nicht sehen, ob sich jemand auf der Rückbank befand. Er hatte das Wagenheck erreicht und ging weiter bis zur offenstehenden Fahrertür. Er leuchtete in das Wageninnere. Auf dem Fahrersitz saß ein junger Mann. Sein blutverschmiertes Gesicht war Kevin zugewandt. Der Kopf lag mit der rechten Seite auf dem Lenkrad, der linke Arm hing schlaff herunter. Kevin nahm die Taschenlampe zwischen die Zähne und fasste das Handgelenk des jungen Mannes. Er konnte keinen Puls fühlen.

Keine Minute später traf der Rettungswagen aus Stade ein. Kevin hatte gerade sein Gespräch mit dem Verkehrsunfalldienst der Kollegen aus Stade beendet und ging den beiden Sanitätern entgegen, die aus dem Transporter sprangen.

„Moin", sagte er.

„Moin", sagte der Rettungssanitäter mit dem Instrumentenkoffer. „Was ist passiert?"

„Im Wagen befindet sich nur eine Person, der Fahrer. Ich kann keinen Puls fühlen. Bitte gucken Sie, ob Sie noch etwas machen können." Als die beiden an ihm vorbeistürmten, wandte er sich um. „Augenblick, warten Sie kurz." Er überholte die beiden Männer und machte ein Foto des Untergrunds vor der Fahrertür. Dann sah er zu, wie die Männer den Fahrer geschickt aus dem Fahrzeug hoben und auf den Boden legten. Das Licht der Straßenlaterne reichte nicht bis nach hier oben, weshalb Kevin ihnen mit seiner Taschenlampe leuchtete. Es überraschte ihn nicht, als die beiden nach weniger als einer halben Minute erst einander und dann Kevin ansahen und den Kopf schüttelten.

„Da ist nichts mehr zu machen", sagte einer der beiden Sanitäter. „Ich schätze, der ist schon seit mindestens einer Stunde tot."

Kevin sah auf die Uhr. Jetzt war es kurz nach eins. Er war seit ungefähr einer Viertelstunde vor Ort, Schönfelders Anruf war vor etwa dreißig Minuten eingegangen. Da war es zwei Minuten nach halb eins gewesen. Der Unfall musste gegen Mitternacht passiert sein.

„Der Kollege hier war nicht angeschnallt“, erklärte der Sanitäter. „Und diese alte Karre verfügt über keinen Airbag.“

„Verstehe.“

„Der ist voll mit dem Kopf aufs Lenkrad geknallt. Ich vermute Schädelbasisbruch.“ Der Sanitäter bewegte vorsichtig den Kopf des Toten hin und her. „Und einen Genickbruch. Der muss wie ein Idiot die Straße runtergerast sein.“ Ächzend erhob sich der Sanitäter. „Aber das können Sie wiederum besser feststellen als wir.“

„Ja, danke. Die Kollegen treffen hoffentlich gleich ein.“

Tatsächlich tauchte der Transporter der Kollegen aus Stade auf, kurz nachdem die Sanitäter abgefahren waren. Während die Beamten begannen, Strahler aufzustellen und Spuren zu vermessen, überquerte Kevin die Straße. Auch wenn der Unfall selbst offenbar niemanden aus dem Bett hochgeschreckt hatte, waren durch das Blaulicht und das Martinshorn Neugierige auf die Straße gelockt worden. Die Häuser lagen hier etwas zurück, und es waren ohnehin nicht sehr viele. Trotzdem waren es zu viele Bewohner, um sie als einzelner Polizist befragen zu können. Die Kollegen, die den Unfall aufnahmen, waren auch nur zu dritt. Kevin bat deshalb die Anwohner, sich am nächsten Tag auf dem Revier zu melden. Aber er würde ohnehin am nächsten Tag noch einmal wiederkommen und sich die Unfallstelle bei Tageslicht ansehen. Er fragte sich, was den Fahrer von der Fahrbahn abgebracht hatte. Möglicherweise war er zu schnell gewesen und hatte einem Tier ausweichen wollen. Vielleicht war aber auch im Innern des Wagens etwas vorgefallen, das ihn abgelenkt hatte. Denn Kevin glaubte nicht, dass der junge Mann allein unterwegs gewesen war. Warum hätten sonst die Beifahrertür und die hintere Tür auf der rechten Seite offen gestanden?

Er läutete bei den Waldhofs gegenüber und wartete darauf, dass ihm jemand aufmachte. Die hatten ja vielleicht gesehen, was hier passiert war. Dann holte er sein Handy heraus und rief Birger an. Die Feuerwehr hatte das notwendige Gerät, um den Wagen vom Acker auf die Straße zurückzuziehen.

Kapitel 11

Der Gedanke an ihren bevorstehenden Umzug hatte Lena am Vorabend nicht einschlafen lassen. Noch am Abend hatte sie eine Mail an ihren Bankberater in Hamburg geschrieben und einen Plan gemacht, was sie alles erledigen musste. Es war eine ziemlich lange Liste geworden, und um halb drei war sie aus dem Schlaf hochgeschreckt, weil ihr einfiel, dass sie noch einen Bausparvertrag hatte, den sie auflösen konnte.

Nun dauerte es eine Weile, bis sie wach war, und sie sprang unter die kalte Dusche, bevor sie sich auf den Weg zum Café machte. Dort hatte sich schon eine lange Schlange vor dem Tresen gebildet. Ingrid winkte ihr über die Leute hinweg zu, und schien sich besonders zu beeilen, die Kunden zu bedienen.

„Halbes Camembert mit Apfelschnitz?", fragte sie, als Lena an der Reihe war.

„Ja bitte." Lena deutete auf einen Tisch am Fenster. „Ich setze mich da hin. Den Kaffee hole ich gleich."

„Nicht doch, meine Liebe. Den bringe ich gleich an den Tisch."

Es dauerte keine Minute, bis Ingrid Lenas Frühstück brachte und sich zu ihr setzte. „Wie geht's?" Sie legte ihr die Hand auf den Unterarm. „Ich habe gehört, du kaufst das Haus vom alten von Kiesow? Also, das würde ihn wirklich freuen. Und ich freue mich, dass du hier bei uns in Jork bleibst."

Lena setzte den Kaffeebecher ab. „Flurfunk, wie?"

„Ach, vorhin war die Margot da, die ist die Nichte vom Heiner, und der wohnt neben Roswitha Vogt. Und deren Sohn Rainer arbeitet ja bei Klaas. Also Klaas Stamer."

„Alles klar." Lena biss von ihrem Brötchen ab. „Wo du doch immer gut unterrichtet zu sein scheinst, weißt du etwas über das Abiturtreffen, an dem Richard von Kiesow teilgenommen hat?"

„Abitur?" Ingrid machte ein nachdenkliches Gesicht. „Ich würde sagen weniger, als ich jetzt gern wüsste. Was interessiert dich daran denn?"

„Alles."

„Also, Richard war 81 Jahre alt. Da wird sein Abitur schon eine ganze Weile zurückliegen."

„Kennst Du Günter Hartfelder?"

„Den Günter? Natürlich. Günter legt sich mächtig für die Obstbäume in der Gegend ins Zeug."

„Die beiden sind zusammen zur Schule gegangen. Zu der Gruppe gehören noch ein Heinz und ein Walter."

Nachdenklich legte Ingrid den Zeigefinger an ihr Kinn. „Doch, allmählich komme ich rein. Marianne, Günters Frau, war einige Jahrgänge über mir in der Schule. Walter hat den Schusterbetrieb seines Vaters übernommen. Mit Abitur, das muss man sich mal vorstellen. Das ist ein ziemlich schlauer Kopf, aus dem bestimmt mehr hätte werden können. Aber es war der Wille seines Vaters. Als er aufgehört hat, wollte natürlich niemand den Reparaturbetrieb übernehmen. Die Leute kaufen sich heute ja billige Schuhe im Internet."

„Wo wohnt dieser Walter?"

„Drüben in Borstel. Meinst du, auf diesem Treffen ist etwas vorgefallen, oder warum interessierst du dich dafür?"

„Ich glaube, dass vor dem Treffen etwas vorgefallen ist. Günter Hartfelder hat seiner Frau erzählt, dass sich Richard von Kiesow merkwürdig verhalten hat. Er sei nachdenklich gewesen. Und wenn ich es richtig verstanden habe, hat von Kiesow nicht gerade ein lebhaftes Gesellschaftsleben geführt. Warum also war er ausgerechnet bei einem Zusammentreffen mit drei seiner besten alten Freunde so nachdenklich?"

„Verstehe. Dem solltest du nachgehen." Ingrid deutete auf Lenas leeren Kaffeebecher. „Noch einen?"

„Nein, danke. Ich muss auch weiter."

Die Schlange vor dem Tresen war abgebaut, die Mitarbeiterin war dabei, Kuchenstücke neu anzuordnen, als die Tür geöffnet wurde. „Moin, Gussi. Wie immer."

Isabel setzte sich zu Lena und Ingrid an den Tisch. „Moin, Mädels."

„Moin."

„Hallo, Isabel", grüßte Lena. „Ingrid, kann es sein, dass der Bürgermeister vielleicht doch Streit mit seinem Onkel hatte?"

„Bist du immer noch an dieser Geschichte dran?" Isabel schüttelte den Kopf. „Absoluter Cold Case. Ich wollte eigentlich mit der Reportage über dich beginnen, aber jetzt muss ich erst mal über den Unfall am Elbdeich schreiben."

„Was denn für ein Unfall?", fragte Ingrid. „Davon hat mir keiner was erzählt."

„Ein junger Mann ist in Henner Mohnsens Rübenacker gerast. Vermutlich war er zu schnell unterwegs. Der Schönfelder hat Kevin heute Nacht aus dem Bett geklingelt. Der Fahrer war tot und die Leute haben wieder mal nichts mitgekriegt. Ich mach jetzt nur eine kurze Pause und dann muss ich zurück, damit ich vor Redaktionsschluss fertig bin."

„Ich muss auch weiter." Lena stand auf und nahm ihr Geschirr.

„Lass stehen. Das räum ich weg." Ingrid erhob sich ebenfalls. „Über einen Streit zwischen Hajo und seinem Onkel weiß ich nichts. Allerdings stelle ich fest, dass ich auch nicht immer besonders gut informiert bin."

Hajos Vormittag war mit Terminen zugepflastert, und er kam erst am frühen Nachmittag das erste Mal zum Luftholen. Sieglinde hatte ihm zwei belegte Brötchen geholt und brachte ihm dazu einen Kaffee.

„Kennen Sie einen guten Entrümpler?“, fragte er seine Sekretärin.

„Hm.“ Sieglinde blieb in der Tür zu ihrem Büro stehen. „Der Arno Reimers macht sowas. Was wollen Sie denn ausräumen?“

„Ach, ich hab so viel Kram in der Garage, davon kann das meiste vermutlich weg.“

„Soll ich ihn mal anrufen?“

„Noch nicht. Danke. Ich muss das alles erst mal durchsehen.“

Als er allein war, verputzte er die Brötchen und trank seinen Kaffee. Vielleicht war es falsch gewesen, Kevin nicht zu informieren. Immerhin war jemand bei ihm eingebrochen. Aber nach dem ersten Schreck heute Nacht wäre es ihm übertrieben vorgekommen, die Polizei zu rufen. Was war denn schon groß passiert? Der Kerl hatte das kleine Glasfenster zur Garage eingeschlagen. Vermutlich hatte er auf ein Auto gehofft, das nicht abgeschlossen und deshalb leichte Beute war. Stattdessen war er auf einen ungeordneten Haufen Krimskrams gestoßen, der im Wesentlichen von Richard stammte. Er war abgehauen, vermutlich mit einem Komplizen, und Hajo hätte ihn noch nicht mal beschreiben können. Und es war eine bekannte Tatsache, dass nur ein Bruchteil der Einbrüche aufgeklärt werden konnte. Vermutlich würde es ausreichen, wenn er Kevin das nächste Mal, wenn sie sich trafen, davon berichtete. Und ins Haus hätte der Einbrecher ohnehin nicht gelangen können, weil die Eisentür zwischen Garage und Hauswirtschaftsraum immer abgeschlossen war.

Wie auch immer. Jetzt würde er sich erst mal mit seiner Post und den Wiedervorlagen befassen und anschließend mit Zanger und Asmussen sprechen, die allmählich ungeduldig wurden.

Kevin öffnete den Bericht der Spurensicherung über den nächtlichen Verkehrsunfall. Der Tote war in die Rechtsmedizin nach Hamburg gebracht worden, wo man eine äußere Leichenschau durchgeführt hatte. Dort war die erste Diagnose des Rettungssanitäters bestätigt worden, dass der junge Mann einen Schädelbasisbruch und einen Bruch der Halswirbelsäule erlitten hatte. Nicht, dass das so verständlich im Bericht der Rechtsmedizin gestanden hätte. Kevin musste einige Begriffe erst mal googeln, um alles zu verstehen. Weitere Verletzungen, insbesondere am Hinterkopf, gab es nicht, weshalb Kevin die Frage des Rechtsmediziners beantworten musste, ob eine teure Obduktion durchgeführt werden sollte. Die Verletzungen waren vermutlich sämtlich unfallbedingt. Im Augenblick tendierte Kevin dazu, sich auf eine Blutuntersuchung zu beschränken.

Der Unfallwagen war von der Freiwilligen Feuerwehr vom Acker gezogen und dann zur kriminaltechnischen Untersuchung gebracht worden, um Fingerabdrücke zu nehmen und Spuren zu sichern. Es handelte sich um einen Mercedes 190 E, Baujahr 1993, der auf einen Heinrich Vogel aus Buxtehude zugelassen war. Vogel hatte das Fahrzeug am Morgen als gestohlen gemeldet. Die Identität des Fahrers war noch nicht geklärt. Er hatte keine Papiere bei sich gehabt und auch sonst keine besonderen Merkmale, die eine Identifizierung ermöglichten. Allerdings war sich Kevin sicher, dass er mehr zu dem Typen bei INPOL finden würde. Wenn es nicht sein erster Autodiebstahl war, würde er dort etwas über seine Identität erfahren. Es sei denn, er war bisher nicht erwischt worden. Das waren eine ganze Menge Aufgaben, und die Kollegen aus Stade hatten ihm schon mitgeteilt, dass sie keine Leute dafür abstellen würden, um den Tod eines Rasers aufzuklären. Aber Kevin glaubte nicht daran, dass er nur ein Raser war. Oder jedenfalls nicht, dass er das Auto nur geklaut hatte, um damit durch Jork zu rasen. Vielleicht waren er und die mutmaßlich beiden weiteren Insassen zu etwas ganz anderem unterwegs gewesen.

Seit Lena ihn gefragt hatte, ob er social-media-affin sei, war Malte ganz gefangen von diesem Gedanken. Er trieb sich auf den Seiten von Schornsteinfegern und des Bundesverbands des Schornsteinfegerhandwerks herum, las alles Mögliche über die Sanierung alter Häuser und guckte sich bei Instagram die Beiträge über Handwerker an, die marode Häuser auf Vordermann brachten und neue Heizungen einbauten. Er hatte schon eine ganze Menge Ideen für Lenas Vorhaben. Auf alle Fälle würde er die Arbeiten an Richards altem Haus bei Instagram begleiten und vielleicht auch noch auf anderen Kanälen dokumentieren, die eher eine professionelle Klientel ansprachen.

Während der Mathestunde machte er sich dazu Notizen. Tiemeyer erklärte eine Formel, nachdem er mit Leidensmiene festgestellt hatte, dass Lars wieder einmal nicht anwesend war.

Nach der Schule fuhr Malte nach Hause, holte sich eine Tüte Chips aus der Küche und verschwand in seinem Zimmer, wo er weiter an seinen Plänen arbeitete. Da saß er noch, als sein Vater nach Hause kam.

Hajo betrat gähnend das Haus. Er war todmüde. Dieses viele Gesabbel bei den Terminen war ziemlich erschöpfend. Nachdem er sein Auto in die Einfahrt gestellt hatte, war er kurz zu seinem Nachbarn rübergegangen. Vielleicht hatte Preissner gestern Abend etwas bemerkt oder sogar die flüchtenden Männer gesehen. Aber der Mann hatte tief und fest geschlafen und wusste gar nicht, wovon Hajo eigentlich sprach. Als er wenig später sein Haus betrat, saß Malte zu seiner Verwunderung nicht auf dem Sofa und tat sich grausame Musik an.

Ein Blick in den Kühlschrank sagte Hajo, dass sich hinsichtlich des Abendessens hier nicht viel abspielen würde. Also nahm er sich ein Bier und ging in die Garage. Er musste unbedingt das Fenster flicken, damit keine Tiere, Regen oder weitere Einbrecher hereinkamen. Hajo stellte die Bierflasche auf der Werkbank ab, auf der fast kein Platz war. Überall lag irgendwelches Gerümpel herum, das kein Mensch mehr brauchte. Platz, um irgendwelche Arbeiten auszuführen, war nicht. Aber er konnte sich ohnehin nicht mehr daran erinnern, wann er irgendwelche Heimwerkerarbeiten gemacht hätte. Immerhin fand er ein paar Nägel in einer der Schubladen unter der Werkzeugbank. Der Hammer lag unter einem alten Gartenschlauch, und in einer Ecke standen noch ein paar Bretter herum. Natürlich passte keines davon in den Fensterrahmen. Seufzend sah sich Hajo um. Es war nach neun Uhr abends, und er hatte wirklich keine Lust, jetzt noch mit Sägen anzufangen. Abgesehen davon hatte er keinen blassen Schimmer, wo sich die Säge befand.

Die Tür zur Garage wurde geöffnet und Malte kam herein. „Was machst du hier?"

„Ich trinke ein Bier und versuche, mich zurechtzufinden."

Malte stemmte die Hände in die Hüften. „Hier sah es schon immer aus wie bei Hempels unterm Sofa. Und seit wir auch noch Onkel Richards Kram dazugestellt haben, sieht es aus wie bei Hempels Onkel unter dem Sofa."

„Bist du irgendwie gut drauf?", fragte Hajo und hob vorsichtig eine Plane an.

„Bin ich. Ich entwickle gerade ein Konzept für Lenas Social-Media-Auftritt. Ich denke, ich bringe sie als Schornsteinfegerin ganz groß raus."

Hajo ließ die Plane wieder sinken. Darunter standen ohnehin nur die sterblichen Überreste von Susannes erstem Fahrrad. „Was machst du?"

„Einen Social-Media-Auftritt. Solltet ihr für die Gemeinde auch mal machen. Die Webseite ein bisschen aufpeppen und bei Insta aktuelle Ereignisse posten."

„Das fehlt mir gerade noch", sagte Hajo. „Weißt du, wo die Säge ist?"

„Wir haben eine Säge?"

„Malte, wir müssen irgendwie dieses verdammte Fenster zumachen."

„Glaubst du, diese Idioten kommen noch mal wieder?“

„Das weiß man bei Idioten nie, aber ich hätte trotzdem nicht gern, dass hier jeder rein und raus kann.“

Malte deutete auf den hohen Schrank mit den Intarsien, der früher bei Richard im Esszimmer gestanden hatte. „Warum schieben wir den nicht fürs Erste vor das Fenster?“

Hajo blies die Backen auf. Der Vorschlag war nicht schlecht, klang aber anstrengend. Andererseits konnte er sich das Sägen ersparen. In Anbetracht des Umstandes, dass er keinen blassen Schimmer hatte, wo die Säge war, keine schlechte Idee. Er trank noch einen Schluck Bier.

„Dann fass mal mit an.“

Die Füße des Schranks machten ein ziemlich fieses Geräusch, als sie über den Betonboden schabten. Aber nach einigen Minuten stand der Schrank an der richtigen Stelle und verdeckte das Fenster.

„Nicht optimal, aber immerhin“, stellte Malte fest. „Meinst du, wir kriegen für das Ding noch Geld?“

„Ich weiß nicht. Ich hatte gedacht, wir stellen den Schrank irgendwo bei uns rein. Schließlich stammt der aus der Familie deines Urgroßvaters.“

„Okay?“ Malte rieb sich die Oberarme. „Ist ein bisschen frisch hier. Ich geh wieder ins Haus. Hast du eigentlich Kevin Bescheid gesagt?“

„Noch nicht.“

„Also, im Fernsehen sagen sie immer, dass nach vierundzwanzig Stunden jede Spur kalt ist.“

„Und im Fernsehen sagen sie auch, dass praktisch kein Einbruch jemals aufgeklärt wird.“ Hajo nahm die Bierflasche von der Werkbank und knipste das Licht aus.

Lena stand gerade vor dem Stapel Schmutzwäsche, den sie vor ihrem Bett angehäuft hatte, und überlegte, wo sie die am besten waschen konnte, als ihr Handy läutete. Im Display stand eine unbekannte Nummer.

„Polizei Altes Land, Dienststelle Jork, Polizeiobermeister Timmermann am Apparat, was kann ich für Sie tun?“

„Kevin?“

„Moin, tut mir leid, ist irgendwie so'n Automatismus bei mir.“

„Kein Problem.“ Lena setzte sich auf die Bettkante.

„Störe ich dich bei irgendwas?“

„Es gibt hier nicht zufällig in Jork so etwas wie einen Waschsalon, oder?“

„Einen Waschsalon? Nee. In Stade haben die so was.“

„In Stade.“ Offenbar gab es alles, was sie brauchte, nur in Stade. Geld, saubere Wäsche, und wenn sie noch eine Weile hier war, würde sie vermutlich auf noch mehr stoßen, was es nur dort gab.

„Was willst du denn waschen?“

„Bunt, vierzig Grad, eine Maschine.“

„Das ist kein Problem.“

„Wenn man keine Waschmaschine hat, ist das ein Problem.“

„Nein, ich meine, dass sich meine Mutter freut, wenn sie für dich waschen kann.“

„Kevin, ich lass doch deine Mutter nicht meine Wäsche waschen."

„Die freut sich."

„Über einen Blumenstrauß freut sie sich."

„Sie freut sich", bekräftigte Kevin. „Meine Mutter ist gern behilflich, und sie schnackt gern."

„Nee, lass mal, da fahr ich lieber nach Stade. Was wolltest du denn eigentlich?"

„Ich wollte dich um was bitten, und als Gegenleistung könnte meine Mutter deine Wäsche waschen."

„Kevin, ich helfe dir nur, wenn du mich mit dieser Wäsche in Ruhe lässt."

„Okay. Könntest du ins Revier kommen?"

Lena sah auf ihre Armbanduhr. Es war viertel nach sieben. „Jetzt?"

„Jetzt. Ich komme hier nicht weiter."

Um viertel vor acht betrat Lena das Polizeirevier von Jork. Kevin sprach gerade in den Hörer. „Okay, Mama, ich sag ihr Bescheid."

„Wenn du mit deiner Mutter doch über meine schmutzige Wäsche gesprochen hast, gehe ich wieder", sagte sie, ohne die Türklinke loszulassen.

Kevin legte auf. „Meine Mutter möchte dich gern zum Essen einladen."

Lena schloss die Tür und ging zum Tresen. „So, Kevin. Jetzt lassen wir mal deine Mutter beiseite. Worum geht's?"

Kevin deutete auf die Tür zu der Abseite, hinter der er seine Ermittlungstafel verborgen hatte. „Kannst du mal mitkommen?"

Lena umrundete den Tresen. „Da bin ich aber mal gespannt."

Nachdem sie beide festgestellt hatten, dass sie hungrig waren, kümmerte sich Hajo um die Getränke und Malte um das Essen. Hajo war bedeutend schneller fertig damit, zwei Flaschen kaltes Bier aus dem Kühlschrank zu nehmen. Er machte noch einen Abstecher in sein Arbeitszimmer, wo er mit ausgewählten Worten Asmussen und Zanger in einer E-Mail beruhigte. Oder es jedenfalls versuchte. Natürlich könnte er das Neubaugebiet mit jedem anderen Bauunternehmer aufziehen. Die Firmen würden ihm die Tür einrennen. Aber in Anbetracht der aktuellen Stimmungslage im Land musste er behutsam vorgehen. Und das bedeutete nicht nur Rücksichtnahme auf grüne Aktivisten und Traditionsbewahrer wie Günter Hartfelder, sondern auch die Unterstützung der ansässigen Unternehmen. Einigermaßen zufrieden fuhr er den PC runter und ging nach unten, wo Malte ein etwas merkwürdiges Abendessen gestaltet hatte. Neben Chips, Gewürzgurken und Käsewürfeln gab es Ketchup und Oliven.

„Interessant", stellte Hajo fest und setzte sich.

Malte daddelte auf seinem Smartphone und nahm ihn gar nicht wahr. Erst als Hajo nach der Ketchupflasche griff, sah sein Sohn auf.

„Ich bin nicht der Einzige, der Lenas Performance optimiert."

„Was?" Hajo tunkte einige Chips in den Ketchupklecks auf seinem Teller.

„Dieses Käseblatt schreibt über sie. Vorab Online. Für ältere Mitbürger wie dich ab morgen auch auf Papier."

Hajo rümpfte die Nase. „Und was schreiben sie?"

„Isabel. Sie schreibt, dass Schornsteinfeger ein Beruf mit Zukunft ist. Und die Zukunft ist weiblich. Vielseitig und spannend. Und jetzt werden wir jeden Tag mit einem Ereignis aus dem Leben einer Schornsteinfegerin beglückt."

Hajo kaute seine Chips. „Jedenfalls solange Isabel keinen Verkehrsunfall erleidet. Nimmt sie dir damit nicht deine Ideen weg?"

„Nein. Wir können uns ergänzen. Isabel deckt den personal content ab, und ich begleite den technischen Teil."

Hajo musterte seinen Sohn. „Und was schwebt dir da so vor?"

„Ich mache kleine Filme von ihrer Arbeit. Wie sie aufs Dach klettert, den Schornstein kehrt und solche Sachen."

Hajo seufzte. „Von mir aus."

„Und wenn du deine Sache mit der Landflucht umsetzt und sie dabei mitmacht, kommt sogar Jork noch groß raus."

„Das wird alles vorher besprochen, Malte. Ich habe keine Lust darauf, dass Jork in einem zwielichtigen Umfeld erscheint."

„Zwielichtiges Umfeld?" Malte grinste ihn an. „Weißt du mehr als ich über Lena?"

„Jetzt iss mal was, damit wir ins Bett kommen."

Lena war wirklich beeindruckt. Zu der Verbrechenstafel war ein Foto des Rings hinzugekommen, das Kevin neben die

Aufnahme von Richard von Kiesows Haus gepinnt hatte. Von dem Haus, in dem sie vermutlich bald wohnen würde. Im Zusammenhang mit den ganzen Verbrechen war die Vorstellung plötzlich ein wenig beunruhigend. Ihr Blick fiel auf die Aufnahme eines alten Mercedes mit offenen Türen, der auf einem Acker stand. Das Foto klebte rechts neben der Dokumentation der Todesfälle von Kiesow und Moll und eröffnete den Schauplatz eines weiteren mysteriösen Vorfalls in Jork. Lena ging näher an das Foto heran. Es gab noch mehr Aufnahmen des Autos auf dem Acker. Mit einem Rettungswagen, mit einem Leichenwagen, mit einem Fahrzeug der Spurensicherung, taghell ausgeleuchtet mit riesigen Scheinwerfern. Der Zinksarg neben dem Auto fiel ihr erst nach einer Weile ins Auge.

„Uh", machte sie.

„Tja. Da haben sie ihn reingelegt. In den Sarg, meine ich."

„Wen?"

„Den Fahrer."

„Der ist bei dem Unfall gestorben?" Lena zog einen Drehstuhl heran und setzte sich. „Wie furchtbar."

„Ist offenbar zehn, zwanzig Meter vor der Unfallstelle von der Fahrbahn abgekommen, über den Acker geholpert und stecken geblieben. Der Mann war nicht angeschnallt und ist mit voller Wucht aufs Lenkrad geknallt."

„Und dann stand der Wagen da so?"

Kevin betrachtete sie von der Seite. „Ja. So habe ich ihn aufgefunden."

„Sind die Autotüren bei dem Aufprall aufgegangen?“, fragte Lena, ohne den Blick von dem Foto zu nehmen. „Obwohl, eigentlich ist das Auto ja gegen nichts geprallt.“

„Ich habe die Spurensicherung gebeten, das zu prüfen.“

„Obwohl es natürlich eigenartig ist, dass sich nur drei von vier Türen geöffnet haben.“

„Ich habe mir die Schlösser angesehen“, sagte Kevin. „Ich kann keine Beschädigung feststellen.“

„Aber das würde bedeuten, dass sie von jemandem aufgemacht wurden. Vielleicht von Leuten, die erste Hilfe leisten wollten.“ Lena rollte ein wenig mit dem Drehstuhl hin und her, und Kevin wartete auf ihre nächste Feststellung. „Waren denn überhaupt Ersthelfer vor Ort?“

„Der Unfall wurde von Herrn Schönfelder gemeldet. Er hat gesagt, dass er nicht angehalten hat. Verständlich, wenn man bedenkt, dass solche Unfälle auch vorgetäuscht werden.“

„Von wo hat dieser Herr Schönfelder dich angerufen?“

„Äh.“ Kevin zog sein Handy aus der Tasche und scrollte durch die Anrufe. „Von einem Festnetzanschluss.“

„Hat er kein Handy?“

Kevin steckte das Handy zurück in die Hosentasche. Das musste er natürlich klären, denn anderenfalls stellte sich die Frage, warum Schönfelder mit dem Anruf gewartet hatte, bis er zu Hause angekommen war.

„Okay“, sagte er. „Falls Ersthelfer vor Ort waren, haben sie den Unfall weder der Polizei gemeldet noch den Notruf gewählt.“

„Vielleicht waren Leute vor Ort, die aber nicht die Absicht hatten zu helfen. Die wollten vielleicht was aus dem Auto herausholen. Oder jemanden.“ Lena drehte sich mit dem Drehstuhl einmal um sich selbst. „Oder vielleicht waren überhaupt drei Leute in dem Auto, und zwei sind einfach abgehauen.“

Kapitel 12

Malte wachte viel zu früh von selbst auf. Ärgerlich, wenn man bedachte, dass die erste Stunde heute ausfiel. Aber ein Griff zu seinem Handy belohnte ihn für den unnötig verpassten Schlaf. Er hatte schon 25 Likes für den Schnappschuss der Schornsteinfegerin bekommen. Tatsächlich war der gar nicht besonders gut gelungen. Malte hatte ihn im Wohnzimmer von Richards altem Haus gemacht, als sie dort mit dem Makler und seinem Vater zusammengestanden hatte. Aber als sein Vater ihn gefragt hatte, ob Isabel ihm nicht mit ihrer Dokureihe über Lena in die Quere kam, hatte das bei ihm eine plötzliche Panik ausgelöst. Er rief die Seite von News Jork auf und musste feststellen, dass Isabels erster Beitrag bereits 112 Likes hatte.

„Ey", motzte er vor sich hin. „Wie kann das sein?" Eine Frau in einer Männerdomäne. „Alter", murmelte er. „Das ist so was von 2010." Isabel redete noch einige Zeilen lang darüber, dass es eine Frauenquote in jedem Beruf geben müsse und Lena als Vorbild fungiere. „Oh Gott. Ich steh mal auf." Er schlug die Bettdecke beiseite und ging ins Bad.

Kevin war ziemlich früh unterwegs, weil er Herrn Vogel in Buxtehude befragen wollte. Der Mann war 79 Jahre alt. Wie er Kevin am Telefon berichtet hatte, verbrachte er seine Vormittage mit Besuchen in der städtischen Bücherei. Er traf den bestohlenen Autobesitzer beim Frühstück an.

„Mögen Sie einen Kaffee?"

Kevin schüttelte den Kopf. Vogel lebte offenbar allein, jedenfalls sah seine Küche so aus. In der Spüle stand eine Menge schmutziges Geschirr, die Arbeitsfläche sah klebrig aus und auf dem Esstisch befand sich ein Sammelsurium aus Geschirr, das von mehreren Mahlzeiten herzurühren schien. Nichts, was ein Mitbewohner akzeptieren würde. Es sei denn, seine Auffassung von Hygiene war identisch.

„Also, Herr Vogel." Kevin sah davon ab, auf dem Esstisch Platz für sein Tablet zu machen und behielt es stattdessen in der Hand. „Wie ist denn Ihr Wagen weggekommen?"

„Na, der wurde gestohlen."

„Ja, das weiß ich. Wo stand er, wann haben Sie den Diebstahl bemerkt?"

„Der stand in meiner Garage."

„Wurde sie aufgebrochen?"

„Das war nicht nötig. Das Tor ist immer offen." Vogel schlürfte seinen Kaffee.

Kevin wunderte sich darüber, dass Vogel das Wageninnere seines Mercedes offenbar viel besser gepflegt hatte als seine Küche. Der Innenraum des Mercedes war jedenfalls tipptopp gewesen. „Und wer wusste davon? Also, ich meine, dass Ihr Auto in der Garage steht und dass die Garage nicht abgeschlossen ist?"

„Ja, das weiß ich ja nun nicht. Meine Nachbarn wissen das, mein ehemaliger Arbeitskollege Erwin weiß das, und vermutlich noch mehr Leute aus Buxtehude."

„Und kommt von denen einer als Dieb in Betracht?"

Vogel lachte belustigt auf. „Erwin bestimmt nicht. Der geht inzwischen am Rollator. Und sonst weiß ich auch nicht."

„Es würde mir sehr helfen, wenn Sie mir eine Liste der Personen machen, die davon gewusst haben."

Vogel kniff seine wässrigen blauen Augen zusammen. „Wieso denn das? Da saß doch einer drin. Und der hat das Auto geklaut. Bums, aus die Maus."

„Er ist das Fahrzeug gefahren, richtig. Aber wir müssen allen Spuren nachgehen."

„Also, das versteh ich nun wirklich nicht. Das Auto wurde aus meiner Garage geklaut, und Sie haben es drüben in Jork auf dem Acker wiedergefunden. Wozu dann noch die Umstände? Ich bring das in meine Werkstatt, und wenn die die Schäden festgestellt haben, werde ich mich an die Erben von dem jungen Mann wenden."

„Gut. Im Laufe des Tages wird sich die Spurensicherung bei Ihnen melden. Wir müssen die Fingerabdrücke in Ihrer Garage nehmen."

„Oha. Das ja richtig professionell."

„Sind Sie bereit, sich ein Foto des toten Fahrers anzusehen?"

„Haben Sie das dabei?"

Kevin zog sein Handy hervor und suchte die Aufnahme des Fahrers heraus. „Das ist er."

Heinrich Vogel betrachtete das Foto ziemlich lange, und Kevin hatte den Eindruck, dass es ihm dabei eher um eine gewisse Sensationslust oder wenigstens Neugier ging als um die Frage, ob er den Toten erkannte.

„Nö", sagte er dann auch, als er Kevin das Handy zurückgab.

„Gut. Wann haben Sie den Diebstahl bemerkt?", fragte er, als er das Handy in die Brusttasche seiner Dienstjacke steckte.

„Vorgestern Nachmittag. Ich fahr einmal in der Woche zum Einkaufen nach Stade. Und ich schieb das Garagentor nach oben, und da ist die leer. Erst hab ich gedacht, dass ich das Auto irgendwo abgestellt und vergessen hab, aber dann hab ich mich daran erinnert, dass ich es zuletzt am Wochenende benutzt hab. Da bin ich Samstagmittag bei meiner Schwester in Hamburg zum Mittag gewesen. Und da bin ich ja nicht zu Fuß zurückgekommen."

Kevin klappte die Hülle des Tablets um. „Das war es erst mal. Wenn Ihnen noch etwas einfällt, melden Sie sich bitte bei mir."

„Wann krieg ich die Karre denn zurück?"

„Wenn die Spurensicherung ihre Arbeit beendet hat." Der Auftrag hatte bei der KTU nicht unbedingt Priorität, aber das würde Kevin dem Mann nicht verraten. „Sie wissen ja, alle haben viel zu tun. Ich denke, nächste Woche können Sie es zurückhaben."

„Das wär gut, weil sonst muss ich die Frau Tischler noch mal fragen, ob Sie mich mit zum Einkaufen nach Stade nimmt, und die quasselt immer so viel."

Kevin verließ das Haus, und ging zu der Garage hinüber, die rechts vor dem Einfamilienhaus stand. Er zog sich Latexhandschuhe an und schob das Garagentor hoch. Auf dem Betonfußboden befanden sich jede Menge eingetrocknete Ölflecken An der Stirnseite stand ein Metallregal, das Kabel, Autobedarf und Kartons beherbergte. Weder das Haus noch die Garage ließen auf einen wohlhabenden Bewohner schließen. Üblicherweise machten sich Autodiebe auf Beutefang auf schlecht beleuchteten Parkplätzen oder am Straßenrand bei abgestellten Fahrzeugen in Großstädten. Dass sich jemand in einem dünn besiedelten Teil Buxtehudes die Mühe machte, nicht abgeschlossene Garagen aufzuspüren, war eher ungewöhnlich. Seufzend sah er sich um. Er würde die Nachbarn befragen müssen. Vielleicht hatte einer von ihnen jemanden herumschleichen und Garagen abchecken sehen. Anderenfalls, dachte Kevin, käme durchaus jemand mit Täterwissen in Betracht, und das bedeutete, dass derjenige aus dem Umfeld von Heinrich Vogel stammte.

Natürlich fing es an zu regnen, als Lena gerade den Dachfirst erklommen hatte. Seufzend ließ sie sich dort nieder. Sie legte den Kopf in den Nacken und genoss den Regen. Er war nicht gerade kühl, aber er brachte eine gewisse Abkühlung mit sich. Das war das Schöne an ihrem Beruf. Man war an der frischen Luft und bekam jedes Wetter im wahrsten Sinne des Wortes hautnah mit.

Als der Regen stärker wurde, stieg sie vom Dach herunter. Es hatte keinen Sinn, weiterzumachen. Stattdessen fuhr sie zum Haus der Molls. Frau Moll versorgte sie mit einem Handtuch sowie einer Tasse Tee und ließ sie dann allein im Büro zurück. Sie sah sich um und dachte darüber nach, wie alle diese Ereignisse miteinander zusammenhängen konnten.

Lena rubbelte sich die Haare trocken. Was hast du gehört, fragte sie sich. Sie war sich inzwischen sicher, dass Moll aus seiner langjährigen Tätigkeit wusste, dass man Gespräche im Haus von Richard von Kiesow durch den Schornstein mithören konnte. Und an dem Tag, an dem er vom Dach gestürzt war, da war er vermutlich in der Absicht hinaufgestiegen, ein Gespräch mitzuhören. Jetzt müsste man nur noch wissen, wer im Haus gewesen war, dachte Lena und trank einen Schluck heißen Tee. Irgendwie fände sie es bedauerlich, wenn einer der Beteiligten Hajo von Kiesow gewesen wäre. Aber, dachte sie als Nächstes, wenn unten mindestens zwei Personen miteinander gesprochen hatten, musste ein weiterer aufs Dach gestiegen sein, um Hans Moll vom Dach zu stürzen. Denn der erfahrene Schornsteinfeger wäre wohl kaum heruntergefallen, weil er einen schlechten Witz gehört hatte.

Draußen regnete es, und hier drinnen lief auch nicht alles rund. Asmussen und Zanger machten Druck. Sie hatten schon einiges in die Vorbereitungen des Neubaugebiets Landflucht investiert. Natürlich waren die Zeichnungen in erster Linie nur Hingucker mit schönen Häusern, vielen Bäumen und glücklichen Familien, aber die Architekten hatten trotzdem Ideen und Zeit reingesteckt und ihre Tätigkeit abgerechnet. Und sie hatten mit Dieter über die Versiegelung von Flächen und Geschossflächenzahlen diskutiert, denn einen richtigen Bauplan gab es für das Gebiet erst im Anfangsstadium. Noch war nichts beschlossen. Im Augenblick hatten die Bauinvestoren am meisten Angst vor Hartfelder & Co. Bürgerinitiativen und Grünaktivisten hatten schon so manches Bauprojekt zu Fall gebracht. Seufzend wandte sich Hajo vom Fenster seines Dienstzimmers ab, an dem die Regentropfen herunterrannen. Es nützte nichts, er musste sie anrufen. Es war wirklich verrückt, aber diese Frau war die Lösung des Problems, obwohl sie selbst mit ihrer Wärmepumpennummer Unruhe nach Jork brachte. Ihre Nummer kannte er noch nicht auswendig, aber vielleicht sollte er sie allmählich in seinem Handy speichern.

„Frau Becker? Hier ist Hajo von Kiesow."

„Herr Bürgermeister, was gibt's?" Das klang freundlich, aber auch irgendwie amüsiert, was Hajo wiederum gar nicht amüsierte.

„Ich würde gern noch mal in Ruhe mit Ihnen über das Neubaugebiet sprechen. Am besten allein, sodass Sie sich nicht beeinflusst fühlen."

„Beeinflusst fühlen", wiederholte sie. „Okay. Ich sitz hier sowieso gerade in Hans Molls Büro und warte ab, bis es aufhört zu regnen."

„Wollen Sie in mein Büro kommen? Ich kann Sieglinde bitten, uns etwas zu essen zu holen."

„Ich bringe was mit. Worauf hätten Sie Lust?"

„Der Grill hat Salat und Pizza zum Mitnehmen."

„Alles klar. Bis gleich." Sie legte auf, und Hajo drehte seinen Bürostuhl so, dass er nach draußen gucken konnte. Es regnete immer noch.

Sie kam eine halbe Stunde später rein, ihre roten Haare waren nass und kringelten sich. Überhaupt war die ganze Frau nass.

„Tut mir leid, ich tropfe Ihnen alles voll."

„Nicht so schlimm. Ich hab irgendwo noch ein Handtuch." Tatsächlich fand er in den Tiefen seines Büroschrankes noch die alte Sporttasche aus Zeiten, in denen er nach dem Büro hin und wieder Squash gespielt hatte. Er schnupperte an dem hellblauen Frottee. „Müsste noch gehen."

„Geht bestimmt." Sie nahm ihm das Handtuch ab und rubbelte ihre Haare trocken, sodass sie anschließend aussah wie ein aufgeplatztes Sofakissen.

Eine ziemlich robuste Person, dachte er. Innerlich und äußerlich.

„Danke, dass Sie gekommen sind." Er setzte sich und deutete auf den Schreibtisch. „Und was zu essen mitgebracht haben."

„So bin ich, wenn ich Hunger habe." Sie biss herzhaft in ein Stück Pizza. „Also, schießen Sie los. Wo drückt der Schuh.

Haben Herr Asmussen und Herr Zanger Sie in der Zange?“ Sie grinste wieder.

„So schlimm ist es nicht, aber wir haben nach wie vor das Problem, dass die beiden endlich loslegen wollen, aber Angst davor haben, dass Hartfelder Ihnen einen Strich durch die Rechnung macht.“

„Und da komme ich ins Spiel“, wiederholte sie seine Worte ihres ersten Zusammenkommens. Ein Tropfen Tomatensoße fiel auf ihre schwarze Hose. „Scheiße.“ Sie rubbelte daran herum und sah dann auf. „Sie kennen nicht zufällig einen Waschsalon in der Nähe?“

„Was? Äh, nein. Ich glaube in Stade gibt es einen.“

„Na ja, muss ich eben rumlaufen wie ein Schwein, bis ich in Ihr Haus einziehen kann. Ehrlich gesagt weiß ich nicht, wie ich Ihnen bei Ihrer Landfluchtnummer helfen soll. Dass die Häuser mit Wärmepumpen ausgerüstet werden, scheint Herrn Hartfelder nicht zu beruhigen. Er möchte gern, dass die Obstbäume stehen bleiben. Wofür ich im Übrigen großes Verständnis habe.“

„Ich dachte, dass wir das Projekt als Vorbild aufziehen könnten. Neubau und Natur vereint.“

Sie zog ein Gesicht. „Herr Bürgermeister, mal ehrlich. Wenn Sie da Häuser hinstellen wollen, müssen Sie vorher Obstbäume absägen. Es sei denn, Sie bauen drumherum.“

„Frau Becker …“

„Ich weiß, Sie haben mich weder angerufen, damit ich Ihnen was vom Grill mitbringe, noch, damit ich Ihnen Schwierigkeiten mache.“ Lena steckte sich eine Peperoni in den Mund und kaute genüsslich. „Gar nicht schlecht. Jedenfalls, was wollte ich sagen? Ach ja, ich kann Ihnen und den Herren Bauunternehmern gern etwas über Wärmepumpen und das EEG erzählen, aber vielleicht möchten sie das, was ich zu sagen habe, gar nicht so gern hören."

„Frau Becker." Hajo wartete ab, ob sie ihm wieder ins Wort fallen würde, aber sie verputzte in aller Ruhe ihr Mittagessen. „Frau Becker, Sie tun so, als ob hier die Baumafia von Jork illegale Bauten legalisieren will."

Sie sah ihn mit hochgezogenen Augenbrauen an.

„Wenn da keine verdammten Apfelbäume im Weg stünden, würde kein Hahn danach krähen. Im Gegenteil. Die Leute wären begeistert davon, dass bezahlbarer Wohnraum für junge Familien gebaut wird."

„Verdammte Obstbäume", sagte Lena. „Stehen einfach an der falschen Stelle. Und dann gibt es auch noch so viele davon in Jork und um Jork herum."

„Frau Becker."

„Tut mir leid, wenn es regnet, werde ich immer übermütig."

Hajo betrachtete seine Pappschachtel. „Finden Sie, das schmeckt? Ich finde, da schmecken die Apfelpfannkuchen von Moni besser."

„Sie schweifen ab. Stichwort Obstbäume."

Er schob die Pappschachtel beiseite und faltete die Hände auf dem Tisch. „Ich möchte gern ein zukunftsweisendes Projekt auf die Beine stellen. Ein Neubaugebiet mit möglichst wenig Bodenversiegelung, nachhaltig und nach den neuesten Energieerkenntnissen. Dass ich damit bei irgendwem anecke, ist eben so. irgendjemand ist immer unzufrieden. Malte hat schon einen Instagramaccount für Sie angelegt, und die News Jork schreiben über Sie. Sie sind noch keine zwei Wochen hier und quasi eine Berühmtheit."

„Honig um den Bart zieht bei mir nicht. Gut." Sie stellte ihre leere Schachtel auf den Tisch. „Ich habe Ihnen schon gesagt, dass ich gern dabei bin und die Leute informiere. Machen Sie mir Terminvorschläge für die Informationsveranstaltung. Wussten Sie eigentlich, dass man durch den Schornstein im Haus Ihres Onkels Gespräche mithören kann?"

„Was?" Er war so eingelullt gewesen von ihrer Zustimmung, dass sie ihn mit der Frage völlig überrascht hatte.

Sie verzichtete auf eine Wiederholung und sah ihn an.

Hajo lehnte sich zurück. „Nein. Das wusste ich nicht. Und woher wissen Sie das? Ich meine, Sie waren vermutlich berufsbedingt auf dem Dach, aber wer hat gesprochen?"

„Herr Stamer. Er hat telefoniert, und ich konnte jedes Wort verstehen."

Er musste sich ein wenig sammeln, aber dann fielen einige Puzzlestücke an die richtige Stelle. Hans Moll war auch Schornsteinfeger gewesen. Und er war vom Dach gestürzt. Von dem Dach mit dem Schornstein, durch den man etwas hören konnte. Hatte Moll etwas gehört, was er nicht hören sollte? „Aber warum ist er dann vom Dach gefallen?" Als er ihren fragenden Blick sah, bemerkte Hajo erst, dass er die Frage laut ausgesprochen hatte.

„Das ist gediegen, oder?", sagte sie.

Als es endlich aufhörte zu regnen, verließ Lena das Rathaus. Als Erstes versuchte sie, ihre Termine wieder einigermaßen zu arrangieren. Durch das Wetter und den Imbiss im Rathaus war ihr ganzer Tagesplan durcheinandergeworfen worden. Aber von Kiesow war heute einigermaßen friedlich gewesen, weshalb sie den Vorstoß gewagt und ihn nach dem Schornstein gefragt hatte. Er schien tatsächlich überrascht gewesen zu sein. Wenn Hajo von Kiesow mit irgendjemandem im Haus seines Onkels gestritten und Hans Moll es gehört hätte, wäre ihm nicht entgangen, dass der Schornsteinfeger anschließend vom Dach gefallen war. Lena hielt die Reaktion des Bürgermeisters auf ihre Mitteilung für echt. Und so abgebrüht, dass er nach einem Streitgespräch im Haus anschließend über den toten Schornsteinfeger im Garten hinwegstieg, war er in ihren Augen nicht. Es war doch möglich, dass Hartfelders Behauptung, Richard von Kiesow habe auf dem Abitreffen abwesend gewirkt, nur eine Schutzbehauptung gewesen war. Vielleicht war der Onkel in die Richtung des Bürgermeisters eingeschwenkt und hatte sich zuletzt gegen seinen früheren Schulfreund und jetzigen Mitstreiter für den Erhalt der Apfelbäume gestellt. Wie auch immer. Lena stieg in ihren Wagen. Eine nette Mittagspause war es auf alle Fälle gewesen.

Kevin gähnte herzhaft. Er scrollte jetzt schon eine halbe Stunde durch die Vermisstendatei, und keiner sah aus wie der Tote aus dem gestohlenen Unfallwagen. Die Rechtsmedizin schätzte sein Alter auf 25 bis 30 Jahre, er wog

79 Kilo und trug Jeans, Shirt und Hoodie aus einem Kleiderdiscounter. Der Tote war mittelblond und nicht übermäßig gepflegt. Beispielsweise hätte er dringend mal zum Friseur gemusst, fügte Kevin in Gedanken hinzu. Er hatte keinen Alkohol im Blut und außer den bereits festgestellten tödlichen Verletzungen infolge des Unfalls gab es bisher keine weiteren Erkenntnisse. Kevin gähnte wieder. Und in der Polizeidirektion Stade war man auch nicht gewillt, weitere Manpower in den Fall zu stecken. Ein junger Mann hatte sich mit überhöhter Geschwindigkeit auf dem Acker totgerast. Ein gestohlenes Auto war wieder da, wenn auch demoliert, und der Täter gefasst, wenn auch tot. Fall erledigt. Drüben in Stade hatten sie Wichtigeres zu tun. Sagten sie jedenfalls.

Der Bericht der Spurensicherung hatte ihm eine Unmenge von Fingerabdrücken aus dem gestohlenen Mercedes beschert. Kein Wunder bei Vogels Sinn für Hygiene. Er könnte dem alten Mann die Fingerabdrücke zu Vergleichszwecken abnehmen, aber dann wären etwa noch eine Million weitere Abdrücke übrig, die überprüft werden müssten. Er rieb sich die müden Augen und blätterte noch einmal den Bericht der KTU durch. An der Stelle, an der der Fahrer die Kontrolle über den Wagen verloren hatte, gab es nichts. Jedenfalls nichts, was dazu hätte führen müssen, von der Fahrbahn abzukommen. Also Tier oder irgendetwas im Wageninnern, dachte Kevin und stellte fest, dass er mit dieser Überlegung keinen Schritt weitergekommen war als zuvor. Drei Männer in einem gestohlenen Mercedes, überlegte Kevin. Wo waren die gewesen, nachdem sie die Karre aus Vogels Garage geklaut hatten? Und warum hatten sie sich auf der Fahrt in die Haare gekriegt? So kam er nicht weiter.

„Verdammte Scheiße!“ Lena trat mit Wucht auf die Bremse. Sie ließ das Seitenfenster herunter und steckte den Kopf hinaus. „Bist du irre?“

Isabels Fahrrad kam neben ihrem Auto zum Stehen. „Ah, Lena, hi.“

„Isabel, du musst besser aufpassen. Eines Tages überfährt dich noch jemand, und das möchte nicht gerade ich sein.“

„Tut mir leid, aber gut, dass ich dich gerade treffe. Können wir kurz reden?“

Lena warf einen Blick auf das Armaturenbrett. Es war fast halb sieben. Heute konnte sie ohnehin nichts Gescheites mehr erledigen. „Okay.“ Es regnete immer wieder. „Und wo?“

„Am besten in der Redaktion.“ Isabel schob die Kapuze ihrer Regenjacke aus der Stirn und deutete nach links. „Du biegst hier ab, und dann gleich rechts auf den Gewerbehof.“ Isabel wendete ihr Rad und fuhr los. Lena folgte ihr.

„So ein Sauwetter“, stellte Isabel etwas außer Atem fest, als sie die Redaktionsräume betraten.

Lena sah sich um. Genau genommen war es nur ein Raum. Es gab drei vollgepackte Schreibtische, aber es war niemand da außer ihnen.

„Setz dich. Ich mach uns Tee“ Isabel verschwand in einer kleinen Teeküche, und Lena betrachtete die Plakate und ältere Zeitungsausgaben, die die Wände bedeckten. Einige Meldungen kannte Lena schon, nämlich die über die Sprengung der Geldautomaten und die über den Tod von Hans Moll. Sehr viele Straftaten schien es hier nicht gegeben zu haben. Einige Ladendiebstähle, Auffahrunfälle, sogar zwei erfolgreich durchgeführte Enkeltricks und ein paar Fälle von Graffiti. Quasi eine heile Welt. Dascha gediegen, dachte sie.

„Was weißt du über das geplante Neubaugebiet Landflucht?", fragte Lena, als Isabel mit zwei Bechern Tee zurückkehrte.

„Weniger, als ich wissen möchte. Der BM macht ein ziemliches Geheimnis darum. Ich glaube, er hat Angst vor der Baummafia."

„Du meinst die Baumafia."

„Nein, die Baummafia. Hartfelder und Co. Die kämpfen bis auf den letzten Apfel um jeden Baum." Isabel trank einen Schluck Tee. „Ein Obstanbaugebiet ohne Bäume kommt nicht gut."

„Und wer gehört noch zur Baummafia?"

„Ich kenne nicht alle. Ich glaube, inzwischen sind es fast dreißig Leute. Das Witzige ist ja, dass Richard von Kiesow auch zu ihnen gehörte. Und Hans Moll."

Lena verschluckte sich an ihrem Tee. „Hans Moll?"

„Ja, dein Vorgänger. Er gehörte zu der alten Riege von Jorkern, die sich für den Erhalt der Obstplantagen eingesetzt haben."

„Das verstehe ich", sagte Lena. „Aber ich dachte, es geht hier nur um die Plantage dieses Obstbauern, der aus Altersgründen aufgeben will, und nicht um das gesamte Alte Land."

„Wehret den Anfängen haben sie immer gesagt." Isabel brachte das Kunststück fertig, mit untergeschlagenem Bein auf ihrem Drehstuhl zu sitzen. Während sie sprach, suchte sie etwas in ihrem PC. „Hier." Sie drehte den Bildschirm so, dass Lena darauf sehen konnte. „Das sind Aufnahmen von ihren Versammlungen. Sie haben immer eine ganze Menge Zulauf gehabt. Darunter waren auch einige leicht militant angehauchte Aktivisten, die genau das behauptet haben, was du sagst."

„Dass das Alte Land zugepflastert werden soll?"

„So ähnlich." Isabel klickte durch einige Fotos, auf denen Veranstaltungen in einem mittelgroßen Saal zu sehen waren. Drei Männer und zwei Frauen saßen auf dem Podium hinter einem langen Tisch, davor ein Publikum von etwa vierzig oder fünfzig Personen.

„Sehr viel Zulauf hatten die Veranstalter offenbar nicht", stellte Lena fest.

„Nein, weil die meisten Leute in Jork wissen, dass hier jetzt nicht die Abrissbirne durch die Landschaft ziehen wird. Es geht hier um eine überschaubare Fläche."

„Aber es geht um Obstbäume."

„Natürlich, und einige haben gesagt, dass der Bürgermeister die Macht hat, für eine Änderung des Bebauungsplanes zu sorgen."

„Die Macht vielleicht, aber hätte er sie auch missbraucht?" Lena schätzte Hajo von Kiesow eigentlich nicht so ein.

„Nee, glaub ich nicht. Möchtest du noch Tee?"

„Ja, gern." Lena deutete auf den Bildschirm. „Darf ich weitergucken?"

„Na klar."

Lena klickte zurück auf den Anfang der Aufnahmen. Von den Veranstaltern kannte sie Günter Hartfelder. Hans Moll kannte sie bisher von Fotos aus dem Flur seines Hauses, auf denen er mit seiner Frau zu sehen war. Den älteren Mann in der Mitte hatte sie noch nie gesehen, ebenso wenig wie die beiden Frauen. Die nächsten Aufnahmen waren von einem Punkt neben dem Podium gemacht worden und zeigten das Publikum. In der ersten Reihe saßen aufmerksam lauschende Zuhörer. Wer gerade sprach, war aus dieser Perspektive nicht zu erkennen. Im Türrahmen lehnte ein schlaksiger junger Mann mit dunklen Haaren, der sich offenbar nicht für das Thema interessierte und stattdessen auf seinem Smartphone daddelte.

„Hier bitte." Isabel stellte Lena frischen Tee hin. „Was findest du denn daran so spannend?"

„Ich weiß nicht."

Isabel setzte sich wieder und musterte sie nachdenklich. „Du willst hier irgendwas herausfinden, oder?"

„Kannst du schweigen?"

„Ganz dolle."

„Ich finde es merkwürdig, dass Hans Moll vom Dach gestürzt und Richard von Kiesow die Treppe runtergefallen ist."

Isabel riss die Augen auf. „Und du denkst, das war die Baummafia?"

„Ich denke gar nichts." Lena deutete auf den Bildschirm. „Kennst du die Leute, die die Veranstaltung geleitet haben?"

„Ja, sicher. Links sitzt Günter Hartfelder, daneben Richard von Kiesow, Hans Moll, Margarete Oltmanns und Rita Meyer."

„Okay. Und im Publikum?"

„Die kenne ich nicht alle."

„Die, die du kennst."

„Okay." Isabel ging mit der Nase dicht an den Bildschirm. „Äh, hier vorn in der ersten Reihe sitzt, ach, wie heißt der noch? Heinrich Schlüter mit seiner Frau, hier, das ist Ingrid, kennst du ja, dann jede Menge Schüler, …"

„Heinrich Schlüter?"

„Was?"

„Kann es sein, dass der Heinz heißt?"

„Heinz Schlüter, ja das kann auch sein."

„Eure Zeitung berichtet doch über Geburtstage, Todesfälle und so."

„Und was willst du da wissen?"

„Ich möchte etwas über das letzte Abitreffen wissen, an dem Richard von Kiesow, Günter Hartfelder, dieser Heinz Schlüter und Walter …" Lena stockte. „Ich hab vergessen, nach dem Nachnamen von Walter zu fragen."

„Also, wir sind zwar ein kleines Käseblatt, aber über Abitreffen berichten wir eigentlich eher weniger. Aber wir können ja mal gucken, was wir so herausfinden." Isabel stellte ihren Teebecher ab und widmete sich ihrem PC. „Mal sehen, in welchem Jahrgang die Jungs waren."

Isabel war nicht schlecht im Recherchieren. Nach wenigen Minuten wussten sie, dass Günter Hartfelder, Richard von Kiesow, Heinz Schlüter und Walter Hartmann 1963 Abitur im Gymnasium gemacht hatten. Isabel druckte die Klassenliste von damals aus und suchte auch noch die Adresse von Heinz Schlüter für Lena heraus.

„Und was willst du damit anfangen?", fragte Isabel, als sie Lena die Liste gab. „Denkst du, die alten Männer haben gemeinsam was ausgefressen?"

„Nee, aber ich habe das Gefühl, dass mit dem Tod von Richard von Kiesow etwas nicht stimmt. Ich glaube nicht an einen häuslichen Unfall und auch nicht daran, dass Hans Moll aus Unachtsamkeit vom Dach gestürzt ist. Aber wie alles zusammenhängt, weiß ich natürlich auch nicht."

Isabel grinste sie an. „Eigentlich wollte ich eine Doku über deinen Beruf als Schornsteinfegerin machen. Ich wusste nicht, dass du auch Detektivin bist. Aber gut, dass wir darauf zu sprechen kommen. Ich wollte dir noch ein paar Fragen zur Höhenangst stellen."

„Bin ich nicht. Ich bin nur furchtbar neugierig."

Der Tote hieß Andy Granzow, war dreiundzwanzig Jahre alt und wohnte in Stade. Kevin reckte die Faust. Es hatte gedauert, aber er hatte ihn. Nachdem die Rechtsmedizin endlich den Untersuchungsbericht rausgerückt hatte, war der Abgleich der Fingerabdrücke eine Sache von wenigen Minuten gewesen.

„Geht doch", murmelte er und notierte sich die Adresse.

Es ging auf zwanzig Uhr zu, als Kevin seinen Dienstwagen in der Grünendeicher Straße vor der Hausnummer 12 abstellte. Das hier war Stade. Nicht sein Revier. Sein Revier war Jork. Wenn die Kollegen hiervon erfuhren, würde es Ärger geben. Andererseits hatten die Kollegen gesagt, dass sie sich nicht weiter für den Fall interessierten. Und der Unfall war in seinem Revier passiert, und er konnte schließlich nichts dafür, dass Granzow in Stade gewohnt hatte. Die Todesnachricht überbringen konnte er nur dort, wo der Verstorbene gewohnt hatte. Und schließlich nahm er den Kollegen damit auch noch Arbeit ab. Und wer überbrachte schon gern eine Todesnachricht. Er schlug einmal kurz aufs Lenkrad. Die Argumentationskette war doch stimmig.

Guter Dinge stieg er aus und zog die Uniformhose hoch. Das Altländer Viertel war quasi die Bronx von Stade. Mit einer beachtlichen Kriminalitätsrate nicht gerade ein Vorzeigestadtteil. Kevin drückte den Klingelknopf mit der Aufschrift Granzow, der in der rechten von zwei Spalten an mittlerer Stelle angebracht war.

„Was!", blökte jemand in die Gegensprechanlage.

„Polizei Altes Land, Dienststelle Jork, Polizeiobermeister Timmermann, kann ich Sie kurz sprechen?"

Der Summer erklang, und Kevin schob die vergitterte Glastür an der Alustrebe auf. In solchen Häusern mit mehr als drei Stockwerken war der Fahrstuhl ja eigentlich immer defekt, aber hier funktionierte er und roch auch nicht nach Hundepipi, sondern nach billigem Parfum. In der linken offenstehenden Tür im dritten Stock stand ein etwa fünfzigjähriger Mann mit Schnauzer und Bierbauch.

„Und jetzt haben Sie ihn gefunden?", fragte er.

Kevin war noch gar nicht ganz aus dem Fahrstuhl raus, als er mit diesen Worten empfangen wurde. Richtige Trauer war aus den Worten nicht herauszuhören, eher so etwas wie die Bestätigung eines Sachverhalts.

„Wenn wir von Ihrem Sohn Andy sprechen, ja. Sind Sie Herr Granzow?"

Der Mann nickte, und zu Kevins Überraschung sah er plötzlich traurig aus. „Ist er der tote Autofahrer aus Jork?"

„Nach unserer Feststellung ja. Sie müssten ihn allerdings noch identifizieren. Können wir vielleicht reingehen?"

Zwar wurde keine der drei anderen Wohnungstüren auf der Etage geöffnet, trotzdem fühlte sich Kevin beobachtet. Vielleicht hing man hier gern hinter dem Türspion, wenn ein Nachbar Ärger an der Wohnungstür hatte. Vielleicht aber auch nicht, wenn der Ärger des Hausbewohners mit einem uniformierten Polizeibeamten stattfand.

„Bitte." Herr Granzow trat beiseite und gab den Weg in eine verrauchte Wohnung frei.

Die Raufasertapete im Flur war bereits vergilbt, und man bekam kaum Luft. Kevin stolperte über ein paar Sneakers. Im Vorbeigehen konnte er einen Blick in ein unaufgeräumtes Zimmer werfen. Auf dem Fußboden lagen Klamotten herum, das Bett war ungemacht. Granzow ging in das Wohnzimmer voran. Hier war der Zigarettenrauch kaum auszuhalten. Kevin konnte ihn sogar auf der Zunge spüren. Auf dem Couchtisch stand ein übervoller Aschenbecher, aus dem sich Granzow eine glimmende Zigarette nahm, bevor er sich auf das fleckige Sofa fallen ließ. Neben dem Ascher stand eine halb volle Bierflasche, daneben lag eine Schachtel filterloser Zigaretten. Die Batterie leerer Wodkaflaschen neben der Balkontür entdeckte Kevin, als er sich nach einer geeigneten Sitzgelegenheit umsah. Er entschied sich für einen Stuhl, den er vom Esstisch heranzog und dessen Sitzpolster er nach hinten umklappte.

„Herr Granzow, es klang eben so, als hätten sie damit gerechnet, dass der Unfallfahrer aus Jork Ihr Sohn ist. Warum haben Sie das gedacht?"

„Warum ich das gedacht habe?" Granzow lachte mit einer kaputten Stimme auf. „Weil der Bengel nicht nach Hause gekommen ist."

„Na ja, es kann ja schon mal vorkommen, dass ein Kind nicht nach Hause kommt, aber …" Kevins Blick wanderte zum Fernseher, auf dem skurrilerweise eine Doku über die Entrümpelung einer Messiewohnung lief. „Können wir vielleicht den Ton abstellen?"

Granzow beugte sich vor und drückte mit geübter Handbewegung den richtigen Knopf auf der Fernbedienung. „Weil das eines Tages mal so kommen musste", sagte Granzow, als er sich aufs Sofa zurückfallen ließ. „Der Junge hat eigentlich nur Mist gebaut."

„Hat Andy eine Lehre gemacht oder …“ Kevin fand die Frage, ob er studiert hatte, selbst albern. Das hier war nicht der Ort, an dem Studenten geboren wurden.

„Er hat drei Anläufe für eine Ausbildung als Kfz-Mechaniker gemacht und ist jedes Mal wieder rausgeflogen. Bei zwei Betrieben, weil er mit den Autos der Kunden eine Spritztour gemacht hat. Eines war ein Ferrari.“ Granzow zog an seiner Zigarette. „Mit dem ist er gegen den Supermarkt in Neuenkirchen gerast. Totalschaden. Zweihunderttausend geschrottet, und das war noch die billige Variante.“

„Aha.“ Kevin notierte alles auf seinem Tablet, obwohl er natürlich schon wusste, dass Andy Granzow wegen mehrerer Verkehrsdelikte vorbestraft war. „Und, äh, hatte er die Absicht, die Kosten zu bezahlen?“

„Er hat dem Kutschner, das war sein Ausbilder, ein Schuldanerkenntnis unterschrieben.“ Granzow drückte seine Zigarette aus und zündete sich eine neue an. „Das konnte der sich rahmen und an die Werkstattwand nageln. Woher sollte Andy jemals das Geld haben. Der Kutschner war zwar versichert, aber die Versicherung wird sich nicht gerade gefreut haben.“

„Und was hat Andy zuletzt so gemacht?“

„Wenn ich es richtig sehe, weiter Autos geklaut, oder?“

Kevin blies die Backen auf. „Äh, und hat er die dann verkauft, oder wie?“

„Hören Sie, ich weiß nicht, was mein Junge gemacht hat. Der war so gut wie nie zu Hause, und ich will es auch nicht wissen.“

„Und Ihre Mutter? Äh, ich meine seine Mutter, Ihre Frau …?"

„Weg. Schon vor fünfzehn Jahren."

„Als ich kam, haben Sie gefragt, ob wir Ihren Sohn gefunden haben. Haben Sie ihn denn als vermisst gemeldet?"

„Machen Sie Witze? Ich mein, Sie scheinen ja ein netter Kerl zu sein, aber häufiger als nötig hab ich mit den Bullen nichts zu tun, und das hätte ich, wenn ich jedes Mal bei euch Bescheid sage, wenn er nicht nach Hause kommt."

Plötzlich hatte Kevin das Gefühl, dass er keine Sekunde länger in dieser Räucherkate bleiben konnte. Er stand auf. „Kann ich kurz in Andys Zimmer sehen?"

„Können Sie. Hier gleich nebenan."

Kevin klappte die Hülle seines Tablets um und ging in Andys Zimmer. Dort lag ein Wust Kleidung auf dem Boden, das Bett wollte er nicht anfassen. Einen Schreibtisch gab es nicht, nur ein staubiges Regal mit lauter Krimskrams.

„Suchen Sie was Bestimmtes?" Granzow stand in der Tür.

„Nein. Haben Sie was dagegen, wenn ich mich hier ein wenig umsehe?"

Granzow schüttelte den Kopf. „Können Sie machen. Kann ich den Jungen beerdigen?"

„Ich sag Ihnen Bescheid. Aber ich glaube schon."

Kevin nahm Latexhandschuhe aus seiner Jackentasche und inspizierte das Regal. Wenn Andy Granzow serienmäßig Autos geklaut und verkauft hatte, müsste er ja eigentlich Geld gebunkert haben. Allerdings war es fraglich, ob Kevin das ausgerechnet hier in seinem Zimmer finden würde.

Wenn Andys Vater den ganzen Tag zu Hause vor der Glotze saß, stand er vielleicht doch mal zwischendurch auf und guckte im Zimmer seines Sohnes nach, ob er dort Geld für Zigaretten fand.

Stamers Angeberschlitten stand schon vor dem Haus seines Onkels, als Hajo eintraf. Er hätte sich ganz gern allein im Haus aufgehalten, aber Stamer hatte nun mal den Schlüssel. Hajo stieg aus und ging zur Haustür. Er öffnete die Tür und betrat das Haus.

„Herr Stamer?"

„Ich bin hier." Der Makler kam aus der Küche. „Sind Sie sentimental geworden?" Er gab Hajo die Hand.

„Nein, ich will mich noch mal umsehen."

„Okay? Aus sentimentalen Gründen?"

„Nein." Hajo bedachte Stamer mit einem finsteren Blick und ging ins Wohnzimmer, wo er sich vor den Kamin kniete.

„Den hat Frau Becker überprüft. Damit ist alles in Ordnung. Und Herr Moll hatte den ja auch schon überprüft, und da war auch schon alles in Ordnung."

Hajo versuchte in den Kamin hineinzusehen, aber dazu musste er sich ziemlich verrenken. Und sehen konnte er dabei schon gar nichts. Es war alles finster. Hören konnte er selbstverständlich auch nichts. Erschöpft ließ er sich auf die gemauerte Umrandung der Feuerstelle sinken.

„Was hat Ihnen Frau Becker über den Schornstein erzählt?"

Stamer brachte sich in Stellung. „Dass damit alles in Ordnung ist, wie gesagt. Herr von Kiesow, ich kann Ihnen versichern, dass hier alles ordnungsgemäß abläuft. Mit Ausnahme des fehlenden Energieausweises ist das Haus super dokumentiert."

Hajo sah auf. „Herr Stamer, ich bin mit Ihrer Arbeit zufrieden, und Sie haben auch schon einen Käufer gefunden. Also eine Käuferin, und es ist alles in Ordnung."

„Alle interessieren sich für diesen verdammten Kamin. Meinen Sie, damit stimmt was nicht?"

„Hat die Polizei Ihnen etwas von dem Ring erzählt, der hier im Blumenbeet gefunden wurde?"

„Der Ring?", fragt Stamer.

„Der Timmermann hat mich gefragt, ob ich weiß, wem der Ring gehört."

„Der Ring. Der Timmermann hat mich auch nach diesem Ring gefragt, ob den einer meiner Kunden verloren hat." Stamer sah sich um. „Und der hat hier gelegen, oder wie?"

„Draußen im Garten."

„Aha." Stamer legte die Stirn in Falten. „Und, wissen Sie, wem der Ring gehört?"

„Nein, weiß ich nicht. Was war denn hier los?", fragte Hajo.

„Wie meinen Sie?"

„Ich meine, dass mein Onkel die Treppe runterfällt und anschließend stürzt der Schornsteinfeger vom Dach." Hajo stand auf. „Das meine ich. Wieso war Ihr Gutachten eigentlich so schnell fertig? Haben Sie meinen Onkel schon vorher wegen des Hauses bedrängt? Wollten Sie einen Maklerauftrag von ihm und sind handgreiflich geworden, als er nicht verkaufen wollte?" Hajo stand ziemlich dicht vor Klaas Stamer, der ihn ängstlich ansah und irritiert blinzelte. Dann trat Hajo einen Schritt zurück. „Entschuldigung. Es ist einfach so, dass mich diese ganze Geschichte beunruhigt. Und ich hätte das gern aufgeklärt."

Stamer strich seinen dunkelblauen Kurzhaarmantel glatt. „Verstehe. Ich kann Ihnen jedoch versichern, dass ich Ihrem Onkel zu keiner Zeit zu nahegetreten bin. Und was es mit den Todesfällen und dem Ring auf sich hat, kann ich Ihnen wirklich nicht sagen." Der Makler wirkte ein wenig pikiert, und das konnte Hajo ihm nicht verdenken.

„Tut mir wirklich leid, Herr Stamer. Sie können nichts dafür." Hajo sah sich um. „Wir verkaufen diese Hütte jetzt einfach an Frau Becker und gut ist."

„Der Notar hat bereits alle erforderlichen Informationen. Wir können demnächst einen Termin vereinbaren."

„Ist gut. Danke Herr Stamer. Und nichts für ungut."

„Dann haben Sie hier alles erledigt?", fragte Stamer immer noch etwas steif.

„Ich würde gern noch hierbleiben. Ich zieh die Tür dann zu. Es kann ja keiner was rausklauen."

„Gut. Wie Sie meinen. Ich kann später wiederkommen und abschließen."

Hajo nickte. Dann wartete er ab, bis die Haustür ins Schloss fiel, und er allein war. Was zum Teufel war hier passiert? Hans Moll war zu einem Zeitpunkt vom Dach gestürzt, als das Haus bereits unbewohnt gewesen war. Wen sollte er hier durch den Schornstein belauscht haben? Hajo wandelte durch alle Räume und versuchte sich daran zu erinnern, wie es früher hier ausgesehen hatte. Wie er als Kind bei seinem Onkel zu Besuch war, wie Richard und seine Frau ihn mit Lakritz und Eis versorgt hatten. Und später Malte. Und wie freundlich sie mit Susanne umgegangen waren. Nach Richards Tod war er wirklich traurig gewesen. Eine Weile hatte er es sich nicht eingestehen wollen, aber der Verlust hatte ihn tief getroffen. Es war schlimmer gewesen, seinen Onkel zu verlieren als das Ende seiner Ehe zu erleben. Beide Ereignisse hatten sein Leben völlig durcheinandergebracht. Nichts war mehr wie früher, und er wünschte sich, dass sein Leben wieder normal verlief. Und er musste dafür sorgen, dass es wieder normal wurde, denn anderenfalls würde er sich zu sehr auf Malte konzentrieren. Und der sollte sein eigenes Leben leben.

Er verließ das Haus und wandte sich noch einmal um. Irgendwie war er es eine Erleichterung, dass das Haus nicht in vollkommen fremde Hände geriet. Frau Becker war in Ordnung, und sie würde es gut behandeln.

Malte ignorierte die Tatsache, dass neben seinem Laptop seine Notizen für das Referat lagen, das er morgen halten musste. Diese Sache mit Lena fand er im Augenblick viel spannender. Und wichtiger. Seine Finger flogen über die Tastatur. Er hatte eine gute Idee nach der anderen, um Lenas Account zu füllen. Da würde die lahme Isabel nicht mithalten können.

Als unten die Haustür ins Schloss fiel, zuckte er kurz zusammen. Aber sein Vater wusste nichts von dem Referat, und außerdem war er erwachsen. Und die Nacht war noch lang. Und gleich, gleich wäre er auch fertig mit seinen Beiträgen. Üblicherweise ging sein Vater zum Kühlschrank, wenn er nach Hause kam, und setzte sich aufs Sofa. Deshalb war er überrascht, als Schritte auf der Treppe zu hören waren. Im Bad rauschte Wasser, dann hörte er seinen Vater im Schlafzimmer rumoren. Das klang nicht gut. Geänderte Abläufe bedeuteten Ärger.

Malte speicherte seine Arbeit ab und klappte den Laptop zu. Er ging in den Flur und schob vorsichtig die Tür zum Schlafzimmer seines Vaters auf. Der lag in Hemd und Anzughose auf dem Bett, den Arm über die Augen gelegt.

„Hi, Dad", sagte er leise. „Ist alles in Ordnung?"

Hajo nahm den Arm herunter und stützte sich auf die Ellenbogen. „Bei mir läufts im Augenblick nicht gut. Irgendwie ist der Wurm drin. Ich hoffe, bei dir läuft es besser."

„Äh, ja. Würde ich sagen, ja." Malte schob die Tür ganz auf und setzte sich auf die Bettkante. „Und was ist es bei dir? Ich meine, du bist der Bürgermeister. Du musst einfach nur den Bebauungsplan ändern."

Hajo grinste und ließ den Kopf aufs Kissen fallen. „Dann müsste ich den Bebauungsplan meines Lebens ändern."

„Wow, das klingt philosophisch."

„Weißt du, ich glaube, ich ziehe meine Jogginghose an und betrinke mich. Haben wir noch Tiefkühlpizza?"

Kapitel 13

Die für Lenas Begriffe recht kurzfristig anberaumte Informationsveranstaltung zum Neubaugebiet Landflucht fand in der Sporthalle des Gymnasiums Jork statt. Fleißige Hände hatten Stuhlreihen aufgestellt, wo sonst schwitzende Gymnasiasten Ballspiele austrugen oder Übungen an Turngeräten absolvierten. Nach Lenas Gefühl ließ die Anzahl der Stühle einen gewissen Optimismus der Veranstalter erkennen, den sie nicht unbedingt teilte. Sie rechnete nicht mit einem großen Ansturm. Die Veranstalter, allen voran der Bürgermeister und natürlich die Mitglieder der unvermeidlichen Baumafia, trugen anthrazitfarbene maßgeschneiderte Anzüge, hatten lässig eine Hand in der Hosentasche versenkt und gestikulierten mit der freien Hand, während sie gewichtig miteinander sprachen. Von Kiesow hatte ihr eine kurze Nachricht aufs Handy geschickt, dass sie es begrüßen würden, wenn sie in ihrem

Berufsoutfit erschiene. Das würde so authentisch wirken. Darauf hatte Lena geantwortet, dass er sich aussuchen könne, ob sie teilnehmen oder ihre Berufskleidung tragen solle. Dementsprechend verschnupft hatte er beim Eintreten in den Saal gewirkt, als er sie in Jeans und Lederjacke entdeckte.

Die ersten Reihen waren bei ihrem Eintreffen besetzt, und Lena fand einen Platz in der sechsten Reihe, von wo aus sie zu ihrer Überraschung ein Schild mit Ihrem Namen auf dem Podium entdeckte. Dort hätte sie neben Dieter Schlag, Amt für Grünflächen und Straßenbau, gesessen. Ganz offensichtlich lebte von Kiesow immer noch in dem Irrglauben, sie würde sich für seine Zwecke vereinnahmen lassen. Tatsächlich winkte er sie nach vorn, während sie den Blick über die Menge schweifen ließ und sich ihre Blicke begegneten. Lena deutete mit dem Zeigefinger auf den Platz, an dem sie saß, und blieb sitzen. Die drei Männer steckten daraufhin die Köpfe zusammen und tuschelten aufgeregt miteinander. Vermutlich musste sich der Bürgermeister von den Bauunternehmern wieder anhören, dass die Schornsteinfegerin völlig ungeeignet für ihre Pläne war. Und damit waren sie ganz einer Meinung mit Lena.

Sie sah sich weiter um und entdeckte einige ihrer Kunden, denen sie freundlich zunickte. Im Türrahmen lehnte ein schlaksiger junger Mann mit dunklen Haaren und einem Pflaster auf der Stirn. Auf dem Wangenknochen hatte er einige Schrammen. Er interessierte sich offenbar nicht für das Thema und daddelte stattdessen auf seinem Smartphone herum. Irgendwie kam ihr diese Szene bekannt vor. Und als sie sich umwandte, musste sie feststellen, dass sich zwischenzeitlich fast alle Reihen gefüllt hatten. Offensichtlich war der Plan von einiger Bedeutung für die Bewohner Jorks.

Beinahe pünktlich zum Veranstaltungsbeginn griff Hajo von Kiesow zum Mikrophon und führte in das Thema der Versammlung ein. Obwohl er recht sachlich sprach, erschollen schon nach fünf Minuten erste Buhrufe von den hinteren Reihen und einige Einwürfe von Gegnern der Planung. Der Bürgermeister ging auf die Rufe nicht ein und bat das Publikum, Wortbeiträge auf später zu verschieben, wenn sie das Mikrophon herumgeben würden. Nach ihm trat Zanger vor und übernahm das Mikrophon, der jedoch schon nach wenigen Minuten unter den Unmutsrufen nicht mehr zu verstehen war. Nach einigen erfolglosen Versuchen gab er auf und reichte das Mikrophon an Gerrit Asmussen weiter, der sich etwas geschickter anstellte und wenigstens zu Anfang noch durchdrang. Tatsächlich berichtete er informativ über die zunehmenden ökologischen Anforderungen an das Bauen. Als er aber mit den Worten schloss, dass die Errichtung des Neubaugebietes für alle Bewohner Jorks nur Vorteile hätte, erntete er denselben analogen Shitstorm wie seine Vorredner.

Als Letzter war Günter Hartfelder an der Reihe, der sich umständlich von seinem Platz auf dem Rednerpodium erhob, und eine Weile brauchte, um das Mikrophon einzuschalten. Als er über die Bedeutung der Obstbäume im Alten Land und in Jork sprach, über ihre wirtschaftliche Bedeutung und ihre Prägung der Landschaft, nahm die Unruhe im Publikum erstmals ab.

Tscha, dachte Lena. Da sind wir alle nicht schlauer als vorher.

Eine junge Frau drei Reihen vor ihr stand auf und rief etwas zum Podium, woraufhin ihr jemand das Mikro brachte.

„Ich möchte etwas sagen“, begann die Frau. „Ich komme von hier und habe jetzt drei kleine Kinder, und mein Mann und ich finden keine Wohnung oder sogar ein Haus. Deshalb haben wir uns für eines der geplanten Häuser beworben.“ Mit etwas trotziger Miene sah sie sich um. „Ich finde es deshalb gut, wenn hier gebaut wird. Es geht ja auch um Menschen und nicht nur um Bäume.“

Einige Leute nickten, andere äußerten unverständlichen Protest. Immerhin hatte die junge Frau mit ihrer beherzten Ansprache ein Tor geöffnet und einige andere im Publikum ermutigt, ihre Meinung zu äußern, mit der sie ihr beipflichteten.

„Leute!“, rief dann ein junger Mann, der sich auch ohne Lautstärkeverstärkung verständlich machen konnte. „Wir reden hier nicht über eine Blumenwiese oder eine Apfelplantage in der Großstadt. Der Obstanbau ist die Grundlage dieser Region. Wenn wir jetzt anfangen, wird es immer so weitergehen.“

„Das ist doch Unsinn“, brüllte der Nächste. „So viele Leute werden niemals nach Jork ziehen. Ein paar Bäume weniger bedeuten nicht gleich den Untergang des Alten Landes.“

„Der Klimawandel macht auch vor dem Alten Land nicht halt“, rief eine Frau. „Mein Roter Boskop blüht inzwischen vier Wochen früher, weil wir hier eine Erwärmung von fast zwei Grad in den letzten fünfzig Jahren haben.“

„Freu dich doch, Elfie, kannst du mehr Äpfel verkaufen.“

Die Diskussion schien an Sachlichkeit zu verlieren und Hajo von Kiesow griff wieder zum Mikrophon. „Vielen Dank für Ihre Beiträge“, sagte er. „Ich sehe, dass hier unterschiedliche Auffassungen vertreten sind, und ich möchte noch einmal darauf hinweisen, dass es sich hier um eine Informationsveranstaltung handelt. Es geht also nicht um das Ob, sondern ausschließlich um das Wie. Deshalb ist es bedauerlich, dass Sie es den Herren Zanger und Asmussen nicht ermöglicht haben, zu Beginn etwas über das Wie zu sagen. Denn wir haben nicht vor, sämtliche Obstplantagen niederzumachen und zuzupflastern. Das Neubaugebiet wird unter Einhaltung allerhöchster ökologischer Aspekte errichtet. Ich möchte Ihnen an dieser Stelle jemanden vorstellen, der uns dazu noch etwas sagen kann. Wir hatten eigentlich einen Platz für Frau Becker hier vorn auf dem Podium reserviert, aber wir finden sie dort ganz bescheiden inmitten unter Ihnen. Frau Becker, vielleicht mögen Sie einmal aufstehen.“

Lena schoss einen wütenden Blick auf den Bürgermeister ab und erhob sich.

„Das ist unsere neue Bezirksschornsteinfegermeisterin Lena Becker. Sie ist quasi vom Fach und kann uns vielleicht noch etwas mehr dazu sagen."

Lena ging nach vorn und nahm das Mikro vom Bürgermeister entgegen. „Guten Tag. Der Bürgermeister hat mich schon vorgestellt, einige kennen mich schon. Ich habe mich bewusst nicht nach vorn gesetzt, weil ich damit meine Neutralität zu diesem Thema darstellen möchte. Ihre Beiträge fand ich sehr interessant, aber auch wenig überraschend. Es wird in allen diesen Fragen in Zukunft diese beiden Meinungen geben. Den Erhalt des Bestehenden und die Möglichkeit des Fortschritts. Und da bin ich auch ganz bei Ihnen, denn natürlich werden die geplanten Häuser mit Wärmepumpen und Photovoltaikanlagen dazu beitragen, dass weniger fossile Brennstoffe benötigt und im besten Fall sogar sozusagen Strom vom Dach in das allgemeine Stromnetz eingespeist werden kann. Aber ein Neubau auf einer bisher für im weitesten Sinne landwirtschaftlich genutzten Fläche bedeutet eine Versiegelung und eine Reduzierung der Obstanbaufläche. Das ist nicht zu leugnen und etwas anderes als ein Neubau auf einer bestehenden Baufläche. Deshalb verstehe ich beide Positionen, und ich werde mich auch nicht in die politische Planung einmischen. Wenn Sie aber Fragen zur Energieeffizienz und den neuen Möglichkeiten der Energieversorgung im Haus haben, beantworte ich Ihre Fragen gern. Allgemeine Fragen können Sie gern hier stellen, aber wenn es um Details zu Ihrem Haus geht, dann machen wir besser einen Termin bei Ihnen zu Hause aus."

Sofort reckten sich zahlreiche Arme in die Höhe und Lena kam kaum nach mit der Beantwortung der Fragen.

Kapitel 14

Es war noch keine acht Uhr, als Hajo am Samstagmorgen die Eisentür zur Garage öffnete. Er hatte die Aufgabe, den Nachlass seines Onkels zu sichten, schon viel zu lange vor sich hergeschoben. Als er die Entscheidung, Richards Haus zu verkaufen, gefällt hatte, hatten sie es zügig räumen müssen, damit der Makler Fotos vom leeren Haus machen konnte. Malte hatte mit ein paar Freunden einen Transporter gemietet und das alte Mobiliar aus den Siebzigern, jede Menge Müll und Klamotten zum Recyclinghof gefahren. Damals hatte Hajo keine Zeit gehabt, alle Unterlagen und Fotos in Ruhe zu sichten. Seitdem parkte er sein Auto vor der Garage, weil Richards Gerümpel hier drin stand. Ein Umstand, der die Nachbarn schon zu zahlreichen Nachfragen bewegt hatte. Eine interessierte Frage hatte gelautet, ob seine Frau zurückgekehrt sei und die Garage für sich beanspruchen würde. Und nun musste es ja mal sein und er sich der

Aufgabe stellen. Hajo hatte Haftkleber in rot und grün aus seinem Arbeitszimmer mitgebracht. Rot bedeutete, dass das jeweilige Möbelstück entsorgt werden sollte, und er gedachte, regen Gebrauch von der Farbe Rot zu machen. Das betraf allerdings Möbel, die bei genauer Betrachtung gleich hätten entsorgt werden können. Vier Möbelstücke stammten noch aus dem Haus seiner Großeltern mütterlicherseits. Es waren keine wertvollen Möbel, aber schöne Stücke. Susanne hätte gewusst, wie man sie am besten mit ihrem modernen Mobiliar kombinierte. Aber Susanne war nicht da, und er musste das hier allein machen. Hajo fragte sich, was sich in diesen vielen Kartons befand, und er erinnerte sich an seine eigenen Worte, als Malte ihn gefragt hatte, ob die wegkönnen. Nein, das sehe ich alles noch mal durch, hatte er gesagt.

Und das würde er nun auch machen. Er klappte den obersten Umzugskarton auf und stieß auf ein Sammelsurium aus teilweise angeschlagenem Porzellan und einen zerfledderten Trockenblumenstrauß, der früher auf der Schuhkommode im Flur gestanden hatte. Er klappte die Laschen wieder zu und stellte den Karton an die Seite. Im nächsten Karton befanden sich hässliche alte Blumenvasen, von denen eine den Transport nicht überlebt hatte. Er verschloss den Karton und hievte ihn auf den anderen. Auf diese Weise arbeitete er sich durch Kartons voller Tischdecken, Kissenhüllen, Nippesfiguren, die seine Tante gesammelt hatte, klebrige Likörgläser und Romane von Johannes Mario Simmel. Natürlich hätte er das schon damals wegwerfen können, aber andererseits hatten die Sachen es verdient, dass er sich noch einmal mit ihnen befasste.

Im nächsten Karton befanden sich die alten Fotoalben seines Onkels. Hajo schleppte den Karton ins Wohnzimmer und machte sich auf dem Rückweg in die Garage eine Tasse Kaffee. Den Kaffeebecher stellte er in dem Durcheinander auf der Werkbank ab und inspizierte den Inhalt des nächsten Kartons. Darin befanden sich weitere Fotoalben. Er nahm den Karton und stellte ihn zu dem anderen Karton ins Wohnzimmer. Damit konnte er sich an dunklen Winterabenden beschäftigen. Das allerdings nur dann, wenn er sich mental stark genug dafür fühlte.

Viele Kartons stammten aus Richards Keller und rochen muffig. Das konnte wirklich alles weg. Nach einem Schluck Kaffee machte er sich an den nächsten Karton. Zu seiner Überraschung stieß er darin auf eine Sporttasche. Es war eine moderne Niketasche, die allerdings ziemlich mitgenommen aussah. Hajo hatte seinen Onkel niemals mit einer Sporttasche gesehen, geschweige denn irgendeine Sportart betreiben sehen. Richard hatte seinen Patienten eine gesunde Lebensweise verordnet, selbst aber nur hin und wieder einen Spaziergang gemacht.

Er nahm die Sporttasche aus dem Karton und öffnete den Reißverschluss. Erschrocken ließ er die Tasche fallen. Diese Sporttasche hatte auf keinen Fall seinem Onkel gehört.

Malte warf einen kurzen Blick in das Schlafzimmer seines Vaters, das aber leer war. Er ging die Treppe hinunter, wo er zwei Kartons entdeckte, die neben dem Sofa standen. Er warf einen kurzen Blick hinein. Offensichtlich hatte sich sein Vater dazu durchgerungen, die Garage aufzuräumen. Allerdings musste Malte unbedingt verhindern, dass der alte Kram künftig ihre Wohnung überschwemmte. Er schenkte sich einen Becher Kaffee ein und ging im Pyjama und mit nackten Füßen in die Garage.

Sein Vater stand mit dem Rücken zu ihm über einen offenen Karton gebeugt. Als er ihn hörte, klappte er die Laschen zu und wandte sich zu Malte um. „Hi, Großer, wie siehts aus mit einem Frühstück?"

Aber irgendwie klangen die Worte nicht ganz so entspannt und fröhlich, wie sie vielleicht gemeint waren.

Der Tag begann sonnig, und nach ihrem Frühstück in der Pension setzte sich Lena mit ihrem Laptop und einigen Unterlagen auf die Terrasse. Sie sollte ihre etwas ungeordneten Notizen mal in einen Plan umwandeln. Der Umzug aus Hamburg musste organisiert und die Kreditfinanzierung fertig geklärt werden, sie brauchte einen Mitarbeiter für ihr Büro, und vor allem musste sie Handwerksfirmen suchen, die die Umbauarbeiten an ihrem neuen Haus ausführten. Und außerdem musste sie sich nach dem gestrigen Tag abregen. Diese Kerle waren offenbar der Meinung, Lena für ihre Zwecke einspannen zu können. Oder besser gesagt zu manipulieren. Sie war Schornsteinfegerin und keine verkappte Werbeträgerin für die Baumafia von Jork! Wütend klappte sie ihren

Ordner auf, wobei sie gegen die Tasse stieß und der Tee überschwappte.

„Scheiße!“

„Kein Problem, ich bringe Ihnen eine neue“, bot die Kellnerin Moni an.

„Ach Quatsch, nicht nötig.“ Lena zog die Serviette unter der Teekanne hervor und legte sie auf die Untertasse. „Tut mir leid für den Saukram.“

Moni tätschelte ihre Schulter. „Bringt bestimmt Glück, wenn Sie Tee verschütten.“

Das war eine Glücksbringervariante, die Lena noch nicht kannte.

Als Lena die Liste der erforderlichen Arbeiten fertiggestellt hatte und sich auf die Suche nach einem passenden Bauunternehmen in Jork machte, wurde ihr an erster Stelle das Bauunternehmen Zanger angezeigt. Ärgerlich schlug sie den Ordner zu. „Das gibt's doch gar nicht.“ Sie würde sich eine Baufirma aus Stade suchen oder von noch weiter weg. Vielleicht aus Hannover.

Ihr Handy läutete, und auf dem Display erschienen die Nummer des Bürgermeisters und sein Name.

Sie drückte den grünen Button. „Wollen Sie sich entschuldigen?“

„Können Sie zu mir kommen?“

„Was?“ Lena wechselte das Handy an das andere Ohr.

„Können Sie bitte zu mir kommen. Jetzt. Nach Hause.“ Hajo von Kiesows Stimme klang gedämpft, aber nachdrücklich.

„Warum?“

„Weil ich Ihre Hilfe brauche. Bitte.“

„Ich dachte, ich hätte mich gestern deutlich ausgedrückt. Stichwort Informationsveranstaltung.“

„Es geht um etwas anderes.“ Hajo von Kiesow seufzte tief. „Bitte“, wiederholte er. Dann beendete er das Gespräch.

Verdutzt legte Lena das Handy auf den Tisch. Abgesehen davon, dass sie Menschen, die sie um Hilfe baten, nicht im Stich ließ, war sie auch neugierig. Und in diesem Fall war ihre Neugier auch deshalb groß, weil sie nach ihrer Einschätzung nicht ganz oben auf der Liste des Bürgermeisters für einen Hilferuf stand.

Lena wusste gar nicht, wo der Bürgermeister wohnte, weshalb sie ihn noch einmal anrufen musste. Er klang ein wenig lauernd oder vielleicht auch beunruhigt, als sie zurückrief. Und als sie nach seiner Adresse fragte, wirkte er erleichtert.

Eine Viertelstunde später stellte sie ihren Kastenwagen quer vor seine Zufahrt. Auf der gekiesten Fläche stand sein Auto, die Garagentür war geschlossen, und es war kein Mensch zu sehen. Lena ging zur Haustür und läutete. Hajo von Kiesow schien hinter der Tür gewartet zu haben, denn zwei Sekunden später riss er die Haustür auf.

„Danke.“ Er trat beiseite, und Lena trat ein.

Es war ein schönes Haus. Keines dieser Altländer Fachwerkhäuser, sondern ein Einfamilienhaus. Lena schätzte, dass es um die Jahrtausendwende gebaut worden war. In etwa zehn Jahren würden die ersten Modernisierungsarbeiten notwendig werden. Schrecklich, dachte sie. Ich kann gar nicht mehr klar denken.

„Bitte kommen Sie hier entlang." Von Kiesow betrat die Küche, an die ein kleiner Hauswirtschaftsraum anschloss, von dem aus man in die Garage gelangte. Darin befanden sich ein ziemlich umfangreicher Stapel Umzugskartons und einige Möbel.

„Haben Sie ausgemistet?"

„Nein. Also, doch, aber nicht hier."

Etwas irritiert sah sie zu, wie Hajo von Kiesow die Tür zum Hauswirtschaftsraum abschloss und anschließend das Garagentor kontrollierte.

„Sie müssen keine Angst haben", sagte Hajo von Kiesow.

„In so einer Situation sind das genau die Worte, die einem Angst machen."

„Ich möchte nicht überrascht werden." Von Kiesow ging zu den gestapelten Kartons hinüber, hob zwei Kartons an, stellte sie beiseite und nahm dann den Karton hoch, der darunter gestanden hatte.

„Wobei?" Lena spürte zwar keine Angst, aber jetzt säße sie doch lieber auf der Terrasse der Pension in der Sonne.

„Ich möchte Ihnen etwas zeigen."

„Sperrmüll?"

Hajo von Kiesow sah sie an, bevor er feierlich den befreiten Umzugskarton aufklappte, eine Sporttasche herausnahm und deren Reißverschluss aufzog. „Nein, das hier."

Das hier waren eine Menge Geldscheine. Keine Geldbündel, sondern einfach eine riesige Menge Scheine verschiedener Beträge.

„Wow." Lena trat einen Schritt näher. „Okay", sagte sie. „Will man Sie bestechen?"

Der Bürgermeister sah sie an, und Lena rechnete eigentlich damit, dass er sie anbrüllen würde, aber er senkte den Blick und sah nachdenklich auf die Geldscheine hinunter. Dann zog er wortlos den Reißverschluss zu, verstaute die Sporttasche in dem Karton und stellte die anderen Kartons wieder darauf.

„Kommen Sie", sagte er. Er schloss die Tür zum Hauswirtschaftsraum auf, und sie gingen in die Küche. „Möchten Sie einen Espresso?"

„Ja, gern. Und wenn Sie haben, etwas Süßes, vielleicht Schokolade. Das hilft mir in schwierigen Situationen."

Hajo von Kiesow nickte und machte sich daran, Espresso zu brühen und Schokolade zu suchen. Lena setzte sich auf einen modernen Küchenstuhl an einem runden Esstisch und versuchte damit klarzukommen, dass der Bürgermeister, den sie bisher nur im Anzug kannte, eine zerschlissene Jeans und ein fleckiges Shirt trug. Und eine Menge Geld in der Garage versteckte. Dann saßen sie eine Weile vor ihren Espressotassen und nahmen sich nacheinander von der Schokolade, die von Kiesow zerbrochen und auf einen Teller in der Mitte des Tisches gelegt hatte. Offenbar half dem Bürgermeister Schokolade ebenfalls in schwierigen Situationen.

„Also, zunächst möchte ich mich bei Ihnen bedanken, dass Sie meiner ungewöhnlichen Aufforderung so prompt gefolgt sind."

„Herr von Kiesow."

„Ja?"

„Können wir bitte ein Gespräch zwischen einem Mann, dem eine Menge Geld Probleme macht, und einer Frau, die er aus einem Grund, den er ihr hoffentlich gleich verraten wird, zu sich gebeten hat, führen und den Bürgermeister außen vor lassen?"

Von Kiesow seufzte tief und schwer. „Es tut mir leid, wie das gestern gelaufen ist, Frau Becker. Ich gebe zu, dass …"

„Herr von Kiesow!" Lena war laut geworden. „Jetzt kommen Sie mal auf den Punkt."

Hajo von Kiesow steckte sich das letzte Stück Schokolade in den Mund. „Ich brauche Ihren Rat. Und Sie gehen mir mit Ihrer Besserwisserei und Ihrer Art tierisch auf die Nerven, und genau so jemanden brauche ich jetzt."

Lena lehnte sich zurück. „Geht doch. Haben Sie noch Schokolade?"

Er stand auf und holte eine zweite Tafel, die er in Stücke brach. „Ich habe gewartet, bis Malte zum Fußballtraining gegangen ist", sagte er, als er sich setzte. „Wissen Sie, ich bespreche alles mit ihm. Wirklich alles, aber hier muss ich erst mal selber klarsehen."

„Gut. Schießen Sie los." Lena zog den Schokoladenteller zu sich heran, bevor er den Nachschub ebenfalls beinahe alleine vertilgte.

„Sie haben herausgefunden, dass man durch den Kamin meines verstorbenen Onkels Gespräche mithören kann, die im Haus gesprochen werden."

„Herr von Kiesow, Sie gehen mir ehrlich gesagt ein wenig auf die Nerven."

„Die Kartons befanden sich im Keller meines Onkels. Nach seinem Tod hat Malte zusammen mit einigen Freunden das Haus ausgeräumt, einiges weggeworfen und den Rest auf meinen Wunsch hin in der Garage eingelagert."

„Also wissen wir nicht, ob das Geld von Ihrem Onkel stammt oder von einem der Freunde Ihres Sohnes, der es hier versteckt hat, oder von einer dritten Person. Und wir wissen vermutlich auch nicht, woher das Geld stammt, und wir wissen nicht, ob und wie das alles mit dem Tod von Hans Moll zusammenhängt. Korrekt?"

Er nickte. „Korrekt. Und dann gibt es noch etwas."

Jetzt seufzte Lena. „Was?"

„Kürzlich hat jemand versucht, in die Garage einzubrechen."

Kevin saß eine Weile in seinem Dienstwagen und betrachtete die Gegend. Sehr viel spielte sich hier nicht ab, was allerdings nicht verwunderlich war, wenn ein Polizeifahrzeug in einem von Kriminalität geprägten Viertel am Straßenrand stand. Er hatte sich in Andy Granzows Zimmer umgesehen, aber keine Durchsuchung durchgeführt. Schließlich wollte er es sich nicht mit den Kollegen in Stade verscherzen. Jedenfalls nicht völlig. Außer Staubflusen unter dem Bett, Staub im

Regal und jeder Menge dreckiger Wäsche hatte er nicht viel gefunden. Entweder hatte es nie etwas gegeben oder der Vater des toten jungen Mannes hatte schon herausgesucht, was er gebrauchen konnte. Kevin ging von Letzterem aus. Er zog sein Diensthandy aus der Brusttasche seines Uniformhemdes und rief Rainer Granzow an. Es war fast elf, aber als der Mann endlich ans Telefon ging, waren bestimmt zwei Minuten vergangen, und er klang ziemlich verpennt.

„Wer stört?"

„Herr Granzow, hier ist noch mal Polizei Altes Land, Dienststelle Jork, Polizeiobermeister Timmermann am Apparat."

„Aha. Und was ist heute?"

„Kennen Sie einen Heinrich Vogel aus Buxtehude?"

Granzow machte sich nicht die Mühe, lange über eine Antwort nachzudenken. „Nee. Wer soll das sein?"

„Das ist der Mann, dem Ihr Sohn das Fahrzeug gestohlen hat. Mutmaßlich Ihr Sohn."

„Na ja, wird er schon gewesen sein. Die Arbeit lässt er ja keinen anderen machen. Kenn ich aber trotzdem nicht."

„Dann wissen Sie auch nicht, ob Andy irgendeine Verbindung zu ihm hatte, oder?"

„Außer, dass die zwei offenbar denselben Wagen gefahren sind, nicht." Rainer Granzow lachte heiser auf, und Kevin wartete, bis der darauffolgende Hustenanfall abgeebbt war.

„Gut. Ich wollte Ihnen Bescheid sagen, dass die Kollegen den Leichnam, also Ihren Sohn, freigegeben haben. Sie können sich also jetzt mit der Beerdigung befassen."

„Hab gestern schon auf dem Amt angerufen. Wegen der Kosten. Ich hab ja nichts." Jetzt klang der Vater tatsächlich traurig.

„Tut mir leid, Herr Granzow. Wenn Ihnen noch etwas einfällt, rufen Sie mich an."

In der Leitung war ein schnaubendes Geräusch zu hören, dann war das Gespräch beendet.

Etwa zehn Meter vor seinem Wagen zuckelte eine alte Frau mit ihrem Hackenporsche über das Trottoire. Kevin stieg aus und ging auf Sie zu. „Kann ich Ihnen helfen?"

Die gebückte alte Frau hob den Blick. „Wollen Sie mich beklauen?"

„Nein, natürlich nicht. Ich bin von der Polizei."

„Enkeltrick, oder wie?"

Kevin seufzte. „Also, soll ich Ihnen jetzt die Einkäufe nach Hause bringen oder nicht."

„Von mir aus." Die Alte ließ den Einkaufsroller einfach stehen und ging weiter.

Kevin ignorierte die klebrige Oberfläche des Griffs und packte beherzt zu. Er erwischte die alte Dame vor der Haustür des Hauses, in dem auch Granzow wohnte, wo sie mit mäßigem Erfolg versuchte, den Schlüssel ins Schloss zu kriegen.

„Darf ich?"

Sie schien etwaige Bedenken der Bequemlichkeit zu opfern und ließ ihn aufschließen. Wenig später stellte er ihre Einkäufe in einer Küche ab, die seit fünfzig Jahren nicht renoviert worden war.

„Wolln Sie jetzt auch noch Geld?“ Die Alte ließ sich ächzend auf einen Küchenstuhl plumpsen.

„Nein, der Service war völlig kostenlos. Ich hol mal eben Ihren Schlüssel rein.“ Den hatte Kevin absichtlich an der Außenseite der Wohnungstür stecken lassen. Er zog ihn ab und versuchte mit dem Haustürschlüssel des Schlüsselbunds die Tür zum Kellerabgang zu öffnen.

„Bingo“, sagte er leise und schob mit der Schuhspitze den Türstopper der Haustür zwischen Kellertür und Türrahmen. Glücklicherweise wohnte die alte Frau im Erdgeschoss.

Er brachte ihr das Schlüsselbund und verließ dann schnell die Wohnung, bevor jemand den Türstopper entfernte. Er knipste das Kellerlicht an und stieg die steinerne Treppe hinunter. Es gab Mietshäuser, in denen die Keller mit den Namen der Mieter oder wenigstens der Wohnungslage bezeichnet waren. Hier hatte er kein Glück. Immerhin waren die Abteile nur durch Holzlatten getrennt. Mit der Taschenlampe leuchtete Kevin durch die schmalen Spalte mit den Brettern. In allen Kellerabteilen sah es mehr oder weniger schlimm aus. Aber ein Raum weckte seine Neugier ganz besonders. Dort war die Sicht in den Bretterverschlag durch einen von innen vorgehängten Bettbezug behindert.

„Ich schätze Malte ehrlich gesagt nicht als jemanden ein, der eine solche Menge Geld an einer eher ungünstigen Stelle versteckt“, stellte Lena beim zweiten Espresso fest.

„Sie denken, er würde einen Haufen Geld besser verstecken?“

„Ich denke, er würde überhaupt nicht mit einer solchen Menge Geld in Kontakt kommen, ohne Ihnen davon zu erzählen. Ich meine, es ist zwar nur eine Arbeitshypothese, aber wir gehen doch wohl beide davon aus, dass mit dem Geld etwas nicht stimmt. Und selbst wenn es anders wäre, würde er Ihnen davon erzählen."

Sie sagte das mit einer solchen Selbstverständlichkeit, dass Hajo einigermaßen erleichtert war. Natürlich glaubte er nicht, dass Malte etwas mit dem Geld zweifelhafter Herkunft zu tun hatte, aber ein klitzekleines Quäntchen Zweifel war nun einmal da. Er selbst hatte es sich nicht ausreden können, weshalb er in einer Schnellschussreaktion die Schornsteinfegerin angerufen hatte, ehe er es sich anders überlegte. Als sie ihn nach seinem Anruf zurückrief, rechnete er mit einer Absage, aber so war sie eben nicht. Insofern hatte er sie ganz richtig eingeschätzt. Sie war gekommen, und sie unterhielt sich hier ganz sachlich mit ihm, obwohl sie in Hinblick Neubaugebiet und Wärmepumpe nicht einer Meinung waren.

„Gut. Wir müssen das logisch angehen", sagte sie und sah zur Decke. „Diese Kartons in Ihrer Garage stammen aus dem Keller Ihres Onkels. Steht es zu 100 Prozent fest, dass auch der Karton mit der Geldtasche von dort stammt?"

„Er stammt wie alle Kartons vom selben Baumarkt", antwortete Hajo. „Sie haben alle denselben Aufdruck. Die Kartons hat Malte damals mit seinen Freunden in dem gemieteten Transporter vom Baumarkt geholt und zu Richards Haus gebracht."

Er betrachtete ihre Nase, die sie ein wenig gerümpft hatte. Wenn sie scharf nachdachte, machte sie das. Das war ihm schon früher aufgefallen.

„Also hätte einer der Freunde entweder den Karton zu den anderen stellen oder in einen der Kartons die Sporttasche packen können."

Er hatte nicht richtig zugehört, nickte aber trotzdem.

„Was für Freunde haben Malte geholfen?"

„Zwei Kumpels vom Fußball."

„Dann kommt es jetzt darauf an, ob diese beiden Jungs sauber sind."

„Wie meinen Sie das?"

„Was ich sage. Einer von ihnen oder beide hätten den Karton mit dem Geld dazuschmuggeln können. Auf welche Weise auch immer." Sie legte den Kopf schief. „Es sei denn, Ihr Onkel hatte ein dunkles Geheimnis."

Das Kellerabteil war mit einem blitzblanken Vorhängeschloss aus Metall gesichert. Es war unbeschädigt und einigermaßen stabil. Kevin hatte nicht vor, es aufzubrechen, allerdings stach das Schloss von Qualität und Ausmaß deutlich aus den übrigen verwendeten Schlössern in diesem Keller hervor. Manche Türen waren auch gar nicht gesichert.

Am Ende des Kellerganges fand er eine lange Eisenstange, mit der er durch die Latten hindurch den Bettbezug anheben konnte. Er konnte ein ausrangiertes Sofa, einen kleinen Tisch, zwei Stühle, und eine Kommode sehen. Die Möbel waren arrangiert, als würde jemand hier drin wohnen, nicht, als seien sie einfach achtlos abgestellt worden. Daneben stapelten sich einige Autoreifen, die ziemlich neu aussahen und einiges Gerümpel. Kevin machte Fotos, so gut es eben ging, wenn man nur mit einer Hand durch einige Hindernisse hindurch fotografieren konnte. Dann ließ er den Bettbezug wieder fallen, legte die Stange ab und stieg die Kellertreppe hoch. Er läutete bei der alten Dame im Erdgeschoss und wartete. Nach einer Weile hörte er schlurfende Schritte.

„Wer ist denn da?", krächzte sie.

„Polizei Altes Land, Dienststelle Jork, Polizeiobermeister Timmermann. Ich habe Ihnen eben die Einkäufe nach Hause gebracht."

„Ach, war das jetzt doch ein Betrüger?"

„Nein, das war kein Betrüger, das war ich. Können Sie bitte noch mal aufmachen?"

Er hörte, wie sie die Tür aufschloss, dann zog sie die Wohnungstür auf, so weit der Sicherheitsriegel es zuließ.

„Tatsächlich", sagte sie und öffnete den Riegel. „Was denn nu noch?"

„Kann ich noch mal reinkommen?"

„Wollen se jetzt doch Geld?"

„Nein, ich möchte Sie etwas fragen."

„Na denn." Sie schlurfte ihm voraus in die Küche, wo die Einkäufe noch herumstanden. Auf dem Tisch lag eine Illustrierte, die Unwahrheiten über Prominente verbreitete, daneben stand eine Tasse Kaffee. „Und was wollen Sie genau wissen?", fragte sie, als sie sich ächzend auf dem Küchenstuhl niederließ.

„Kennen Sie den Andy Granzow?“

„Natürlich kenne ich den. Der wohnt hier oben mit seinem Vater. Zwei Taugenichtse.“

„Was heißt Taugennichtse?“

„Dass sie nichts taugen.“

Kevin seufzte. „Das habe ich schon verstanden, aber wie äußert sich das genau?“

„Das äußert sich dadurch, junger Mann, dass der Vater nur oben herumsitzt, fernsieht und raucht, statt zu arbeiten, und der Sohn klaut und wer weiß was macht, statt zu arbeiten.“

„Verstehe.“

Sie sah ihn an, als bezweifle sie das.

„Wissen Sie, dass der Andy tot ist?“

„Hab ich gestern gehört. Der Vater hat es dem Hausmeister erzählt. Hat sich totgerast, der Bengel.“

„Wissen Sie, welches der Kellerraum ist, der zu der Wohnung der Granzows gehört?“

Sie sah ihn aus wässrigen blauen Augen an. „Der dritte auf der rechten Seite. Wieso wollen Sie das denn wissen?“

„Hat sich Andy dort mal aufgehalten?“

Ächzend stemmte sie sich auf der Tischplatte hoch und ging zur Kaffeemaschine hinüber. „Der hat da praktisch gewohnt. Immer wenn er mit seinem Alten Streit hatte, hat er da unten gehockt. Manchmal hat er da auch übernachtet.“ Sie nahm die Glaskanne aus der Maschine. „Und was fangen Sie jetzt mit dieser Information an?“, fragte sie, was Kevin ziemlich witzig fand.

„Mit dieser Information beantrage ich jetzt einen Durchsuchungsbeschluss."

„Und warum haben Sie Kevin nicht gesagt, dass jemand in Ihre Garage einbrechen wollte?"

Hajo kniff die Augen zusammen. „Sie duzen Kevin?"

„Ja. Bin ich damit als vertrauenswürdige Person raus?"

„Nein. Ich wundere mich nur."

„Sie duzen ihn doch auch."

„Ich kenne ihn auch schon lange."

„Ja, und mit mir hat er offenbar schon viel eher Blutsbrüderschaft geschlossen. Ich kann Sie aber beruhigen, ich habe nicht vor, das, was ich von Ihnen erfahre, an ihn weiterzugeben."

„Okay."

„Kontrolle erfolgreich durchlaufen?" Lena trank noch einen Schluck Espresso. „Ich weiß, dass Sie sich in einer heiklen Situation befinden. Aber ich habe nicht vor, irgendeine Information an Kevin weiterzugeben. Also, warum haben Sie sich nicht vertrauensvoll an Ihren Duzfreund Kevin gewandt?"

„Weil ich erst mal wissen muss, was hier gespielt wird."

„Gut." Lena schloss die Augen und legte die Fingerspitzen an die Schläfen. „Die Sporttasche mit dem Geld ist vermutlich zu einem Zeitpunkt hier in Ihr Haus gelangt, als Sie das Haus Ihres Onkels ausgeräumt haben. Richtig?"

„Richtig."

„Wie lange ist das her?"

„Ungefähr ein Vierteljahr."

Sie nahm die Hände herunter und öffnete die Augen. „Und jetzt erst hat einer versucht, an das Geld heranzukommen?"

„So sieht es wohl aus. Jedenfalls habe ich zu einem früheren Zeitpunkt keinen Einbruch bemerkt."

„Okay, Option A ist, dass derjenige, der das Geld hier versteckt hat, es hier sicher wähnte. Jetzt war eine gewisse Frist verstrichen, und er wollte es sich holen."

„Und Option B?", fragte der Bürgermeister.

„Und Option B ist, dass das Geld erst kürzlich hier zwischengelagert wurde. Und wenn ich so darüber nachdenke, gibt es auch noch Option C. Jemand hat erst jetzt erfahren, dass ein anderer das Geld hier bei Ihnen versteckt hat." Sie sah den Bürgermeister an. „Wir müssen, glaube ich, die Details noch weiter aufklären."

„Fangen Sie mal an damit, ich kann im Augenblick nicht klar denken."

„Diese Fußballfreunde von Malte. Wer ist das? Kennen Sie die?"

„Sicher. Lars Hanstedt. Und dann war noch ein anderer da, dessen Namen ich vergessen habe. Max oder Martin oder so."

„Gut. Das sind Ihre Namen, aber kennen Sie sie auch?"

„Wie man so Jungs eben kennt, jetzt nicht so supergenau. Meine Frau hätte das gewusst."

„Und Ihre Frau ist wo?"

„Geschieden."

Lena seufzte. „Und wo ist Ihre Frau?“, wiederholte sie ihre Frage.

Von Kiesow kniff die Augen zusammen. „Sie wollen meine Frau fragen?“

„Fragen Sie Ihre Frau, mir ist das egal. Nur wenn wir hier mal vorankommen wollen, müssen wir was machen. Malte müssen wir auch fragen, aber der wird eine andere Wahrnehmung seiner Kumpels haben und vielleicht aus Rücksicht auch nicht alles sagen.“

Er rieb sich über das Gesicht.

„Wenn Ihnen das alles zu viel ist, gehen Sie zur Polizei. Kevin wird Sie auf keinen Fall verhaften.“

„Aber dann steht am Montag in News Jork, dass in der Garage des Bürgermeisters viel Geld gefunden wurde.“

„Richtig. Macht nach meiner Einschätzung keinen guten Eindruck.“

Sie schwiegen eine Weile. Dann stand von Kiesow auf und holte einen kleinen Notizblock von der Arbeitsplatte. Er riss den obersten Zettel, auf dem Lena die Worte Eier, Milch und Brot lesen konnte, ab und notierte auf dem nächsten Zettel etwas. Sie sparte sich ihre Gedanken zu dem komplizierten Einkaufszettel, der es erforderlich machte, Basics zu notieren. Es musste eben Unterschiede zwischen Männern und Frauen geben. Von Kiesow riss den nächsten Zettel vom Notizblock ab und gab ihn ihr. „Hier. Vielleicht können Sie Susanne erklären, warum Sie solche Sachen fragen.“

„Ich werde behutsam vorgehen und nicht mit der Tür ins Haus fallen. Nächste Frage: Woher stammt das Geld?“

„Ich habe keine Ahnung."

„Aber ich", sagte Lena.

Von ihrem Handy rief Lena Isabel an und verabredete sich mit ihr zu einem zweiten Frühstück im Café. Als sie dort eintraf, stand eine lange Schlange später Brötchen- und früher Kucheneinkäufer vor dem Tresen, und Ingrid und Gussi hatten alle Hände voll zu tun. Lena winkte den beiden nur zu und setzte sich an einen Tisch. Genau genommen war sie pappsatt von der Schokolade, die sie sich unkontrolliert einverleibt hatte, während sie an des Bürgermeisters Problem arbeitete. Zehn Minuten nach ihr sah sie Isabel ihre übliche Albatrosnummer mit dem Fahrrad abziehen, bevor sie das Café betrat.

„Hi!", sagte Isabel, als sie sich außer Atem auf einen Stuhl fallen ließ.

„Hi. Danke, dass du so schnell gekommen bist. Was möchtest du haben?"

„Das Übliche."

Lena wandte sich um. Dort war Ingrid dabei, den letzten Kunden aus der Schlange abzufertigen, und Gussi sortierte Kuchenstücke. „Können wir zweimal das Übliche kriegen?"

„Kommt sofort", rief Gussi.

„Also, wo brennt's?", fragte Isabel und fummelte in ihrer Tasche herum.

„Gib mir mal deine Hände."

„Wie?" Irritiert sah Isabel auf, nahm aber ihre Hände aus der Tasche und legte sie auf den Tisch. „So?"

„So ist wunderbar.“ Lena nahm Isabels Hände und sah ihr tief in die Augen. „Was ich dir jetzt sage, muss absolut geheim bleiben und darf unter keinen Umständen in der Zeitung erscheinen.“

„Unter gar keinen?“

„Gar keinen.“

Isabel zog die Lippen ein und nickte. „Okay. Absolute Geheimhaltung.“

„Richtig. Vielleicht kommt zum richtigen Zeitpunkt eine tolle Story für dich dabei heraus.“

„Oh, hast du was Spannendes rausgefunden?“ Isabels Augen leuchteten.

„Ich versuche es. Es geht um die Sprengung der Geldautomaten.“

„Aha?“

„Erzähl mir alle Details, die du weißt.“

Isabel verschwand praktisch in ihrer großen Tasche und tauchte mit einem Tablet und einem Notizblock wieder auf. „Darüber weiß ich natürlich einiges, aber Kevin weiß bestimmt mehr. Fakten weiß Kevin. Nur sonst hapert es bei ihm.“

„Kann sein. Im Augenblick will ich aber keine Polizei dabeihaben.“

„Okay, keine Polizei.“ Isabel scrollte sich durch die Dateien in ihrem Tablet. „Hier haben wir es.“

„Am 30. Dezember um 23.45 Uhr wurden die Anwohner der Straße Osterjork aus dem Schlaf gerissen. Unbekannte haben die beiden Geldautomaten der Raiffeisenbank Niedersachsen im Automatenraum gesprengt und 100.000 Euro erbeutet. Die beiden Geldautomaten sowie die Fassade wurden dabei zerstört. Über die Täter ist bisher nichts bekannt." Isabel sah auf. „Nicht viel, oder?"

„Nein. Du hast doch darüber geschrieben und Fotos gemacht. Da war es hell. Warst du nicht gleich nach der Tat vor Ort?"

„Nee, wir sind hier nicht an den Polizeifunk angeschlossen, und Kevin erzählt mir nix. Mich hat morgens ein Anwohner angerufen und gefragt, ob ich mich dafür interessiere."

Offenbar war man bei News Jork nicht immer von der schnellen Truppe. „Und gab es weitere Berichterstattungen darüber?"

Isabel schüttelte den Kopf. „Es gab ja nichts weiter. Die Dinger waren kaputt, die Täter weg, und irgendwann hat der Hausbesitzer die Fassade repariert."

„So, da haben wir das Übliche." Gussi stellte Isabel einen Teller mit einem halben Mettbrötchen und einem halben Brötchen mit Erdbeermarmelade und Lena zwei halbe Brötchen mit Käse und Apfelschnitz hin.

„Danke, Gussi." Lena wartete, bis sie wieder allein waren. „100.000? Ist das viel oder wenig in so einem Automaten?"

Isabel hob die Schultern. „Keine Ahnung. Vermutlich eher viel. Ich habe nämlich bei der Bank nachgefragt, und sie haben gesagt, dass sie den Automaten nach den Weihnachtstagen und vor dem Jahreswechsel aufgefüllt haben. Und nach Weihnachten haben die Leute ja eigentlich eher weniger Geld auf dem Konto."

„Und womit wurden die Automaten gesprengt?"

Isabel leckte sich die Finger ab. „Weiß ich nicht, kann ich aber rauskriegen. Was willst du noch wissen?“

„Von wem das Blut auf dem Gehweg stammt.“

„Von einem der Täter, nehme ich an.“

„Richtig, aber wenn die Polizei die Täter-DNA in ihrer Datei hätte, hätten sie mindestens einen Täter.“

„Also ist es ein bisher nicht registrierter Täter gewesen.“

„Ich glaube nicht, dass man sich als Anfänger an so eine dicke Sache herantraut. Da klaut man doch alten Omas die Handtasche, oder wenn einem das zu persönlich ist, Klamotten oder teure Spirituosen im Laden“, überlegte Lena. „Abgesehen davon muss man an diesen Sprengstoff auch herankommen. Offensichtlich hat die Polizei doch bisher keine Spur.“

Isabel verzog das Gesicht. „Ich hab doch gesagt, dass Kevin kein Blitzmerker ist.“

„Das wird in Stade ermittelt.“

„Ach so? Was du alles weißt.“ Isabel schob ihr das Tablet hin. „Hier, hab ich gestern von der Versammlung gemacht. Du siehst richtig gut aus. Wie eine Rockerbraut. Haben sich schon Leute bei dir gemeldet?“

„Das weiß ich nicht. Die Anfragen gehen ja alle im alten Büro von Hans Moll ein. Das werde ich am Montag sehen.“

„Na, egal, ich hab das Foto gleich in meiner Doku über dich hochgeladen. Guck! Eine Schornsteinfegerin mal in anderer Kluft. Toll, oder?“

Aber Lena war nicht ganz bei der Sache. Die Angelegenheit war ziemlich verzwickt. Von Kiesow und sie hatten das Geld in der Garage noch einmal durchgezählt und waren auf 98.980 gekommen. Wenn man davon ausging, dass einige Scheine durch die Explosion zerstört und andere durch die Luft davongeflogen waren, war es wohl wahrscheinlich, dass es sich um die Beute handelte. Und die musste der Bürgermeister dringend woanders unterbringen, allerdings wäre es am sinnvollsten, die Polizei einzuschalten.

Seinen Vorschlag, dass Lena das Geld mitnehmen sollte, hatte sie erst abgelehnt. In einer Pension, in der die Zimmer täglich vom Personal gereinigt wurden, war das Geld nicht besonders gut aufgehoben. Aber von Kiesow hatte sich mit Händen und Füßen dagegen gewehrt, das Geld zu Kevin zu bringen, denn dadurch – und damit hatte er wohl recht – würde die Sache erst richtig groß werden. Es läge nicht mehr in Kevins Händen, die Sache unter dem Schirm zu halten, zumal in der Sache von der Kripo in Stade ermittelt wurde. Das war alles sehr, sehr schwierig.

„Oder, was meinst du?"

„Entschuldige. Ich habe nicht zugehört."

„Ich werde einfach eine unverfängliche Anfrage bei der Polizei in Stade nach dem Stand der Ermittlungen machen. Das kann doch nicht verkehrt sein, oder?"

„Nein, Isabel. Das ist eine sehr gute Idee."

Isabel packte ihre Sachen zusammen. „Alles klahar, dann fange ich mal an", sang sie. Sie stand auf. „Morgen hier, selbe Uhrzeit?"

„Morgen ist Sonntag. Montag um dieselbe Zeit. Und vielen Dank."

„Nichts zu danken." Isabel blieb mit dem Fuß am Stuhlbein hängen und stolperte, dann lief sie aus dem Café.

Als Malte vom Fußballtraining nach Hause kam, lag Hajo auf dem Sofa. Er trug noch seine zerschlissenen Klamotten, hatte den Arm über die Augen gelegt und dachte nach. Er hörte, wie Malte seine Sporttasche in die Ecke des Flurs pfefferte, die Schuhe von den Füßen streifte und in die Küche ging. Kurz darauf ließ er sich neben ihm in einen Sessel fallen. Als Hajo aufsah, schüttete Malte eine halbe Flasche Wasser in sich hinein und hatte die Füße auf den Couchtisch gelegt.

„Wie lief euer Training?"

„Gut", sagte Malte atemlos, als er die Flasche absetzte. „Offenbar besser als hier. Bist du krank?"

„Nein. Ich liege nur auf dem Sofa."

„Aha. Und wer war zum Espressotrinken da?"

Scheiße! Er hatte vergessen, die Tassen wegzuräumen. „Frau Becker."

„Die Schornsteinfegerin."

„Ja."

„Ich dachte, du räumst die Garage auf."

„Hab ich auch mit angefangen."

„Und dann kam Frau Becker, und ihr habt Espresso getrunken."

„Also, wie war das Training? Seid ihr gut aufgestellt für das Spiel morgen?"

Malte ging auf den Themenwechsel ein. „Wir waren gut, aber morgen spielt der SV Jork gegen Teutonia Ottensen, und die sind wirklich gut."

„Und sind alle Spieler dabei?"

„Ulf fällt aus, und Lars kämpft noch mit seiner Beinverletzung, aber sonst sind alle da. Kommst du zum Spiel?“

Ja, dachte Hajo. Das wäre eigentlich eine gute Gelegenheit ein paar Worte mit den Jungs zu wechseln. Vielleicht konnte er Lena Becker dazu bewegen, dazuzustoßen. „Kommt deine Mutter auch?“

Malte streckte sich. „Sie bringt ein großes Opfer und kommt mit, obwohl es morgen regnen soll.“

„Ja, könnte ich einrichten“, sagte Hajo.

Bevor ihn der Mut verließ, fuhr Kevin ins Präsidium und schrieb einen Bericht, mit dem er einen Durchsuchungsbeschluss für Andy Granzows Zimmer und den Kellerraum beantragen wollte. Die Begründung war nicht ganz leicht. Seine Vermutung, dass sich in seinem Zimmer nichts mehr finden würde, brachte Kevin nicht zu Papier. Er ging davon aus, dass Rainer Granzow alleiniger Mieter der Wohnung war. Deshalb musste Kevin bei der Begründung dafür, dass er den zur Wohnung gehörenden Kellerraum durchsuchen lassen wollte, ein wenig tricksen. Aber die Kollegen in Stade interessierten sich angeblich ohnehin nicht für den nach ihrer Meinung aufgeklärten Autodiebstahl. Dann konnte Ihnen Kevins Begründung dafür, dass er die Staatsanwalt um Beantragung eines Durchsuchungsbeschlusses bat, ohnehin gleichgültig sein.

Kapitel 15

Lena lag in ihrem Pensionsbett und blickte an die Decke. Sie hatte nicht für zehn Pfennig Lust aufzustehen und sich ein Fußballspiel anzusehen. Sie hatte keine Ahnung von Fußball, weder in der ersten noch in der dritten Liga. Heute wäre sie gern im Bett geblieben. Einfach mal nichts tun oder höchstens nachdenken. Sie wandte den Kopf zum Fenster. Das Wetter lockte auch nicht gerade nach draußen. Es regnete, und an der mit einem Kreuz unterbrochenen Fensterscheibe liefen die Regentropfen hinunter. Es war schon nach zehn, als sie die Bettdecke beiseite schlug. Immerhin gab es sonntags bis halb elf Frühstück. Aber als sie um kurz nach halb elf die Treppe herunterstieg, kamen ihr bereits die letzten Gäste entgegen und das Buffett wurde schon abgeräumt. Nicht mein Tag heute, dachte Lena, als sie in ihren Kastenwagen stieg.

Der Fußballplatz lag an der Straße Westerjork. Das Spiel schien für andere von großem Interesse zu sein, jedenfalls bekam sie kaum noch einen Parkplatz. Sie spannte ihren Schirm auf und lief die Strecke von ihrem Wagen zum Platz. Hajo von Kiesow hatte sie noch am späten Abend angerufen und ihr berichtet, dass seine Frau heute hier sein und Malte beim Spiel zusehen würde. Dann hatte er ihr noch ein Foto einer gutaussehenden Blondine geschickt und ihr einen schönen Abend gewünscht.

Lena sprang über eine Pfütze und lief durch das Eingangstor der Anlage. Sie sah sich vergeblich nach einer Unterstellmöglichkeit um. Die übrigen Zuschauer, und das waren gar nicht mal wenige, schienen nicht so verweichlicht zu sein. Sie standen mit Sportschuhen auf dem nassen Rasen am Spielfeldrand und verfolgten den Beginn des Spiels. Lena hielt Ausschau nach Susanne von Kiesow, und entdeckte sie am anderen Ende des Spielfelds, von wo sie aufmerksam die Spielzüge verfolgte. Offenbar passierte auf dem Spielfeld gerade etwas Bemerkenswertes, jedenfalls rückten die Zuschauer näher an die Begrenzungslinie heran und brüllten und riefen den Spielern etwas zu. Das schien zu helfen, jedenfalls machten drei Spieler einen ziemlich guten Zug, umschifften einen Gegenspieler, und versenkten den Ball im gegnerischen Tor. Daraufhin brach Jubel aus, jedenfalls auf der Seite der einheimischen Fans. Einer der erfolgreichen Spieler war Malte. Nicht schlecht, murmelte Lena, die immer weitergegangen war, während sie dem Geschehen zusah.

Unversehens war sie an ihrem Ziel angekommen. „Oh, hallo“, sagte sie zu Susanne von Kiesow und blieb stehen.

„Hallo." Susanne von Kiesow war etwas größer als Lena und hatte sich deutlich mehr Zeit genommen, um sich morgens zurecht zu machen.

„Tolles Spiel, oder?", fragte Lena. Nicht sehr originell, aber irgendeinen Einstieg musste sie ja finden.

„Die Jungs sind heute wirklich gut drauf", bestätigte Frau von Kiesow. „Der große Dunkelhaarige ist mein Sohn."

„Tatsächlich? Der, der dem Torschützen den Ball zugespielt hat?"

„Malte ist Stürmer."

„Ach, Malte ist Ihr Sohn?"

„Kennen Sie ihn?" Maltes Mutter wandte nur kurz den Kopf zu Lena und sah dann wieder dem Spiel zu.

„Ja, er kümmert sich um meinen Social Media Account. Ich bin die neue Schornsteinfegerin von Jork." Lena gab ihr die Hand. „Lena Becker."

„Freut mich. Susanne von Kiesow."

Sie schüttelten sich kurz die Hände, und sahen dann wieder zum Spielfeld hinüber.

„Scheint ja eine gute Mannschaft zu sein, in der Malte spielt", stellte Lena fest und versuchte sich nicht allzu sehr zu schämen für diese belanglose Bemerkung.

„Heute sind sie wirklich gut. Und das, wo Lars Hanstedt fehlt."

„Und der ist gut?"

„Lars ist ein merkwürdiger Vogel, aber ein ziemlich guter Spieler. Jetzt fehlt er seit ein paar Wochen wegen irgendeiner Beinverletzung."

„Verstehe“, sagte Lena. „Ist Lars ein Freund von Malte?“

„Freund würde ich nicht sagen. Sie sind gute Kumpels und besuchen auch gemeinsam das Gymnasium, aber seit einiger Zeit fällt Lars wohl häufiger aus. Malte hat jedenfalls länger nichts von ihm erzählt. Liegt vielleicht an seiner Verletzung. Die Jungs werden wirklich komisch, wenn sie nicht Fußball spielen können.“

„Dascha gediegen. Na ja, warum auch nicht? Wenn einem etwas wichtig ist und es dann nicht läuft, wie man es will, kann man schon mal schlechte Laune kriegen.“

„Stimmt.“

„Und kennen Sie sonst noch welche von den Spielern? Der da drüben scheint doch auch ganz gut zu sein.“

„Außer Lars kenne ich eigentlich nur noch Marvin.“ Susanne von Kiesow suchte mit dem Blick das Spielfeld ab. „Aber den sehe ich auch nicht.“

„Scheinen ja mit den Ersatzspielern ganz gut zurechtzukommen“, stellte Lena fest. „Solche Fußballfreundschaften sind bestimmt was Tolles.“ Lena verdrehte die Augen. Sie war wirklich nicht zur Ermittlerin geboren. Ihre Bemerkungen waren an Belanglosigkeit kaum zu überbieten.

„Scheint so, aber echte Freunde sind es nicht. Ich glaube, dieser Marvin spielt nicht besonders gut Fußball und fühlt sich deshalb vielleicht ausgeschlossen.“

„Oh, gab es Streit?“

„Wissen Sie, Jungs sind eigenartige Wesen. Die sprechen ja nicht miteinander. Also, nicht so wie wir. Wir würden den anderen fragen, was los ist, ob man dem anderen helfen kann.“ Susanne von Kiesow schüttelte den Kopf. „Aber von einem jungen Mann eine vernünftige Auskunft zu kriegen, ist praktisch ausgeschlossen. Die reden ja nicht über Gefühle. Die verständigen sich eher nonverbal.“ Plötzlich wirkte Susanne von Kiesow aufgeregt. „Ja, super Malte.“

Lena spürte, dass das Regenwasser in ihre Sneaker eindrang und sie allmählich nasse Füße bekam. Sie sah sich um und entdeckte einen Sonnenschirm, unter dem Getränke und Würstchen verkauft wurden. Sie kaufte sich eine Wurst und ein Brötchen und ging zu dem Vordach des Vereinsheims hinüber. Dort hing im Fenster eine Mannschaftsaufstellung, die Lena an die Darstellung der Mannschaftsaufstellung der Nationalmannschaft erinnerte. Europa- und Weltmeisterschaften waren die einzigen Spiele, für die sie sich interessierte. Hier waren die Spieler allerdings mit Foto dargestellt, darunter standen ihre Namen und ihre Spielerposition. Marvin Schlüter war Rechtsaußen. Lena schüttelte den Kopf. Rechtsaußen. Sie nahm die Wurst quer in den Mund und machte mit dem Handy ein Foto der Aufstellung.

Die Jungs hatten gut gespielt, und Hajo war ein kleines bisschen stolz auf seinen Sohn. Immerhin hatte er ein Tor geschossen und ein weiteres vorbereitet. Erst als sein Blick auf Lena Becker fiel, die etwas hilflos mit ihrem Handy, einem Regenschirm und einer Wurst herumhantierte, fiel ihm wieder ein, dass sie hier eigentlich etwas herausfinden wollten.

„Moin.“

Sie sah ihn erschrocken an, die Enden der Wurst, die sie zwischen die Zähne geklemmt hatte, wackelten durch die Bewegung, und ihr Regenschirm hing auf halb acht.

„Kann ich helfen?", fragte er und griff nach ihrem Schirm.

Sie sagte etwas, aber das war kaum verständlich. Erst als sie das Handy in die Tasche gesteckt und die Wurst aus dem Mund genommen hatte, konnte sie sprechen.

„Moin." Sie wandte sich der Mannschaftsaufstellung zu. „Maltes Freunde, die beim Ausräumen des Hauses geholfen haben, sind vermutlich der Rechtsaußen Marvin Schlüter und Lars Hanstedt."

„Aha."

„Lars Hanstedt fällt seit einer Weile wegen einer Verletzung aus."

„Wegen einer Sportverletzung?", fragte Hajo.

„Das nehme ich an. Wir sollten ihn fragen. Und mit Marvin Schlüter sollten wir ebenfalls sprechen. Marvin Schlüter ist übrigens der, von dem Sie meinten, er heißt Max oder Martin."

Hajo legte die Stirn in Falten. „Sprechen?"

Lena Becker biss von der Wurst ab. „Sicher. Wir müssen schließlich herausfinden, wie das Geld in Ihre Garage gekommen ist."

„Apropos Geld." Hajo kratzte sich an der Schläfe.

„Ist in Sicherheit."

„Gut. Und diese Sicherheit ist wo?"

„Das sage ich Ihnen nicht."

„Und warum nicht?"

„Um Sie nicht in Schwierigkeiten zu bringen. Sie können jetzt ohne zu Lügen behaupten, Sie wüssten nicht, wo das Geld ist." Sie sah ihn so merkwürdig an. „Haben Sie Angst?"

„Angst? Nein, natürlich nicht."

„Ihre Frau ist übrigens sehr nett."

„Ex-Frau."

„Ja, die auch."

„Macht Ihnen das Spaß?"

„Spaß nicht. Ich finde es spannend."

Sie wandten sich dem Spielfeld zu. Der Schiedsrichter pfiff gerade die Halbzeit. Die Spieler klatschten sich ab und gingen auf die Umkleidekabinen zu. Lena sah sich um.

„Ich hätte gedacht, dass dieser Lars, wenn er verletzungsbedingt ausfällt, seine Kameraden von der Seitenlinie aus anfeuern würde. Aber ich kann ihn nirgends entdecken."

Malte kam auf sie zu, umarmte ihn kurz und ging dann beschwingt in die Kabine.

„Und diesen Marvin kann ich auch nirgends entdecken."

„Aha." Plötzlich überfiel Hajo ein ungutes Gefühl. Wenn zwei Frauen miteinander sprachen, konnte sich schnell eine gewisse stille weibliche Übereinkunft finden, die sich blitzschnell gegen einen Mann wenden konnte. „Und haben Sie sonst noch was mit Susanne gesprochen?"

„Über Jungs. Zwischen Lars und Malte muss etwas vorgefallen sein, was dazu geführt hat, dass die beiden nicht mehr miteinander sprechen."

„Malte hat nichts von einem Streit erzählt. Im Gegenteil." Hajo steckte die Hände in die Hosentaschen. „Er hat sich um Lars bemüht, aber der benimmt sich offenbar seltsam."

„Wie seltsam?"

„Er meidet den Kontakt mit Malte. Weicht ihm aus."

„Hm. Das passt."

„Das passt wozu?"

„Ich habe eine vage Theorie, was vorgefallen sein könnte, aber dazu fehlen mir noch ein paar Details."

Hajos ungutes Gefühl verstärkte sich. Diese Frau war die Einzige, die wusste, wo sich das Geld aus seiner Garage befand, sie hatte sich mit seiner Ex gut unterhalten, und jetzt hatte sie auch noch eine vage Theorie. Kurz zusammengefasst, hatte er sich in die Hand dieser beinahe Fremden begeben, die jetzt mit ihm machen konnte, was sie wollte.

Als hätte sie seine Gedanken gelesen, wandte sie sich ihm plötzlich zu und lächelte ihn an. „Machen Sie sich keine Sorgen. Ich habe einen Plan."

Kapitel 16

Lena stieg aus ihrem Wagen und betrachtete den Gelbklinkerbungalow, in dem die Familie Hanstedt wohnte. Sie nahm ihre Tasche von der Ladefläche und schlug die Autoklappe zu. Sehr wohl war ihr nicht bei ihrem Vorhaben, zumal sie vorhatte, sich mit Hilfe einer Lüge Zutritt zum Haus zu verschaffen. Aber es war nur eine kleine Notlüge, und sie diente einem guten Zweck.

Sie läutete an der Haustür. Durch die Buntglasscheiben in der Tür konnte sie einen menschlichen Schatten sehen. Dann wurde ihr geöffnet. Eine etwa vierzigjährige Frau mit dunklem Pferdeschwanz, ungeschminkt und in Jeans war gerade dabei, sich eine Jacke anzuziehen.

„Hallo", sagte sie etwas atemlos.

„Guten Morgen. Mein Name ist Lena Becker, Schornsteinfegerin, aber das sehen Sie sicher."

Die Frau zog den Ärmel ihrer Jacke etwas zurück und sah auf ihre Armbanduhr. „Habe ich unseren Termin vergessen?"

„Wir haben keinen Termin. Und das ist genau das Problem."

„Es gibt ein Problem?" Die Frau legte die Stirn in Falten.

„Sind Sie Frau Hanstedt?"

„Sabine Hanstedt, ja. Ich habe noch ein paar Minuten. Wollen Sie kurz reinkommen?"

„Sehr gern."

Die Hausherrin ging ihr voran links in die Küche. Lena ließ sich Zeit dabei, die Haustür zu schließen und warf einen Blick auf die Schuhsammlung auf dem Fußboden: unordentlich hingeworfene Sportschuhe, Herrenhalbschuhe und einige Damenpumps mit nicht sehr hohen Absätzen. Sehr sympathisch. An der Garderobe hingen drei Damenblazer, eine Anzugjacke, eine Lederjacke und eine zerschlissene Jeansjacke mit einem Aufnäher des SV Jork. Lena riss sich aus ihren Betrachtungen los und betrat die Küche, wo Frau Hanstedt den Frühstückstisch abräumte. Zwei Kaffeetassen. Eine Müslischale und einen Teller mit einem angebissenen Brötchen.

„Möchten Sie einen Kaffee?", fragte sie, und es war deutlich zu hören, dass ihr ein Ja nicht besonders gut passen würde.

„Nein, vielen Dank. Ich habe nur eine Frage. Sie wissen ja, dass ich die Nachfolgerin von Herrn Moll bin, der tödlich verunglückt ist."

Sabine Hanstedt stellte ein Marmeladenglas zurück auf den Tisch und setzte sich. „Ja, entsetzlich. Einfach aus dem Leben gerissen."

„Ja, und deshalb wurde ich ein wenig ins kalte Wasser geworfen. Hans Moll war ein sehr gewissenhafter Mensch, und sein Büro ist tipptopp organisiert, aber ich habe trotzdem bei manchen Kunden Probleme.“ Lena setzte sich und öffnete ihre Tasche. „Ich konnte nicht herausfinden, ob die letzte Feuerstättenschau ordnungsgemäß durchgeführt wurde.“ Sie betrachtete das Formular, das sie als oberstes auf ihr Klemmbrett geklemmt hatte. Hans Moll war vor einem Dreivierteljahr zuletzt hier und bis auf eine Kleinigkeit war alles in Ordnung gewesen.

„Ach, das ist schon eine Weile her. Ich weiß es gar nicht genau. Augenblick.“ Frau Hanstedt zog ihr Handy aus der Hosentasche und scrollte auf dem Display. Vermutlich durchsuchte sie ihren Terminkalender. „Hier. Am zwölften August war er da.“

„Ah.“ Lena ließ den Blick über das Formular schweifen. Am 12. August war Hans Moll um 12.30 Uhr dagewesen. „Und können Sie sich daran erinnern, welche Feststellungen Herr Moll getroffen hat?“

Während Sabine Hanstedt über die Beantwortung dieser Frage nachgrübelte, lauschte Lena. Es war noch jemand im Haus, aber dabei handelte es sich vermutlich nicht um den Ehemann von Sabine Hanstedt. Der schien eher in aller Eile sein Brötchen nur halb aufgegessen zu haben. Und in der offenstehenden Garage stand kein Wagen.

„Ich weiß nicht mehr genau, was es war. Irgendwelche Werte stimmten nicht, und Herr Moll hat empfohlen, dass wir die Heizung warten lassen.“

Lena hörte Schritte und kurz darauf kam ein junger Mann in Maltes Alter in die Küche. Lena erkannte Lars

Hanstedt nach dem Foto aus dem Vereinsheim. Als er Lena entdeckte, blieb er kurz stehen, setzte sich dann aber an den Tisch.

„Guten Morgen!“, sagte seine Mutter mit ungeduldigem Unterton. „Du musst los, Lars.“

„Gleich.“ Er schüttete Milch in eine bereitstehende Müslischüssel. „Haben wir noch Kaffee?“

Seufzend stand seine Mutter auf und schenkte ihm etwas in einen Becher ein. „Und wir haben Besuch.“

Lars nickte.

„Hallo“, sagte Lena.

„Möchten Sie jetzt doch Kaffee?“

„Nein, vielen Dank, Frau Hanstedt. Ich will Sie gar nicht länger stören. Dann überprüfen wir die Anlage noch mal.“ Lena stand auf. „Ich melde mich wegen eines Termins bei Ihnen.“

„Wissen Sie, meine Freundin war auf dieser Veranstaltung, die der Bürgermeister kürzlich durchgeführt hat. Sie haben dort doch auch gesprochen und angeboten, dass Sie Beratungen durchführen. Wir überlegen, unsere Heizung umzustellen, aber ich verstehe davon überhaupt nichts, und mein Mann ist sehr viel unterwegs.“

„Gar kein Problem.“ Lena legte eine Visitenkarte auf den Tisch. „Rufen Sie mich einfach an, und wir vereinbaren einen Termin, an dem auch Ihr Mann Zeit hat.“

„Danke, dass Sie vorbeigeschaut haben.“

„Gern, und vielen Dank für Ihre Zeit.“ Lena packte ihr Schreibbrett ein. „Kann es sein, dass ich dein Foto gestern auf der Mannschaftsaufstellung vom SV Jork gesehen habe?“, fragte sie Lars.

„Hm.“

„Aber du hast gestern gar nicht mitgespielt, oder?“

„Nein, hat er nicht“, antwortete seine Mutter, während Lars schweigend sein Müsli aß. „Er hat vor einer Weile einen Bänderriss gehabt. Das heilt aber schlecht.“

„Ach, gibt es hier einen guten Orthopäden in Jork?“, fragte Lena. „Ich habe Probleme mit dem Knie und könnte einen gebrauchen.“

„Lars war beim Vereinsarzt. Zu einem Orthopäden will er ja nicht. Dabei wird die Verletzung einfach nicht besser.“ Sabine Hanstedt sah erst auf ihre Armbanduhr, dann auf ihren Sohn. „Vielleicht gehst du jetzt mal zur Schule. Sonst kommst du wieder zu spät.“

Lars legte den Löffel in die Müslischale und humpelte in den Flur.

„Gut. Ich bin auch weg. Auf Wiedersehen, Frau Hanstedt, und rufen Sie mich an.“ Sie ging nach draußen und setzte sich in ihren Wagen. Wenig später kam Sabine Hanstedt heraus und eilte die Straße entlang. Einige Minuten danach verließ Lars das Haus. Er ging in die Garage und holte sein Fahrrad heraus. Lena sah ihm nach, wie er die Straße hinunterradelte.

Hajo hatte schlecht geschlafen. Diese Sache mit dem Geld machte ihn verrückt. Die halbe Nacht hatte er wach gelegen und darüber nachgedacht, ob es besser wäre, Kevin von dem Geldfund zu erzählen oder nicht. Vielleicht war es ein Fehler gewesen, die Schornsteinfegerin einzuweihen. Möglicherweise hätte er stattdessen die Polizei unterrichten sollen, wie man es wohl in solchen Fällen machte, aber dann blieb immer noch die drohende Schlagzeile über den mysteriösen Geldschatz in der Garage des Bürgermeisters, die nicht ausgeblieben wäre. Und irgendetwas wäre immer hängen geblieben, wenn er selbst, sein Onkel und sein Sohn in irgendeinem Zusammenhang mit dem Geld standen. Das Geld stammte möglicherweise aus dem Haus seines Onkels, es befand sich in seiner Garage, und Malte oder einer seiner Freunde hatte den Karton mit dem Geld in seine Garage getragen. Nein, es war vermutlich richtig gewesen, nicht zur Polizei zu gehen. Andere Leute wären allerdings so schlau gewesen, einen Rechtsanwalt aufzusuchen. Darauf, eine Schornsteinfegerin ins Vertrauen zu ziehen, konnte nur er kommen.

Es klopfte, und kurz darauf steckte Dieter Schlag den Kopf durch den Türspalt. „Hajo, hast du einen Augenblick?"

„Komm rein." Immerhin war Dieter Schlag nicht Günter Hartfelder.

Schlag schloss die Tür hinter sich und legte seinen Terminkalender auf Hajos Schreibtisch. „Ich will Frau Becker einige Termine für eine Informationsveranstaltung vorschlagen." Dieter hob den Blick und sah Hajo an. „Einen ohne Zanger und Asmussen. Außerdem will ich mit ihr beraten, inwieweit wir unsere stadteigenen Bestandsgebäude energieeffizient aufrüsten können. Wir müssen in diesem Punkt einfach mal weiterkommen. Ich nehme an, dass du dabei sein möchtest. Als Bürgermeister."

Dieter hätte wirklich keinen schlechteren Zeitpunkt für seine vermeintlich unterwürfige Anfrage wählen können.

„Ich denke, dass du erst einmal allein mit ihr sprechen solltest", sagte Hajo. „Ihr beiden könnt mir dann euer gemeinsames Konzept vorlegen. Und jetzt musst du mich entschuldigen, Dieter. Ich habe zu tun."

Dieter sah ihn verdutzt an, klappte dann seinen Terminkalender zu und verließ das Büro. Hajo zog die Schreibtischschublade auf und nahm eine Schachtel Kopfschmerztabletten heraus. Er nahm eine mit einem Schluck Wasser ein und wartete darauf, dass seine Kopfschmerzen endlich nachließen.

Isabel war etwas spät dran, weil sie so ein dämlicher Autofahrer aufgehalten hatte. Ein blöder Rechthaber, der mit ihr über dämliche Verkehrsregeln diskutieren wollte. Dabei war sie einwandfrei gefahren. So wie immer. Die Schornsteinfegerin war natürlich schon da. Insgeheim beneidete Isabel Lena Becker. Sie wirkte so souverän, in sich ruhend und ihr passierten nicht dauernd solche Missgeschicke wie ihr selbst. Erschöpft ließ sie sich neben Lena auf einen Stuhl fallen.

„Oh, du hast schon für mich bestellt?", fragte sie erfreut.

Lena lächelte. „Das Übliche. Also, was gibt's?"

„Tja, nichts Neues. Wenn du mich fragst, tappt die Polizei in Stade wegen der Sprengung der Geldautomaten nach wie vor im Dunkeln. Ich habe denen gesagt, dass wir uns mit einigem zeitlichen Abstand nach dem Ermittlungsstand der Kriminalfälle in Jork erkundigen. Fanden die etwas merkwürdig, aber ich hab denen gesagt, dass diese Cold Cases voll im Trend sind. Und das fanden sie dann plötzlich interessant.“ Isabel biss von ihrem Brötchen ab. „Jedenfalls“, fuhr sie mit vollem Mund fort. „haben die mir dann einen Beamten genannt, der bei denen die Pressearbeit macht. Er hat gemeint, er müsse sich auf die Anfrage vorbereiten und hat mir dann heute Morgen eine Mail geschickt. Er hat mir die Ermittlungsergebnisse von damals mitgeteilt, die ich im Übrigen alle schon kannte, und gesagt, dass er sich freuen würde, wenn ich noch einmal darüber berichte. Vielleicht würden sich dadurch doch noch Zeugen melden.“

„Er versucht, dich um den Finger zu wickeln.“

Isabel grinste. „Hat er. Und ich mache auch mit, aber nur aus eigenem Interesse. Ich weiß ja nicht, wie der Knabe aussieht, aber er hat eine ganz tolle Stimme.“

„Sie haben die Täter also nicht“, stellte Lena fest.

Isabel war ein bisschen beleidigt, weil Lena überhaupt nicht auf dieses Männerthema einstieg. Aber andererseits: Warum wunderte sie sich überhaupt? Die Schornsteinfegerin war wirklich klug und kam von allein auf gute Ideen. Isabel konnte immer ein bisschen Hilfestellung für gute Ideen gebrauchen.

„Was? Nein, die Polizei weiß …" Isabel schwieg einen Augenblick. „Sie wissen eigentlich nicht viel. Vielleicht hat mir der Beamte aber auch einfach nicht alles erzählt."

„Wenn die Polizei auf Zeugen angewiesen ist, dann haben die keinerlei Hinweise auf die Täter?", fragte Lena. „Trotz der Blutspuren nicht? Hat dir der Beamte gesagt, womit die Automaten gesprengt wurden?"

„Augenblick." Isabel zog einen Notizzettel aus der Jackentasche und strich ihn auf der Tischplatte glatt. „A P E X."

„Acetonperoxid." Lena rührte ihren Kaffee um.

Das war so typisch für diese Frau. Sie wusste, was ein paar Buchstaben bedeuteten. Sie kannte sich sogar mit Sprengstoff aus.

„Das ist ein hochexplosiver Sprengstoff, er reagiert empfindlich auf Schlag, Reibung und Wärme. Und er ist einfach herzustellen. Aceton und Wasserstoffperoxid."

„Nagellack und Haarbleiche?", fragte Isabel. „Suchen wir eine Friseurin, die ein Nagelstudio betreibt?"

Lena lachte. Dann wurde sie plötzlich ernst. „Vielleicht ist das gar keine schlechte Idee."

Isabel sah auf. „Du meinst, ich hatte eine gute Idee?"

„Ja, warum nicht? Die Anleitung für die Zusammensetzung solchen Sprengstoffs kann man bestimmt im Internet finden. Die Zutaten bestimmt auch, aber vielleicht haben die Täter ihn auch einfach mitgehen lassen. Oder der Täter hat eine Friseurin als Freundin."

Isabel schrieb emsig mit. Dann sah sie Lena an. „Soll ich darüber vielleicht etwas schreiben?"

„Ich weiß nicht. Aber warum nicht? Oder hat dir der Polizist gesagt, was du schreiben kannst und was nicht?"

Isabel schüttelte den Kopf. „Ich glaube, dem war es egal, weil ich nur für News Jork schreiben. Vielleicht wäre es anders, wenn ich für die Washington Post schreiben würde."

„Du kannst dieselbe Qualität auch für die News Jork bringen. Wenn du das nicht bereits tust."

„Na ja", sagte Isabel und kaute auf dem Bleistift. Sie wusste selbst, dass ihre Schreibe noch verbesserungswürdig war.

„Du könntest deinen Artikel so aufbauen, dass man den Eindruck gewinnt, die Polizei sei kurz davor, die Täter zu fassen."

„Uh, das ist Journalismus für Fortgeschrittene. Die größte Herausforderung war bisher ein Bericht über die Wahl des Bürgermeisters. Übrigens, hast du meinen neuesten Beitrag über dich schon gesehen? Lena auf dem Dach. 182 Likes, und die Leute sind aus dem Häuschen."

„Ach je. Eigentlich ist mir so viel Aufmerksamkeit gar nicht recht."

„Das gehört heute zum Leben dazu." Isabel packte ihren Notizblock und die Stifte ein und verspeiste den letzten Bissen ihres Brötchens. „So, ich muss jetzt los, einen denkwürdigen Artikel schreiben."

Lena lachte. „Viel Erfolg."

In seiner siebenjährigen Dienstzeit hatte Kevin noch nie einen Durchsuchungsbeschluss in der Hand gehalten. Er sah eindrucksvoll aus, und genau das war das Problem.

Jetzt war der Beschluss mal in der Welt, und er musste ihn auch umsetzen. Der Staatsanwalt würde wissen wollen, was aus der Sache geworden war. Und Kevin musste liefern. Ein bisschen Muffe hatte er schon, als er auf den Klingelknopf von Rainer Granzow drückte.

„Was?", bellte die bekannte Stimme.

„Polizei Altes Land, Dienststelle Jork, Polizeiobermeister Timmermann. Herr Granzow, ich muss noch mal ins Haus. Können Sie in den Keller kommen?"

„Und warum das?"

„Weil ich mir den Keller ansehen muss."

Eine Weile war es in der Sprechanlage still, dann sagte Granzow: „Sie wollen sich unseren Keller angucken? Seit wann interessiert sich die Polizei für Gerümpel?"

„Herr Granzow, bitte lassen Sie mich ins Haus und kommen Sie in den Keller."

Es knackte in der Leitung, dann passierte eine Weile nichts, und Kevin rechnete schon damit, dass Granzow nicht öffnen würde und er bei der Nachbarin würde läuten müssen. Aber dann summte es. Kevin stieß die Haustür auf und lauschte ins Treppenhaus. Nach einer Weile hörte er oben eine Tür zufallen, gefolgt von einem üblen Raucherhusten.

„Ich habe hier einen Durchsuchungsbeschluss", sagte Kevin, als Rainer Granzow schließlich vor ihm stand, und hielt ihm das Dokument hin.

Granzow griff danach und las es durch. „Im Ernst?", fragte er und hob den Blick.

„Können Sie bitte den Keller aufschließen?"

Granzow schloss die Kellertür auf und stieg die Treppe hinunter. Vor dem von ihm gemieteten Abteil blieb er stehen. „Ich war schon ewig nicht mehr hier unten."

Dachte ich mir, dachte Kevin. „Können Sie das Vorhängeschloss öffnen?"

„Und womit?"

„Haben Sie keinen Schlüssel?"

Granzow hob das Vorhängeschloss an. „Das ist neu, das kenne ich nicht."

„Gut. Dann werde ich das Schloss jetzt gewaltsam öffnen." Kevin setzte die Zange an und knackte den Bügel des Schlosses.

Granzow stand neben ihm und sah in das Abteil hinein. „Sieht ja eigenartig aus, da drin." Er zupfte an dem Bettbezug, der von innen vor die Latten gehängt war. „Ich dachte, den hätte ich weggeworfen", murmelte er.

Kevin setzte die Rohrzange an und drückte die Griffe beherzt gegeneinander. Ohne allzu viel Kraftaufwand konnte er den Bügel trennen. Die Reste des Vorhängeschlosses zog er aus dem Riegel und öffnete die Holztür zum Kellerabteil. Hinter sich konnte er Rainer Granzow atmen hören, der sich offenbar immer mehr für seinen Keller zu interessieren schien. Die Wände waren mit Postern beklebt. Die Möbel, die zu einer Art Sitzgruppe arrangiert waren, hatte Kevin schon gesehen, als er unter dem Bettbezug hindurchgesehen hatte. Auf dem Tisch lagen Autozeitschriften. Auf einige Cover war Wachs von der Kerze in der Mitte des Tisches getropft. Unter und neben dem Tisch standen Bierdosen und

Wodkaflaschen neben leeren Burger- und Pizzaverpackungen. All das konnte man auch gut von der durchgelegenen Matratze aus erreichen, die danebenlag. Die Daunendecke darauf war mit dem Pendant zum Bettbezug bezogen, der als Sichtschutz diente. Kevin sah sich nach Rainer Granzow um, aber der stand nicht mehr in der Tür. Er entdeckte den Vater des Toten im Kellergang, wo er vor dem übernächsten Abteil kniete.

„Ist alles in Ordnung, Herr Granzow."

„Ich glaub das alles nicht." Keuchend zog sich Granzow an den Latten der Tür hoch. „Gucken Sie sich das mal an." Er stieß mit der Schuhspitze gegen ein Kabel, das unter der Tür hindurch verschwand. Und das Kabel kam direkt aus seinem eigenen Kellerabteil und verlief unauffällig entlang der Abgrenzung. „Der hat der alten Driesen den Strom abgezapft." Granzow klopfte seine Hemdtasche ab und zog eine Zigarettenschachtel heraus. „Was hat der Bengel hier unten gemacht?" Er zündete sich eine Zigarette an.

Berechtigte Frage, dachte Kevin. Kommt nur ein bisschen spät. „Gut." Er sah sich um. „Vielleicht setzen Sie sich einen Augenblick auf die Kellertreppe. Ich muss mich hier erst mal umsehen."

„Ich kann das gar nicht glauben." Granzow setzte sich auf die vorletzte Stufe und rauchte.

Kevin zog sich Latexhandschuhe an und ignorierte die Stimme in seinem Hinterkopf, die ihn dafür rügte, das Vorhängeschloss ohne Handschuhe angefasst zu haben. Fotos, dachte er. Ich mache erst mal Fotos. Bestimmt gab es irgendwo eine Dienstanweisung für eine Durchsuchung, allerdings hatte er die nicht gelesen. Na, macht nichts, dachte er. Ich komm schon irgendwie klar.

„Nur nicht den Überblick verlieren“, sagte er zu sich selbst. Er fing in der Ecke links neben der Tür an, in der eine alte Hantelstange, ein verrosteter Auspuff und ein Baseballschläger standen. In dem Regal daneben lagen noch mehr Autozeitschriften, dazwischen irgendwas mit nackten Frauen. In einer Schublade fand Kevin einen beachtlichen Zigarettenvorrat, in einer anderen jede Menge Werkzeug. Vielleicht ist das hier einfach nur die Zuflucht eines genervten jungen Mannes, der Geheimnisse vor seinem Vater hat, dachte er. Aber als er die nächste Schublade aufzog, wusste er, dass das Lesen der Dienstanweisung pure Zeitverschwendung gewesen wäre.

Lena saß in ihrem Kastenwagen und behielt die Mücken im Blick, die im Licht der Straßenlampe ihre Abendflüge absolvierten. Dascha gediegen, dachte sie. Jetzt sitz ich plötzlich in Jork vor dem Polizeirevier in meinem Auto und beobachte winzige Flugobjekte. Die Fenster des Reviers waren dunkel. Eigentlich schade, dass Kevin nicht da ist, dachte sie. Aber der saß bestimmt zusammen mit seiner Mutter zu Hause. Beim Abendessen oder vor dem Fernseher. Vielleicht war es ganz gut, wenn sie erst mal ihre Gedanken sortierte. Sie war nicht unbedingt in der Situation, die Polizei aufzusuchen, während sie als Einzige wusste, wo sich die Beute der Geldautomatenknacker befand. Und das, obwohl sie Informationen von Kevin erhalten hatte. Und vom Bürgermeister. Und von Malte und von der Presse. Lena lehnte die Stirn gegen das Lenkrad. Und eigentlich bist du nur Schornsteinfegerin. Und was war eigentlich, wenn alle ihr die Wahrheit sagten mit Ausnahme des Bürgermeisters? Vielleicht hatte der einfach nur einen Trottel gesucht, der ihn von der unglückseligen Beute befreite? Weil zum Beispiel sein eigener Sohn doch mit in der Sache drinsteckte? Aber dann musste man einfach nur ein Feuer machen und die Scheine verbrennen. Sich einen Mitwisser ins Haus zu holen und dem dann noch alles brühwarm zu berichten, wäre da nicht besonders klug. Und dann war da noch etwas anderes. Lena hielt Hajo von Kiesow für einen ehrlichen Kerl. Schlimmer noch: Sie mochte ihn eigentlich ganz gern.

Hajo lag auf dem Sofa und war gerade eingenickt, als Malte nach Hause kam und ihn aus einem angenehmen Traum riss. Der Traum hatte sich irgendwie um eine Schornsteinfegerin gedreht.

„Warum gehst du nicht ins Bett, alter Mann? Ich kann dich zudecken, aber hochtragen ist nicht." Malte ließ sich in einen Sessel fallen.

Hajo rieb sich die Augen und setzte sich auf. Die Kopfschmerzen waren stärker geworden. Dazu hatte vermutlich auch Dieters Mail beigetragen, der plötzlich auf den Trichter gekommen war, mit Hilfe der Schornsteinfegerin praktisch ganz Jork energetisch zu sanieren. Hajo konnte sich schon denken, worauf das hinauslief. Damit würde das Neubaugebiet Landflucht überflüssig werden.

„Du siehst echt scheiße aus."

„Danke."

„Ich hol mir 'n Bier. Willst du auch eins?" Malte schlurfte zum Kühlschrank hinüber.

„Nein, ich hab schon zwei Tabletten intus. Ich nehm nur Wasser."

„Mama hat mir eine Nachricht geschickt. Sie will eine Liste mit den Daten meiner Turnierspiele", sagte Malte, als er eine Flasche Bier und eine Flasche Wasser auf den Tisch stellte. „Ich hab das Gefühl, es brechen schwere Zeiten für mich an."

„Deine Mutter möchte gern Zeit mit dir verbringen, Malte. Das ist doch nicht schlimm. Und es ist verständlich."

Sein Sohn seufzte schwer. „Natürlich, aber es ist auch beängstigend."

Dem wollte Hajo nicht unbedingt zustimmen, aber er wusste, was Malte meinte. Susanne hatte manchmal etwas Einschüchterndes an sich. „Malte?"

„Hm?" Sein Sohn beugte sich vor und griff nach der Fernbedienung.

„Als ihr damals Richards Garage ausgeräumt habt, war da irgendetwas merkwürdig?"

Malte schaltete den Ton aus und zappte sich durch die tonlosen Programme. „Meinst du, ob wir Richards Geist begegnet sind, oder was?"

„Ich weiß nicht. Vergiss es einfach."

Malte legte die Fernbedienung auf den Tisch. „Wonach fragst du genau?"

„Ich sag doch. Vergiss die Frage einfach."

„Nee, mach ich nicht. Also?"

Hajo ärgerte sich über seine unbedachte Frage. Aber jetzt war es zu spät. „Na, mit deinen Freunden. War da alles okay?"

Malte imitierte ein Gähnen und sah auf seine imaginäre Armbanduhr. „Ich muss morgen früh zu ersten Stunde raus. Wäre gut, wenn ich vor Mitternacht ins Bett komme."

„Malte, ich will dich in nichts reinziehen. Frag mich mal nichts. Sag mir einfach nur, ob dir irgendetwas komisch vorkam. Selbst wenn es nur eine Kleinigkeit war."

„Alter, ey. Ich guck mir auch Krimis im Fernsehen an. Jeder kleine Hinweis kann hilfreich sein. Also. Hat einer von denen was geklaut, oder was?"

„Nein, eher im Gegenteil."

„Und das heißt?", fragte Malte genervt.

„Na ja, unter Richards Sachen war etwas, was nicht Richard gehört."

„Aha. Und was?"

„Das möchte ich nicht sagen."

„Gut. Dann geh ich also zu den Jungs und frag die, ob sie etwas in unserer Garage …" Malte hörte auf zu sprechen und sah seinen Vater an. „Moment mal. Garage?" Malte nahm die Füße vom Couchtisch und stützte die Ellenbogen auf die Oberschenkel. „Dieser Einbruch. Meinst du, das war einer von den Jungs?"

Hajo streckte sich. „Ich weiß es nicht. Könnte es sein? Ich meine, bei uns gibt es doch nichts zu klauen."

„Bei mir bestimmt nicht. Bei dir vielleicht schon eher. Vielleicht wollte auch einer an irgendwelche Bürgermeistergeheimnisse kommen."

Ganz ausgeschlossen war das nicht, dachte Hajo. Schließlich gelangte man von der Garage ins Haus. Wenn er die Tasche mit den fast einhunderttausend Euro nicht gefunden hätte, wäre er vielleicht auf diese Theorie eingestiegen. Er rieb sich die Oberschenkel und stand auf. „Na ja, lass man. War auch nur so ein Gedanke. Ich geh jetzt schlafen. Solltest du auch tun."

Er konnte Maltes fragenden Blick direkt in seinem Rücken spüren.

Kapitel 17

Kevin stellte den Dienstwagen vor Hausnummer 15 ab, setzte seine Dienstmütze auf und stieg aus dem Wagen. Die ersten frühen Vögel sangen ein Morgenlied. So ein Quatsch, dachte er. Die zwitschern und pfeifen, weil die Sonne aufgegangen ist. Die Gartenpforte quietschte, als er sie öffnete. Er drückte auf den Klingelknopf über dem Messingschild mit der Aufschrift *Schönfelder* und wartete. Er musste ziemlich lange warten. Dann stand der Hausherr in einem gestreiften Bademantel, der schon bessere Tage gesehen hatte, vor ihm.

„Timmermann. Ist was passiert?"

Kevin nahm die Dienstmütze vom Kopf. „Es passieren ständig schreckliche Dinge auf der Welt. Kann ich reinkommen?"

„Mensch, es ist gerade mal sechs Uhr durch."

„Das macht mir nichts." Kevin machte einen Schritt nach vorn. „Ich bin Frühaufsteher."

„Dann kommen Sie mal rein", sagte Helmut Schönfelder, als Kevin schon im Flur stand.

In der Küche des alten Mannes sah es ein bisschen unordentlich und schmuddelig aus. Schönfelder schlappte in seinen Lederpuschen zum Kaffeeautomaten und zog den Wassertank heraus. Kevin setzte sich und legte sein Tablet auf den Tisch.

„Herr Schönfelder."

„Hm?"

„Sie haben mich vor einer Woche nachts angerufen und mir mitgeteilt, dass da ein Auto auf der Wiese vom Henner Mohnsen steht."

„Richtig." Schönfelder öffnete den Wasserhahn und ließ Wasser in den Tank laufen.

„Sie hatten gesagt, Sie sind weitergefahren, weil man ja nie weiß."

„Nee, weiß man ja auch nicht."

„Was weiß man nicht?"

Schönfelder drehte den Hahn zu und schlappte zur Kaffeemaschine zurück. „Ob das nicht ein Trick ist."

„Was denn für ein Trick?"

Der Tank passte offenbar nicht so richtig in die Halterung. Vielleicht war er verkalkt oder kein Originalteil. Der Hausherr verpasste ihm zwei gezielte Handkantenschläge von rechts und von oben, dann passte er. „Sie gucken kein Fernsehen, wie? Da sitzen dann Ganoven im Auto, die hilfsbereiten Leute wollen helfen und dann werden sie überfallen."

„Die hilfsbereiten Leute."

„Genau." Schönfelder hatte die Kaffeemaschine eingeschaltet und setzte sich zu Kevin.

„Nun ist ja nachts auf Osterjork kein übermäßig starker Verkehr, und der Trick würde ja auch nur einmal funktionieren und außerdem ist die Stelle, wo der Wagen stand, gut einsehbar."

„Wenn Sie das sagen." Schönfelder klappte einmal mit der Hand auf die Tischplatte.

„Es gibt Stellen, die besser geeignet sind für einen solchen Überfall. Einsame Straßen beispielsweise."

„Einsame Straße ist ja auch blöd", wandte Schönfelder ein. „Dann sitzen Sie da mit ihrem Trick und keiner hält an, um zu helfen. Zu viel Verkehr ist auch nicht gut, dann wollen ihnen so viele helfen, die können Sie gar nicht alle ausrauben." Die Hand klappte zweimal, der Mann machte ein unbeeindrucktes Gesicht.

„Wie stand denn der Wagen da?"

„Wie, wie stand der Wagen da? Der stand da auf der Wiese."

„Beschreiben Sie das mal etwas genauer."

Die Kaffeemaschine gurgelte und zischte leise, während Schönfelder nachdachte. „Na ja", sagte er. „Der stand so, als sei er aus Richtung Neuenfelde unterwegs gewesen. Und dann ist der vielleicht zu schnell gewesen oder einem Tier ausgewichen und dann rechts auf die Wiese."

„Gut." Kevin nickte. „Das war ja eher eine Mutmaßung dazu, was passiert ist. Aber wie stand der Wagen denn nun da?"

„Na so, als wenn der zu schnell war oder einem Tier ausgewichen ist und dann rechts auf die Wiese abgekommen."

Kevin seufzte. Die Kaffeemaschine tat ebenfalls einen letzten Seufzer und Schönfelder stand auf, um zwei Tassen aus dem Schrank zu nehmen.

„Stand der gerade, schräg oder wie?"

„Büschen schräg, würde ich sagen."

„Und war irgendwas auffällig an dem Fahrzeug?"

„Außer, dass der auf Mohnsen seiner Wiese stand, nicht, ne." Schönfelder stellte zwei Tassen Kaffee auf den Tisch.

„War eine der Wagentüren geöffnet?"

Das Porzellan klirrte leise, als Schönfelder die Tasse auf die Untertasse zurückstellte. „Sie haben vielleicht komische Fragen. Ich bin da ja nur vorbeigefahren und hab nicht vorher eine Inspektion am Fahrzeug durchgeführt."

„Aber Sie hätten doch gesehen, wenn eine Autotür offen gewesen wäre. Herr Schönfelder."

„Ja, das hätte ich wohl."

„Und haben Sie?"

Er kratzte sich das unrasierte Kinn. „Tja, das weiß ich gar nicht mehr so genau."

„Herr Schönfelder, haben Sie ein Handy?"

„Äh, ja."

„Angerufen haben Sie mich aber von Ihrem Anschluss hier zu Hause."

„Ja, genau."

„Und warum?"

„Na, weil da einer auf Mohsen seiner Wiese stand."

„Warum Sie mich erst von zu Hause aus angerufen haben. Sie hätten doch anhalten, rechts ranfahren, im Auto bleiben und mich dann von Ihrem Handy aus anrufen können."

„Ja, jetzt, wo Sie das so sagen, das wäre eine Möglichkeit gewesen. Bin ich so schnell gar nicht drauf gekommen."

Kevin legte sein Tablet ab, auf dem er die mageren Auskünfte des Zeugen vermerkt hatte, und trank einen Schluck Kaffee. Schönfelder nahm auch einen Schluck und mied dabei Kevins Blick. So war es eine Weile ganz still in der Schönfelderschen Küche.

„Es standen drei Wagentüren offen", sagte Kevin, als er seine Tasse abstellte.

„Drei?" Schönfelder nickte, als wenn das eine außerordentliche Zahl wäre.

„Drei Türen. Wir gehen deshalb davon aus, dass sich im Fahrzeug drei Personen befunden haben." Kevin war ein bisschen stolz, dass er im Pluralis majestatis von sich sprach.

„Kommt ja hin", bestätigte Schönfelder.

„Gesehen haben Sie aber keinen von den dreien, wie?"

„Ich hab keinen einzigen gesehen."

„Einer von denen saß auch noch drin."

„Hab ich gelesen. Der Fahrer. War ja tot. Hätte ich ja auch nicht mehr viel machen können."

„Nach dem Obduktionsbericht ist der Mann wenige Minuten nach dem Unfall verstorben. Der hatte also keine Zeit mehr, die Fahrertür zu öffnen."

Schönfelder kniff die Augen zusammen.

„Herr Schönfelder, Sie haben eine Tochter."

„Eine Tochter?“ Natürlich wusste er, dass er eine Tochter hatte, aber es klang so, als müsse erst mal nachlesen, was genau eine Tochter war. „Ja, die Sabine.“

„Sabine ist verheiratet?“

„Ja?“ Schönfelder brachte etwas Fragendes und eine Spur Misstrauen in dem kurzen Wort unter.

„Mit Wolfram Hanstedt“, stellte Kevin fest.

„Wolfi, ja.“ Schönfelder nickte. Die Verwandtschaftsverhältnisse waren also korrekt wiedergegeben.

„Und die zwei haben einen Sohn. Lars.“

„Lars, ja.“

„Und wie ist Ihr Verhältnis zu Lars so?“

Wieder kniff Schönfelder die Augen zusammen. Kevin hob die Hand, senkte den Daumen, hielt ihn waagerecht und schließlich in die Höhe.

„So“, sagte Schönfelder und deutete auf Kevins erhobenen Daumen.

„Ist Ihr einziger Enkel, ne?“

„Ja.“

„Den haben Sie ordentlich verwöhnt und nehmen ihn auch mal vor seinen Eltern in Schutz, ne?“

„Na ja, in Schutz jetzt nicht gerade, aber die müssen ja auch nicht alles wissen.“

„Auch nicht, wenn Lars mit zwei Kumpels Autos klaut und sie zu Klump fährt?“

Schlagartig wurde Helmut Schönfelder weiß wie die Küchenwand. Sogar noch weißer, denn die Wand war einigermaßen vergilbt.

„Herr Schönfelder." Kevin bemühte sich um einen staatstragenden Tonfall. „Sie waren gar nicht in der Oper."

„Theater."

„Sie waren vor einer Woche gar nicht im Theater. Am Dienstag war keine Vorstellung."

Schönfelder nickte.

„Sie waren hier zu Hause, und dann hat Ihr Enkel Lars Sie nachts angerufen, Ihnen erzählt, dass er mit ein paar Freunden Scheiße gebaut hat. Und dann hat er Sie gefragt, was er machen soll."

Schönfelder hob die schmalen Schultern und rieb sich über die Oberschenkel. „Mann, Mann, Mann."

Kevin ließ ihm Zeit, sich damit vertraut zu machen, dass er beim Lügen ertappt worden war. Dabei, die Polizei angelogen zu haben.

„Tja", sagte Schönfelder und erhob sich. Das ging bedeutend schlechter als noch vor fünf Minuten. Er schlurfte zur Kaffeemaschine und kehrte mit der Glaskanne zurück. „Noch Kaffee?"

„Gern." Das war zwar die berühmte Tasse zu viel, und er würde den ganzen Tag Liderflattern haben, aber abzulehnen brachte er nicht übers Herz.

Schönfelder setzte sich wieder und räusperte sich. „Ich hab ja schon geschlafen, wissen Sie. Und dann rief Lars an. Hat geheult und sich aufgeregt. Ich hab kein einziges Wort verstanden. ‚Beruhig dich man erst mal', hab ich gesagt, ‚und dann erzählst du mir alles in Ruhe.' Hat dann natürlich immer noch weitergeheult, der Bengel, aber ich konnte ihn wenigstens verstehen. Er hat gesagt, sein Kumpel ist über Osterjork gerast, hat die Kontrolle verloren, sie sind über Mohnsen seinen Acker, und jetzt ist der Dings verletzt, und er und der andere wüssten nicht, was sie machen sollen."

„Wer war der Dritte?"

Schönfelder hob die schmalen Schultern. „Hat er nicht gesagt, hab ich auch nicht gefragt. Ich musste ja selbst erst mal nachdenken."

„Und was haben Sie Lars geraten?"

„Ich hab gesagt: ‚Ihr müsst die Polizei anrufen und einen Krankenwagen.' – ‚Kannst du das nicht machen, Opa', sagt er. Ich sag: ‚Wie soll das denn gehen? Ich weiß doch von gar nichts.' Na ja, und da hat er gemeint, ich müsste ja nur sagen, dass ich spät aus Hamburg zurückgekommen bin und das Auto da gesehen habe und ob da nicht lieber mal einer nachgucken will."

Kevin seufzte. „Wann hat Lars Sie angerufen?"

„Ich geh immer um zehn ins Bett. Und da hab ich ja schon geschlafen. Wird wohl so gegen elf gewesen sein."

„Als Sie mich anriefen, war es kurz nach halb eins."

„Ich musste erst mal nachdenken."

„Und abwarten, bis Lars zu Hause im Bett liegt."

Schönfelder schlug die Hände vors Gesicht. „Wenn Sabine das rauskriegt, muss der Junge ins Internat. Sie ist so scharf darauf, dass er Abitur macht, aber in letzter Zeit sind seine Noten schlecht. Dann hat er auch diese Beinverletzung, die nicht weggeht, und kann nicht Fußball spielen." Er nahm die Hände runter. „Er kriegt jetzt Ärger, oder?"

„Erst mal kriegt er Besuch von mir. Insgesamt ist die Nummer nicht besonders gut gelungen, Herr Schönfelder. Abgesehen davon, dass ich mich nicht gern anlügen lasse, kommen da einige Delikte zusammen. Und wenn Lars ohnehin einen schlechten Stand hat im Augenblick, macht eine Vorstrafe die Sache nicht besser." Kevin setzte seine Dienstmütze auf und nahm sein Tablet. „Tun Sie mir den Gefallen und rufen Sie Ihren Enkel jetzt nicht an, um ihn vorzuwarnen. Ich finde allein raus."

Draußen atmete er tief durch, warf seine Dienstmütze auf den Beifahrersitz und freute sich. Von wegen, in der Verkehrsunfallsache Andy Granzow müssen wir nicht weiter ermitteln. Er würde den Kollegen in Stade mal zeigen, wie man ein Verkehrsdelikt aufklärte.

Malte wachte vor dem Weckerklingeln auf. Nach dem obligatorischen Blick aufs Handy duschte er, nahm sich eine Schokomilch aus dem Kühlschrank und holte sein Rad aus der Garage. Dort ließ er kurz den Blick über den Krempel schweifen, den sie aus Onkel Richards Haus geholt hatten. Ganz begriffen hatte er noch nicht, worüber sein Vater am Abend schwadroniert hatte. Hajo und er hatten Richards Haus gründlich gefilzt, bevor die Jungs zum Räumen kamen. Insofern hatte sein Vater recht, wenn er meinte, dass wohl keiner der Jungs etwas hatte mitgehen lassen. Und selbst wenn, wäre das kein Verlust. Aber etwas dazustellen? Wer sollte zu diesem Gerümpel noch was dazustellen? Außer vielleicht weiteren Sperrmüll. Aber das wäre ihm wohl aufgefallen. Also konnte es nur etwas Kleineres sein, und es musste etwas sein, das jemand verstecken wollte. Und das, was sie hier versteckt hatten, hatten sie sich dann zurückklauen wollen und waren von seinem Vater überrascht worden. Dann hätten sie doch eigentlich noch mal wiederkommen müssen, um – was auch immer – zu holen. Aber sein Vater hatte dieses – was auch immer – gefunden. Und der rückte nicht mit der Sprache heraus, was es denn nun war.

Malte brachte sein Rad in Fahrtrichtung und stieg auf. Dann musste er eben selbst herausfinden, was los war. Aber er war zu spät. Als er vor Lars' Haus ankam, stand schon ein Polizeiwagen da.

Lena brachte den Vormittag effektiv herum und suchte mittags das Café auf.

„Morgen, meine liebe Glücksbringerin", begrüßte Ingrid sie. „Das Übliche kommt gleich."

„Danke. Und setz eine Zeitung mit auf die Rechnung", sagte Lena und zog eine News Jork aus dem Ständer.

Sie blätterte die Zeitung durch und stieß in der Mitte auf einen Artikel mit der Überschrift *Nachgefragt. News Jork wird jetzt regelmäßig bei der Polizei nachfragen, was es Neues in bisher ungeklärten Fällen gibt*, schrieb Isabel. *Und heute beginnen wir mit der Sprengung der Geldautomaten der Raiffeisenbank Niedersachsen.* Das bereits einmal veröffentlichte Foto der zerstörten Automaten war wieder abgedruckt. Die Bildunterschrift lautete diesmal: *Der Grund für die Jorker, regelmäßig die Bank in Stade aufzusuchen.* Lena begann zu lesen. Tatsächlich war es Isabel gelungen, einen gewissen Optimismus zu verbreiten, was die Ergreifung der Täter anbetraf. Den Polizeibeamten Patrick K., der ihr freundlich Auskunft zu dem Fall erteilt hatte, lobte sie in den höchsten Tönen. Ihm sei zuzutrauen, dass er die Täter finden würde. Wenn Patrick K. den Artikel las, war Isabel ein Anruf der Polizei Stade sicher.

„So, meine Liebe." Ingrid stellte ihr einen Teller mit zwei halben Brötchen mit Käse und einem Apfelschnitz hin. „Hat ein bisschen gedauert." Sie setzte sich. „Na, haben sie nun endlich die Automatensprenger?"

„Nein, Isabel will über die Sache schreiben, um ein bisschen Schwung in die Sache zu bringen."

„Kann ja nicht schaden. Ich wette, sie kriegt viel Zuspruch. Die Leute sind wirklich genervt davon, dass sie immer nach Stade müssen, wenn sie Bargeld brauchen." Ingrid legte den Kopf schief. „Und du? Gut siehst du aus."

„Danke."

„Wie läuft es denn mit dem Hauskauf?"

„Nächste Woche ist Notartermin. Ich bin gerade auf der Suche nach einem Umzugsunternehmen. Und einem Maler. Und einem Elektriker und nach einem Klempner."

„Ach du, da mach dir mal keine Sorgen. Heute Nachmittag kommt wieder der Gregor. Der kann das alles. Wenn du willst, geb ich ihm deine Nummer."

„Das wäre super. Ein Allroundtalent kann man immer gebrauchen." Lena sah auf die Uhr und steckte sich den letzten Bissen vom Brötchen in den Mund. „Ich bezahl eben und dann muss ich los."

„Geht aufs Haus. Mir reicht ein bisschen Glück als Bezahlung." Ingrid deutete wieder an, ihr dreimal über die Schulter zu spucken, und verschwand dann hinter dem Tresen.

Lena fuhr zur Polizeiwache und blieb dort im Wagen sitzen, um den Mut zu finden, hineinzugehen.

„Nützt ja nix", sagte sie und stieg aus. „Moin", grüßte sie, als sie das Revier betrat.

Kevin saß an seinem Schreibtisch hinter dem Tresen, vor sich einen undurchschaubaren Wust an Papieren. „Moin", grüßte er abwesend zurück.

Lena stellte sich auf die Zehenspitzen und guckte über den Tresen. „Wie läufts?"

„Super. Es läuft super." Kevin schrieb etwas auf ein Blatt Papier, schichtete dann einen Papierstapel um und tippte etwas auf seiner Tastatur.

„Ich stör dich. Ich komme später wieder."

„Du störst nicht. Erzähl." Kevin wandte sich um und zog ein Blatt aus dem Drucker, lochte es und heftete es ab.

„Gut. Hast du gelesen, was Isabel über die Geldautomatenknacker geschrieben hat?"

„Nein. Ich habe keine Zeit zum Zeitunglesen."

„Sie hat Kontakt zu deinen Kollegen in Stade aufgenommen, um rauszukriegen, was die eigentlich so wissen. Du hast ja gesagt, dass du in der Sache nicht ermittelst."

„Hab ich gesagt, ja."

Lena nickte. Kevin war viel zu abgelenkt, um ihn auf eine andere Spur zu bringen. „Ich geh dann mal und komme später wieder."

„Was kann ich denn für dich tun?", fragte Kevin, ohne den Blick von dem Durcheinander auf seinem Tisch abzuwenden. Offenbar verbarg sich unter dem Papier noch sein Tablet.

„Na ja, das wollte ich dir erzählen, und ..." Lena schwieg einen Augenblick. „Was machst du da eigentlich?"

„Ich habe neue Erkenntnisse gewonnen und muss meine Verbrechertafel ergänzen. Wenn du willst, kannst du heute Abend wiederkommen, und ich zeig dir meine Fortschritte." Jetzt sah Kevin sie doch an. „Aber natürlich ist alles streng vertraulich."

„Das interessiert mich natürlich. Ich seh mal zu, dass ich heute Abend vorbeischaue."

Kevin hatte gehofft, dass es ihm helfen würde, seine Gedanken zu sortieren, wenn er seine Ermittlungsergebnisse geordnet aufschrieb. Das hatte nicht ganz geklappt. In seinem Kopf herrschte immer noch Chaos. Es gab so viele einzelne Ermittlungsergebnisse, die er nicht zusammenbekam. Und ebenso viele Lücken dazwischen. Am späten Vormittag stellte er seinen Wagen vor dem Haus von Heinrich Vogel in Buxtehude ab. Er läutete an der Haustür, aber niemand öffnete. Vermutlich war er noch in der Bücherei. Dort war es jedenfalls sauberer als bei dem alleinstehenden Mann. Bisher hatte er es nicht geschafft, Vogels Nachbarn dazu zu befragen, ob sie etwas von dem Diebstahl des

Mercedes bemerkt hatten. Das holte er jetzt nach. Dabei traf er auf freundliche und auf ungeduldige Zeitgenossen und auf verschlossene Türen. Neue Erkenntnisse erzielte er jedenfalls nicht. Als er keine Lust mehr hatte, versuchte er es noch mal bei Vogel, der ihm tatsächlich öffnete.

„Moin, Herr Vogel."

„Moin. Mein Auto hab ich schon wieder. Ist in der Werkstatt."

„Prima. Ich habe noch ein paar Fragen. Kann ich reinkommen?"

„Bitte, bitte."

Diesmal saßen sie in einer Art Bücherkabinett, das ohne weitere Maßnahmen als Kulisse für einen Film aus den Siebzigern herhalten konnte. Und zwar einer Kulisse, in der seit den Siebzigern kein Staub gewischt worden war. Kevin fragte sich, warum alleinstehende ältere Männer solche Probleme mit der Sauberkeit hatten. Sie konnten sich doch Hilfe holen, wenn sie die Arbeit allein nicht bewältigten. Andererseits, dachte er, dass er selbst auch nicht gerade der Hausmann des Jahres war. Eigentlich erledigte seine Mutter den gesamten Haushalt. Er nahm nur mal den Müll mit raus, wenn er zur Arbeit ging, oder mähte am Wochenende den Rasen.

„Ja also", sagte er, als ihm bewusst wurde, dass Heinrich Vogel ihn aufmerksam musterte. „Ich bin noch mal wegen Ihres Wagens hier."

„Wie gesagt, der ist wieder da." Heinrich Vogel hatte in einem Sessel mit abgewetzten Armlehnen Platz genommen.

„Und den Fahrer haben Sie ja auch gefunden.“ Er machte eine vage Handbewegung. „Oder das, was noch von ihm übrig ist.“

„Tja, wissen Sie, ich frage mich immer noch, warum gerade Ihr Auto gestohlen wurde. Sie sagen, der steht immer in der Garage, und auch wenn die nicht abgeschlossen ist, von außen sehen kann man ihn ja nicht. Autodiebe interessieren sich eigentlich eher für Fahrzeuge, die leicht zugänglich an dunklen Orten stehen.“

„Dunkel ist es ja in der Garage. Und leicht zugänglich auch.“

Kevin hob den Blick, um sich zu vergewissern, dass der Alte ihn hier nicht auf den Arm nehmen wollte. „Sie haben gesagt, dass nur eine Handvoll Leuten bekannt ist, dass Ihre Garage nicht abgeschlossen ist. Dazu gehört Ihr ehemaliger Arbeitskollege. Wie heißt der?“

Vogel hob die Augenbrauen. „Jetzt denken Sie, dass der Erwin mein Auto geklaut hat?“

„Erwin und wie weiter?“

„Erwin Maßmann, Pohlstraße in Buxtehude. Na, der wird sich freuen, wenn Sie ihm erzählen, dass er mein Auto gestohlen hat.“

Kevin ignorierte die etwas merkwürdige Formulierung. „Herr Vogel, das ist jetzt sehr wichtig. Wer weiß genau davon? Ich brauche die Namen und Adressen der Personen.“

„Mensch Timmermann, was machen Sie denn so einen Aufriss von dem Auto? Das ist doch keine weltbewegende Sache.“

„Ein Mensch ist gestorben, Herr Vogel. Und auch wenn er ein mutmaßlicher Autodieb war, muss ich genau wissen, wie sich alles abgespielt hat.“

„Tja, dann.“ Vogel lehnte sich zurück und richtete den Blick zur Decke.

Das tat Kevin auch und entdeckte einen angestaubten Spinnwebfaden, der in der warmen Raumluft leicht hin und her schwebte. „Vielleicht fangen Sie mal mit Leuten an, mit denen Sie gerade kürzlich zu tun hatten. Möglicherweise mit denen, zu denen Sie mit dem Auto hingefahren sind. Sie waren doch bei Ihrer Schwester, haben Sie gesagt.“

„Also, wenn Sie glauben, dass die Hannelore den weiten Weg aus Hamburg macht, um mein Auto zu klauen, da irren Sie sich aber.“

Kevin sah den alten Mann an, der beschwichtigend abwinkte. „Hab schon verstanden. War auch mehr als Scherz gemeint.“ Vogel rieb sich das Kinn. „Tja, sonst bin ich eigentlich nur mit dem Auto zum Einkaufen, dann war ich einmal drüben in Stade beim Orthopäden.“

„Wie heißt der?“

„Das ist Dr. Marcus Rhein.“

Kevin schrieb alles mit.

„Das war es eigentlich im Wesentlichen. Ach so, zum Klassentreffen war ich kürzlich.“

„Wo?“

„In Jork.“

Irgendwo in seinem Hinterkopf klingelte es. Klassentreffen. Da war was. Richtig, Lena hatte von einem Klassentreffen berichtet. Die Frage war nur, in welchem Zusammenhang.“

„Sie sind in Jork zur Schule gegangen?“

„Bin ich. Und hab Abitur gemacht. Und jetzt treffen sich die verbliebenen Ehemaligen regelmäßig. Inzwischen einmal im Jahr."

„Und wann war das letzte Treffen?"

„Wie lange mag das her sein?" Wieder kratzte er das unrasierte Kinn. „Das war Ende letzten Jahres."

„Wann und wo sind Sie zur Schule gegangen?"

„In Jork."

„Können Sie mir einige Namen Ihrer Mitschüler nennen?"

„Kann ich. Das werden immer weniger. Herbert Unger, Richard von Kiesow, Jürgen Strom, Günter Hartfelder, Leonore Dumke, ach nee, die heißt jetzt irgendwie anders, Heinz Schlüter und Walter Hartmann, Elfriede …."

„Okay. Das reicht erst mal."

„Das reicht? Es leben aber noch ein paar mehr von denen."

„Richard von Kiesow, kannten Sie den gut?"

„Hm, gut. Weiß nicht. War ein feiner Kerl der Richard. Meiner Meinung nach gehörte er zu denjenigen von uns, die noch mit am besten drauf waren. Hat mich gewundert, dass ausgerechnet er die Treppe runterfällt."

„Warum denken Sie das?"

„Na, die Elsbeth Hahn geht am Rollator, Friedhelm Funk hatte sein e-mobil draußen stehen. So eines, wie der Papst immer benutzt hat. Richard kam auf seinen eigenen beiden Beinen herein. Warum soll der ausgerechnet die Kellertreppe runterfallen? Aber andererseits ist es ja nun mal passiert, und wir werden ja alle nicht jünger. Vielleicht wollte er auch einfach nur besser dastehen als wir anderen.

Immerhin war er Arzt. Aber war in Ordnung. Gar nicht eingebildet."

„Und wusste Herr von Kiesow, dass Ihre Garage nie abgeschlossen ist?"

„Also, da bin ich überfragt. Kann sein, dass wir darüber gesprochen haben. Aber auf so einem Klassentreffen wird ja unheimlich viel geredet."

„Haben Sie denn über Ihr Auto gesprochen?"

„Also, den fahr ich ja nun schon seit dreißig Jahren. Den kennen alle, und da gibt es nicht mehr viel zu reden."

„Also haben Sie eher nicht darüber gesprochen."

„Mensch, Timmermann, woher soll ich das heute noch wissen?"

„Haben Sie denn nach dem Treffen noch Kontakt zu Herrn von Kiesow gehabt?"

„Nee, mit ihm war ich jetzt nicht übermäßig eng. Bei den Treffen haben wir gequatscht, aber sonst haben wir eigentlich nichts miteinander zu tun gehabt."

Kevin rief die Fotodokumentation auf seinem Tablet auf und zeigte Vogel das Foto des Rings, den Lena ihm gebracht hatte. „Haben Sie diesen Ring schon mal gesehen?"

Vogel zog seine Lesebrille aus der Hemdtasche und setzte sie auf. „Nee, wüsste ich jetzt nicht."

„Gut." Kevin stellte sein Tablet aus und stand auf. „Vielen Dank. Ich …" Er musste erst mal nachdenken, aber das wollte er dem Mann natürlich nicht verraten. „Ich melde mich."

Zu den vielen losen Enden war jetzt noch ein weiteres hinzugekommen, und wenn Lena nicht ohnehin angekündigt hätte, am Abend vorbeizukommen, hätte er sie darum gebeten.

Zu Maltes Überraschung war Lars schon in der Schule, als er dort ankam. Malte grüßte ihn kurz, und Lars erwiderte die Begrüßung mit einer schlappen Handbewegung. Merkwürdig, dachte Malte. Ich hätte schwören können, dass die Bullen wegen ihm da sind. Aber er sitzt hier ganz unbehelligt in der Schule. Vielleicht lag er aber auch ganz falsch, und die Polizei war bei seinen Eltern aufgekreuzt. Oder es gab einen anderen Grund für ihren Besuch. Obwohl ihm auf Anhieb kein unproblematischer Grund dafür einfiel, dass morgens um sechs die Bullen vor der Tür standen.

In der Pause schaffte er es endlich, Lars zu fassen zu kriegen.

„Hey, Alter. Wie läufts?"

„Läuft", antwortete Lars und ging weiter.

„Hör mal, wir haben neulich über dich gesprochen", rief Malte ihm nach.

Lars blieb stehen.

„Wir fänden es toll, wenn du wieder mit uns spielen würdest. Wir können einen guten Linksaußen gebrauchen. Was macht denn deine Verletzung?"

„Geht so. Ist noch nicht ganz wieder weg."

Malte sah ihm in die Augen. „Ich dachte nur, weil du nicht mehr humpelst."

„Na, manchmal schon. Tut manchmal noch weh."

„Und wenn du erst mal leicht anfängst?"

Lars rieb sich über das verletzte Bein. „Könnte ich mal ausprobieren."

„Und sonst?"

Lars sah ihn verlegen an. „Tut mir leid, dass ich neulich so schnell abgehauen bin. Mich hat ein Kumpel angerufen, der ein Problem hatte, weißt du?"

„Ja klar, ist in Ordnung. Den überzähligen Döner hat mein Vater abends gegessen."

Sie standen auf dem Flur vor ihrem Klassenzimmer. Lars lehnte sich gegen die Fensterbank des hoch angebrachten Fensters zum Innenhof.

„Er fand das übrigens klasse, dass ihr damals mitgeholfen habt, das Haus von meinem Großonkel auszuräumen."

Schlagartig wurde Lars rot, und Malte wusste, dass er ins Schwarze getroffen hatte.

„Das hätten wir ja alleine gar nicht geschafft", fuhr Malte fort. „Den ganzen alten Krempel. Ich hätte ja gleich alles weggeworfen, aber mein Vater kann sich nicht von den Sachen trennen. Er ist gerade dabei, alles durchzusehen. Ich wette, dass er am Ende das meiste doch zum Sperrmüll bringt, und dann hätten wir uns die Mühe, alles erst in unserer Garage zu verstauen, echt sparen können."

Inzwischen war Lars blass geworden, seine Augenlider flatterten. „Das wollt ihr wegwerfen?" Er hielt sich an der Fensterbank aus Marmor fest. „Aber versteh ich. So will man ja nicht wohnen."

Als der Gong zur Stunde ertönte, konnte Lars nicht schnell genug in den Klassenraum zurückkehren. Und

Malte beschloss, auf dem Heimweg beim Elektromarkt vorbeizufahren.

Die Tabletten halfen allmählich nicht mehr. Gegen den Stress und immer neue Sorgen kamen die verfluchten Dinger nicht an. Hajo versuchte, sich auf sein Gegenüber zu konzentrieren, aber er hatte schon vor einigen Minuten den Faden verloren. Jetzt fiel es ihm ungeheuer schwer, wieder in das Gespräch hineinzufinden. Dabei waren diese Bürgersprechstunden wirklich wichtig. Abgesehen davon, dass er erfuhr, was die Bewohner Jorks interessierte, war es auch eine gute Gelegenheit, sich von seiner besten Seite zu zeigen, Vertrauen aufzubauen und Kontakt zu halten. Nur ein nahbarer Bürgermeister wurde wiedergewählt. Er wusste, dass er im Augenblick nicht den Eindruck eines Bürgermeisters machte, dessen Wiederwahl eine kluge Idee war.

Vermutlich lag es auch am Thema. Das junge Paar, das da vor ihm saß, stand eigentlich auf der Interessentenliste für das Neubaugebiet. Aber heute waren sie da, weil sie sich für den maroden Altbau in Ladekop interessierten. Sie wollten ihn kaufen und mit Hilfe der Schornsteinfegerin energetisch sanieren und darin eine eigene Kita betreiben. Ihre zahlreichen Fragen zu Förderungen und Anforderungen an den Kitabetrieb hätten ihn schon überfordert, wenn er keine Kopfschmerzen gehabt hätte. Hajo hangelte sich mühsam durch das Gespräch, machte sich Notizen, versprach, Dieter Schlag hinzuzuziehen und sich natürlich mit Frau Becker zu unterhalten. Mit der muss ich ohnehin noch ein ernstes Wort reden, dachte er.

Lena hatte ein ziemlich schlechtes Gewissen, als sie das Polizeirevier betrat. Der Polizei eine wichtige Information vorzuenthalten, war keine einfache Sache. Aber sich in einem Polizeirevier zu befinden und dazu noch einem netten Polizisten gegenüberzustehen, war etwas ganz anderes. Von Kevin war nichts zu sehen. Vermutlich hielt er sich in seiner Verbrecherabseite auf. Sie atmete tiefe ein und klopfte an die Tür.

„Komm rein", rief Kevin von innen.

„Hallo." Lena blieb stehen, als ihr Blick auf die Wand mit der Verbrechertafel fiel. Die Zahl der Fotos und Sticker mit Hinweisen in Kevins etwas ungelenker Handschrift hatte zugenommen. Ebenso die Verbindungen zwischen den einzelnen Informationen. Und offenbar war er noch nicht fertig, denn gerade pinnte er ziemlich weit oben einen Sticker mit der Aufschrift Klassentreffen an die Wand. Dazu musste er sich sogar auf die Zehenspitzen stellen.

„Donnerwetter", sagte Lena. Das ist wirklich erstaunlich."

Kevin senkte sich auf die Fersen. „Dumm nur, dass die Wand ziemlich genau das Innere meines Kopfes widerspiegelt. Mit anderen Worten Chaos."

Lena nahm sich den Drehstuhl und rollte ihn an die gegenüberliegende Wand, von wo aus sie die Verbrechertafel studierte. Zwei Begriffe stachen heraus: Der eine war Klassentreffen, der andere gestohlene Fahrzeuge. Kevin lehnte sich mit vor der Brust verschränkten Armen neben sie gegen die Wand.

„Kannst du dir vorstellen, dass wir es hier mit einer Gruppe krimineller alter Männer zu tun haben?", fragte er.

„Was?" Lena sah zu ihm auf.

„Alte Männer waren auch mal jung. Vielleicht ist die Gruppe früherer jugendlicher Krimineller einfach nur alt geworden und hat an die nächste Generation abgegeben."

Lena verstand kein Wort. Sie war eigentlich kurz davor gewesen, Kevin auf die Geldautomatensache anzusprechen, aber er schien auf einer ganz anderen Spur zu sein.

„Kannst du mir auf die Sprünge helfen?", fragte sie.

„Genau das wollte ich dich fragen."

„Erklär mir erst mal, was die Neuzugänge zu bedeuten haben."

Kevin stieß sich von der Wand ab und deutete auf den Zeitungsartikel über den Verkehrsunfall, bei dem ein junger Mann tödlich verunglückt war. „Das hier ist ein gestohlenes Fahrzeug. Ein Mercedes 190 E, Baujahr 1993, zugelassen auf Heinrich Vogel aus Buxtehude. Vogel sagt, dass er den Wagen kaum nutzt und dass er immer in seiner Garage steht, die nicht abgeschlossen ist."

„Aha", sagte Lena, die Kevins fragenden Blick spürte. „Und was bedeutet das?"

„Das bedeutet, dass jemand gewusst haben muss, dass Vogels Garage nie abgeschlossen ist."

„Nicht notwendigerweise. Es könnte auch jemand einfach Garagentore gecheckt und in diesem Fall Glück gehabt haben."

„Ja, das könnte sein. Der Fahrer des Wagens und einer der mutmaßlichen Diebe ist Andy Granzow. Kein unbeschriebenes Blatt. Und wie ich inzwischen festgestellt habe, hat er seinen Lebensunterhalt mit gestohlenen Fahrzeugen bestritten. In einer Schublade in seinem Keller habe ich mehrere Fahrzeugpapiere gefunden. Sie gehören entweder zu gestohlenen Fahrzeugen, oder die Papiere wurden den Fahrzeugeigentümern gestohlen. Einige sind auch gefälscht. Ich bin inzwischen in Kontakt mit der zuständigen Ermittlungsgruppe in Stade."

Lena hatte das Gefühl, dass Kevins Brust ein bisschen vor Stolz anschwoll.

„Er ist keine besonders große Nummer, aber die Kollegen hatten ihn noch nicht auf dem Schirm. Immerhin war er wohl ein kleines Rädchen im Getriebe."

„Verstehe. Und er hat also den Mercedes von Herrn Vogel geklaut, um ihn vermutlich mit gefälschten Papieren weiterzuverkaufen oder an seine Komplizen zu übergeben. Oder so etwas."

„Richtig." Kevin deutete auf das Foto zu dem Artikel. „In dem Fahrzeug saßen zwei weitere Personen. Komplizen oder Jungs, vor denen Granzow angeben wollte. Sie sind nach dem Unfall aus dem Wagen gestiegen und weggelaufen. Einer von ihnen war immerhin so schlau, seinen Großvater anzurufen, damit der die Polizei alarmiert. Allerdings hat mich der Großvater angerufen und behauptet, dass er selbst den Unfallwagen entdeckt hätte. Ich hatte noch keine Gelegenheit, mit seinem Enkel zu sprechen. Aber die wichtige

Information, dass sich in dem Fahrzeug ein Schwerverletzter befindet, ist auf dem Kommunikationsweg zwischen Enkel und mir verloren gegangen. Es lässt sich im Nachhinein schwer sagen, ob ein Arzt Granzow noch hätte helfen können. Aber ein Problem ist es natürlich."

„Und der dritte Komplize?"

Kevin hob die Schultern. „Den kenne ich noch nicht. Ich bin ein bisschen unschlüssig, was den Enkel anbetrifft. Er ist gerade siebzehn Jahre alt, hat eine strenge Mutter. Seine Erziehungsberechtigten haben das Recht, bei seiner Befragung anwesend zu sein." Er seufzte. „Aber wenn er nichts sagt, bin ich genauso schlau wie vorher. Ich habe heute Morgen mit dem besagten Opa gesprochen und ihn hinsichtlich seiner vermeintlichen Zeugenschaft überführt. Auf meine Bitte, seinen Enkel nicht darüber in Kenntnis zu setzen, dass ich ihn als Nächstes aufsuchen werde, hat er natürlich genau das getan. Seine Mutter war selbst überrascht, dass er schon morgens um kurz vor sieben das Haus verlassen hatte."

„Verstehe. Du vermutest, dass dieser Enkel noch nicht so richtig tief drinsteckt in dieser Autoklaugeschichte und bei dem Unfall möglicherweise nur zur falschen Zeit am falschen Ort war."

„Das ist im Moment meine Arbeitshypothese. Aber es kann natürlich auch ganz anders sein."

„Okay, und was hat das Ganze mit dem Klassentreffen zu tun?", fragte Lena.

„Ich habe keine Ahnung. Aber bisher ist das die einzige Verbindung zwischen all diesen Fällen und Personen." Kevin deutete auf das Foto, das Richard von Kiesow am Fuße seiner Kellertreppe zeigte. „Richard von Kiesow, Günter Hartfelder, Heinrich Vogel gehören alle demselben Abiturjahrgang an." Kevin sah Lena an. „Du hast mir doch von dem Klassentreffen erzählt und dass Günter Hartfelder gemeint hat, Richard von Kiesow habe sich dort so merkwürdig verhalten."

„Abwesend hat seine Frau gesagt." Lena verzog das Gesicht. „Du meinst, er hat mitbekommen, dass aus seinen ehemaligen Schulkameraden kriminelle Senioren geworden sind?"

„Tja, da hakt es bei mir aus. Oder dass es Streit zwischen den Alten gab, an dessen Ende von Kiesow die Kellertreppe runtergefallen ist."

„Hm. Ich kenne ja nur Günter Hartfelder, aber der macht mir ehrlich gesagt nicht den Eindruck, als würde er einer umtriebigen Autoknackerbande vorstehen."

„Nee, sag ich ja." Kevin seufzte. „Ich hol uns mal was zu trinken."

„Aber ohne Alkohol."

„Ich mach uns Tee", sagte Kevin im Rausgehen.

Etwas verwirrt sah Lena auf die Wand. Stammte das Geld aus der Garage des Bürgermeisters aus illegalem Autohandel?

„Und wie passt Hans Moll in diese Geschichte?", fragte sie, als Kevin mit zwei Bechern Tee zurückkehrte und ihr einen in die Hand drückte. „Ich meine, wir gehen doch davon aus, dass er etwas durch den Schornstein mit angehört hat, das er nicht hören sollte. Einen Streit zwischen den alten Männern über ihre Autogeschäfte?" Sie sah Kevin an. „Gab es denn überhaupt bei Richard von Kiesow Hinweise?"

„Weiß ich nicht. Ich habe ja keine Durchsuchung durchgeführt. Der hatte ja nicht mal mehr ein eigenes Auto."

„Ich glaube das auch nicht. Das ist doch Unsinn. Der allseits beliebte Dorfarzt handelt doch nicht mit geklauten Autos." Lena trank einen Schluck Tee.

„Ich finde es nur merkwürdig, dass die Beteiligten einen Bezug zu diesem Klassentreffen haben. Und Schönfelder hat definitiv gelogen, um seinen Enkel zu schützen."

Nachdenklich sah Lena auf die vielen Informationen an der Wand. „Hast du mit Heinz Mahler mal gesprochen? Herr Hartfelder hat doch erzählt, dass er auch zu den Leuten vom Klassentreffen gehört."

Kevin nahm eine Liste von der Kommode rechts von ihm. „Das sind die Namen der Leute, die damals zusammen Abitur gemacht haben. Die durchgestrichenen sind gestorben. Heinz Mahler steht auch drauf, aber ich konnte bisher keine Verbindung zu ihm herstellen."

„Günter Hartfelder gehört auch zu der Runde", sagte Lena, während sie die Liste durchging. Sehr lang war die Reihe der Namen nicht, und sie kannte nur einen Bruchteil. „Du solltest ihn und seine Frau befragen. Die beiden können dir zumindest etwas über Richard von Kiesow erzählen. Lena legte das Blatt Papier weg und rieb sich die Nasenwurzel. „Weißt du, Kevin, ich bin eigentlich nach Jork gekommen, um das zu tun, was eine Schornsteinfegerin so tut. Aber seit einer Weile geht's nur noch um Mord und Totschlag."

„Mord?", fragte Kevin. „Wer hat denn wen ermordet?"

„Na ja, wir denken doch, dass jemand Richard von Kiesow umgebracht hat.“

„Oder es war ein häuslicher Unfall oder von Kiesow ist bei einem Streit die Treppe runtergefallen. Dann fehlt der Tötungsvorsatz, und es war kein Mord.“

„Wie auch immer, Kevin. Es gibt drei Tote, bei keinem weiß man so recht, was passiert ist. Obwohl, bei diesem Andy Granzow gehst du doch von einem Unfall aus, oder?“

Kevin rieb sich das Kinn. „Tja, weiß man nicht. Wenn er sich mit den beiden gestritten hat, die außer ihm im Wagen saßen, und einer hat ihm ins Lenkrad gefasst, wäre das mehr als ein Unfall.“

Lena stand auf. „Tut mir leid, mir schwirrt der Kopf. Ich muss das alles hier erst mal verarbeiten. Kann ich deine Wand vielleicht fotografieren?“

„Klar.“

Lena zog ihr Handy aus der Tasche ihrer Cargohose. Beinahe hätte sie ihm versichert, dass sie diese Informationen streng vertraulich behandeln würde, aber sie konnte nicht ausschließen, dass sie zumindest Teile davon Hajo von Kiesow zeigen würde. Schließlich befand sie sich bereits knietief in einem Interessenkonflikt, und sie wollte von Kiesow keine Geheimnisse verraten, sondern mithelfen, Geheimnisse zu lüften. Auf diese Weise beruhigte sie ihr schlechtes Gewissen ein wenig und machte einige Fotos.

„Auf alle Fälle werde ich mir jeden der ehemaligen Schüler des Abiturjahrgangs vornehmen. Also auch Günter Hartfelder.“, sagte Kevin. „Und natürlich Lars Hanstedt.“

Lenas Kopf schnellte hoch. „Lars Hanstedt?"

„Ja, das ist der Enkel von Helmut Schönfelder."

Draußen setzte sich Lena in ihren Kastenwagen, lehnte die Stirn gegen das Lenkrad und wünschte sich, niemals die Stelle in Jork angenommen zu haben. Hamburg war verglichen mit dieser Gemeinde ein völlig ungefährlicher Ort. Und vor allem gab es dort nicht zwischen allen Bewohnern unübersichtliche Verbindungen. Hier waren alle miteinander verwandt, verschwägert, bekannt, oder man brachte sich gleich gegenseitig um. Was zum Teufel hatte Lars Hanstedt mit diesem Autodieb Granzow zu tun? Und mit Richard von Kiesows Krimskrams, der bei Hajo von Kiesow in der Garage stand und zu dem sich von irgendwoher eine Menge Geld gesellt hatte?

Lena zuckte erschrocken zusammen, als jemand gegen die Seitenscheibe klopfte. Durch das Fenster auf der Beifahrerseite sah Isabel herein und grinste bis zu den Ohren, während sie mit einem Notizbuch herumzappelte. Lena öffnete die Türverriegelung, und Isabel ließ sich auf den Beifahrersitz plumpsen.

„Ha, also du beflügelst meine Tätigkeit. Die Likes sind auf 321 angestiegen. Wir müssen unbedingt etwas über Wärmepumpen machen. In der Onlineausgabe von News Jork gehen so viele Fragen ein, dass ich gar nicht hinterherkomme, sie zu beantworten. Abgesehen davon habe ich auch keine Ahnung von Wärmepumpen. Ich habe deshalb dem Bürgermeister eine offene Bürgersprechstunde abgeschwatzt. Die Jorker fragen, Lena Becker antwortet. Wie findest du das?"

„Noch besser hätte ich es gefunden, wenn du mich vorher gefragt hättest. Ich soll hier schon dem Bürgermeister und seinen Projektentwicklern Rede und Antwort stehen. Hin und wieder sollte ich schon meiner Arbeit nachgehen."

„Ach, das machst du doch mit links."

„Weißt du, worüber du recherchieren könntest?"

Isabel wandte sich ihr zu. „Worüber?"

„Über Autodiebstähle."

Die Redakteurin imitierte ein Gähnen. „Das ist sowas von Achtziger. Heutzutage brauchst du nur Funkwellen zwischen Autoschlüssel und Auto abfangen und schon ist das Auto geknackt."

„Tatsächlich? So einfach geht das?"

„Na ja, oder so ähnlich."

„Aber wie du schon richtig sagst, das geht nur mit den neuen elektronischen Autoschlüsseln. Für alte Autos braucht man nach wie vor einen Schlüssel."

Isabel nickte. „Ja, vermutlich. Und warum interessieren wir uns jetzt plötzlich dafür? Ich dachte, wir sind an der Geldautomatensache dran?"

Lena legte die Stirn auf das Lenkrad. Sie waren an so vielen Sachen dran, dass es ihr so ähnlich ging wie Kevins Ermittlungstafel in der Abseite im Revier. Lauter Fakten und ein einziges Chaos. Ob Lars Hanstedt in diese Autoklausache verwickelt war und das Geld in von Kiesows Garage versteckt hatte? Aber was zum Teufel hatte dann Richard von Kiesow damit zu tun? Und vor allem, was hatte Hans Moll durch den Schornstein mitangehört? Oder war ihr

Amtsvorgänger einfach wegen einer Unachtsamkeit vom Dach gestürzt?

„War meine Frage so langweilig, oder warum schläfst du ein?"

Lena richtete sich auf. „Entschuldige. Ich bin völlig kaputt. Können wir uns morgen unterhalten? Ich muss jetzt zu Bett und meine Gedanken sortieren."

„Kein Problem. Bis morgen." Isabel öffnete die Beifahrertür und verschwand in der Dunkelheit.

Eigentlich hatte er nur kurz auf dem Sofa sitzen und Nachrichten sehen wollen, aber dann war er müde geworden und hatte sich lang gemacht. Als Hajo jetzt die Augen öffnete, hörte er irgendwo im Haus ein Geräusch. Erst dachte er daran, dass sich Malte zu später Stunde ins Haus schlich, aber oben war alles still. Wieder hörte er ein Geräusch, ein Scharren, wie wenn Metall über den Boden geschoben wurde. Und das kam eindeutig aus dem Hauswirtschaftsraum oder, was wahrscheinlicher war, aus der Garage. Hajo setzte sich auf und ignorierte die Kopfschmerzen, die mit ihm zusammen aufgewacht waren. Es war dunkel im Wohnzimmer, und er konnte nicht sehen, wie spät es war. Aber er wollte jetzt kein Licht anmachen. Leise ging er in die Küche, von dort in den Hauswirtschaftsraum und drückte dann vorsichtig die Klinke der Eisentür zur Garage herunter. Du bist völlig irre, dachte er. Unbewaffnet in einen Raum zu gehen, in dem vermutlich jemand sehr wütend ist, weil er sein Geld nicht wiederfindet, ist nicht besonders schlau. Aber jetzt war es zu spät. Ganz sachte drückte er die Eisentür auf. In der Garage war es taghell.

Malte fiel vor Schreck fast von der Leiter, als die Tür vom Hauswirtschaftsraum plötzlich aufging.

„Was zum Henker machst du da!", brüllte sein Vater.

Malte, der gerade neben der Deckenlampe eine Überwachungskamera angebracht hatte, hielt sich am oberen Bügel der Leiter fest. Die war ziemlich ins Schwanken geraten, als er sich erschrocken hatte.

„Mann! Musst du mich so erschrecken?" Er atmete tief aus und kletterte die Leiter runter.

„Es ist beinahe Mitternacht", sagte sein Vater mit Blick auf seine Armbanduhr. „Und du kletterst hier in der Garage rum."

„Ich klettere hier nicht rum, ich installiere eine Überwachungskamera. Draußen hab ich schon eine angebracht."

„Aha." Sein Vater runzelte die Stirn. „Und wozu?"

„Wozu?" Malte stemmte die Hände in die Hüften. „Na, vielleicht kommt hier irgendwann noch mal einer rein, um das zu suchen, was er beim letzten Mal nicht gefunden hat." Er würde seinem Vater nicht verraten, dass er seinen Kumpel Lars in Verdacht hatte, dieser jemand zu sein.

Es hatte wirklich lange gedauert, bis das Gedankenkarussell in ihrem Kopf zum Stillstand gekommen war. Das letzte Mal sah sie um kurz nach Mitternacht auf den Wecker. Dann schlief sie ein. Ein Piepen riss sie aus dem ersten Tiefschlaf.

„Nein!" Lena schlug mit der Faust auf das Kopfkissen. Das Schlimme an diesen Benachrichtigungen war, dass man nicht wusste, ob es nur das Signal für den Eingang eines Fotos auf Facebook war oder eine wirklich wichtige Nachricht. Und aus Erfahrung wusste sie, dass sie sich gar nicht erst eine Viertelstunde lang bemühen musste, nicht über diese Frage nachzudenken. Im Dunkeln tastete sie nach ihrem Handy und gab die Pin ein. Es war keine Nachricht über den Eingang eines Fotos, sondern eine lange Textnachricht. Von Hajo von Kiesow. Lena öffnete die Nachricht und war verwirrt. Sie verstand kein Wort von dem, was von Kiesow schrieb. Es ging um eine Garage, Geld und eine Kamera. *Wir haben Redebedarf!*, beendete der Bürgermeister seine Nachricht. Lena schloss die Augen. Da wäre ihr das Foto einer niedlichen Katzenfamilie wirklich lieber gewesen.

Kapitel 18

„Frau Becker?“

Lena hing über die Bettkante und hielt sich das Smartphone ans Ohr, das sie gerade unter dem Bett herausgefischt hatte. Sie musste gestern Nacht über der Nachricht des Bürgermeisters eingeschlafen sein. Das Handy war vermutlich im Laufe der Nacht aus dem Bett gefallen.

„Wer spricht?“

„Klaas Stamer, Frau Becker, und wir zwei haben einen Termin. Genau genommen nicht nur wir zwei, sondern wir drei.“

„Scheiße!“

„Heißt das, dass Sie den Notartermin vergessen haben?“

„Nein, das heißt …“ Lena seufzte. „Das heißt Scheiße. Ich bin gleich da.“

Notdürftig zurechtgemacht fand sich Lena eine halbe Stunde später im Notariat ein. Natürlich waren außer ihr alle gut gekleidet, der Anzug des Notars vermutlich maßgeschneidert. Das Notariat war sehr modern eingerichtet, und Lena war froh darüber, dass sie vereinbart hatten, dass von Kiesow die Notargebühren für den Kaufvertrag übernahm. Der Makler und der Bürgermeister hatten in einer modernen ledernen Sitzgruppe gewartet und sich höflich erhoben, als sie hereinkam. Auf ein geheimes Kommando war der Notar dazugekommen, und gab den dreien die Hand.

„Entschuldigung." Lena blies sich eine Haarsträhne aus der Stirn. „Mir ist ein Notfall dazwischen gekommen."

Die Männer lächelten verständnisvoll, und sie nahmen an einer sehr langen Tafel im Besprechungsraum Platz. Der Notar, geübt durch seine jahrelange Tätigkeit, verlas den Vertragstext in beachtlicher Geschwindigkeit. Dabei überhastete er sich nicht, und er verhaspelte sich auch kein einziges Mal. Es war eher so, als ob er nicht jedes Wort, jeden Buchstaben bis in die Seriphen aussprach. Tatsächlich glitt er eher über die Zeilen hinweg. Lena war so fasziniert davon, wie souverän er las, dass sie seine Nachfrage überhörte.

„Frau Becker, wenn Sie Fragen haben, unterbrechen Sie mich gern."

„Ja, danke. Aber es ist alles klar."

Zu ihrer Linken saß Stamer, der in Anbetracht seiner Maklerprovision zufrieden aussah. Ihr gegenüber saß von Kiesow, der überhaupt nicht zuzuhören schien. Die ganze Zeit über hatte er sie im Blick, und es war kein freundlicher Blick. Da der Vertragstext in allen Paragraphen bereits ausgehandelt war, war die Beurkundung nach einer halben Stunde vollzogen.

„Herzlichen Glückwunsch." Der Notar gab erst Lena, dann von Kiesow die Hand.

„Von mir auch." Stamer hatte zwei stabile Papiertüten mit dem Aufdruck seines Emblems dabei, von denen er Lena und von Kiesow jeweils eine mit einem immer noch zufriedenen Gesichtsausdruck überreichte. Darin befand sich eine Flasche Champagner. Bei Hajo von Kiesow erntete er keinen besonderen Dank für sein Geschenk.

„Dr. Baumann, könnte ich mich kurz mit Frau Becker in einem Ihrer Räume unterhalten?"

„Natürlich, mein Lieber. Bleiben Sie gern hier drinnen. Mein nächster Termin ist erst in einer Stunde."

„Danke."

„Ich habe einen Termin, Herr von Kiesow." Lena stellte ihre Papiertüte auf dem Tisch ab.

Von Kiesow wartete, bis sich die Tür hinter dem Notar schloss. „Ich habe Ihnen gestern Abend geschrieben."

Lena setzte sich. „Ja, als ich gerade eingeschlafen war."

„Es tut mir leid, falls ich Sie geweckt habe. Aber wir müssen uns etwas überlegen."

„Wenn es Ihnen nichts ausmacht, könnten Sie vielleicht kurz zusammenfassen, was Sie mir gestern geschrieben haben?"

„Aber das habe ich Ihnen doch geschrieben", entgegnete von Kiesow unwirsch.

„Und ich habe es nicht gelesen. Also, noch nicht."

Von Kiesow wandte sich zum Fenster. Offenbar musste er sich sehr zusammennehmen, um nicht laut zu werden. Aber seine Haltung sagte dasselbe.

„Bitte“, sagte Lena.

„Malte hat zwei Überwachungskameras angebracht. Eine außen an der Garage, eine innen. Er meint, dass derjenige, der bei uns eingebrochen ist, noch ein zweites Mal wiederkommen wird.“

„Keine schlechte Idee.“

Hajo von Kiesow sah sie an. „Verstehen Sie nicht? Das, was der Dieb sucht, ist nicht mehr da. Ich habe Angst, dass sich Malte in Gefahr bringt.“

„Durch die Kameras? Wenn der Dieb vergeblich wiederkommt, hat er ihn wenigstens auf der Kameraaufnahme. Dadurch hat sich doch nichts geändert.“

„Mir ist das nicht recht, Frau Becker.“ Der Bürgermeister stützte sich auf dem Tisch ab. „Wenn der Dieb das Geld nicht wiederbekommt, zündet er mir vielleicht das Haus an!“

„Okay. Kein Problem. Wir können das Geld wieder in Ihre Garage legen. Wenn Sie Glück haben, klaut der Dieb es zurück, wenn Sie Pech haben, findet es die Polizei oder Malte, und dann kommt es in die Presse und dann …“

Von Kiesow schlug auf die Tischplatte. „Hören Sie auf!“

Lena verschränkte die Arme vor der Brust und schwieg.

„Sie sind doch die ganze Zeit mit Kevin am Rummachen. Gibt es nicht irgendetwas Neues, was uns weiterhilft?“

„Rummachen?“ Lena legte die Stirn in Falten.

„Na ja, wir wissen beide, dass er alleine nicht weiterkommt.“

Lena löste die Arme und legte sie auf die Armlehnen. „Es ist alles nicht ganz einfach, und wir wissen noch nicht, welche Rolle Ihr Onkel bei der Sache spielt."

„Mein Onkel? Welche Rolle soll denn mein Onkel spielen?"

„Mensch, Herr von Kiesow, wollen Sie sich nicht lieber einen Privatdetektiv suchen oder einen Anwalt. Oder mit Kevin sprechen? Ich bin Schornsteinfegerin und keine Ermittlungsbeamtin."

„Dafür haben Sie sich hier aber schon ganz schön reingekniet in die Sache."

„Ja, das stimmt, und ich bedaure es inzwischen."

Eine Weile schwiegen beide trotzig.

„Du meine Güte, Herr von Kiesow. Sie sind doch hier der Bürgermeister. Glauben Sie im Ernst, dass Ihnen jemand eine Straftat nachweisen will? Dass Sie das Geld irgendwo geklaut haben oder so?"

„Sie verstehen das nicht, Frau Becker."

„Nee, stimmt."

„Es geht nicht darum, woher das Geld stammt. Ich könnte ja auch auf die Idee kommen, mein Geld grundsätzlich in der Garage in einer Sporttasche in einem Umzugskarton aufzubewahren. Das ist schließlich nicht verboten. Aber es sieht einfach nicht gut aus, verstehen Sie? Ich könnte es ja noch nicht mal bei der Bank einzahlen, weil ich keinen Herkunftsnachweis vorlegen kann. Geldwäsche, Frau Becker. Und ich bin Politiker."

„Okay, verstehe ich alles. Aber jetzt ist ja das Geld eben gar nicht mehr bei Ihnen, sondern …" Lena biss sich kurz auf die Unterlippe. „Woanders." Sie sah ebenfalls aus dem Fenster, und wieder schwiegen beide. Immerhin war der Trotz aus der Atmosphäre verschwunden. Allerdings war er einer gewissen Mutlosigkeit gewichen. „Herr von Kiesow", begann Lena. „Es ehrt mich, dass Sie mich ins Vertrauen gezogen haben. Ich bin schließlich neu hier und von Beruf Schornsteinfegerin."

„Eben, weil Sie neu in Jork sind, dachte ich, Sie sind integer und unvorbelastet."

„Und das denken Sie jetzt nicht mehr?"

Von Kiesow brauchte eine Sekunde zu lange für seine Antwort.

„Gut." Lena stand auf und griff nach ihrer Tüte.

„Mensch, Frau Becker, jetzt seien Sie doch nicht so empfindlich."

Lena setzte sich wieder. Tatsächlich hatte sie keinen Termin. Sie hatte sich den Tag für den Beurkundungstermin freigehalten und dafür, sich mit dem Gedanken vertraut zu machen, sich ein Haus in Jork gekauft zu haben. Etwas, was vor nicht einmal einem halben Jahr überhaupt nicht auf ihrer Agenda gestanden hatte.

„Ich bitte Sie, mir zu helfen." Hajo von Kiesow fuhr sich mit der Hand durch die kurz geschnittenen dunklen Haare. Eigentlich waren seine Haare immer in Bestform. Vermutlich hatte er feste Friseurtermine. Jeden Freitag um 14.00 Uhr oder so.

„Gut. Wie Sie wissen, mache ich ja mit Kevin rum. Und ich habe ihm versprochen, nichts von dem, was er herausgefunden hat, weiterzugeben. Deshalb dürfen Sie mir keine

Fragen stellen." Lena sah ihm in die Augen. „Sie müssen mir vertrauen. Keine Fragen. Und, wo wir hier schon so nett miteinander plaudern, ich werde mich nicht für das Neubaugebiet vor den Wärmepumpenkarren spannen lassen. Und ich möchte eine wöchentliche Sprechstunde im Rathaus abhalten. Abgesehen davon, dass Malte die Renovierung meines neuen Hauses dokumentieren und auf den sozialen Medien veröffentlichen wird."

„Vermutlich, ohne dass ich Ihnen reinquatsche." Von Kiesow hielt ihrem Blick stand.

„Richtig."

Der Bürgermeister hatte blaue Augen, und wenn er wütend war, wurden sie dunkelblau. Im Augenblick waren sie ziemlich dunkelblau.

Es klopfte, und Klaas Stamer steckte den Kopf zur Tür herein. „Ich muss kurz stören. Hab ich ganz vergessen." Er kam herein und reichte Lena ein Schlüsselbund. „Der Schlüssel zu Ihrem neuen Heim."

Hajo hielt Lena Becker die Türen auf und trug ihre Papiertasche mit dem Geschenk des Maklers. Auf dem Parkplatz stolzierte sie an seinem Auto vorbei und steuerte das weiße Schornsteinfegerauto an. *Unterwegs im Auftrag des Glücks.* Schön wär's, dachte er. Vor der Heckklappe nahm sie ihm seine Tüte ab und stellte sie in den Wagen. Ohne ein Wort stieg sie auf der Fahrerseite ein, und er auf der Beifahrerseite. Er hoffte sehr, dass ihn niemand in diesem Fahrzeug sah. Wenn man ihn einmal mit der Schornsteinfegerin zusammen sah, konnte er sagen, sie hätte ihn freundlicherweise mitgenommen. Aber sehr oft konnte er das nicht durchziehen. Eines der wichtigen Merkmale seines Amtes war die Glaubwürdigkeit. Es gab vermutlich keine statistischen Erhebungen dazu, aber ein Bürgermeister zusammen mit einer Schornsteinfegerin im Auto hatte bestimmt auch irgendwelche Auswirkungen auf die Umwelt. Zügig und ohne ihm das Ziel zu verraten, fuhr Lena Becker los. Zu seiner Verwunderung fuhren sie Richtung Schulzentrum. Dort parkte sie den Wagen unter einer Linde und stellte den Motor aus.

„Ich geh mal eben rein und versuche herauszufinden, wann Lars Hanstedt Schulschluss hat. Jetzt ist es kurz nach zwölf. Wenn wir Glück haben, haben wir ihn noch nicht verpasst. Wenn ich wieder rauskomme, sage ich Ihnen, warum wir das machen." Sie bedachte ihn mit einem kurzen Blick und stieg aus.

Als die Fahrertür ins Schloss fiel, murmelte Hajo: „Das wäre toll." Er kam sich total dämlich vor. So ausgeliefert, und das verursachte ihm schlechte Laune. Um sich etwas besser zu fühlen, checkte er seine E-Mails und beantwortete einige.

Nach dreizehn Minuten kehrte die Schornsteinfegerin zurück, setzte sich hinters Lenkrad und hielt den Eingang zum Schulgebäude im Blick. Hajo sah sie von der Seite an.

„Und, wann hat er Schulschluss?", fragte er.

„Wer?", fragte sie, ohne den Blick vom Schulgebäude zu nehmen.

„Lars Hanstedt?" Hajo legte sein Smartphone auf das Armaturenbrett.

„Um halb."

„Halb was?"

„Halb eins."

Hajo blies die Backen auf. Jetzt war es viertel nach zwölf, und sie hatten noch Zeit. Er fragte sich, warum die Schornsteinfegerin jetzt schon auf die Tür stierte.

„Können Sie mich kurz einweihen?", fragte er.

„Kennen Sie den jungen Mann mit der Schramme auf der Wange?"

„Was?"

„Der junge Mann mit der Schramme auf der Wange."

„Habe ich verstanden, aber so einen kenne ich nicht. Wissen wir noch mehr von ihm außer der Schramme?"

„Bei Ihrer Informationsveranstaltung zu dem Neubaugebiet Landsegen …"

„Landflucht."

„Landflucht, da stand er in der Tür. Und dann habe ich ihn schon mal an anderer Stelle irgendwo gesehen, und da hatte er keine Schramme."

„Ich platze vor Neugier", stellte er fest und gab sich keine besondere Mühe, den Eindruck zu vermitteln, er sei neugierig.

„Das ist Marvin Schlüter", sagte sie, ohne eine Bemerkung über seinen Tonfall fallen zu lassen. „Marvin ist ein Schulkumpel von Malte und Lars, und er ist der Enkel von Heinz Schlüter.

Hajo schnalzte mit der Zunge und sah zum Beifahrerfenster hinaus. Dort blickte er direkt in eine Hecke, und zwar eine auf öffentlichem Gelände, die dringend geschnitten werden musste. Er würde Dieter auf die Füße treten müssen. Offenbar hatte er das Gartenbauamt nicht im Griff.

„Hören Sie mir eigentlich zu?"

„Nein. Was haben Sie gesagt?"

„Heinz Schlüter ist ein Klassenkamerad Ihres Onkels. Ich wollte eigentlich mal mit ihm sprechen, bin aber noch nicht dazu gekommen."

„Und worüber wollen Sie mit ihm sprechen?"

„Über seinen Enkel."

„Mensch, Frau Becker. Ich finde es toll, dass Sie mir helfen wollen, aber ich habe einen Haufen Arbeit auf meinem Schreibtisch, und jetzt sitz ich hier und warte auf den Schulschluss."

„Und kapieren kein Wort von dem, was ich sage."

„Richtig."

„Ich habe Ihnen schon gesagt, dass ich mich in einem Loyalitätskonflikt befinde. Ich kann Ihnen keine Ermittlungsergebnisse der Polizei verraten. Sie müssen mir vertrauen."

„Frau Becker, ich habe Ihnen das Haus meines Onkels verkauft und von dem Geldfund in meiner Garage erzählt. Glauben Sie mir, ich vertraue Ihnen."

Sie wandte sich zu ihm um und lächelte. Hübsch lächelte sie. „Danke."

Hajo riss sich von ihrem Anblick los und sah zur Schule hinüber. „Da kommt einer mit einem Pflaster auf der Wange."

„Wo?" Sie riss den Kopf herum. „Das ist er. Das ist Marvin Schlüter."

„Okay.“ Hajo, der immer tiefer in den Autositz gerutscht war, rappelte sich hoch. „Und was machen wir jetzt? Ihn überfahren?“

Statt zu antworten stieg sie aus dem Wagen und schlug die Tür zu. Irgendwie hatte Hajo das Gefühl, dass er bei diesen Ermittlungen gar nicht so richtig gebraucht wurde. Die Schornsteinfegerin ging zielstrebig auf den jungen Mann zu, der stehen blieb. Eine Weile hörte er ihr zu, während sein Gesichtsausdruck von interessiert zu etwas ängstlich wechselte. Ähnlich fühlte sich Hajo, als Lena Becker in seine Richtung zeigte.

„Was zum Teufel …“, murmelte er.

Jetzt wandte sie sich wieder dem jungen Mann zu und redete weiter auf ihn ein. Hajo hätte dem jungen Mann geraten abzuhauen, solange es noch möglich war, aber dazu hätte er aussteigen und sich einmischen müssen. Und dazu fehlte ihm der Mut. Er hatte keine Ahnung, was da draußen los war. Das Gespräch zwischen den beiden brach abrupt ab, Lena Becker wandte sich um und kam mit forschen Schritten auf ihn zu.

„Alles geritzt“, sagte sie, als sie wieder im Wagen saß.

„Tatsächlich?“ Bevor er weiterfragen konnte, ging das Portal der Schule auf und eine Gruppe Jugendlicher kam heraus.

„So, jetzt müssen wir genau aufpassen“, sagte sie. „Können Sie Lippen lesen?“

„Was?“

Aber sie beachtete ihn gar nicht. Den Blick starr auf das Schultor gerichtet, blickte sie durch die Windschutzscheibe.

Sein Handy muckste sich, aber Hajo wollte sich nicht bewegen.

„Da! Sehen Sie?“ Sie deutete nach vorn.

Sehr viel sah er nicht. Nur einen Haufen Jugendlicher, die gelangweilt und auf ihr Smartphone blickend aus dem Schulgebäude stolperten. „Wir sind früher aus der Schultür herausgequollen, geradezu geploppt und wild durcheinandergepurzelt. Wir haben Streiche gemacht und uns für den Nachmittag verabredet. Was machen die da?“

„Diese Jungs sind fast volljährig und keine Kinder. Haben Sie es jetzt gesehen?“

„Was habe ich gesehen?“ Sie blieb ihm die Antwort schuldig, und er musste sich selbst anstrengen herauszufinden, worum es ging. „Das ist Lars Hanstedt“, stellte er fest.

„Richtig. Und das sagt mir, dass wir auf der richtigen Spur sind.“

„Aha.“

„Jetzt erzählt Marvin ihm von unserem Gespräch, die beiden sehen zu uns herüber. Sehen Sie das?“

„Sehe ich. Worüber haben Sie mit diesem Marvin gesprochen?“

„Ich habe ihn gebeten, zusammen mit seinen Kumpels Ihre Garage leerzuräumen.“

Hajo richtete sich auf. „Sie haben was?“

„Schsch. Sehen Sie? Die beiden sind ordentlich am Diskutieren.“

„Ja, und ich gehe gleich raus und diskutiere mit. Sind Sie verrückt geworden?“

„Sie haben gesagt, Sie vertrauen mir."

„Hajo seufzte. „Ja, das habe ich gesagt", knurrte er.

„Also machen wir jetzt einen Termin mit den beiden aus und sehen, was passiert."

„Was passiert? Sie denken, die beiden haben in meiner Garage Geld versteckt. Was soll schon passieren? Die werden mir die Bude ausräumen."

Sie wandte sich ihm zu und grinste bis zu den Ohren. „Und das ist doch genau das, was Sie wollen."

„Gut. Von mir aus", sagte der Bürgermeister.

In Lenas Ohren klang das ein bisschen maulig.

„Können Sie mich dann freundlicherweise ins Rathaus fahren?"

„Jetzt?" Lena sah ihn an. „Mitten in den Ermittlungen?"

„In welchen Ermittlungen?" Hajo von Kiesow deutete aus dem Fenster. „Wir stehen hier vor einer Schule und haben eine Verabredung mit ein paar kriminellen Jugendlichen getroffen."

„Genau. Und so geht es jetzt weiter."

„Wie, weiter?"

„Na, wir warten jetzt, bis sich die zwei geeinigt haben und losfahren. Sehen Sie nicht, dass die zwei angestrengt diskutieren? Die haben richtig Redebedarf."

Tatsächlich sprachen Marvin und Lars immer noch miteinander, meistens zur selben Zeit, und sie gestikulierten wild. Schließlich warf Lars die Hände in die Luft, wandte sich abrupt um und ging zu den Fahrradständern hinüber.

„Also, wegen des Rathauses …"

Lena ließ den Wagen an und rollte langsam vorwärts. Auf keinen Fall wollte sie in dem Trubel Lars zwischen all den anderen Schülern aus den Augen verlieren. Der fummelte an seinem Fahrradschloss herum. Sehr viel näher konnte sie nicht heranfahren, wenn sie nicht dumm auffallen wollte. Aber eigentlich war es Unsinn, Lars zu verfolgen. Von dem wusste sie doch schon eine Menge. Eigentlich interessierte Marvin Schlüter sie viel mehr. Also wendete sie und gab Gas. Der Bürgermeister war noch nicht wieder angeschnallt und fiel gegen die Beifahrertür.

„Sie müssen sich anschnallen."

„Und Sie müssen sich an die Verkehrsregeln halten. Oder heißen Sie Isabel?" Er griff nach dem Gurt.

„Wir müssen Marvin verfolgen. Ich glaube, Sie haben immer noch nicht verstanden."

„Nein, das stimmt."

Irgendwie kriegte er die Schnalle nicht in die Halterung. Lena griff danach und steckte sie mit einer Hand fest, sodass sie einrastete.

„Marvin, Lars und Malte haben das Haus Ihres Onkels ausgeräumt und den ganzen Kram in Ihrer Garage eingelagert. Zwischen all diesem Kram befand sich eine Sporttasche mit sehr viel Geld, die nicht Ihrem Onkel gehört. Ebenso wie das Geld darin. Ich habe inzwischen eine Theorie."

„Und haben Sie auch einen Führerschein?"

Lena bremste an einer roten Ampel, während Marvin kurz auf den Gehweg überwechselte und hinter der Ampel wieder auf die Straße fuhr. „Mist.“ Sie trommelte ungeduldig auf das Lenkrad.

„Und wie geht diese Theorie weiter?“

„Die zwei haben einen dritten Mann dabeigehabt, nämlich Andy Granzow. Haben Sie den mal gesehen?“

„Ich kenne diesen Herrn Granzow überhaupt nicht.“

Die Ampel schaltete auf gelb, und Lena fuhr los. „Andy Granzow ist der junge Mann, der bei dem Autounfall auf der Wiese von Bauer Holger Mohnsen …“

„Henner Mohnsen“, korrigierte Hajo von Kiesow.

„Von Bauer Henner Mohnsen …“

„Genau genommen ist er kein Bauer, sondern Obstbauer.“

Lena atmete tief ein. „Jedenfalls ist der auf dieser Wiese am Deich ums Leben gekommen. Und in dem Auto befanden sich noch zwei weitere Personen.“

„Aha. Und welche?“

Lena sah zum Bürgermeister hinüber. „Sie müssen sich konzentrieren, Herr Bürgermeister. In dem Auto waren neben Andy Granzow Marvin und Lars. Andy Granzow ist ein Krimineller.“

„Woher wissen Sie das?“

„Andy Granzow ist ein Krimineller, und Marvin und Lars sind zwei Schüler“, fuhr sie fort. „Klingt für mich wie die klassische Situation, in der ein Krimineller zwei Jungs in sein Gewerbe hineinzieht.“

„Und warum?“

„Weil sie das Abenteuer suchen. Oder sie brauchen Geld. Keine Ahnung.“ Beinahe hätte sie Marvin Schlüter aus den Augen verloren, als er plötzlich nach rechts abbog und vor einem Mehrfamilienhaus anhielt. Er lehnte sein Fahrrad gegen die Hauswand und ging ins Haus.

„Wirklich spannend", sagte der Bürgermeister. „Ein Schüler geht von der Schule nach Hause."

Lena, die ohnehin langsam gefahren war, hielt den Wagen an. „Sie sind ja der Bürgermeister von Jork. Ich denke, Sie finden von hier aus zum Rathaus."

„Wie?"

„Ja, ich habe auch Termine und muss jetzt weiter."

„Ich soll jetzt hier aussteigen?"

„Müssen Sie nicht. Aber Sie hatten ja gesagt, dass noch viel Arbeit auf Sie wartet."

Hajo von Kiesow sah sie an. „Und was machen Sie?"

„Ich fahre jetzt zu Heinz Schlüter. Das ist der Großvater von Marvin."

„Aha." Es war dem Bürgermeister anzusehen, dass er sich fragte, wozu dieser Besuch jetzt dienen sollte.

„Heinz Schlüter war ja ein Freund Ihres Onkels. Aber das wissen Sie ja sicher."

„Ein Freund?"

„Ein Schulfreund. Die beiden haben zusammen Abitur gemacht. Also, nicht nur die zwei, aber eben auch die zwei."

„Konstruieren Sie jetzt gerade eine Verbindung meines Onkels über seinen achtzigjährigen Schulfreund Heinz zu diesen beiden Kriminellen, die Geld in meiner Garage versteckt haben?"

„Ob Marvin und Lars kriminell sind, wissen wir noch nicht. Obwohl natürlich einiges dafür spricht. Und die Verbindung stelle ich nicht her, sie ist vorhanden. Ihr Onkel, Heinz Schlüter, Enkel Schlüter."

„Frau Becker, was hat das alles mit dem Geld in meiner Garage zu tun?"

Lena kniff die Augen zusammen und wandte sich zu ihm um. „Ich wiederhole mein Angebot, dass Sie hier aussteigen und ins Rathaus gehen."

„Das beantwortet meine Frage nicht."

„Nein, um die Frage zu beantworten, müssten wir weiter ermitteln. Nachdenken, Fakten sammeln und Thesen aufstellen. Aber dafür fehlt Ihnen offenbar die nötige Ruhe und Gelassenheit."

Sie schwiegen eine Weile.

„Frau Becker", begann der Bürgermeister. „Es tut mir leid, wenn ich irgendwie ungeduldig auf Sie wirke, aber ich verstehe wirklich nicht, was wir hier tun."

Lena drehte den Zündschlüssel und legte den ersten Gang ein. „Was wir jetzt tun, ist ganz einfach. Wir besuchen den Freund Ihres Onkels und unterhalten uns ein bisschen mit ihm."

Kevin saß jetzt schon eine geschlagene halbe Stunde bei den Hartfelders am Küchentisch und hörte sich einen Vortrag zu den Folgen des Neubaugebiets Landflucht an. Günter Hartfelder zufolge würde mit dem Bau der Abgesang des Alten Landes eingeläutet. Die Zahl der Obstbäume würde proportional abnehmen und die Zahl der Häuser proportional zunehmen (oder exponentiell, das hatte er vergessen, oder genau genommen hatte er auch nicht so genau zugehört).

„Herr Hartfelder", sagte Kevin in den Bericht des alten Mannes über die Fledermauspopulation im Alten Land hinein.

„Zum Beispiel das Braune Langohr", sagte Hartfelder irritiert. „Ja?"

„Können wir noch mal auf Richard von Kiesow zurückkommen."

„Selbstverständlich. Was möchten Sie wissen?"

Was er wissen wollte, hatte Kevin eingangs erläutert, und dann irgendwo zwischen der Aufzählung der Apfelsorten, die im Verschwinden begriffen waren, und den Folgen des Klimawandels noch einmal. Aber er wiederholte seine Frage trotzdem. „Herr Hartfelder, ich möchte gern wissen, ob Ihnen an Richard von Kiesow etwas aufgefallen ist bei Ihrem letzten Abiturtreffen. Hat er sich anders verhalten als sonst? War er merkwürdig? Vielleicht haben Sie ihn später sogar noch mal gesprochen? Ich meine, bevor er die Kellertreppe runtergefallen ist."

„Merkwürdig war der. Anders als sonst. Ich hab ja schon mit der Marianne darüber gesprochen. Seit die Frau Becker sich nach dem Richard erkundigt hat, löchert mich die Marianne ständig, ob ich das nicht mal genauer sagen kann, was mit dem los war. Frauen können da ja sehr hartnäckig sein."

Das wusste Kevin aus eigener Erfahrung. Seine Mutter war ebenfalls eine sehr hartnäckige Frau, die immer alles ganz genau wissen wollte, wenn er gar nicht wusste, worum es eigentlich ging.

„Und, ist Ihnen dann etwas eingefallen?“, fragte er etwas versöhnlicher.

„Nee.“

Eine Weile schwiegen sie.

„Wissen Sie, entweder hatte der Richard einen schlechten Tag oder es ist gleich zu Beginn irgendwas los gewesen. Ich war an dem Tag ein bisschen spät dran. Ich hatte die Marianne bei ihrer Freundin vorbeigefahren zum Bridgeabend. Und da müssen sich die Frauen erst mal zehn Minuten lang begrüßen und durcheinanderschnattern, bis die Marianne ihre Handtasche aus dem Auto nimmt und ich losfahren kann. Jedenfalls, als ich ankam, waren schon ziemlich viele da. Auch der Richard. Der saß da ein bisschen wie sieben Tage Regenwetter am Tisch, während die Gisela Schwertfeger auf ihn eingeredet hat.“

„Lag das an Frau Schwertfeger, dass Dr. von Kiesow schlecht drauf war?“

„Glaub ich nicht. Hinterher saß der neben dem Heinz, und mit dem hat er sich eigentlich immer gut verstanden, aber da hat er genauso geguckt. An dem Tag war bei Richard offenbar der Wurm drin.“

„Und haben Sie sich bei Dr. von Kiesow danach erkundigt, ob ihm etwas fehlt? War er vielleicht krank?“

„Natürlich hab ich gesagt: ‚Richard‘, hab ich gesagt, ‚Richard, was ist dir denn für ne Laus über die Leber gelaufen?‘ Weil eigentlich war der bei unseren Treffen immer gut aufgelegt. Zum Schluss hat er immer noch einen ausgegeben und gesagt: ‚Auf alle, die noch dabei sind.'"

„Und hat er diesmal keinen ausgegeben?"

„Doch, aber die Gisela musste ihn dran erinnern. Und die Gisela ist so zartfühlend wie eine Planierraupe, müssen Sie wissen. Aber gesagt hat er nichts, der Richard. ‚Ist alles in Ordnung', hat er gemeint."

„Gisela Schwertfeger? Können Sie mir ihre Adresse sagen?"

„Augenblick." Hartfelder ging zu einem übervollen Schreibtisch hinüber und kramte ein Blatt Papier hervor. „Hier. Viel Spaß, wenn Sie mit ihr sprechen. Am besten nehmen Sie vorher eine Kopfschmerztablette."

Kevin nahm die Klassenliste entgegen. Darauf hätte er auch schon früher kommen können, nach der Liste zu fragen. „Ich mach mir ein Foto davon."

„Die können Sie behalten. Ich hab einen ganzen Stapel."

„Danke. Und wenn Ihnen noch etwas einfällt, könnten Sie mich dann anrufen?"

„Natürlich." Günter Hartfelder legte die Stirn in Falten. „Denken Sie, dass jemand Richard die Treppe runtergeschubst hat?"

„Das ist alles noch völlig ungeklärt. Vielleicht war es auch nur ein Unfall."

„Ich sehe auch Krimis im Fernsehen, Herr Timmermann. Wenn die Polizei so viel in der Gegend herumfragt, steckt immer etwas dahinter. Denken Sie, dass sein Neffe etwas damit zu tun hat? Der Herr Bürgermeister und er waren nun wirklich nicht einer Meinung, was das Neubaugebiet anbetrifft, aber damit, seinen Onkel umzubringen, hätte Hajo von Kiesow das Problem nicht gelöst. Es sei denn, er kann ein bisschen Geld gebrauchen." Der alte Mann hob die Hand. „Na ja, ich will nichts gesagt haben."

Kevin verließ das Haus der Hartfelders und setzte sich in seinen Dienstwagen. Ich will nichts gesagt haben, nachdem man den Verdacht auf jemanden gelenkt hatte, war ein uralter Trick. Kevin sah sich schließlich auch Krimis an, und daraus hatte er schon eine ganze Menge gelernt.

Er nahm sein Handy aus der Jackentasche und wählte die Nummer von Gisela Schwertfeger. „Polizei Altes Land, Dienststelle Jork, Polizeiobermeister Timmermann am Apparat. Frau Schwertfeger?"

Vor dem Haus, in dem Heinz Schlüter wohnte, nahm Lena ihr Handy aus der Mittelkonsole und studierte die Fotos von Kevins Ermittlungstafel. Sie zog eine Aufnahme des gestohlenen Wagens auseinander, unter dem ein Zettel mit dem Namen des Eigentümers klebte.

„Sagt Ihnen der Name Heinrich Vogel etwas?"

„Nein."

„Er wohnt in Buxtehude."

„Nein."

„Okay." Sie stieg aus und wartete, bis auch von Kiesow aus dem Auto herauskam. Dann verschloss sie sie den Wagen mit dem elektronischen Schlüssel und ging auf das Backsteinhaus zu. Ob von Kiesow ihr nun folgte oder nicht, war auch egal. Vielleicht war es ganz gut, wenn er nicht dabei war. Die Anwesenheit eines Bürgermeisters löste bei Herrn Schlüter möglicherweise Befangenheit aus. Also legte sich Lena einige Worte zurecht, um mit ihrem Thema Energieversorgung einen guten Einstieg zu finden.

„Guten Tag, Herr Schlüter", sagte sie, als ihr ein älterer Mann mit Gehstock öffnete. „Mein Name ist Lena Becker, und ich wollte mich danach erkundigen, ob Sie Bedarf für eine Informationsveranstaltung über das neue Energiegesetz sehen."

Der alte Mann sah sie durch seine ungeputzte Brille an. „Was?" Sein Blick schwenkte nach rechts. „Und Sie helfen der jungen Frau?"

Von Kiesow gab ihm die Hand. „Hajo von Kiesow. Bürgermeister von Jork."

„Bürgermeister?" Schlüter schüttelte ihm die Hand. Es war dem alten Mann anzusehen, dass er sich geehrt fühlte.

Lena sah nach links, wo Hajo von Kiesow aufgetaucht war und ihrem Blick mit professioneller Miene begegnete. „Ja, der Bürgermeister", sagte sie. „Der möchte sich gern vor Ort ein Bild von den Sorgen und Nöten der Bürger machen. Und dann war sein Onkel ja auch ein ehemaliger Schuldkamerad von Ihnen."

„Richard, ja." Schlüter nickte mit trauriger Miene. „Die Einschläge kommen immer näher. Bald müssen wir das Abiturtreffen wöchentlich abhalten, wenn wir uns noch mal sehen wollen." Er musterte Lena. „Was für ein Gesetz?"

„Energie. Es machen sich ja viele Sorgen darüber, ob sie ihre alte Heizung behalten dürfen oder nicht und was sie dabei beachten müssen und so."

„Alte Heizung? Tja, ich wohn hier zur Miete. Und mein Vermieter hat bisher nichts davon gesagt, dass das gute alte Stück raus muss."

„Tja, dann ..." Lena wusste nicht recht weiter.

Im Gegensatz zum Bürgermeister. „Herr Schlüter, Sie kannten also meinen Onkel?"

„Ja sicher. Der Richard war ein feiner Kerl. Ist ja nett, dass Sie sich extra herbemühen. Kommen Sie doch rein."

„Das machen wir gern, Herr Schlüter." Hajo von Kiesow warf Lena einen triumphierenden Blick zu und betrat das Haus.

Lena verdrehte die Augen und folgte ihm.

„Sie können sich hier hinsetzen", sagte Schlüter und deutete auf einen Esstisch. „Ich hol mal das Album." Kurz darauf kehrte er mit einem etwas zerfledderten Fotoalbum zurück. „Er war ja immer schon ein schmucker Kerl, der Richard. Hat früher immer 'ne Freundin gehabt." Er schlug das Album auf und zeigte auf eine Schwarz-Weiß-Aufnahme, die in Fotoecken auf schwarzem Karton eingesteckt war. „Das war in der achten Klasse. Volksschule. Kennt man ja heute gar nicht mehr." Er deutete auf einen Jungen mit ordentlich geschnittener Frisur, der frech in die Kamera lächelte.

Von dieser Art Fotos gab es noch eine Menge weiterer, die Hajo von Kiesow geduldig betrachtete, während Lena immer unruhiger wurde. Das hier brachte doch nichts. Schlüter verlor sich immer mehr in Erzählungen über Schulstreiche und die unerfreuliche Vergangenheit seiner damaligen Lehrer kurz nach dem Krieg.

„Und wie war Dr. von Kiesow zuletzt so?", fragte sie in den Bericht einer Klassenfahrt in die Heide hinein. „Auf Ihrem letzten Abiturtreffen beispielsweise?"

Von Kiesow warf ihr einen genervten Blick zu, schwieg aber.

„Na ja, Richard war auch nicht mehr taufrisch. So wie wir alle. Und als Arzt wusste er ja am besten, wie man gesund lebt." Schlüter deutete auf den Stock, den er gegen den Heizkörper gelehnt hatte. „Richard war deutlich besser zu Fuß als ich."

„Haben Sie gehört, dass er die Kellertreppe runtergefallen ist?", fragte Lena.

„Natürlich. Es gab ja gleich einen Telefonrundruf, als der Erste davon erfahren hat."

„Bitte erzählen Sie uns von dem letzten Treffen. Wissen Sie noch, worüber Sie mit Richard von Kiesow gesprochen haben? Wie das Treffen abgelaufen ist?"

Glücklicherweise war Heinz Schlüter offenbar froh, von Richard und dem Abiturtreffen zu erzählen. „Richard war immer pünktlich, müssen Sie wissen. Das hat wohl sein Beruf mit sich gebracht. Er war schon im Lokal, als ich ankam. Hedwig Marunde auch, dann die olle Gisela, die jetzt einen Nachnamen trägt, den ich mir nicht merken kann. Und Sieglinde Kies. Die saßen am Tisch, als Marvin mich reingeschoben hat."

„Reingeschoben?", fragte Lena.

„Ja, hier im Haus kann ich mich mit meinem Stock fortbewegen. Das heißt, an guten Tagen. An schlechten Tagen brauch ich den Rollator, aber wenn ich aus dem Haus gehe, geht es nur noch mit dem Rollstuhl. Marvin fährt mich dann."

„Marvin ist Ihr Pfleger?", fragte Lena, auch wenn sie es besser wusste. Aber sie wollte ihm schließlich nicht verraten, dass sie sich schon über ihn informiert hatte.

„Mein Enkel. Die haben natürlich alle blöd geguckt, als ich da reingeschoben wurde wie ein alter Krüppel. Aber meine Hüften sind beide hinüber, und lange Strecken kann ich nicht mehr bewältigen. Richard hat gemeint, ich sollte mich operieren lassen, aber ob sich das in meinem Alter noch lohnt?" Heinz Schlüter legte die Stirn in Falten. „Na ja, jedenfalls, als ich reinkam, war Richard irgendwie komisch."

„Inwiefern komisch?", fragte Lena, während der Bürgermeister weiter das Fotoalbum durchblätterte.

„Na, der hat mich angeguckt, als wenn er mich das erste Mal im Leben sieht. Eben hat er noch mit Hedwig gescherzt, und dann wurde er ernst und hat erst mal gar nichts mehr gesagt. Ich nehme an, dass er mit meinem Allgemeinzustand nicht einverstanden war. Jahrelang hat er mir damit in den Ohren gelegen, dass ich die Operation machen soll, erst die eine Hüfte, dann die andere. Das würden die Ärzte heute wie am Fließband erledigen, die Alternative wäre der Rollstuhl."

„Und dann sind Sie mit dem Rollstuhl hereingekommen", stellte Hajo von Kiesow fest und blätterte eine Seite im Fotoalbum um."

„Ja, da hat er etwas sparsam geguckt, der gute Richard."

„Und was war dann?“

„Na ja, Ich bin dann aus dem Rollstuhl raus und hab mich an den Tisch zu den anderen gesetzt. Ich bin ja noch nicht völlig gehuntauglich. Marvin hat den Rollstuhl dann an die Seite gestellt, damit er nicht im Weg ist. Und damit war er Richard ja auch aus dem Blickfeld, also der Rollstuhl, meine ich.“

„Und Marvin hat Sie dann später wieder abgeholt?“

„Wir halten nicht mehr so lange durch wie früher. Ich hatte Marvin gesagt, dass er spätestens um elf aufkreuzen und mich einsammeln soll.“

„Gut.“ Lena stand auf. „Vielen Dank.“

Hajo von Kiesow sah überrascht auf. „Wir gehen?“

„Wir gehen“, sagte Lena zu ihm. „Vielen Dank für Ihre Zeit, Herr Schlüter. Gute Besserung für Ihre Hüften.“

Von Kiesow klappte das Fotoalbum zu und erhob sich ebenfalls. „Ja, vielen Dank für Ihre Zeit, Herr Schlüter. Wir finden allein raus.“

„Warum mussten wir denn so plötzlich aufbrechen?“, fragte Hajo von Kiesow, nachdem sie das Haus verlassen hatten. „Ich war noch dabei das Album auf irgendetwas Interessantes hin durchzusehen.“

„Und haben Sie etwas entdeckt?“ Lena öffnete die Fahrertür und stieg ein.

„So weit, wie ich gekommen bin, nicht. Möglicherweise haben wir jetzt etwas Wichtiges verpasst.“

„Nein, Herr Bürgermeister.“ Lena startete den Wagen. „Nicht wir haben etwas Wichtiges verpasst.“ Sie warf einen

Blick in den Außenspiegel und fuhr los. „Sie haben etwas Wichtiges verpasst."

Jens, Bastian und Malte standen am Spielfeldrand, die Unterarme auf die Bande gestützt.

„Kann mir mal einer sagen, was der Kerl da macht?", fragte er.

Heute hatten sich einige Jungs auf dem Sportplatz eingefunden, die sich auf ihren Aushang gemeldet hatten, mit dem sie eine neue Mannschaft aufstellen wollten. Immerhin sechs hatten sich gemeldet, von denen einer erst zwölf war. Der spielte ziemlich gut. Locker führte er den Ball an einem 17jährigen vorbei, der sich von dem Kleinen austricksen ließ. Er sah dem Ball hinterher und fuhr sich mit einer müden Bewegung durchs Haar.

„Der passt auf, dass die Frisur sitzt", sagte Jens. „Ich würde sagen, den können wir nicht gebrauchen."

„Nee", bestätigte Clemens. „Der wartet vielleicht darauf, dass ihn ein Scout entdeckt."

„Den entdeckt höchstens Heidi Klum für ihre nächste Staffel", stellte Paul fest. „Aber der Kleine da, der ist gekauft."

Tatsächlich versenkte der zwölfjährige gerade den Ball mit einem gezielten Schuss oben rechts im Tor.

„Schön!", rief Niklas, und alle klatschten. „Und was ist jetzt mit Lars? Ich mein, was soll das denn für eine Sportverletzung sein, an der er jetzt schon seit Monaten herumdoktert?"

„Keine Ahnung. Alaba ist länger als ein Jahr wegen Knie ausgefallen."

„Und Arjen Robben wollte sogar seine Karriere aufgeben."

„Entschuldigung?" sagte Niklas. „Lars spielt in der Schulmannschaft von Jork. Und ich wüsste nicht, dass sein Knie besonderen Belastungen ausgesetzt war."

„Hat er denn überhaupt Knie?" Clemens sah zu Malte hinüber. „Du hast doch ein paar Kurse mit ihm. Weißt du nichts?"

„Nein." Malte schüttelte den Kopf. „Er spricht nicht mit mir. Außerdem humpelt er nur manchmal. Vielleicht ist es etwas, das manchmal auftaucht."

„Was soll denn das sein, was auftaucht?", fragte Jens.

„Schnupfen? Oder seine Mutter."

„Warum fragen wir ihn nicht einfach?"

Ja, warum fragen wir ihn nicht einfach, dachte Malte. „Ich komm an ihn nicht ran."

„Dann soll Jens das machen", schlug Niklas vor. „Ich meine, wenn wir den Lütten nehmen, der gerade das Tor geschossen hat, und Lars wieder mitspielt, sind wir schon neun."

„Fehlen immer noch zwei."

„Jens, du musst mit Lars sprechen", sagte Malte. „Es ist wichtig. Frag ihn nach der Verletzung und wann er wieder mitspielen kann."

Jens sah Malte an. „Wir haben noch drei Kandidaten, die sich gemeldet haben. Warum willst du unbedingt, dass Lars wieder mitspielt?"

„Es ist wichtig, Jens. Bitte frag ihn."

Nach diesem Tag hatte Lena das Bedürfnis, sich zurückzuziehen. Die Situation, in die sie sich selbst hineinmanövriert hatte, machte ihr zunehmend zu schaffen. Weil sie weder Kevin noch von Kiesow alles sagen konnte, was sie wusste, konnte sie beiden nicht helfen.

„Tscha“, sagte sie zu sich selbst, als sie ihren Wagen abstellte. „Das liegt daran, dass du deine Nase in Dinge gesteckt hast, die dich nichts angehen.“ Aber was wäre die Alternative gewesen? Keinem von beiden zu helfen? Sie musste sich etwas überlegen, wie sie aus dieser Sache herauskam. Sie ließ den Blick über das Fachwerkhaus schweifen, vor dem sie stand.

Wahnsinn, dachte sie. Hier werde ich demnächst einziehen. Aber bevor das passieren konnte, musste sie noch ordentlich arbeiten. Sie öffnete die Haustür und legte einen Schreibblock, Bleistift, Kamera und Maßband auf die Fensterbank in der Küche, bevor sie durch alle Räume ging. So ein richtiges Gefühl für ihr neues Zuhause hatte sie noch nicht entwickelt. Dazu müsste sie erst die hässlichen Tapeten abreißen und sich Gedanken über die Raumaufteilung machen.

Sie setzte sich auf den gemauerten Kamin und dachte nach. Wenn sie zusammenfügte, was sie wusste, dann war hier die Zentrale des Übels. Hier hatte sich etwas abgespielt, was den Tod zweier Menschen verursacht hatte. Hans Moll hatte oben auf dem Dach ein Gespräch mit angehört. Lena glaubte, dass es ein Gespräch zwischen Andy Granzow, Marvin Schlüter und Lars Hanstedt gewesen war. Die drei hatten sich hier im Haus gestritten, und zwar nach dem Tod von Dr. von Kiesow. Sie konnte wetten, dass sich der Streit um Geld gedreht hatte. Um das Geld, das Hajo von Kiesow in seiner Garage gefunden hatte. Hans Moll war vom Dach gestürzt, als das Haus bereits geräumt war. Zu diesem Zeitpunkt befand sich das Geld also nicht mehr im Haus. Lena sah vor ihrem inneren Auge die drei jungen Männer, die hier aufgebracht miteinander rätselten, wohin das Geld verschwunden war, die miteinander stritten und sich gegenseitig verdächtigten. Andy Granzow hatte seine beiden Kumpane verdächtigt, das Geld geklaut zu haben. Er war nicht dabei gewesen, als das Haus geräumt wurde. Marvin und Lars aber schon. Und während sie hier miteinander stritten, befand sich Hans Moll oben auf dem Dach. Er war von Klaas Stamer damit beauftragt gewesen, einen Energieausweis zu erstellen. Vielleicht hatte er auch noch einen Blick auf die Heizungsanlage geworfen, nachdem das Haus bereits eine Weile leer stand. Aber einen Grund dafür, eine Feuerstättenschau abzuhalten, gab es nicht. Stamer hatte das vielleicht verlangt oder Hans Moll hatte diese Aufgabe der Vollständigkeit halber mit erledigen wollen. Aber er hatte stattdessen den Streit der drei jungen Leute über das Geld mitbekommen. Und aus irgendeinem Grund waren die drei auf ihn aufmerksam geworden. Sie hatten bemerkt, dass jemand auf dem Dach war. Und ganz sicher war es Andy Granzow gewesen, der zu Hans Moll auf das Dach geklettert war. Der Ring, dachte sie. Der Ring gehört doch bestimmt Andy Granzow.

„Lena?“ Jemand war an der Eingangstür, und kurz darauf kam Malte herein. Er trug einen Trainingsanzug und hatte sich seine Sporttasche über die Schulter geworfen. Er ließ sich neben sie auf den Mauervorsprung fallen. „Dachte ich mir, dass ich dich hier finde.“ Er grinste sie an. „Und das dachte ich schon, bevor ich dein Auto vor der Tür gesehen habe.“

„Schön, dich zu sehen. Kommst du vom Training?“

„Ja, vom Fußballtraining. Und du? Guckst du dir deine neue Behausung an?“

„Ich wollte mit meinen Planungen anfangen. Vorausgesetzt, das da drüben ist keine tragende Wand, würde ich gern Küche und Wohnraum zu einem großen Raum zusammenlegen.“

Malte zog sein Smartphone aus der Tasche seiner Trainingsjacke. „Dann fang mal an mit Messen. Ich mache schon mal Fotos für deinen Account. Tu einfach so, als wenn ich nicht da wäre.“

Das war leichter gesagt als getan. Aber nach einer Weile schaffte sie es, zu vergessen, dass Malte die ganze Zeit um sie herumwuselte. Sie skizzierte einen Grundriss und nahm die Maße auf. Sie hatte sich schon im Internet nach einem Architekten umgesehen, der ihre Umbaumaßnahmen begleiten konnte und sich auch mit energetischer Sanierung auskannte. Gemeinsam würden sie es ja wohl hinbekommen, die Substanz dieses schönen Gebäudes zu erhalten.

Plötzlich hörte sie Malte sprechen, obwohl der gar nicht im selben Raum war. Offenbar telefonierte er nebenan. Sie wollte nicht lauschen, aber trotzdem konnte sie jedes Wort verstehen. Es ging um Fußball und einen seiner Mitspieler, der seit längerem ausgefallen war. Jetzt spitzte sie doch die Ohren. Das Gespräch drehte sich doch offenbar um Lars Hanstedt.

Eine Weile hörte Malte dem Anrufer nur zu, dann sagte er: „Okay, danke Alter, dass du es versucht hast. Das klingt doch schon ganz vielversprechend.“

„Gibt es Probleme?“, fragte sie, als Malte zu ihr zurückkam.

„Das war mein Kumpel Jens. Einer unserer Spieler fällt seit einer Weile aus, und wir könnten ihn echt gut gebrauchen. Deshalb gräbt Jens an ihm herum, damit er wieder mitmacht. Er hat ihm immerhin schon ein Vielleicht abgerungen.“

„Und warum fällt er seit einer Weile aus?“

„Wegen einer Sportverletzung.“

„Aha? Was ist denn passiert?“

„Ich hab keine Ahnung. Jens hat ihn das natürlich auch gefragt, aber er rückt einfach nicht mit der Sprache raus. Als wenn es ein Geheimnis wäre. Dabei haben wir alle ständig irgendwelche Verletzungen. Knie, Zerrungen, Nicolas hat sich sogar mal das Schienbein gebrochen. Ey, das ist doch kein Geheimnis.“

„Und dieser Junge macht ein Geheimnis daraus?“ Lena biss sich auf die Zunge, weil sie beinahe den Namen Lars genannt hätte.

„Ja, keine Ahnung. Vielleicht hat er auch keinen Bock mehr auf Fußball. Aber dann könnte er es doch sagen. Es sei denn, es ist ihm peinlich. Vielleicht hat er irgendwas Ekliges, worüber man nicht spricht. Na ja, wie auch immer. Weiter geht's mit dem Fotoshooting, Mrs. Chimney. Bitte ziehen Sie das Maßband aus.“

Gisela Schwertfeger war nicht zu Hause gewesen, als Kevin anrief. Ihr Ehemann berichtete ihm, dass sie voraussichtlich gegen zwanzig Uhr zurück sein würde und schlug vor, dass Kevin es dann noch einmal versuchen sollte. Die Leute schienen davon auszugehen, dass er keinen Dienstschluss hatte und bis spät abends arbeiten würde. Dummerweise hatte Herr Schwertfeger in seinem Fall recht. Es war jetzt viertel nach acht und Kevin war noch auf dem Revier und verputzte einen lauwarmen Döner.

Er kaute, schluckte runter und griff zum Hörer. „Polizei Altes Land, Dienststelle Jork, Polizeiobermeister Timmermann am Apparat. Frau Schwertfeger?"

„Na endlich", sagte eine Frauenstimme. „Oswald hat mir gerade erst erzählt, dass Sie angerufen haben. Ich wollte eben 110 wählen."

Kevin war froh, dass er noch rechtzeitig angerufen hatte. „Frau Schwertfeger, wenn ich sage, dass ich mich noch einmal melde, dann melde ich mich auch. Und eine Befragung findet nicht über den Notruf statt."

„Jaja, ist ja gut. Also, worum geht es denn? Oswald hat kein Wort verstanden."

„Es geht um Ihr letztes Abiturtreffen. Können Sie mir davon erzählen?"

„Na, Sie sind gut. Ich dachte schon, die Polizei sucht einen Mörder, als Oswald von Ihrem Anruf erzählt hat. Und dann wollen Sie sich nach meiner Schullaufbahn erkundigen?"

„Nur das letzte Treffen Ihres Abiturjahrganges, Frau Schwertfeger. Mehr möchte ich gar nicht wissen."

„Hm." Erstaunlicherweise herrschte einen Augenblick Stille in der Leitung. „Sie wollen etwas über Richard wissen, stimmts?"

„Frau Schwertfeger, wann sind Sie bei dem Treffen angekommen, wer war schon da, wie ist das alles abgelaufen?“

„Ist ja gut, ich hab schon verstanden. Also, ich war pünktlich. Bin ich immer. Hat schon meine Mutter gesagt. Nach dir kann man die Uhr stellen, Kind. Ich war also um 19 Uhr da. Richard auch. Der war immer pünktlich. Hedwig auch, die hat irgendein dummes Zeug erzählt, über das sie am lautesten gelacht hat. Und als Nächstes kam dann Peter. Ach nein, vorher kam Heinz. Der sitzt seit Neuestem im Rollstuhl, weil er ein Angsthase ist.“

„Angsthase?“

„Beide Hüften kaputt. In Hamburg gibt es Ärzte, die bauen den Leuten fünf Hüften am Tag ein. Das geht zack, zack, der Nächste bitte. Nur Heinz denkt, dass er aus der Operation nicht mehr aufwacht oder wenn doch, mit vier Beinen. Wie auch immer, dann kam Peter, kurz darauf kamen Annegret und Michael, oder nein, warten Sie …“

„Können wir noch mal zum Anfang zurückkehren. Worüber haben Sie, Hedwig und Richard sich unterhalten, solange Sie noch allein waren?“

„Ich habe keine Ahnung. Wenn Hedwig anfängt zu erzählen, klapp ich die Ohren zu. Man kann es nicht ertragen. Haben Sie schon mit ihr gesprochen?“

„Nein, bis…“

„Ich glaube, es ging um ihre Schwester, Martha, Marianne oder so ähnlich. Die hat eine ewig lange Kreuzfahrt gemacht und sich irgendeinen alten Knacker angelacht. Ich meine, wirklich, Herr Kommissar. Wer soll in dem Alter noch an

Deck sein? Hedwig war jedenfalls ganz aufgeregt, weil sie meint, dass ihre Schwester einen guten Fang gemacht hat. Ich glaube nicht, dass Richard sehr an dieser Geschichte interessiert war. Auf alle Fälle hat Heinz es geschafft, nur mit seiner Erscheinung die Stimmung schlagartig unter Körpertemperatur zu bringen."

„Nur mit seiner Erscheinung?" Kevin hatte während des längeren Vortrags seiner Gesprächspartnerin vom Döner abgebissen und sprach jetzt mit vollem Mund.

„Die Verbindung ist plötzlich etwas schlecht. Um ihre Frage zu beantworten: Ja, mit seinem Erscheinen. Oder mit seiner Art, guten Tag zu sagen. Keine Ahnung. Jedenfalls hat er noch nicht mehr gesagt, und Richard hat Hedwig angefahren, dass sie die Klappe halten soll. Das war sonst gar nicht seine Art. Richard war ein wohlerzogener, distinguierter Mann."

„Hat er Herrn Schlüter wegen seiner Hüften angesprochen? Oder wegen seines Rollstuhls?"

„Nein, er hat keinen Ton gesagt. Richard hat in aller Ruhe zugesehen, wie Heinz' junger Begleiter den Rollstuhl in eine Ecke verfrachtet und sich verdünnisiert hat. Dann trafen nach und nach die übrigen noch Lebenden ein und die Sache war vergessen."

„Fanden Sie das nicht merkwürdig? Oder kam das Gespräch später noch mal auf Hüften?"

„Herr Kommissar, wir sind alle um die achtzig. Etwa siebzig Prozent der Unterhaltungen auf diesen Treffen drehen sich um Krankheiten, zwanzig um Enkel und tote Ehegatten und zehn Prozent über die Vergangenheit, soweit sich die Leute noch daran erinnern."

„Gut, vielen Dank, Frau Schwertfeger. Einen schönen Abend noch."

„Bitte, gern geschehen. Obwohl ich keinen blassen Schimmer habe, weshalb Sie sich für alte senile Leute interessieren." Grußlos legte sie auf.

Kevin biss in seinen Döner, aber der war inzwischen eiskalt. Angewidert legte er den angebissenen Imbiss beiseite. Seine Mutter würde ohnehin einen Anfall kriegen, wenn sie sehen würde, was er aß, nachdem er ihr Abendessen verschmäht hatte. Aber er musste ihr ja nichts davon erzählen. Hauptsache, er verplapperte sich nicht. Ausschließen konnte er das nicht.

Es war ziemlich spät, als Lena die Treppe in der Pension hochstieg. Sie war erledigt von diesem ereignisreichen Tag, und ihr Kopf schwirrte. Außerdem hatte sie vergessen, etwas zu essen, und jetzt war die Küche des Hotels geschlossen. In ihrem Zimmer ließ sie sich aufs Bett fallen, schubste ihre Schuhe von den Füßen und schloss die Augen. Sie war gerade weggedämmert, als ihr Handy den Eingang einer Nachricht vermeldete.

Sie schlug die Augen auf. „Ich werde wahnsinnig", murmelte sie. Als nächstes hörte sie den Klingelton. Das Handy steckte noch in ihrer Jackentasche, auf der sie lag, und es dauerte eine Weile, bis sie es endlich herausbekam. „Ja."

„Schlafen Sie etwa schon?"

Lena hatte nicht aufs Display gesehen. „Nein, Herr Bürgermeister. Ich ruhe mich aus."

„Wovon? Haben Sie den Täter gefunden?"

„Was kann ich für Sie tun?"

„Ich wollte gern wissen, wann die Jungs kommen werden, um meine Garage auszuräumen. Also, ich meine den offiziellen Termin. Wir gehen doch beide davon aus, dass die zwei oder wer auch immer nachts kommen und meine Garage auf den Kopf stellen werden, oder? Und wenn ich weiß, wann sie offiziell kommen werden, kann ich davon ausgehen, dass sie vorher kommen werden, um sich das Geld zu holen."

Lena richtete sich auf. „Die offizielle Version lautet, dass sich Marvin und Lars bei Ihnen melden werden, um einen Termin zu vereinbaren."

„Hören Sie …" Hajo von Kiesow senkte die Stimme. „Malte ist gerade nach Hause gekommen. Er hat irgendeine App auf seinem Handy installiert, und jetzt kann er live die Kameraaufzeichnungen aus der Garage verfolgen. Wenn er sieht, dass die zwei dort einsteigen, kann ich für nichts garantieren. Augenblick." Offenbar sprach von Kiesow mit Malte, und es ging um etwas zu essen, woraufhin Lenas Magen knurrte. „Da bin ich wieder."

„Und was soll ich jetzt machen?", fragte sie.

„Ich habe keine Ahnung. Ich dachte, Sie hätten eine Idee. Meistens haben Sie doch irgendeine Idee."

„Nehmen Sie ihm das Handy weg."

„Glauben Sie nicht, dass er das merken würde?"

„So, dass er es nicht merkt."

In der Leitung war es still, jedenfalls war außer Geschirrklappern im Hintergrund nicht viel zu hören.

„Oder manipulieren Sie die Kameras", schlug sie vor.

„Kann ich nicht."

„Rufen Sie Kevin an."

„Frau Becker! Ich kann die Polizei nicht darüber unterrichten, dass mein Sohn meine Garage mit einer Kameraüberwachung ausgestattet hat, weil wir mit einem Einbruch rechnen. Kevin wird dann fragen, woher wir das wissen, und das führt früher oder später zu der Gewissensfrage, ob ich Kevin von dem Geld in meiner Garage erzähle, und dann wird mich Kevin fragen, ob ich das Geld bei meinem toten Onkel gefunden habe. Oder woher zum Teufel es sonst stammt!" Die Stimme des Bürgermeisters wurde immer leiser und durchdringender.

„Oh Gott, ich kann nicht denken. Ich habe Hunger."

„Du meine Güte, Frau Becker. Hier geht es um Leben und Tod, und Sie denken ans Essen."

„Ich lege jetzt auf."

„Nein! Nein, bitte nicht. Kommen Sie her. Hier kriegen Sie etwas zu essen. Und im Gegenzug bringen Sie eine Idee mit." Von Kiesow legte auf.

Der Mann hatte wirklich Nerven. Lena stieg wieder in ihre Schuhe und stand zwanzig Minuten später vor dem Haus des Bürgermeisters.

„Ah", sagte Hajo von Kiesow, als er ihr die Tür öffnete.

„Hallo." Lena versuchte, an ihm vorbei ins Haus zu sehen. „Ich dachte, wir trinken noch ein Schlückchen auf unseren heutigen Deal", sagte sie mit lauter Stimme. „Aber wenn ich störe, können wir das gern verschieben."

„Nein, das ist sehr nett von Ihnen. Kommen Sie doch herein." Hajo von Kiesow klang so unecht wie ein mittelmäßiger Schauspieler im Laientheater.

„Danke." Lena drängte sich an ihm vorbei ins Haus.

Malte saß am Esstisch, vor sich eine offenstehende Klarsichttüte mit geschnittenem Brot, ein aufgeklapptes Päckchen Käse und eine Flasche Bier. Der Drahtverschluss der Brötchentüte lag neben einem geöffneten Päckchen Butter. Ausgesprochen stilvoll.

„Ey, du hast Schampus mitgebracht", stellte Malte mit vollem Mund fest.

„Sekt von der Tankstelle." Lena sah sich um, konnte aber kein Handy entdecken.

Hajo von Kiesow stand steif neben der Küchentür. Sollte jemals die Besetzung eines Theaterstücks anstehen, sollte der Regisseur einen großen Bogen um von Kiesow machen. Lena warf ihm einen Blick zu.

„Ach so, ja. Möchten Sie etwas essen?", fragte der Bürgermeister.

„Gern. Sieht lecker aus."

Von Kiesow rollte mit den Augen. „Vielleicht haben wir noch Gürkchen."

„Und Sektgläser wären toll", sagte Lena und setzte sich. „Hast du die Fotos, die du heute gemacht hast, schon deinem Vater gezeigt?"

„Äh, nee?" Malte legte zwei Scheiben Käse auf seine Brotscheibe.

„Dann mach das mal. Sie interessieren ihn bestimmt."

Von Kiesow stellte gerade drei Sektgläser auf den Tisch und einen Teller für Lena und brauchte eine Weile, bis er kapierte. „Ja, zeig doch mal“, sagte er und setzte sich.

Während Malte durch die Aufnahmen scrollte und sich Hajo von Kiesow bemühte, Begeisterung zu zeigen, schenkte Lena ordentlich Sekt ein und sorgte dafür, dass Malte zwei Gläser trank. Als von Kiesow dem Sekt ebenfalls ordentlich zuzusprechen drohte, rückte sie das Glas ein wenig aus seiner Reichweite. Es fehlte ihr gerade noch, dass sich der Bürgermeister betrank und ihr Plan schiefging. Glücklicherweise wurde Malte nach einer halben Stunde müde, außerdem musste er am nächsten Morgen früh zur Schule.

„Können wir noch ein paar Bilder gucken?“, fragte Lena und zeigte auf sein Handy, das Maltes Vater in der Hand hielt. „Wir laden das Handy anschließend auch auf.“

„Okay. Aber dann lasst es auf dem Tisch liegen, damit ich es morgen früh nicht vergesse.“

„Na klar, du wirst es frisch gewaschen und gebügelt vorfinden.“

Malte grinste sie an. „Und vergiss nicht, es zu füttern.“

Als Malte in seinem Zimmer verschwunden war, griff Hajo von Kiesow nach dem Handy und suchte nach der Kamera-App.

„Was machen Sie da?“

„Ich versuche, die App zu manipulieren, damit sie keine Aufnahmen macht.“

Sie probierten eine Weile erfolglos herum. „Das müssen wir irgendwie anders machen.“ Sie ging in die Garage hinüber und sah sich um. In einer Ecke stand eine Leiter. Lena zog sie unter die Kamera an der Decke, klappte sie auseinander und kletterte hinauf. Sie kannte sich mit dieser Technik nicht aus, aber es müsste doch ausreichen, an irgendeinem Kabel zu ziehen. Sie lockerte ein Kabel und hoffte, dass damit die Kamera funktionsunfähig war.

Von Kiesow lehnte in der Tür zum Hauswirtschaftsraum. „Draußen ist auch noch eine Kamera."

„Die können Sie sich vornehmen." Lena stieg von der Leiter herunter.

„Wir könnten sie auch dranlassen und sehen, was sie aufnimmt."

Lena klappte die Leiter zusammen. „Dann wird Malte die Aufnahme sehen."

„Aber erst morgen früh."

„Stimmt auch wieder. Wir könn…"

Sie hielten beide inne, als draußen ein Geräusch zu hören war.

„Licht aus?", fragte Hajo von Kiesow.

Lena sah sich um. Es gab kein Fenster nach draußen. Wenn sie das Licht jetzt ausschalteten, würde das draußen niemand mitbekommen.

„Es kann niemand sehen, ob hier drinnen das Licht an ist", flüsterte sie.

„Stimmt. Und jetzt?"

Draußen waren immer noch leise Stimmen zu hören. „Warum hat diese Garage kein Fenster?", flüsterte Lena.

Von Kiesow deutete auf einen alten Schrank. „Dahinter."

„Na toll."

Leise durchquerte Lena den Hauswirtschaftsraum und kehrte in die Küche zurück. Sie nahm Maltes Handy vom Tisch und öffnete die App. Die zeigte den Ausfall einer Kamera an. Ihre Manipulation hatte also immerhin funktioniert. Sie klickte die Aufnahme der zweiten Kamera an. Die funktionierte zwar, aber es war schwer, etwas darauf zu erkennen. Auf der reichlich grobkörnigen Aufnahme herrschte Dunkelheit. Die Kamera war offenbar neben dem Weg zum Haus angebracht. Dort brannte nur eine Lampe, die auf Kniehöhe leuchtete.

„Ich sehe nichts", beschwerte sie sich, als von Kiesow ihr über die Schulter sah. „Diese Lampe gibt überhaupt kein Licht."

„Das ist eine Solarlampe."

Lena seufzte. Inzwischen konnte sie sich besser orientieren. Sie konnte die Hecke erkennen, die neben dem Weg verlief und den Topf mit dem Oleander. Aber zu sehen war niemand.

„Ist das hier rechts die Garage?", fragte sie.

„Ja."

„Da." Lena deutete auf den Weg. „Da kommt jemand."

Tatsächlich waren zwei Gestalten zu sehen, die um die Ecke der Garage bogen.

„Das ist das Fenster, oder?"

„Ja. Das haben sie letztes Mal eingeschlagen, und ich habe den Schrank davorgestellt."

„Das merken die zwei jetzt auch gerade."

Eine der beiden Gestalten kletterte auf das Sims des schmalen Fensters, der andere blieb daneben stehen. Aus der Garage war ein Rumpeln zu hören. Offenbar versuchte der Einbrecher, den Schrank umzustoßen.

„Das wird er nicht schaffen“, stellte von Kiesow fest. „Das ist ein alter Eichenschrank und schwer wie Blei.“

„Und das Garagentor ist abgeschlossen?“

„Ja. Obwohl da nur Gerümpel drin ist. Sind das dieser Lars und sein Kumpel?“

Lena sah ihn über ihre Schulter hinweg an. „Ja. Und Marvin. Ganz offensichtlich hat unser Plan funktioniert.“

„Ich habe gar keinen Plan.“

„Das weiß ich“, sagte Lena. „Aber ich.“

„Und was machen wir jetzt?“, fragte er.

„Das weiß ich auch nicht.“

Eigenartigerweise blieb der zweite Einbrecher neben dem Fenster stehen, während sich der andere immer noch bemühte, den Schrank vom Fenster wegzubekommen. Schließlich sprang er von der Fensterbank, und die beiden liefen Richtung Straße und verschwanden aus dem Blickfeld der Kamera. Kurz darauf waren Schüsse zu hören.

TEIL III

Kapitel 19

Nach dem er von dem Döner gegessen hatte, war Kevin etwas schlecht, andererseits lag es vielleicht daran, dass er nicht satt geworden war. Trotzdem sollte er jetzt vorsichtshalber nichts essen. Nur für den Fall, dass mit dem Döner etwas nicht gestimmt hatte. Außerdem hatte er seine Mutter angerufen und ihr gesagt, dass er schon gegessen hatte. Und im Ort hatte außer dem Dönerladen nichts mehr geöffnet. Kevin sah auf die Uhr. Es war mittlerweile halb neun. Der Abend war ohnehin hinüber. Da konnte er gut auch noch was Nützliches tun.

Er schloss die Wache ab und setzte sich in seinen Dienstwagen. Vor 21 Uhr konnte man Zeugen noch aufsuchen. Es war vielleicht nicht schön, aber immerhin befanden sie sich hier mitten in einer Ermittlung. So konnte man doch sagen. Im Dienstwagen gähnte er herzhaft und dachte darüber nach, einfach nach Hause zu fahren. Er könnte sich eine Tüte Chips aus der Küche holen, sich auf sein Bett legen und fernsehen. Andererseits hatte seine Mutter Ohren wie ein Luchs, und wenn sie schon nicht die Schranktür in der Küche hörte, würde sie jeden Bissen hören, wenn er die Chips krachend zerbiss. Kevin drehte den Zündschlüssel im Schloss. Vielleicht war es Zeit, auszuziehen. Hotel Mama war ja ganz nett, hatte aber auch Nachteile.

Heinz Schlüters Bungalow war hell erleuchtet, weshalb Kevin keine Bedenken hatte zu läuten. Als es allerdings eine Weile dauerte, bis ihm geöffnet wurde, dachte er, dass er den alten Mann vielleicht aus dem Fernsehsessel hochgeschreckt hatte, wo er über einer langweiligen Fernsehsendung eingenickt war. Aber der Mann, der ihm nach einigen Minuten öffnete, sah keineswegs verschlafen aus.

„Polizei?"

„Polizei Altes Land, Dienststelle Jork, Polizeiobermeister Timmermann. Herr Schlüter? Haben Sie ein paar Minuten Zeit?"

„Tja, muss man wohl, wenn die Polizei ins Haus kommt." Mit unsicheren Schritten trat Heinz Schlüter beiseite. „Bitte. Vorne links."

Darauf wäre Kevin auch von selbst gekommen, denn von dort waren in ohrenbetäubender Lautstärke Fernsehstimmen zu hören. Neben dem Fernsehsessel stand ein Rollator. Als Kevin sich umwandte, hielt sich Schlüter unsicher am Türrahmen fest.

„Augenblick, ich bringe Ihnen den Rollator."

„Lassen Sie man, junger Mann. Ich hab da so eine Technik entwickelt." Tatsächlich hielt sich Schlüter auf dem Weg von der Tür zum Sessel an den Rückenlehnen zweier Esszimmerstühle und einer Kommode fest. Dann musste er eine kurze Strecke freihändig zurücklegen, bevor er sich in seinen Sessel fallen ließ.

„Was möchte denn die Polizei zu so später Stunde von mir?" Schlüter griff nach seinem Bierglas und hob es in die Höhe. „Möchten Sie auch eines?"

„Nein danke, ich bin noch im Dienst. Herr Schlüter, ich bin wegen Ihres Abiturtreffens da." Kevin deutete zum Fernseher. „Könnten wir eventuell den Ton etwas leiser drehen?"

Etwas widerwillig stellte Schlüter den Ton aus. „Was zum Teufel haben heute eigentlich alle mit diesem verdammten Abiturtreffen? Da kommen alle naslang ein paar Mumien zusammen und sprechen über Tod und Teufel, und plötzlich interessiert sich die halbe Welt dafür."

Kevin, der gerade das Etui eines Tablets aufklappte, sah auf. „Wieso? Wer will denn noch was darüber wissen?"

„Der Bürgermeister."

„Der Bürgermeister?"

„Ja, und eine nette junge Frau. Ich glaube, sie ist Schornsteinfegerin. Eigentlich wollte sie mit mir über meine Heizung sprechen, aber dann sind wir unversehens auf das letzte Klassentreffen zu sprechen gekommen."

„Unversehens", wiederholte Kevin.

„Ja", sagte Schlüter etwas ungeduldig. „Und jetzt sitz ich hier und sehe fern und da steht die Polizei vor der Tür und fragt mich schon wieder danach. Was ist denn nun mit diesem Klassentreffen?"

„Was haben Sie den beiden denn erzählt?"

Schlüter beugte sich in seinem Sessel vor. „Wäre es nicht einfacher, Sie befragen den Bürgermeister und diese junge Schornsteinfegerin?"

„Herr Schlüter, im Augenblick befrage ich Sie, und ich muss Sie darauf hinweisen, dass es sich hier im Augenblick um eine reine Befragung handelt. Sie müssen nichts sagen, aber wenn ich den Eindruck habe, dass Sie mir etwas verschweigen, kann ich Sie auch ins Präsidium vorladen."

„Präsidium? Meinen Sie diesen Klinkerbau gegenüber vom Rathaus?"

Kevin war etwas pikiert über die Herabwürdigung seiner Dienststelle, was seine Laune schlagartig verschlechterte. „Wenn Sie also so freundlich wären, Herr Schlüter."

„Ist ja gut. Sehr viel hab ich den beiden ohnehin nicht erzählt. Die haben sich komischerweise nur dafür interessiert, wie ich reingekommen bin in den Laden."

„Wie, wie Sie reingekommen sind?"

„Na, wie die auf mich reagiert haben."

„Was soll das heißen, Herr Schlüter? Können Sie bitte etwas ausführlicher werden?"

„Ich verstehe zwar nicht, was daran so bedeutsam sein soll, aber ich erzähle es Ihnen natürlich gern und ausführlich. Also …" Schlüter stützte die Ellenbogen auf den abgeschabten Armlehnen seines Sessels ab und legte die

Fingerspitzen gegeneinander. „Wie Sie vielleicht bemerkt haben, bin ich nicht mehr allzu gut zu Fuß. Deshalb hat mich mein Enkel Marvin gefahren. Ich hatte meinen Rollstuhl dabei. Im Nachhinein keine gute Idee, weil Richard schon seit ewigen Zeiten wollte, dass ich mir meine Hüften operieren lasse. Als er mich im Rollstuhl gesehen hat, war das natürlich Wasser auf seine Mühlen."

„Aha? Hat er etwas dazu gesagt?"

Schlüter schüttelte den Kopf. „Nein, er hat überhaupt nichts gesagt. Genau genommen hat er mich nicht mal begrüßt, wie man es von einem kultivierten Menschen eigentlich erwarten könnte. Er hat mich angestarrt."

„Und dann?"

„Und dann haben Gisela und Hedwig mich begrüßt, Marvin hat den Rollstuhl an die Seite gestellt und sich dünne gemacht."

„Das war's?"

„Das war es natürlich nicht. Es kamen dann nacheinander immer mehr Leute, dann gab es als Vorspeise Hochzeitssuppe, was ich persönlich etwas unpassend fand, anschließend wahlweise Zanderfilet oder Deichlamm. Aber das wollten die zwei gar nicht mehr wissen."

„Sie wollten nicht wissen, was es zu essen gab, meinen Sie?"

„Nein, Sie haben sich überhaupt nicht mehr dafür interessiert, was passiert ist, nachdem ich gekommen bin und Marvin gegangen ist."

„Und warum?"

„Haben Sie mir nicht gesagt."

„Aha, okay, na schön.“ Kevin wusste nicht so recht, was er mit dieser Information anfangen sollte. „Und wie hat sich Dr. von Kiesow im Laufe des Abends verhalten?“

„Tja, also normal.“

„Normal? Was verstehen Sie unter normal?“

„Sagen Sie mal, stimmt etwas nicht mit Richard? Warum interessiert sich alle Welt für ihn und wie er sich an diesem Abend verhalten hat?“

„Herr Schlüter, Ihr alter Schulfreund Richard ist kurz nach dem Abiturtreffen bei einem häuslichen Unfall ums Leben gekommen.“

„Ja schon, aber was soll das mit seinen Schulkameraden zu tun haben?“

„Das weiß ich nicht. Aber Ihre Schulkameraden haben ausgesagt, dass Richard von Kiesow nach Ihrem Eintreffen nachdenklich und abwesend gewirkt habe. Und mich interessiert der Grund dafür.“

„Und da denken Sie an meine Hüften?“

„Hatten Sie Streit mit Dr. von Kiesow wegen Ihrer Hüften?“

Schlüter schüttelte den Kopf. „Also, das glaubt mir doch keiner. Alle Welt interessiert sich für die Hüftgelenke eines alten Mannes. Sollen die jetzt auch noch was mit Richards Tod zu tun haben? Hat der vielleicht Hüftprobleme gehabt und ist deshalb die Treppe runtergefallen?“

Interessanter Gedanke, fand Kevin. „Und der Bürgermeister und Frau Becker haben sich für das weitere Treffen gar nicht mehr interessiert?“

„Richtig, Becker hieß sie. Jetzt, wo Sie es sagen, erinnere ich mich wieder. Tja, keine Ahnung. Die junge Frau hat plötzlich zum Aufbruch geblasen. Ich glaube, der Bürgermeister war mit seinen Gedanken noch ganz woanders. Ich hatte ihm mein Fotoalbum gezeigt, wissen Sie?“

Kevin blinzelte. Er wusste nicht so recht, was das alles zu bedeuten hatte. „Kann ich mir Ihr Fotoalbum mal ausleihen?“

„Sicher. Wenn es Ihnen nichts ausmacht, nehmen Sie es sich selbst. Es steht dort drüben in der Schrankwand unten rechts, rechte Tür. Sie wissen ja, ich habs mit den Hüften.“ Der alte Mann grinste so merkwürdig, und Kevin war sich nicht sicher, ob er hier gerade verschaukelt wurde. Er ging zu der Schrankwand hinüber. Hinter der rechten Tür verbarg sich eine stattliche Anzahl von Fotoalben, deren Rücken sämtlich ordentlich beschriftet waren. Er nahm das schwarze Album mit der Aufschrift *Schule* und richtete sich wieder auf.

„Wiedersehen macht Freude“, sagte Schlüter und griff nach der Fernbedienung. „Sie finden alleine raus?“

Kevin verließ das Haus, setzte sich hinter das Steuer des Dienstwagens und legte das Fotoalbum auf den Beifahrersitz. Lena streifte gemeinsam mit dem Bürgermeister durch die Gegend und befragte Leute? Was sollte das werden? Benutzte sie ihn nur als Informationsquelle und stellte eigene Ermittlungen an? Und worum ging es hier eigentlich?

Er beugte sich zum Handschuhfach hinüber und öffnete es. Nachdem er eine Weile darin herumgekramt hatte, fand er einen Schokoriegel. Den brauchte er jetzt dringend, um seine Nerven zu beruhigen. Sein ganzes Leben lang war er von den Frauen benutzt und ausgespuckt worden. Er hatte gedacht, dass es bei Lena anders wäre, aber wenn es zutraf, dass er nicht allzu helle war, dann hatte er mit dieser Einschätzung eben danebengelegen. So, wie schon sein ganzes Leben lang. Aber bei ihr tat es besonders weh.

Er zog sein Handy aus der Brusttasche seiner Uniform und guckte eine Weile aufs Display. Er hatte ihr sein Geheimnis anvertraut, und zwar bereits kurz nach ihrem Kennenlernen. Sie kannte alle Ermittlungsergebnisse und Fakten auf seiner Verbrechertafel und ging mit dem Bürgermeister durch die Gegend und befragte mit diesem Wissen Zeugen. Und das Schlimmste daran war, dass er keine Ahnung hatte, was sie eigentlich genau herausgefunden hatte. Er jedenfalls wurde aus dem, was Schlüter ihm erzählt hatte, nicht schlau. Es ging hier um Autodiebstahl und zwei ungeklärte Mordfälle und nicht um abgenutzte Hüftgelenke, verdammt!

Er warf das Handy auf den Beifahrersitz, wo es vom Fotoalbum abprallte und im Fußraum landete. Und der verdammte Schokoriegel war auch schon weggefuttert. Heute war einfach ein verdammter Scheißtag!

Er nahm das Handy von der Matte vor dem Beifahrersitz auf und überlegte eine Weile, ob er Lena anrufen sollte. Aber was sollte er schon sagen? Wenn er sich als Polizeibeamter bei ihr, einer Laienermittlerin, nach ihrem Ermittlungsstand erkundigte, wäre das wohl peinlicher als peinlich. Und was er jetzt gar nicht gebrauchen konnte, war, dass noch jemand ihn dastehen ließ wie einen unfähigen, ahnungslosen

Polizeibeamten. Aber genau das war er. Ahnungslos und unfähig.

Er legte das Fotoalbum auf das Lenkrad und blätterte sich durch die Seiten. Kaum zu fassen. Hatte der Bürgermeister nichts Besseres zu tun als Aufnahmen vom Klassentreffen seines Onkels anzugucken? Die meisten davon waren sogar in schwarz-weiß!

Er nahm wieder das Handy und suchte Lenas Nummer heraus. Er hatte sogar ihre Telefonnummer in seinem Handy gespeichert! Und wie dankte sie es ihm? Mit Verrat! Kevin war kurz davor, die Nummer zu löschen, aber das wäre nicht sehr klug. Dann musste er sie nur erneut einspeichern. Überhaupt, die Wurzel allen Übels schien ihm doch am ehesten der Bürgermeister zu sein. Sollte der ihm doch erklären, was sie bei Schlüter gewollt und vor allem herausgefunden hatten. Wenn Schlüter richtig lag, hatte der Bürgermeister selbst nicht verstanden, worum es ging.

Kevin startete den Wagen. Inzwischen war es dunkel geworden und spät. Aber das machte nichts. Falls der Bürgermeister vorhatte, ihm Ermittlungsergebnisse im Zusammenhang mit dem Tod seines Onkels vorzuenthalten, sollte er Kevin mal kennenlernen. Und das auch nach 23 Uhr!

In der Straße, in der der Bürgermeister wohnte, brannten nur noch die Straßenlampen. Die Fenster waren dunkel. Hier ging man zeitig zu Bett und stand morgens wieder zeitig auf, um einer geregelten Arbeit nachzugehen. Und zwar einer Arbeit, bei der man gutes Geld verdiente. Hier gab es eher wenig

Kriminalität. Hin und wieder einen Einbruch, allerdings waren die Häuser hier gut gesichert, einige Bewohner hatten sogar einen Wachdienst engagiert, der regelmäßig patrouillierte. Hin und wieder kam es vor, dass das Haus des Bürgermeisters mit Parolen beschmiert wurde, wenn jemandem seine Entscheidungen nicht gefielen. Aber das letzte Mal war schon eine ganze Weile her. Damals war der Grund für den Unmut eines Bürgers die Erhöhung der Hundesteuer gewesen. Jemand hatte lauter kackende Hunde auf die Hausfassade des Bürgermeisters gesprayt, was Kevin eigentlich ganz witzig gefunden hatte, zumal der Sprayer echt begabt gewesen war. Kevin trat auf die Bremse, als plötzlich eine Gestalt von rechts nach links über die Fahrbahn lief, gefolgt von einer zweiten Person. Sie liefen zielstrebig auf das Grundstück des Bürgermeisters, wo sie am Garagentor rüttelten.

„Spinnen die?“, murmelte Kevin. „Ich bin die Polizei.“

Aber das hatten die zwei offenbar gar nicht mitbekommen. Sie verschwanden rechts um die Hausecke. Kevin stieg aus dem Wagen, legte die Hand ans Holster und folgte den beiden leise um die Hausecke, wo sie versuchten, in die Garage einzubrechen. Jedenfalls versuchte der auf dem Fenstersims, das Fenster einzutreten. Der andere stand Schmiere. Das machte er allerdings schlecht, denn er hatte Kevin immer noch nicht bemerkt.

Er beobachtete die beiden eine Weile bei ihrem untauglichen Einbruchversuch. Nach einigen Minuten ließen sie von dem Fenster ab und kamen auf Kevin zu. Der zog sich hinter die Hecke zurück und wartete ab, was die zwei jetzt vorhatten. Die wollten offenbar ihr Glück noch einmal am Garagentor versuchen. Kevin trat hinter der Buchenhecke hervor, zog die Waffe und richtete sie gen Himmel. „Halt! Polizei! Nehmen Sie die Hände hoch!"

„Scheiße!", sagten Lena und der Bürgermeister gleichzeitig.

Keiner von beiden rührte sich, dann waren oben Schritte zu hören und eine Tür ging.

„Dad? War das ein Schuss?"

Hajo von Kiesow sah Lena mit großen Augen an. Die schüttelte den Kopf.

„Äh, nee, glaube ich nicht. Also, nein, wollte ich sagen. Mir ist hier nur was runtergefallen."

Lena verdrehte die Augen und ging zur Haustür hinüber. Durch den Türspion konnte sie ein Polizeifahrzeug sehen, Blaulicht, und gegenüber gingen die Lichter hinter den Fenstern an. Jetzt waren Schritte auf der Treppe zu hören.

„Ey, ich bin doch nicht doof", war dann auch kurz darauf Maltes Stimme zu hören. „Da draußen steht doch ein Bullenauto."

„Tatsächlich?", fragte von Kiesow in Laientheatermanier.

„Ja, da hat er recht", sagte Lena.

Malte stellte sich neben sie. „Zeig mal. Ich kann nichts sehen", sagte er nach einem Blick durch den Spion. „Mach mal die Tür auf."

„Bist du irre!" Lena schob ihn zur Seite. „Da draußen sind Leute mit Schusswaffen unterwegs."

Malte wandte sich um und ging in die Küche. „Er ist tatsächlich eingebrochen worden, oder? Gott sei Dank habe ich die Kameras installiert. Da können wir alles verfolgen." Er nahm sein Handy vom Esstisch und scrollte auf dem Display. „Verdammte Scheiße!", motzte er. „So ein Schrott. Die eine Kamera ist ausgefallen. Mal sehen. Na ja, besonders toll sind die Aufnahmen nicht", stellte er nach einer Weile fest. „Ziemlich dunkel da draußen. Man kann die Leute überhaupt nicht erkennen." Er vergrößerte die Aufnahme des jungen Mannes, der versuchte, den Schrank durch das Fenster hindurch umzustoßen. „Kenn ich den?", fragte er sich laut.

Lena sah Malte über die Schulter und war froh, dass der zweite junge Mann so schlecht zu sehen war. Es durfte ziemlich sicher sein, dass es sich um Lars Hanstedt handelte. Hajo von Kiesow stand neben der Küchentür und sagte gar nichts.

Dann läutete jemand an der Tür.

Kevin war auf hundertachtzig. Nach einem ohnehin schlecht verlaufenen Tag wirkten sich derlei Vorkommnisse suboptimal auf die Laune aus. Und nachdem er von der Schusswaffe hatte Gebrauch machen müssen, musste er die Kollegen in Stade unterrichten und sämtliche Anwohner befragen, und außerdem den Bürgermeister fragen, was zum Teufel das alles zu bedeuten hatte.

Der Bürgermeister höchstpersönlich öffnete ihm, war weiß wie die Wand und wirkte mitgenommen. „Kevin", sagte der Bürgermeister. „Ist dir was passiert?"

„Kann ich reinkommen?"

„Ja, klar."

Von Kiesow führte ihn in die Küche, wo Malte am Küchentisch saß. Das war okay, denn der wohnte hier. Was Kevins Laune schlagartig weiter sinken ließ, war der Umstand, dass Lena Becker mit verschränkten Armen an dem mannshohen amerikanischen Kühlschrank lehnte. Immerhin sah sie auch nicht besonders glücklich aus. Ohne zu fragen, zog er einen Stuhl unter dem Tisch hervor und setzte sich. Er legte sein Tablet auf den Tisch und sah in die Runde.

„Könnten sich vielleicht alle mal setzen?"

„Kevin", hob Lena an. „Wenn ich etwas dazu sagen dürfte."

„Wozu?"

Lena kam zu ihm herüber und legte ihm eine Hand auf die Schulter. „Kann ich dich mal kurz allein sprechen?"

Kevin war eigentlich nicht in der Verfassung, sich das Heft aus der Hand nehmen zu lassen. Aber Lena hatte diese Bitte freundlich vorgetragen und wirkte kein bisschen fordernd. Er stand auf und ging mit ihr in den Flur hinüber.

Lena steckte die Daumen in die Gesäßtaschen ihrer Jeans. „Könnten wir allein mit dir sprechen, also Herr von Kiesow und ich? Und du bittest Malte, uns allein zu lassen?"

„Wozu soll das gut sein?"

„Es gibt etwas, das Malte nicht wissen soll. Vielleicht weiß er es auch schon oder er ahnt es, keine Ahnung. Aber ich fände es besser so. Du kannst ja immer noch mit ihm sprechen."

Kevin sah sie eine Weile an. „Gut. Dann müsst ihr aber mit der Sprache rausrücken."

Er hatte das Gefühl, dass sie kurz ein wenig unsicher blinzelte, aber dann nickte Lena.

„Gut.“ Kevin wandte sich ab und kehrte in die Küche zurück. „Malte“, sagte er, als er sich wieder an den Küchentisch setzte. „Ich würde gern mit deinem Vater und Frau Becker allein sprechen.“

Malte warf Lena einen missmutigen Blick zu, weil er sich vermutlich denken konnte, dass Kevins Bitte auf Lenas Wunsch beruhte.

„Keine Ahnung, was das soll, aber von mir aus“, maulte er und lief die Treppe hoch.

„Schön. Ich höre“, sagte Kevin.

Hajo hatte sich offenbar darauf besonnen, dass er der Bürgermeister von Jork war. „Vielleicht erzählst du uns erst mal, was passiert ist, Kevin.“

Wenn es etwas gab, was Kevin verinnerlicht hatte, dann die Ermittlungsweisheit, dass die Polizei die Fragen stellte. Und nicht der Bürgermeister.

„Frau Becker, Herr von Kiesow, Sie waren heute bei Herrn Schlüter und haben ihn danach befragt, wie sich Ihr Onkel, Herr Bürgermeister, auf dem Abiturtreffen verhalten hat.“

„Herr Bürgermeister?“, fragte Hajo.

„Kevin, was ist denn los?“, fragte Lena. „Es gab doch da draußen eben eine Schießerei.“

Kevin sah erst Lena, dann Hajo an. „Ich möchte klarstellen, dass ich in offizieller Mission als Polizeiobermeister Kevin Timmermann hier bin. Und ich habe eine Frage gestellt.“

„Ja, okay", sagte Lena. „Wir waren bei Heinz Schlüter. Er war ein ehemaliger Schulkamerad von Richard von Kiesow, und wir wollten gern wissen, wie sich von Kiesow auf dem Abiturtreffen verhalten hat."

„Warum?"

„Weil der Bürgermeister gern wissen möchte, ob es sich bei dem Tod seines Onkels um einen Unfall handelt."

„Und das weiß Herr Schlüter?"

Lena warf ihm einen irritierten Blick zu. „Wir wollten gern wissen, ob es auf dem Klassentreffen einen Vorfall gab, der in irgendeinem sachlichen Zusammenhang mit dem Tod von Richard von Kiesow steht." Jetzt wirkte ihr Blick schon etwas aufmüpfiger.

„Was hat Herr Schlüter gesagt?" Kevin wandte sich an Hajo, der jetzt gelassen auf seinem Stuhl saß. Bei dieser Frage allerdings wirkte er kurz verunsichert.

„Ich habe inzwischen eine Theorie", sagte Lena.

„Und was hat Herr Schlüter gesagt?", wiederholte Kevin seine Frage.

Lena stand auf und stellte sich an den Kühlschrank. „Was soll denn das, Kevin. Was war da draußen eben los? Warum erzählst du uns nichts?"

„Weil ihr mir auch nichts erzählt." Kevin hatte keine Lust mehr. „Ich glaube, ich gehe jetzt nach Hause."

„Was?", fragte Lena. „Warum denn das plötzlich?"

„Ich stelle meine eigenen Ermittlungen an und verlasse mich nicht auf Zivilisten." Er klappte die Hülle seines Tablets zu und stand auf.

„Du setzt sich wieder hin." Lena fasste seine Schultern und drückte ihn auf den Stuhl zurück. „Herr von Kiesow, vielleicht machen Sie noch eine Flasche Bier auf."

„Ich bin im Dienst", widersprach Kevin.

„Macht nichts", sagte Lena. „Dienst ist vorbei."

Sie setzte sich wieder, während Hajo zum Kühlschrank ging und drei Flaschen Bier herausnahm.

„Ich würde sagen, wir fangen jetzt alle noch mal von vorne an", sagte Hajo und öffnete die Bierflaschen. „Es ist nämlich so."

Lena nahm sich eine der Flaschen und trank einen Schluck, während sich der Bürgermeister umständlich hinsetzte. Jetzt war sie mal gespannt, denn ohne den Geldfund in seiner Garage konnte der Bürgermeister seine eigenen Ermittlungen schwerlich rechtfertigen. Aber vielleicht hatte er jetzt vor, mit der Wahrheit herauszurücken.

„Ich habe von Anfang an Zweifel daran gehabt, dass mein Onkel versehentlich die Kellertreppe hinuntergefallen ist", begann der Bürgermeister. „Und ich wollte gern von den Menschen, mit denen er Kontakt hatte, wissen, ob ihnen etwas an Richard aufgefallen ist. Wir haben mit allen gesprochen. Das hast du doch auch gemacht."

„Okay, wenn der Doktor nicht wegen einer Ungeschicklichkeit gestürzt ist, wie soll es sich denn sonst abgespielt haben? Soll einer seiner alten Schulfreunde nachgeholfen haben?" Kevin schob die Bierflasche ein Stück von sich weg. „Herr Schlüter mit seinen kaputten Hüften kommt dafür wohl auch nicht in Frage. Bleibt außerdem die Frage nach dem Motiv."

„Frau Becker hier", fuhr Hajo von Kiesow unbeirrt fort, „hat bei unserem Gespräch mit Herrn Schlüter heute etwas herausgefunden."

Lena bekam ganz kurz Schnappatmung. Falls von Kiesow vorhatte, dass sie sich jetzt das Problem mit dem Geld an die Backe klebte, hatte er sich aber geschnitten. Allerdings schien er davon auszugehen, dass sie einsprang, denn er warf ihr einen aufmunternden Blick zu.

„Also Kevin", sagte Lena. „Wir haben jetzt von Günter Hartfelder und von Heinz Schlüter gehört, dass sich Richard von Kiesow auf dem Abiturtreffen ungewöhnlich zurückhaltend verhalten hat. Und nach unserem Gespräch heute mit Heinz Schlüter habe ich den Eindruck gewonnen, dass Dr. von Kiesow bis zu Schlüters Eintreffen auf dem Abitreffen guter Dinge und so wie immer war. Und mein persönlicher Eindruck ist, ohne dass ich das in irgendeiner Weise belegen könnte, dass sich von Kiesows Verhalten weder wegen des Anblicks von Heinz Schlüter noch wegen seiner kaputten Hüften oder dem Rollstuhl schlagartig geändert hat, sondern wegen seines Enkels. Marvin Schlüter hat seinen Großvater zu dem Treffen begleitet und ist dort auf Richard von Kiesow getroffen."

„Aha." Kevin machte eine ziemlich unbeeindruckte Miene.

Lena lehnte sich zurück. „Ja, ich weiß, dass das jetzt keine super beeindruckende Erkenntnis ist. Aber dazu muss man wissen, dass Marvin Schlüter zu den Jungs gehört, die geholfen haben, Dr. von Kiesows Haus auszuräumen."

„Das war ja nun nach seinem Tod."

„Richtig. Aber Dr. von Kiesows Sachen befinden sich hier in der Garage, und gerade eben, bevor du geklingelt hast, hatten wir den Eindruck, dass jemand versucht, in die Garage einzubrechen."

Kevin sah Lena lange an, dann sah er den Bürgermeister an. „Um alte Möbel zu klauen?", fragte er.

„Herr Gott, Kevin, jetzt hör doch mal auf, den Beleidigten zu spielen!" Hajo von Kiesow knallte seine Bierflasche auf den Tisch. „Warum bist du eigentlich nicht draußen und verfolgst die Einbrecher?"

„Warum hast du mich nicht angerufen und den Einbruch gemeldet?"

„Du warst doch schon da."

„Das wusstest du aber nicht."

Die beiden Männer maßen sich mit Blicken.

„Die Einbrecher waren flüchtig, und ich habe einen Warnschuss abgegeben", sagte Kevin und löste damit die Spannung etwas. „Einer der Täter war also Marvin Schlüter? Und der andere?"

Hajo von Kiesow hob die Hände. „Das sind alles nur Vermutungen, Kevin. Renn jetzt nicht los und nimm die alle fest."

„Wen denn noch?"

„Vielleicht war der andere Lars Hanstedt", sagte Lena. „Er hat damals auch mitgeholfen beim Ausräumen."

„Nur die beiden oder noch wer?“

„Nur Malte“, sagte Hajo von Kiesow.

„Und warum sollte ich den jetzt genau rausschicken, wo er doch vielleicht etwas dazu hätte sagen können?“

„Weil wir ihn da nicht mit reinziehen wollen“, sagte Hajo. „Ganz offensichtlich sind diese beiden Jungs kriminell, und ich möchte nicht, dass Malte in Gefahr gerät.“

„Weshalb wollten die zwei hier einbrechen?“, fragte Kevin. „Was genau gibt es hier zu klauen, wofür es sich lohnt, in deine Garage einzubrechen?“

Hajo schluckte, vermied es aber, zu Lena Becker hinüberzusehen. „Ich weiß es nicht. Du kannst dich gern drüben mal umsehen. Vielleicht stößt du auf etwas.“

„Auf etwas, was deinen verstorbenen Onkel belasten könnte?“, fragte Kevin.

Hajo kniff die Augen zusammen. „Geh rüber und sieh nach.“

Kevin stand auf und ging zur Küchentür. „Ich denke, wenn etwas darunter war, hast du es bestimmt schon selbst gefunden. Ich finde alleine raus.“

Kapitel 20

Als Lena am nächsten Morgen aufwachte, fühlte sie sich schlecht. Und das zu Recht. Sie hatte Kevins Vertrauen missbraucht und dieses Verhalten damit gerechtfertigt, dem Bürgermeister helfen zu wollen. Das stimmte zwar, war aber kein Grund für einen Vertrauensmissbrauch. Sie hätte darauf bestehen müssen, dass Hajo von Kiesow Kevin ins Vertrauen zog. Schließlich kannten sich die beiden, und zwar schon sehr lange, und sie war erst vor Kurzem nach Jork gekommen. Sie musste nicht etwas in Ordnung bringen, was auch ohne ihre Anwesenheit irgendwie geregelt worden wäre. Lena Becker war schließlich nicht der Nabel der Welt.

Frisch geduscht stand sie pünktlich um acht Uhr vor dem Haus von Michael Köhler. „Guten Morgen, Herr Köhler. Ich möchte gern eine Feuerstättenschau durchführen."

Köhler war Unternehmensberater und arbeitete zu Hause. Er trug eine Chinohose, ein weißes Hemd mit Monogramm, und schien sich über ihren Besuch zu freuen.

„So früh am Morgen, und das Glück schneit herein. Kommen Sie."

Köhlers Heizungsanlage war gerade mal zehn Jahre alt, wie der Aufkleber des Herstellers verriet, und prima in Schuss. Die Werte waren in Ordnung, und es gab keine Beanstandungen. Sie klebte ihr Label auf und nahm ihre Tasche.

„Das wars", sagte sie zu Herrn Köhler, der ihr zugesehen hatte.

„Gut." Er musterte sie. „Sie sehen nicht besonders gut aus, wenn ich das sagen darf. Meinen Sie, eine Tasse Kaffee würde helfen?"

Lena sah ihn an. Der Mann hatte gut reden. Er sah aus wie aus einer Werbung für Lifestylemedikamente für die mittlere Altersgruppe. „Gern."

„Oder hätten Sie lieber einen Espresso?" Natürlich hatte Köhler eine chromfunkelnde Multimaschine.

„Kann die auch Kakao?"

„Kann sie." Köhler machte sich einen Espresso, Lena einen Kakao, und er fand auch noch eine Packung Biskuits.

„Ist es nicht ziemlich einsam, allein zu Hause zu arbeiten?", fragte sie.

„Deshalb freue ich mich ja, dass ich ein wenig mit Ihnen zusammensitzen kann. Aber sonst finde ich es nicht schlimm, allein zu sein. Und abends kommt meine Frau ja nach Hause." Er grinste. „Meistens jedenfalls. Und bei Ihnen? Ist es nicht anstrengend, den ganzen Tag in der Gegend rumzureisen und sich den Alltagskram anderer Leute anzuhören?"

Lena stellte den Kakaobecher ab. Wenn es nur so wäre. Aber ein Einhunderttausend-Euro-Fund und Schüsse in der Nacht waren in ihren Augen kein Alltagskram. „Man bekommt so allerhand mit, aber in der Regel halte ich mich ja nicht so lange auf. Wie bei Ihnen, meine ich."

„Ich habe gehört, dass Sie die Leute auch hinsichtlich der erneuerbaren Energien beraten. Ich bin ja froh, dass unsere Heizung erst zehn Jahre alt ist. Ich halte nichts von der Panikmache, die im Augenblick in Jork herrscht. Und der Bürgermeister ist so scharf auf dieses Neubaugebiet. Haben Sie übrigens gehört, dass es gestern einen Einbruch bei ihm gegeben haben soll? Unser Dorfpolizist musste sogar in die Luft schießen. Na ja."

„Was halten Sie vom Bürgermeister?", fragte Lena.

Köhler legte den Kopf schief. „Er vertritt nicht ganz meine politische Linie, aber ich finde, er macht seine Sache gut. Und an dem Thema Energie kommt man ja heute gar nicht mehr vorbei."

„Und finden Sie ihn vertrauenswürdig?"

Köhler verschränkte die Arme. „Interessante Frage. Immerhin ist er Politiker. Ich denke, diesen Leuten kann man immer nur bis zu einem gewissen Grad vertrauen."

Die Unterhaltung hatte nicht gerade dazu beigetragen, Lenas Laune zu heben. Kakao hin oder her. Die weiteren Termine an diesem Vormittag beschränkte sie jedenfalls auf ihre Arbeit und ein paar notwendige Wortwechsel.

Am Mittag wollte sie sich gerade auf den Weg zu Kevin machen, um ihm alles zu erzählen, als Isabel anrief. „Hi, wo bist du? Ich wollte dir etwas erzählen."

„Äh, ich bin …" Lena sah sich um. „Ich bin am Kirchhof."

„Das ist ja krass. Da bin ich auch."

Lena musste scharf bremsen, als eine Fahrradfahrerin, ohne zu gucken, über die Fahrbahn fuhr. „Herr Gott, Isabel." Sie riss die Tür auf. „Bist du verrückt geworden?"

„Du bist so schlecht zu finden, Lena." Isabel warf ihr Fahrrad in eine Buchenhecke und stieg in Lenas Wagen. „Da bin ich froh, dich gefunden zu haben."

Lena sah die junge Journalistin an. Isabel war völlig verrückt. Ihr Leben hing praktisch am seidenen Faden, und gerade heute war es keine gute Idee, die Haltbarkeit dieses Fadens auf die Probe zu stellen.

Eigentlich wollte Lena sie anbrüllen, aber stattdessen begann sie zu weinen. „Sag mir einfach, was du herausgefunden hast", schluchzte sie.

„Lena, was ist denn?" Isabel legte ihr den Arm um die Schultern. „Es ist alles in Ordnung. Du hast schon jede Menge Follower, und wir bringen dich ganz groß raus. Versprochen."

Lena zog ein Taschentuch aus der Jacke und schnäuzte sich. Dann musste sie ein bisschen kichern. Das war besser als heulen. „Was hast du denn rausgefunden?"

„Na, dass du zum Social Media Star von Jork wirst, Lena. Sag ich doch gerade."

„Nein, was du mir erzählen wolltest."

„Ach so." Isabel hob ihre Tasche vom Fußraum auf den Schoß. „Hätte ich beinahe vergessen. Hier. Du wolltest doch wissen, wie das mit den Autodiebstählen läuft."

Das hatte Lena völlig vergessen. Sie glaubte auch nicht, dass Autodiebstähle hier irgendeine Rolle spielten. Aber was wusste sie schon.

„Dann erzähl mal", forderte Lena sie auf und schnäuzte sich.

„Also." Isabel zog ihr Notizbuch aus der Tasche. „Ich hab mir mal diesen Andy Granzow genauer angesehen. Das ist der Tote von Apfelbauer Mohnsens Wiese. Der war ein Autoknacker vor dem Herrn."

„Woher weißt du das?"

„Ich habe recherchiert. Schule abgebrochen, Automechanikerlehre abgebrochen und mehrfach wegen Autodiebstahls festgenommen."

„Wie hast du das rausgefunden?"

„Leute befragt. In dem Haus, wo er mit seinem Vater gelebt hat, wohnt eine niedliche alte Omi. Die hat mir stundenlang alle Einzelheiten erzählt. Sie wohnt in der Erdgeschosswohnung, und sie hat ihn mit immer anderen Autos nach Hause kommen sehen. Was das für welche waren, wusste sie nicht, aber es waren solche, die er sich von seinem Lehrlingsgehalt nicht leisten konnte." Sie grinste Lena an. „Das er ja nicht mal bezogen hat."

Lena sah sie an. „Ist doch wenig überraschend, oder?"

„Das stimmt. Aber zuletzt hatte er dabei Hilfe."

„Hilfe?"

„Die Nachbarin hat häufiger mal einen jungen Mann gesehen. Sie wusste nicht viel über ihn, aber ich habe ihr Fotos gezeigt."

„Was für Fotos?"

„Fotos von Schülern, vom Schachclub, von Fußballspielern." Isabel scrollte auf ihrem Handy. „Und sie meint, dass sie den Jungen wiedererkannt hat." Sie hielt Lena das Display hin. „Diesen hier."

Lena betrachtete die Aufnahme von Lars Hanstedt in Fußballerkluft. „Du musst das Kevin zeigen."

„Meinst du?", fragte Isabel. „Ich will mich bei Kevin nicht unbeliebt machen und damit prahlen, dass ich in der Welt herumfrage. Ist ja eigentlich nur für die Zeitung."

„Das kann ich verstehen, aber der Polizei Informationen vorzuenthalten, ist keine gute Sache." Und ich weiß, wovon ich rede, dachte Lena.

„Der denkt womöglich, ich will ihm in seine Arbeit reinreden."

„Versteh ich auch."

„Okay, und was mach ich jetzt?"

„Was hast du noch rausgefunden?", fragte Lena.

„Toll Isabel, was du alles rausgefunden hast. Ich bewundere dich, Isabel."

„Tut mir leid. Du erwischst mich gerade in einer ganz schlechten Phase."

„Und warum? Du hast doch gerade ein Haus gekauft, stehst auf Du und Du mit dem Bürgermeister, und du hast mehr Follower als ein durchschnittlicher Filmschauspieler." Isabel lehnte sich im Beifahrersitz zurück. „Okay. Andy Granzow ist Autoklauer, tot und – bingo – Automatensprenger."

„Richtig. Genau das denke ich auch."

„Und wir denken, dass Lars Hanstedt sein Komplize war. Erst bei den Autodiebstählen, dann beim Automatensprengen."

„Auch richtig", bestätigte Lena.

„Und das war's?"

„Nein, das war es noch nicht."

„Richtig. Die alten Leute mit ihrem Klassentreffen spielen noch irgendeine Rolle dabei."

„Ja."

„Du meine Güte, Lena, du hörst ja gar nicht mehr auf zu plaudern."

„Es gibt eine Verbindung der zwei zu den alten Leuten vom Abitreffen." Lena sah Isabel an. „Kannst du schweigen?"

Isabel tat so, als würde sie ihre Lippen verschließen. „Wie ein Grab. Alles, was du mir sagst, ist ins offene Grab gesprochen. Ich kann schweigen bis in alle Ewigkeit."

„Isabel."

„Entschuldige."

„Es gibt Hinweise darauf, dass es einen dritten Mann gab."

„Ja, stimmt. Bei dem Auto, in dem Granzow tot aufgefunden wurde, das bei Bauer Mohnsen auf der Wiese stand, standen zwei Türen offen und die Fahrertür."

Lena nickte. „Ja. Und ich glaube, dass dieser dritte Mann ein Schulkollege von Lars Hanstedt ist. Und der Enkel eines alten Schulfreundes von Dr. von Kiesow."

„Bestimmt hat dieser Enkel einen Namen. Ich schweige. Versprochen."

„Marvin Schlüter."

Kevin hatte an diesem Morgen sehr schlechte Laune. Extrem schlechte Laune. Er war enttäuscht, hatte so gut wie gar nicht geschlafen, und seine Mutter heute Morgen einfach stehen lassen, obwohl sie ihm ein üppiges Frühstück gemacht hatte. Und jetzt klingelte er sich seit sechs Uhr morgens durch die

Anwesen der Nachbarn des Bürgermeisters. Aber niemand hatte etwas gesehen oder gehört. Alle hatten geschlafen oder nicht aus dem Fenster gesehen. Es war wie damals, als jemand die Hundehaufen auf die Fassade vom Haus des Bürgermeisters gesprayt hatte. Vielleicht wollten die Leute in dieser Straße einfach nicht mit Straftaten im Zusammenhang mit dem Bürgermeister in Verbindung gebracht werden. Und Kevin wollte sich im Augenblick nicht darauf festlegen, wer hier krimineller war: Die Leute, die bei ihm einsteigen wollten, oder der Bürgermeister selbst. Der wusste doch ganz klar etwas, und natürlich hatte er Lena mit ins Boot geholt, damit sie seine Schweinereien deckte. Vermutlich hatten sie irgendeinen Deal gemacht, dass sie ihm half, sein Neubaugebiet durchzubringen, und er hatte ihr dafür das Haus seines Onkels billig verkauft. Und nebenbei hatte sie so getan, als würde sie ihm bei ihren Ermittlungen helfen.

Er bedankte sich bei dem achten Nachbarn des Bürgermeisters dafür, dass der ihm nichts mitteilen konnte, kehrte zu seinem Dienstwagen zurück. Er wusste schon, warum er am liebsten allein ermittelte. Nur auf sich selbst konnte man sich verlassen. Deshalb war er Einzelgänger, und das war auch gut so. Statt in seinen Wagen einzusteigen, ging er zum Haus des Bürgermeisters hinüber und läutete.

Der Sohn des Bürgermeisters öffnete ihm. Offenbar war Malte von Kiesow im Begriff, das Haus zu verlassen. Er schwang sich gerade seinen Rucksack über die Schulter, an einem Ohr hatte er sein Handy und telefonierte. Er nickte Kevin nur zu und quetschte sich dann an ihm vorbei nach draußen. Kevin sah zu, wie Malte aufs Rad stieg und losfuhr, ohne mit dem Telefonieren aufzuhören. Kevin ging ins Haus und schloss die Tür hinter sich.

„Polizei Altes Land, Dienststelle Jork, Polizeiobermeister Timmermann. Herr Bürgermeister?"

„Kevin, bist du das?" Hajo von Kiesow sah vom oberen Stockwerk über das Geländer nach unten.

Kevin legte den Kopf in den Nacken. „Kann ich dich mal sprechen, Bürgermeister?"

Hajo von Kiesow kam locker die Treppe heruntergestiegen. Er trug eine anthrazitfarbene Anzughose und ein weißes Hemd. Seine Krawatte hing lose um den Hals.

„Ist gut, dass du da bist, Kevin. Ist gestern Abend ja nicht so gut gelaufen."

Kevin hasste es, wie es der Bürgermeister immer hinbekam, lässig durch wildes Fahrwasser zu schippern und dabei auch noch gut auszusehen.

„Ich will die Befragung heute fortsetzen", erklärte Kevin und kam sich fürchterlich steif dabei vor. Dabei war der Bürgermeister in Ordnung. Ein guter Kumpel, und das fand Kevin besonders enttäuschend.

„Du siehst schlecht aus, Kevin."

„Du nicht."

Hajo grinste und ging in die Küche. „Espresso?"

„Nein, danke. Ich möchte gern wissen, warum du deine Garage mit einer Kamera überwachst."

Von Kiesow ging zum Espressoautomaten und hantierte mit dem Siebträger herum. Dann machte er eine Weile Krach, während er frische Kaffeebohnen mahlte. Genug Zeit, um sich eine Antwort auszudenken. Kevin war ja nicht doof.

„Weil hier neulich jemand in unsere Garage eingebrochen ist. Deshalb steht auch der alte Schrank vor dem eingeschlagenen Fenster. Ich bin noch nicht dazu gekommen, den Glaser anzurufen."

„Hast du gar nicht gemeldet."

„Nein."

Eine Weile war es still in der Küche.

„Von der Garage aus kommt man aber nicht ins Haus. Da ist doch die schwere Stahltür dazwischen.", stellte Kevin fest.

„Weiß der Einbrecher ja nicht."

„Eben."

Wieder war es still in der Küche, und Kevin spürte die vielen ungesagten Dinge quasi durch die Luft schwirren. Hajo setzte sich mit einer kleinen silbernen Edelstahltasse an den Tisch und trank den Espresso in kleinen Schlucken. Lena ist in ihn verknallt, dachte er. Deshalb war die gestern Abend hier. Auch das noch.

„Heute Nacht wollte schon wieder einer in deine Garage einbrechen." Kevin musterte Hajo. „Muss ja was Spannendes drin stehen. In deiner Garage."

Hajo hob die Schultern und stellte die Espressotasse ab.

„Aber kein Auto. Deines steht ja draußen", stellte Kevin fest. Nicht, dass es sich nicht lohnen würde, den Wagen des Bürgermeisters zu klauen. Ein Audi A6 brachte sicher so um die sechzigtausend Euro. War aber auch schwieriger zu knacken als der alte Mercedes von Heinrich Vogel, der nicht abgeschlossen war und den man nur aus der nicht abgeschlossenen Garage schieben musste.

„Da steht nur der alte Kram von meinem Onkel drin." Hajo schob die Tasse ein Stück von sich weg.

„Weiß man nicht, ob die das nicht wissen. Wer hat die Sachen denn eigentlich hier rübergebracht?"

„Ein paar Freunde von Malte."

„Und Malte?"

„Und Malte."

Kevin nickte. „Drüben aus dem Haus von deinem Onkel geholt, wo dein Onkel die Kellertreppe runtergefallen ist und der Schornsteinfeger vom Dach, und dann hier in die Garage gestellt."

Hajo sah auf seine Armbanduhr. „Kevin, ich müsste mal ins Amt."

„Klar. Versteh ich. Deine Nachbarn haben übrigens nichts gesehen und gehört."

„War ja auch schon spät."

„Lena war ja noch da."

Hajo seufzte. „Ja, die war noch da. Hat mit Malte ein Stück Brot gegessen."

„Und eine Flasche Champagner getrunken."

„Den hat sie mit mir getrunken, weil sie gestern Richards Haus von mir gekauft hat." Hajo begann, seine Krawatte zu binden. War klar, dass er das konnte, ohne in den Spiegel zu gucken.

„Weißt du, wem der Ring gehören könnte?", fragte Kevin.

Hajo sah ihn an. „Welcher Ring?"

„Der Ring, den Lena im Garten deines Onkels gefunden hat."

„Äh, nee, das weiß ich nicht. Hab ich das nicht schon mal gesagt?"

Kevin stand auf. „Ja, das hast du schon mal gesagt."

Malte drängte sich an Kevin vorbei nach draußen und ging zu seinem Fahrrad.

„Bist du noch dran?", fragte eine Stimme an seinem Ohr.

„Natürlich, sorry. Und warum hat er es sich jetzt schon wieder anders überlegt?"

„Ich habe keine Ahnung", sagte Jens. „Allerdings habe ich jetzt auch keine Lust mehr, ihm hinterherzulaufen. Mal will er wieder mitspielen, mal nicht. Dann sind wir eben weniger, aber ich habe echt genug anderes zu tun."

„Versteh ich, Alter." Malte schloss das Fahrradschloss auf und stieg aufs Fahrrad. „Vielleicht treff ich Lars gleich in der Schule, dann frag ich ihn noch mal. Wir haben heute Morgen Sport."

„Wenn du darauf Bock hast, mach das. Aber ich versprech mir davon nicht viel. Selbst wenn du ihn überreden kannst, ist er doch völlig unzuverlässig, und so wenige, wie wir sind, müssen wir uns auf jeden verlassen können."

„Hast ja recht." Malte bog in die Nebenstraße ein. „Ich leg jetzt auf." Er drückte das Gespräch weg und steckte das Handy in die Jackentasche.

Lars' Verhalten musste einen Grund haben. Malte war ja nicht bescheuert. Früher war er ein ganz normaler Typ gewesen, mit dem man etwas unternehmen und auf den man sich verlassen konnte. Aber seit einem knappen Jahr hatte er sich vollkommen verändert und war merkwürdig drauf. Malte kannte Lars schon so lange, dass er seine Statur und seine Bewegungen genau kannte. Und auf der Aufnahme von heute Nacht war eindeutig Lars zu sehen gewesen, wie er neben einem anderen Typen beim Garagenfenster Schmiere stand. Diese Arschgeige hatte auf irgendwas aus Richards Nachlass ein Auge geworfen. Und das würde er jetzt herausfinden.

Kevin stieg wieder in seinen Dienstwagen und sah durch die Windschutzscheibe die Straße hinunter. Es war kein Schwein unterwegs, niemand kam aus seinem Haus. Und Kevin würde bestimmt nicht noch mal bei ihnen läuten, nur um zu erfahren, dass niemand etwas gesehen oder gehört hatte. Außerdem musste er noch seinen Bericht über den Vorfall in der Nacht schreiben. Er hatte zwar nur einen Warnschuss in die Luft abgegeben, aber er musste über jede Patrone Rechenschaft ablegen. Und dafür, dass er die Situation für die Abgabe eines Warnschusses geeignet gehalten hatte, musste er sich noch eine gute Formulierung ausdenken. Immerhin hatte er nicht vorgehabt, auf einen der beiden Einbrecher zu schießen. Das wäre in der Dunkelheit auch nicht möglich gewesen, und die Situation hätte es auch nicht erfordert, auf einen potenziellen Einbrecher zu schießen. Gefahr in Verzug hatte wohl eher nicht bestanden, und die beiden hätten ihm einfach erzählen können, dass sie sich im Dunkeln verlaufen hatten. Dem hätte er nicht viel entgegnen können. Kevin drehte den Zündschlüssel im Schloss. Genauso wie er Hajo nichts hatte entgegnen können. Und bei dem war er sich zu 100 Prozent sicher, dass er mehr wusste als er sagte.

Lena war sich nicht sicher, ob es ein Fehler gewesen war, Isabel ins Vertrauen zu ziehen. Auch wenn sie ihr persönlich Glauben schenkte, war sie doch Journalistin und musste ihre Leser informieren. Und eine gute Recherche wäre eine gute Reputation. Vielleicht hatte Isabel auch Ambitionen, von News Jork zu einer größeren Zeitung zu wechseln. Ein gut recherchierter Artikel mit ordentlich Hintergrundwissen konnte dabei nur hilfreich sein. Andererseits war sie eine liebe Person, und genau genommen gab es keine Anhaltspunkte dafür, dass Isabel ihr Wissen für die Zeitung nutzte. Wie auch immer. Lena selbst musste jetzt erst mal zu ihrem nächsten Kunden. Schließlich hatte sie noch einen Beruf. Der sie allerdings nicht davon abhalten würde, heute Mittag noch einmal zur Schule zu fahren. Lars Hanstedt würde eine gute Erklärung dafür haben müssen, dass er sich noch nicht wegen eines Termins für das Ausräumen der Garage gemeldet hatte.

Hajo saß bereits seit einer geschlagenen Stunde an seinem Schreibtisch und versuchte, sich auf seine Arbeit zu konzentrieren. Das war gar nicht so leicht, denn er hatte ein Problem. Diese Jungs wollten in sein Haus einbrechen, um das Geld zu stehlen. Oder um es sich zurückzuholen. Wie auch immer. Inzwischen ärgerte er sich über sich selbst. Er hätte Kevin gleich anrufen sollen, als er das Geld in der

Garage gefunden hatte. Jetzt kam er aus der Nummer nicht mehr heraus. Und diese Petition, die eine Gruppe Bürger gegen das Neubaugebiet eingelegt hatte, war auch nicht komisch. Zanger und Asmussen verloren allmählich die Geduld und das Interesse an dem Projekt. Das wäre für sich genommen kein großes Problem, aber jedes gescheiterte Projekt war für eine Wiederwahl nicht besonders hilfreich, und Hajo hatte vor, noch länger Bürgermeister von Jork zu bleiben. Das Beste wäre, wenn er noch einmal eine Veranstaltung mit der Schornsteinfegerin abhielt. Dieses Mal ohne Zanger und Asmussen, und vielleicht gar nicht so sehr auf das Neubaugebiet bezogen. Dann kamen die Leute gar nicht erst auf falsche Gedanken.

Malte war rechtzeitig im Umkleideraum der Sporthalle und sah sich vergeblich nach Lars um. Er konnte nicht glauben, dass der es fertigbrachte, schon wieder den Sportunterrichtet zu schwänzen. Wie zum Teufel sollte er ein ärztliches Attest vorlegen? Malte zog seine Sporthose an und band sich die Turnschuhe zu. Überhaupt hätte er doch schon vor längerer Zeit ein Attest vorlegen müssen, mit dem er mittlerweile für die Dauer von mehreren Monaten vom Sportunterricht befreit wurde. Und das, wo Lars zwischenzeitlich gar keinen verletzten Eindruck machte, Fahrrad fahren konnte und auch nicht mehr humpelte. Ob er unter einer so schweren Erkrankung litt, dass er deshalb nicht mitmachen konnte? Aber andererseits reichte sein Gesundheitszustand dazu aus, nachts in anderer Leute Garage einzubrechen. Dass es sich dabei um die Garage seines Vaters handelte, nahm Malte Lars besonders übel.

Malte ging mit den anderen in die Halle hinüber, wo er zu seiner Überraschung Lars entdeckte. Er trug einen Trainingsanzug und ließ einen Basketball aufprallen. Er machte eigentlich keinen verletzten Eindruck. Tatsächlich nahm er Anlauf, sprang unter dem Korb hoch und versenkte den Ball im Korb. Der Lehrer lobte Lars überschwänglich, so als wäre es eine großartige Leistung, einen unbewachten Basketballkorb zu treffen. Malte behielt Lars das ganze Spiel über im Blick, aber wenn sein Mitschüler verletzt war, würde er einen Besen fressen.

Nach der Stunde gingen alle Schüler in die Umkleidekabine hinüber. Die Sporthalle des Schulzentrums Jork war gut ausgestattet und verfügte auch über Duschen. Malte zog seine verschwitzten Sportklamotten aus, warf sich ein Handtuch über die Schulter und ging unter die Dusche.

Als er in die Umkleidekabine zurückkehrte, saß Lars in seinen Sportklamotten auf der Bank und daddelte auf seinem Handy. Malte ließ sich Zeit damit, sich abzutrocknen und anzuziehen. Er wartete in aller Ruhe ab, was Lars tun würde. Sehr viel Zeit hatte er nicht mehr. Die nächste Stunde würde in zehn Minuten beginnen. Erst als das Wasser in der Dusche nicht mehr lief und alle Schüler herausgekommen waren, ging Lars angezogen in die Dusche hinüber. Malte folgte ihm leise und warf einen Blick durch den Türspalt. Lars zog seinen Trainingsanzug aus, hängte ihn neben sein Handtuch an einen Haken und stellte sich unter den nächstliegenden

Duschkopf. Allzu lange wollte Malte hier nicht stehen und in die Dusche glotzen. Möglicherweise hielten ihn die Leute noch für einen Spanner. Aber er betrachte Lars von oben bis unten. Einen Verband trug er jedenfalls nicht, und ob er eine sichtbare Sportverletzung hatte, konnte Malte von seiner Position aus nicht sehen.

Nachdem er seinen Bericht fertiggestellt und versandt hatte, suhlte sich Kevin eine Weile in Selbstmitleid. Alle hielten ihn für dämlich, und er konnte niemandem trauen. Was diese Ermittlungen anbetraf, war er ganz auf sich gestellt. Mit einem Becher Tee ging er in sein Allerheiligstes hinüber und schloss die Tür hinter sich. Wenn jetzt jemand die Polizei brauchte, würde er zu den Kollegen nach Stade weitergeleitet. Denen hatte er schon Andy Granzow als Täter für den Autodiebstahl geliefert, und die Kollegen hatten ihm einige weitere Diebstähle nachweisen können. Damit waren diese Diebstähle aufgeklärt, aber die Komplizen waren bis heute nicht gefasst. Ja, noch nicht einmal identifiziert, und die Kollegen in Stade hielten die Erfolgsaussichten auch für zu gering, um weiter zu ermitteln.

Weil er einen Verdacht gehabt hatte, hatte er die Kollegen gebeten zu prüfen, ob Andy Granzows DNA mit der Blutspur am Tatort der Sprengung der Geldautomaten übereinstimmte, aber es hatte keine Übereinstimmung gegeben. Entweder war Andy Granzow an der Sprengung der Geldautomaten nicht beteiligt gewesen oder er hatte einfach nur keine Spuren hinterlassen. Nach dem, was ihm die Kollegen berichtet hatten, war das am Tatort gefundene Blut die einzige verwertbare Spur. Durch die Explosion waren alle Spuren vernichtet worden. Alle Beweismittel aus dem Keller befanden sich bei den Kollegen in Stade. Aber Kevin hatte vorher eine Menge Fotos gemacht, und die schmückten die bisher freie Stelle neben den Bildern der gesprengten Automaten. Und die betrachtete er jetzt eingehend.

Wenn er nicht total danebenlag, musste es doch einen Hinweis darauf geben, dass Andy Granzow an der Geldautomatensprengung beteiligt gewesen war. Granzow hatte sich ganz offensichtlich aus der Wohnung seines Vaters zunehmend zurückgezogen und seinen Lebensmittelpunkt in den Kellerraum verlegt. Dort befanden sich alle persönlichen Gegenstände und auch Fotos aus seinem Leben. Jedenfalls aus einer Zeit, in der man überhaupt noch Fotos gemacht hatte. In einer der Schubladen hatte Kevin einige Fotos gefunden, die Andys Eltern zeigten. Sein Vater war damals noch in deutlich besserer körperlicher Verfassung gewesen und hatte gepflegt ausgesehen. Auf einem der Fotos war der etwa zwölfjährige Andy zu sehen, hinter ihm standen sein Vater und eine Frau Anfang/Mitte dreißig, bei der es sich vermutlich um seine Mutter handelte. Sein Vater hatte dem Sohn die Hand auf die linke Schulter gelegt, seine Mutter ihre Hand auf Andys rechte Schulter. Kevin ging dichter mit der Nase an die Aufnahme heran, aber erst als er eine Lupe zu Hilfe nahm, konnte er den Ring an der Hand der Frau identifizieren. Es war ein Goldring, mit einem sehr, sehr kleinen Stein, der kaum zu erkennen war. Aber Kevin war sich ziemlich sicher, dass es sich dabei um einen Selenit handelte.

Lena hatte sich gerade ins Café gesetzt und ihre Bestellung aufgegeben, als ihr Handy läutete.

„Herr Bürgermeister“, sagte sie.

„Wir müssen etwas machen, Frau Becker. Entweder finden wir raus, was hier los ist, oder ich muss Kevin die Wahrheit sagen. Wenn er mir früher auf die Schliche kommt, als ich ihm sagen kann, was wirklich passiert ist, dann schadet mir das mehr, als wenn ich ihm von Anfang an gesagt hätte, dass mir jemand viel Geld in die Garage geschmuggelt hat.“

„Wir hätten es ihm heute Nacht sagen können.“

„Hätten wir. Aber mir wäre es lieber, wenn ich ihm eine vernünftige Erklärung für alles geben könnte. Wenn ich ihm diese halbgare Geschichte jetzt präsentiere, stehe ich wirklich dumm da.“

„Verstehe ich. Ich auch. Außerdem ist er mir böse, weil er denkt, ich bin eine Tratschtante.“

Ingrid stellte Lena einen Becher Kakao und zwei halbe Brötchen mit Käse und Apfelschnitz hin und hatte große Mühe ihr Interesse an dem Telefonat zu verbergen. Erst nachdem sich Ingrid abgewandt hatte, sprach Lena leise weiter.

„Dann müssen wir uns etwas überlegen. Ich möchte Kevin gegenüber gern klarstellen, dass ich keines seiner Ermittlungsergebnisse an andere weitergegeben habe.“

„Außerdem habe ich noch eine andere Bitte an Sie“, sagte der Bürgermeister. „Sie müssen mir bei dem Projekt

Neubaugebiet helfen. Ganz neutral. Einfach nur Informationen zu der neuen Technik, die dort verbaut werden wird."

„Ohne Ihre Freunde Zanger und Asmussen?"

„Sie sind nicht meine Freunde."

„Augenblick mal. Es klopft jemand an." Lena warf einen Bick auf das Display. „Das ist Malte."

„Malte?"

„Ich gehe eben ran und melde mich danach wieder bei Ihnen."

Lena nahm das Gespräch an.

„Hi", sagte Malte. „Können wir uns nachher in deinem neuen Haus treffen?"

„Und warum?"

„Ich möchte dir gern etwas erzählen."

„Malte, ich habe noch den ganzen Tag Termine. Kannst du mir das nicht jetzt erzählen?"

„Nein, wir müssen uns sehen. Ich hab einen Verdacht, weißt du, und ich weiß nicht so genau, was ich machen soll."

„Gut. Heute Abend, 19 Uhr. Okay?"

„Super. Bis später."

Lena drückte das Gespräch weg und kehrte zu dem Gespräch mit dem Bürgermeister zurück. „Das war Malte. Wir treffen uns heute Abend in meinem neuen Haus. Er will mir etwas erzählen."

„Ich will nicht, dass Malte in etwas hineingezogen wird."

„Von mir wird er in gar nichts hineingezogen. Ich glaube, er ist selbst klug genug, Zusammenhänge zu erkennen. Immerhin hat er die Kameras in der Garage installiert. Er wusste, dass noch mal jemand bei Ihnen einbrechen wird. Er wusste nur nicht, wer."

„Und jetzt weiß er es?"

„Ich habe keine Ahnung. Es ist Ihr Sohn. Fragen Sie ihn."

Lena hörte den Bürgermeister seufzen. „Frau Becker, das ist alles nicht einfach für mich."

„Nein, ich weiß", antwortete sie. „Weil Sie nicht wissen, welche Rolle Ihr Onkel bei dieser Sache spielt."

Kevin verbrachte den ganzen Nachmittag vor seiner Ermittlungstafel. Er machte sich Notizen, er betrachtete ausgiebig jedes Foto, und er dachte nach, bis ihm der Qualm aus den Ohren herauskam. Es war nach sieben, und seine Mutter hatte schon dreimal angerufen, um sich danach zu erkundigen, ob er heute Abend gedachte, pünktlich zum Abendessen zu kommen, als er mit dem Denken fertig war. Seine Mutter hatte er wegen dringender Ermittlungstätigkeit auf später vertröstet. Dann, wenn keine Mordfälle in Jork aufgeklärt werden mussten. Daraufhin hatte er zehn Minuten damit zugebracht, ihr zu erklären, dass es sich bei den Todesfällen von Dr. von Kiesow und Hans Moll nicht um Unfälle handelte. Das war natürlich auch ein Fehler gewesen, denn seine Mutter würde sofort nach dem Auflegen die erste in einer langen Reihe von Freundinnen anrufen, um ihr diese Neuigkeit zu berichten. Mit hundertprozentiger Sicherheit würde sich diese Mitteilung in einer Art telefonischem Schneeballsystem bis an die Landesgrenze verbreiten. Deshalb hieß es, die Ermittlungen abzuschließen, bevor deren Ergebnis schon vorab in der Zeitung abgedruckt wurde.

Kevin schloss das Revier ab und machte sich auf den Weg. Er war noch nicht um die nächste Ecke gebogen, als sein Handy läutete. Auf dem Display erschien Lena Beckers Name. Im Augenblick stand ihm nicht der Sinn danach, sich mit ihr zu unterhalten, aber er war die Polizei und konnte schlecht die Anrufe von Bürgern ignorieren, die die Hilfe der Polizei benötigten. Jedenfalls ging er davon aus, dass sie die Hilfe der Polizei brauchte.

„Kevin?" Ihre Stimme klang erstaunlich leise, beinahe unsicher.

„Lena? Was ist los?"

„Kannst du bitte herkommen? Ich bin in meinem neuen Haus, und hier ist etwas passiert."

Er sprach ein paar beruhigende Worte, setzte das Blaulicht aufs Dach und raste los. Vor ihrem neuen Haus standen der Kastenwagen der Schornsteinfegerin, das Auto des Bürgermeisters und ein eilig in die Hecke geworfenes Fahrrad. Kevin hätte wetten mögen, dass es sich um Malte von Kiesows Fahrrad handelte. Auch wenn vielleicht keine akute Gefahr bestand, legte Kevin die Hand an sein Pistolenholster. Seit Lenas Anruf waren etwa fünf Minuten vergangen. In dieser Zeit konnte durchaus eine akute Gefährdungslage eingetreten sein.

Die Haustür stand offen, und Kevin ging hinein. Als er leise Stimmen hörte, öffnete er den Verschluss des Holsters und zog seine Dienstwaffe. Mit der gezogenen Waffe durchquerte er den Flur und ging ins Wohnzimmer. Dort standen der Bürgermeister, sein Sohn und Lena. Vor ihnen auf dem Boden lag jemand, unter dessen Kopf sich eine Blutlache gebildet hatte. Kevin sah in die betretenen Gesichter der Umstehenden.

„Kevin“, sagte Hajo von Kiesow. „Wir brauchen hier deine Hilfe.“

Kevin steckte die Waffe zurück und beugte sich über den Toten. „Das ist Lars Hanstedt“, sagte er. Er prüfte den Puls am Hals und am Handgelenk, aber dort war kein Lebenszeichen zu erspüren. Bei dieser schweren Kopfverletzung war das kein Wunder.

„Was ist passiert?“, fragte er.

„Das wissen wir nicht.“

Offenbar hatte Hajo die Rolle des Wortführers übernommen. „Das ist ein Schulfreund von Malte. Er heißt Lars Hanstedt.“

„Das weiß ich.“ Kevin stellte fest, dass Hajo reichlich aufgewühlt war. Offenbar hatte er gar nicht mitbekommen, dass Kevin den Toten schon identifiziert hatte. In Anbetracht eines Toten vielleicht kein Wunder. Wenn Hajo mit dem Tod des Jungen etwas zu tun haben sollte, dann wäre seine Verstörtheit umso verständlicher.

„Ich muss die Kollegen aus Stade anrufen“, sagte Kevin. „Die Gerichtsmedizin und die Spurensicherung.“

„Natürlich.“ Hajo deutete auf Lena und Malte. „Vielleicht können wir nach draußen gehen?“

Erstaunlicherweise schien Lena den Raum gar nicht verlassen zu wollen. Malte allerdings war weiß wie die Wand.

„Tscha“, dachte Lena. Das war jetzt gründlich schiefgegangen. Eine Schornsteinfegerin war eben keine Ermittlerin. Malte sah inzwischen aus, als würde er gleich umkippen, und die Miene seines Vaters wechselte zwischen Besorgnis und Wut. Und sie selbst hatte weiche Knie, mochte sich aber nirgends hinsetzen. Abgesehen davon, dass es in ihrem leeren Haus keine Sitzgelegenheit gab, würde sie hier vermutlich wichtige Spuren verwischen.

„Wann kommt denn die Spurensicherung?“, fragte sie.

„Bis die Kollegen loskommen, dauert es etwa eine halbe Stunde. Der Rechtsmediziner braucht vielleicht etwas länger. Je nachdem, was er gerade vorhat.“

Lena nickte. „Vielleicht können wir dir draußen kurz erklären, was los war.“

Kevin sah von einem zum anderen, und sie konnte ihm ansehen, was er dachte. Ihr drei werdet mir hier eine abgesprochene Geschichte auftischen, die ich dann schlucken soll.

„Ich muss euch einzeln vernehmen.“

„Vernehmen?“, fragte von Kiesow mit ungewöhnlich hoher Stimme.

Kevin deutete auf Lars Hanstedt. „Hier liegt ein Toter. Ihr drei steht drumherum. Wie würdest du das nennen, Bürgermeister? Smalltalk?“

Malte machte ein komisches Geräusch und sah aus, als würde er sich gleich übergeben.

Lena packte ihn am Ellenbogen und schob ihn zur Tür. „Von mir aus. Aber das machen wir draußen.“

Die Sonne schien, die Vögel zwitscherten, und sie standen auf dem Weg zum Haus. Ich muss als Erstes den Rasen mähen, dachte Lena. Wenn man in diesen kleinen Städten nicht für einen ordentlich aussehenden Garten sorgte, geriet man schnell in Verruf. Ihr Blick wanderte zur offenstehenden Haustür. Wenn man mal davon absah, dass man alle naslang über eine Leiche stolperte. Das war vielleicht auch keine besonders gute Referenz.

„Gut." Kevin klappte die Hülle seines Tablets um. „Wer war zuerst hier?"

„Ich", piepste Malte.

„Gut", sagte Kevin wieder und warf erst Lena, dann Hajo einen Blick zu, dann machte er eine stumme Kopfbewegung zur Straße.

Gehorsam gingen sie beiseite, und Lena hoffte, dass die beiden nicht zu leise miteinander sprechen würden.

„Also?", fragte Kevin. „Was war hier los?"

„Ich …" Malte schluckte. „Also, ich war heute Morgen in der Schule."

Kevin hob die Augenbrauen.

„Ich wollte eigentlich mit Lars reden. Also, ich wollte wissen, warum er nicht mehr zum Training kommt."

„Was für ein Training?"

„Fußball."

„Und warum kam er nicht mehr zum Training?"

„Weiß ich nicht." Malte fing Kevins fragenden Blick auf. „Ich hab nicht mit ihm gesprochen."

„Warum nicht?“

„Hat sich nicht ergeben.“

„Und dann?“

„Und dann …“ Malte sah zu seinem Vater hinüber, der ihn über die Hecke hinweg im Blick behielt. „Das ist merkwürdig“, sagte er. „Weil er immer behauptet hat, er hätte eine Sportverletzung, aber heute hat er im Sportunterrichtet Basketball gespielt.“

„Du meinst also, das sei eine Ausrede gewesen. Und wofür?“

„Ich weiß nicht. Das wollte ich ihn ja fragen.“

„Hast du in der Schule aber nicht gemacht, obwohl ihr da offenbar gemeinsam Unterricht hattet.“

Malte schüttelte den Kopf. Hatte er nicht gemacht. Stattdessen hatte er Lars unter der Dusche beobachtet, und jetzt lag er da tot in Onkel Richards Haus.

„Was war nach der Schule?“

„Da, da …“ Das lief hier alles nicht gut. Er konnte Kevin schlecht sagen, dass er Lars nach der Schule mit dem Fahrrad verfolgt hatte.

„Brauchst du einen Anwalt?“, fragte Kevin.

„Was?“

Sein Vater warf ihm einen alarmierten Blick über die Hecke zu.

„Nein, ich hab nichts gemacht, ehrlich.“

„Dann komm mal auf den Punkt, Malte. In fünfundzwanzig Minuten sind die Kollegen aus Stade da, und die nehmen gern mal Verdächtige mit aufs Präsidium.“

„Ich bin nicht verdächtig." Malte wusste, dass seine Stimme alles andere als unverdächtig klang. Er hätte sich ja selbst kein Wort geglaubt.

Kevin blies die Backen auf.

„Er hat telefoniert. Dann ist er nach Hause gefahren."

„Und du?", fragte Kevin genervt.

„Ich hab – gewartet."

„Mensch, Malte, auf den Bus oder auf Lars oder worauf?"

„Ich wollte wissen, was er am Nachmittag macht. Deshalb hab ich so ein bisschen rumgelungert und sein Haus im Blick behalten. Gegen sechs ist er rausgekommen und mit dem Fahrrad hierhergefahren."

„Hierher zu Lenas Haus?" Kevin betrachtete das Haus. „Und was wollte er hier? Wie ist er überhaupt reingekommen?"

„Er hat die Haustür aufgemacht."

„Mit einem Schlüssel?"

„Nein, er hat einfach die Klinke runtergedrückt und ist reingegangen."

„Die Tür war nicht abgeschlossen?"

Malte schüttelte den Kopf. „Machte keinen abgeschlossenen Eindruck."

„Und dann?"

„Dann ist er nicht wieder rausgekommen."

„Und du, Malte, was hast du gemacht?", fragte Kevin mit ungeduldigem Unterton.

„Ich bin irgendwann reingegangen. Und da lag er. Mit dem ganzen Blut."

„Malte, wir sind hier nicht bei Mysteriöse Ereignisse Teil fünf. Lars Hanstedt ist einfach in dieses Haus reingelatscht und wurde dort erschlagen?“

„Wurde er erschlagen?“

„Weiß ich nicht. Sah auf den ersten Blick so aus.“ Kevin sah Malte an. „Okay, Malte, du willst sagen, dass schon jemand im Haus war, als Malte dort eintraf?“

Allmählich funktionierte sein Kopf wieder. „Ja“, sagte Malte. „Da war jemand, der einen Schlüssel hat.“

„Du meinst Lena?“

„Was? Nein, natürlich nicht.“

„Und das weißt du weshalb?“

„Weil Lena nach mir ins Haus kam. Zusammen mit meinem Vater.“

„Ihr habt hier im Haus ein Familientreffen abgehalten?“

„Natürlich nicht. Lena und ich wollten über die Dokumentation ihrer Renovierungsarbeiten sprechen. Ich betreue ihren Instaaccount.“

„Aha. Und warum hast du diese Sache mit Lars nicht in einem Gespräch geklärt? Oder mit dem Handy oder sonst wie, sondern bei einer Verfolgung?“

„Ich hab ihn nicht verfolgt.“

„Hast du, Malte.“ Kevin zog sein Handy aus der Tasche. „Wie lautet seine Handynummer?“

Malte holte sein Handy raus und sagte Kevin die Nummer an. Kevin notierte sie in seinem Tablet, dann sah er Malte an. „Dann wollen wir doch mal sehen, ob sich Lars mit jemandem verabredet hat. Du kannst erst mal gehen. Ich will jetzt mit Lena sprechen."

Sie hatten sich stumm gegenübergestanden und versucht mitzuhören, was Kevin mit Malte besprach, aber Lena hatte nur hin und wieder ein Wort aufgeschnappt. Und war daraus nicht schlau geworden. Hajo von Kiesow hatte seinen Sohn die ganze Zeit über im Auge behalten. Und auch wenn Kevin keinen übermäßig gefährlichen Eindruck machte, hatte sie Verständnis für seine Besorgnis. Malte war sein Sohn, und er wurde von einem Polizeibeamten befragt. Und sie beide hatten Malte in einer überaus misslichen Situation im Haus vorgefunden. Über seinen Schulkameraden Lars gebeugt, der tot war.

„Lena?", rief Kevin und winkte sie heran.

Lena wechselte einen Blick mit von Kiesow und ging dann zu Kevin hinüber, wobei sie an Malte vorbeikam. Sie strich ihm kurz über den Arm, als sie auf gleicher Höhe waren.

„Kevin."

„Lena, was war hier los?"

„Das wissen wir alle nicht, Kevin. Lars lag tot im Haus."

„Aber du bist erst mit Hajo hinzugekommen, als Malte schon im Haus war."

„Natürlich, aber trotzdem glauben wir beide doch nicht, dass Malte Lars etwas angetan hat. Und dann ist da doch noch die Frage, wo sich die Tatwaffe befindet. Oder hast du sie gesehen?"

Kevin reagierte eigenartig verhalten auf das, was sie sagte, und es dauerte einen Augenblick, bis bei ihr der

Groschen fiel. „Kevin, du denkst doch nicht, dass wir gemeinsam die Tatwaffe entsorgt haben, oder?"

Kevin hob die Schultern.

„Warum hätten wir dann überhaupt anrufen sollen?"

„Weil es einfacher ist, eine Tatwaffe verschwinden zu lassen als einen Toten."

„Ph", machte Lena. „Du kannst mich mal." Wütend stapfte sie den Gartenweg zur Straße hinunter, stieg in ihren Wagen und knallte die Autotür zu. Hinter ihren Hinterreifen wurde die Erde hochgeschleudert, als sie aufs Gaspedal trat.

„So, Kevin." Hajo fasste Maltes Ellenbogen, als Kevin auf sie zukam. „Ich bringe meinen Sohn jetzt nach Hause. Er steht unter Schock."

„Ich habe mich noch nicht mit dir unterhalten."

„Dann kannst du mich morgen im Rathaus aufsuchen oder mich aufs Revier vorladen. Ist ja nicht weit."

„Morgen werden sich die Kollegen aus Stade mit dir unterhalten wollen."

„Das können sie auch. Aber jetzt gehen Malte und ich nach Hause."

Hajo schob Malte zu seinem Auto und öffnete die Beifahrertür.

„Und mein Fahrrad?"

„Holen wir morgen." Hajo schlug die Tür hinter seinem Sohn zu und setzte sich dann hinter das Lenkrad. „Was war hier los, Malte?"

„Hab ich euch doch schon erzählt."

„Ja, aber da war Lena dabei."

Sein Sohn sah ihn von der Seite an. „Und du denkst, deshalb hätte ich dir nicht die Wahrheit gesagt?"

„Hast du die Wahrheit gesagt?"

„Natürlich. Ich habe Lars nichts getan."

In der Ferne war eine Polizeisirene zu hören. Höchste Zeit, hier wegzukommen.

Wie schnell aus einem beschaulichen Jorker Obstbauernhaus mit einem etwas ungepflegten Garten doch der Schauplatz eines Verbrechens werden kann, dachte Kevin, als an der Straße zwei Dienstfahrzeuge der Polizei, ein ziviles Fahrzeug mit dem ermittelnden Beamten aus Stade, der Transporter der Spurensicherung, ein Leichenwagen und der kleine rote Flitzer des Rechtsmediziners standen. Dummerweise hatte Kriminalhauptkommissar Jan Quast heute Dienst. Quast war ein Klugscheißer und machte sich etwas draus, dass er in Stade und Kevin in Jork tätig war. Für Quast bedeutete das so viel wie der Unterschied zwischen dem FBI und Miss Marple.

„Moin, Kevin. Was gibt's?"

Kevin gab sich besondere Mühe, seinen Kollegen ins Bild zu setzen. Auf keinen Fall wollte er sich irgendwelche Versäumnisse vorwerfen lassen.

Quast sah sich um. „Und die Verdächtigen sind jetzt alle weg, oder wie?"

„Zeugen. Die Schornsteinfegerin hatte einen Termin, und der Bürgermeister hat seinen Sohn nach Hause gebracht, dem ging es nicht gut."

„Weil er seinen Schulfreund erschlagen hat."

Kevin würde sich nicht dazu hinreißen lassen zu sagen: Natürlich nicht. „Bei manchen reicht ja schon der Anblick einer Leiche. Ich hab dir die Adresse auf dein Tablet geschickt. Die Schornsteinfegerin wohnt im Augenblick in der Pension Zum Alten Land. Sie hat gerade dieses Haus gekauft."

„In dem die Leiche liegt."

Natürlich klang das alles blöd. Die neue Eigentümerin, der Verkäufer und dessen Sohn allesamt in der Immobilie, deren früherer Eigentümer bei einem Unfall ums Leben gekommen war. Ebenso wie der Vorgänger der Schornsteinfegerin. Aber die Kollegen in Stade hatten die Todesfälle Richard von Kiesow und Hans Moll als Unfälle abgetan und sich nicht dafür interessiert. Wenn sie den beiden Todesfällen jetzt doch eine Bedeutung beimessen wollten, müssten sie ihre bisherige Auffassung über Bord werfen. Kevin konnte sich ein Grinsen nicht verkneifen. Die Situation war doch nicht ohne eine gewisse Komik. Oder sagen wir mal, Brisanz.

„Was ist so komisch?", fragte Quast.

„Nichts. Mir juckt die Nase." Kevin sah sich um. Überall wuselten Beamte in Uniform und in Schutzanzügen herum, betraten das Haus und kamen wieder heraus, und die beiden Mitarbeiter des Bestattungsinstituts standen sich die Beine in den Bauch. „Ihr kommt hier alleine klar?", fragte Kevin. „Ich hab jetzt Feierabend."

„Du weißt schon, Kevin, dass wir die Kleidung der Verdächtigen brauchen."

„Zeugen."

Quast sah ihn an. „Das weißt du jetzt schon, dass die drei nur Zeugen sind? Bevor wir überhaupt mit dem Ermitteln angefangen haben?"

„Ich bezeichne Zeugen als Zeugen, solange sie keine Verdächtigen sind."

„Gut." Quast sah nicht von seinem Smartphone auf. „Du hast mir alles geschickt?"

„Hab ich." Kevin tippte sich an die nicht vorhandene Dienstmütze. „Bis denn."

Er stieg in seinen Dienstwagen und parkte aus, was gar nicht so leicht war, weil die Idioten von der Spurensicherung ihn eingeparkt hatten.

Sie hatten kaum das Haus betreten, als Malte die Treppe nach oben lief und seine Zimmertür hinter sich zuwarf. Hajo hängte sein Jackett über eine Sessellehne und ging zur Bar hinüber. Diese Scheißsache wurde immer schlimmer. Er nahm sich ein Whiskeyglas und füllte es halb voll. Er nahm einen großen Schluck und ging dann zum Sessel, um sein Handy aus der Innentasche seines Jacketts zu nehmen. Er suchte die Telefonnummer der Schornsteinfegerin heraus und rief sie an. „Frau Becker."

„Herr Bürgermeister. Was ist?"

„Was ist?" Er wandte sich um und zur Terrassentür hinüber. „Wir stecken alle drei in der Scheiße, und Malte am tiefsten. Und ich wette, dass wir es nicht nur mit Kevin zu tun haben werden."

„Sondern mit wem?"

„Mit der Polizei aus Stade. Mordkommission."

„Gut. Dann müssen wir denen alles erzählen."

„Frau Becker, die Geschichte klingt absolut abenteuerlich, und Kevin konnten wir vielleicht noch hinhalten, aber ich glaube nicht, dass das mit der richtigen Polizei geht. Und abgesehen davon haben wir alles Mögliche gemacht und vor allem unterlassen. Ich bin kein Jurist, aber mein Gefühl sagt mir, dass wir gegen alle möglichen Gesetze verstoßen haben."

„Anwalt?"

„Wenn man sich einen Anwalt nimmt, ist das schon ein Schuldeingeständnis."

„Finde ich nicht."

„Wir diskutieren hier nicht darüber, ob wir juristischen Beistand brauchen oder nicht, wir müssen etwas tun!" Hajo fuhr sich durch die Haare. „Und zwar sofort."

„Gut. Dann müssen wir der Polizei die Beute aushändigen."

„Welche Beute?"

„Das Geld."

„Das Geld ist die Beute wovon?"

„Herr Bürgermeister, sind Sie bereit für die Wahrheit?"

„Was soll das denn heißen?"

„Sind Sie oder sind Sie nicht?"

„Ich bin bereit, aber ich …" Hajo wurde unterbrochen, als es an der Tür läutete. „Scheiße. Ich wette, das ist die Polizei."

„Lassen Sie das Handy an."

„Was? Gut." Hajo steckte das Handy mit dem Display zu seinem Körper in die Hemdtasche und öffnete die Tür.

Davor stand ein ziemlich unangenehm aussehender grobschlächtiger Kerl in altmodischer brauner Cordjacke und neben ihm eine junge uniformierte Beamtin.

„Herr von Kiesow?“

„Ja.“

„Kriminalhauptkommissar Jan Quast. Meine Kollegin ...“ Er sah zu der jungen Kollegin neben sich hinunter, und Hajo wettete, dass er ihren Namen von dem Aufnäher auf ihrer Uniformjacke ablas. „Schulz.“

„Eva Schulz, Polizeiobermeisterin“, sagte sie.

„Kommen Sie rein.“ Hajo führte die beiden ins Wohnzimmer. Sein Blick fiel auf das Whiskeyglas, das er auf der Fensterbank abgestellt hatte.

„Wo ist Ihr Sohn?“, fragte Quast.

„Er ist in seinem Zimmer. Es geht ihm nicht gut.“

„Würden Sie ihn bitte holen? Und wir brauchen auch die Kleidung, die er heute getragen hat.“

„In Ordnung.“

„Meine Kollegin wird Sie begleiten.“

Hajo stieg die Treppe hinauf, die Beamtin hinter ihm. „Malte?“, rief Hajo schon von der Treppe. „Die Polizei möchte mit uns sprechen.“

Malte öffnete seine Zimmertür. Er trug immer noch dieselbe Kleidung wie tagsüber. Jeans und ein ausgewaschenes Shirt.

„Kannst du dir etwas anderes anziehen und der Polizeibeamtin deine Kleidung geben?“

Malte sah Eva Schulz an. „Ja“, sagte er.

„Und wir müssten Ihre Hände untersuchen", sagte Frau Schulz. „Haben Sie etwas dagegen, wenn wir Ihnen die Fingerabdrücke abnehmen?"

Malte sah Hajo hilflos an.

„Nein, dagegen haben wir nichts", sagte Hajo und nickte Malte zu.

„Bitte ziehen Sie sich um und kommen Sie mit hinunter", sagte Frau Schulz. „Die Kollegen von der Spurensicherung sind mit dem Transporter draußen und können das mit den Fingerabdrücken gleich vor Ort erledigen."

Hajo ging mit der Polizistin die Treppe hinunter, und während er den Kommissar im Blick behielt, lauschte er, was Malte oben machte. Der Kommissar stand mitten im Wohnzimmer und gab vor, sich nicht in aller Ruhe umgesehen zu haben. Hajo war jedenfalls froh darüber, dass er sein Handy bei sich trug.

„Kann ich sonst noch etwas für Sie tun?", fragte er.

Jan Quast lächelte ein Lächeln, das seine Augen nicht erreichte. „Sie können uns einige Fragen beantworten."

„Nehmen Sie doch Platz", sagte Hajo und deutete auf die Couch. Er selbst setzte sich in den Sessel, auf dem sein Jackett lag. „Sie möchten vermutlich eine Beschreibung vom Auffinden des Leichnams haben."

„Sie sind der Bürgermeister von Jork?", fragte Quast.

„Ja, bin ich."

„Sie waren in Ihrem Amt, als der Anruf kam?"

„Welcher Anruf?"

„Ihr Sohn hat Sie doch sicher angerufen, nachdem er den toten Jungen gefunden hat, oder?"

„Ja, hat er."

„Was hat er gesagt?"

Hajo atmete aus. „Er hat in etwa gesagt, Papa, du musst herkommen. Ich glaub, der Lars ist tot."

„Ich glaub?", wiederholte Quast.

„Ich kann Ihnen den genauen Wortlaut nicht wiedergeben. Aber er muss etwas Ähnliches gesagt haben, denn ich habe ihn gefragt, was das heißen soll. Ob er sich nicht sicher sei."

„Und war er sich sicher?"

„Nein. Er hat davon gesprochen, dass dort unheimlich viel Blut sei. Und das stimmt ja auch."

„Was haben Sie gemacht?"

„Ich bin zu ihm gefahren."

„Nein, ich meine, als Ihr Sohn anrief."

„Ich habe mich mit der Vorbereitung der Informationsveranstaltung für die Umsetzung der Energieeffizienz befasst. Wir wollen das Thema den Jorker Bürgern möglichst unaufgeregt nahebringen."

„Unaufgeregt. Regt sich der Jorker als solcher leicht auf?"

„Sie werden sicher mitbekommen haben, dass die Vorgaben der Politik in der letzten Zeit den Bürgern Angst gemacht haben. Oder sie zumindest beunruhigt haben. Dem wollen wir gern vorbeugen."

„Hilft Ihnen Frau Becker in fachlicher Hinsicht?"

Hajo nickte. Dieser Scheißkerl hatte ihn reingelegt.

„Warum ist Ihr Sohn in dem Haus gewesen?"

„Ich nehme an, dass er mit Frau Becker an ihrem Instagramaccount arbeiten wollte. Das müssen Sie ihn am besten selbst fragen."

„Das werden wir. Sie haben ihn nicht gefragt, was er dort gemacht hat?

„Ich war damit beschäftigt, meinen Sohn, der einen Toten aufgefunden hat, zu beruhigen."

„Und wann kam Frau Becker dazu?"

„Frau Becker ist nach meinem Sohn in dem Haus eingetroffen."

„Und vor Ihnen."

„Und vor mir."

Eva Schulz kam ins Wohnzimmer. „So, wir haben jetzt alles erledigt, Herr Quast."

„Gut. Dann werden wir erst mal die Spuren auswerten und alle Aussagen aufnehmen." Quast erhob sich. „Wir melden uns dann wieder."

Die beiden Beamten verließen das Haus, und Hajo wartete, bis die Haustür ins Schloss fiel. Malte, der jetzt ein Shirt und eine graue Trainingshose trug, ging zum Kühlschrank und nahm die Milchtüte heraus. Hajo ging zur Fensterbank und trank einen Schluck Whiskey. Er hatte das Gefühl, Stimmen zu hören.

„Hallo!"

„Scheiße." Er zog das Handy aus der Hemdtasche. „Ich hab Sie total vergessen, Frau Becker. Tut mir leid. Haben Sie alles mit angehört?"

„Hab ich."

Hajo hörte Schritte, und außerdem atmete Lena Becker schwer. „Sind Sie unterwegs?“

„Ja. Ich bin auf dem Weg zu Kevin.“

Jetzt hatte er Whiskey getrunken und konnte schlecht mit dem Auto zur Polizei fahren. Dieser Tag wurde wirklich immer schlimmer.

Er war so aufgewühlt, dass er auf keinen Fall nach Hause fahren konnte. Seine Mutter würde ihn in dieser Verfassung zuerst in die Badewanne stecken und ihm anschließend ein paar Brote machen. Kevin machte sich erst mal einen Tee und verschwand dann in seiner Abseite. Er legte sein Handy auf der Kommode ab und scrollte durch die Aufnahmen, die er vor Ort gemacht hatte. Jetzt war die Chance vertan, zu zeigen, was er draufhatte. Noch gestern hätte er die Gelegenheit gehabt, zwei Todesfälle und einen Garageneinbruch aufzuklären. Aber seit heute gab es noch eine Leiche, und er hatte keinen blassen Schimmer, wie er es anstellen sollte, nicht wie der letzte Dorfsheriff dazustehen. Er trank einen Schluck Tee und dachte nach.

„Hallo? Kevin? Bist du da drin?“

Ganz kurz hatte er Angst, dass seine Mutter gekommen war, aber er erkannte Lenas Stimme. „Komm rein.“

Sie öffnete die Tür einen Spaltbreit. „Hi.“ Sie klang schüchtern. Vermutlich hatte sie ein schlechtes Gewissen. „Kann ich reinkommen?“

„Kannst du.“

Sie schloss die Tür und setzte sich auf den Drehstuhl. „Du musst uns helfen.“

„Muss ich gar nicht."

„Aber es wäre toll, wenn du das machen würdest. Und du könntest vor dieser Arschgeige Quast gut dastehen."

„Wann? Wenn ich euch helfe?"

Lena atmete tief ein. „Vielleicht weiß ich etwas, das du nicht weißt."

„Ich sehe was, was du nicht siehst?"

Sie deutete auf das Foto mit den Trümmern der Geldautomaten. „Es hat alles damit begonnen."

„Und woher weißt du das?" Kevin wusste selbst, dass er genervt klang. Er war jetzt einfach nicht in der Verfassung, sich kluge Vorträge anzuhören.

Sie ignorierte seine Frage. „Drei junge Männer haben die Automaten damals gesprengt. Einer von ihnen war Andy Granzow. Die beiden anderen waren Lars Hanstedt und Marvin Schlüter. Du warst als Erster am Tatort und hast einen der Täter noch gesehen und angeschossen. Daher stammen die Blutspuren."

Kevin stellte seinen Teebecher ab.

„Die jungen Männer hatten danach zwei Probleme: Einer von ihnen war angeschossen, und sie hatten 100.000 Euro bei sich. Vielleicht haben sie sich gegenseitig nicht vertraut, vielleicht hatten sie wegen der Schussverletzung auch andere Sorgen, als das Geld aufzuteilen. Oder sie hatten Angst, das Geld bei sich zu Hause aufzubewahren. Lars musste vielleicht damit rechnen, dass seine Mutter das Geld findet, wenn sie sein Zimmer aufräumt. Und dasselbe war vielleicht bei Marvin auch das Problem."

„Und Andy Granzow hatte möglicherweise Angst, dass sein Vater sich das Geld unter den Nagel reißt", sagte Kevin.

Lena nickte. „Das Gute war, dass es für beide Probleme ein und dieselbe Lösung gab: Dr. Richard von Kiesow."

Kevin sah sie fragend an.

„Mit einer Schussverletzung kann man nicht ins Krankenhaus gehen, ohne dass einem dumme Fragen gestellt werden. Dasselbe gilt für jeden niedergelassenen Arzt. Dr. von Kiesow hatte seine Praxis aufgegeben, aber er war ein Arzt. Und ein netter Kerl. Die drei sind also zu Dr. von Kiesow und haben ihn dazu gebracht, die Schussverletzung zu behandeln. Vielleicht haben sie ihn bedroht, oder es gab andere Mittel, ihn dazu zu bewegen. Ich denke, dass sich Dr. von Kiesow an seinen hippokratischen Eid gebunden gefühlt hat. Und während er sich um die Schussverletzung gekümmert hat, hat einer der beiden anderen Komplizen die Beute in von Kiesows Keller versteckt."

Kevin nahm einen dicken schwarzen Filzstift und malte drei Verbindungslinien von den jungen Leuten zu Dr. von Kiesow. „Und dann?"

„Und dann fand das Abitreffen statt. Richard von Kiesow sitzt nichtsahnend auf dem Abiturtreffen, hört sich geduldig die Erzählung von Hedwig Marunde an, und dann kommt Heinz Schlüter herein, im Rollstuhl, und der Rollstuhl wird von Marvin Schlüter geschoben. Einem der drei jungen Männer, die ihn in seinem Zuhause aufgesucht haben. Und vermutlich genötigt, eine Schussverletzung zu behandeln."

„Und von Kiesow erkennt ihn natürlich wieder. Und Marvin muss damit rechnen, dass von Kiesow, der bis dahin geschwiegen hat, jetzt etwas sagen wird. Wenn nicht der Polizei, dann doch vielleicht Marvins Großvater." Kevin nickte. „Und dann?", fragte er.

„Ich weiß nicht. Das Geld befand sich ja noch in von Kiesows Keller. Vielleicht haben sie bis dahin gedacht, dass es dort sicher ist. Aber darauf konnten sie sich jetzt nicht mehr verlassen."

„Woher weißt du, dass sich das Geld noch in von Kiesows Keller befand?"

„Hör mir erst zu Ende zu", sagte Lena. „Die drei haben also beschlossen, sich das Geld zu holen. Vielleicht war auch nur einer bei von Kiesow im Haus, um das Geld zu holen. Ich tippe auf Andy Granzow. Er ist abends ins Haus gekommen, und sein Plan, das Geld heimlich aus dem Keller zu holen, ging schief. Es kam zu einer Auseinandersetzung mit von Kiesow, und er ist die Kellertreppe runtergefallen."

„Und Granzow hat das Geld mitgenommen?", fragte Kevin.

„Nein, ich denke, er ist in Panik aus dem Haus gerannt. Das Licht blieb eingeschaltet, und das Geld im Keller."

„Und dann?", fragte Kevin.

„Dann hat Granzow vielleicht erst mal einen großen Bogen um von Kiesows Haus gemacht. Er wusste ja nicht, ob die Polizei sofort Verdacht schöpft. Und er wollte vielleicht nicht in ein Haus einsteigen, in dem vorher durch seine Schuld jemand ums Leben gekommen ist. Einfach nicht unnötigerweise den Verdacht auf sich lenken." Lena schwieg einen Moment. „Er konnte nicht wissen, dass Hajo von Kiesow das Haus ziemlich bald nach dem Tod seines

Onkels räumen lassen würde. Und als Granzow und seine beiden Kumpels wieder in das Haus kamen, war es bereits geräumt. Granzow hat sich aufgeregt, Marvin und Lars haben ihm erklärt, dass das alles gar kein Problem sei, denn das Geld befinde sich sicher in der Garage des Bürgermeisters. Dummerweise hatte Hajo von Kiesow Klaas Stamer schon einen Maklerauftrag erteilt, und Stamer hat Hans Moll damit beauftragt, eine aktuelle Feuerstättenschau durchzuführen und einen Energieausweis zu erstellen. Und als Hans Moll auf dem Dach sitzt und in den Schornstein guckt, stehen die drei Jungs im Wohnzimmer und streiten sich. Ich wette, dass Granzow sauer auf Marvin und Lars war, die sogar mitgeholfen haben, das Haus auszuräumen und das Geld in Hajo von Kiesows Garage zu schleppen." Lena legte den Kopf schief. „Vielleicht gab es da schon die ersten Differenzen. Oder vielleicht befand sich der Streit auch schon im fortgeschrittenen Stadium, weil Marvin und Lars mehr Geld haben wollten oder vielleicht hat die beiden das schlechte Gewissen geplagt. Immerhin hatten sie nach einer Straftat auch noch einen alten Mann bedroht, der dann sogar wegen Andy Granzow gestorben ist. Auf alle Fälle haben sie bemerkt, dass auf dem Dach jemand mithört."

„Hans Moll", sagte Kevin und zeichnete eine weitere Verbindungslinie. „Granzow ist aufs Dach, hat sich mit Moll geprügelt, und Hans Moll ist abgestürzt. Und dabei hat Granzow seinen Ring verloren." Kevin deutete auf das Familienfoto der Granzows. „Es war der Ring seiner Mutter." Er sah Lena an. „Und dann?"

„Ich weiß nicht. Bei drei Leuten ist einer zu viel. Ich schätze Granzow als denjenigen ein, der die meiste kriminelle Energie hatte. Vielleicht haben Marvin und Lars Angst gekriegt, nachdem schon zwei Menschen gestorben waren. Aber vielleicht hat es schon ausgereicht, dass die beiden das Geld Granzows Kontrolle entzogen haben. Also haben sie versucht, in von Kiesows Garage einzubrechen. Dabei sind sie überrascht worden und bei dem anschließenden Streit im Wagen hat vielleicht Marvin oder Lars Granzow ins Lenkrad gegriffen. Der kommt von der Fahrbahn ab und landet auf Bauer Mohnsens Obstwiese."

„Da waren's nur noch zwei." Kevin sah Lena an. „Aber wer …"

„Timmermann!", rief eine unangenehme Stimme. „Sind Sie da?"

Lena verzog das Gesicht. „Herr Quast?"

Kevin nickte. „Bin gleich wieder da." Er verließ seinen geheimen Raum und schloss die Tür hinter sich. Quast war bereits dabei, sich an seinem Schreibtisch zu vergreifen. Gerade war er im Begriff, die Schale, die seine Mutter ihm in ihrem VHS-Kurs getöpfert hatte, auf die Fensterbank zu stellen. Kevin sammelte darin Büroklammern, die er immer gern in Griffweite hatte.

„Wir nutzen Ihre Dienststelle vorerst als Einsatzzentrale. Jedenfalls heute." Quast sah sich um. „Gibt's hier eine Kaffeemaschine?"

Kevin fühlte sich nicht sehr wohl mit einer geheimen Verbrechenstafel, auf der sich Ermittlungsergebnisse von Fällen befanden, die ihm nicht zugeteilt waren. Und vor dieser Verbrechenstafel stand Lena Becker, ihres Zeichens mindestens Zeugin, in Quasts Augen sogar Verdächtige. Und er war mit seinen Gedanken noch tief in Lenas Vortrag hängen geblieben. Und in diesem Augenblick rächte es sich wieder mal, dass er so langsam im Denken war. „Drüben in der Teeküche", sagte er.

Quast warf ihm einen Blick zu, und Kevin ging rückwärts zu der Tür seines Geheimraums. Er drückte die Klinke runter. „Raus hier!", zischte er über die Schulter.

Glücklicherweise war Lena nicht so begriffsstutzig wie er. Während sich Quast auf den Weg in die Teeküche machte, drückte sich Lena an Kevin vorbei, schlich sich zur Eingangstür und deutete an, dass sie ihm eine Nachricht aufs Handy senden würde.

Kaum war die Tür des Reviers hinter ihr zugeklappt, zog Lena ihr Handy aus der Tasche und schickte Kevin eine Nachricht auf sein Handy. Damit die Nachricht nicht womöglich unentdeckt blieb, bat sie ihn um eine Bestätigung, dass er sie erhalten hatte. Es fehlte ihr gerade noch, dass sie allein in dem leeren Haus mit einem gefährlichen Menschen saß und kein Schwein davon Notiz nahm. Anschließend wählte sie eine weitere Nummer.

Kevin erzählte Quast jetzt seit zehn Minuten von seinem Plan, der genau genommen Lenas Plan war. Sein Kollege sah aus, als wartete er nur auf den Zeitpunkt, an dem Kevin endlich Luft holen musste, um ihm dann zu sagen, dass das alles Unsinn sei und er jetzt weiterarbeiten müsse. Zu Kevins Überraschung schwieg Quast aber, als er mit seinen Ausführungen fertig war. Jan Quast sah erst zu seiner Kollegin hinüber, dann nickte er Kevin zu.

„Klingt schlüssig", sagte er.

Eva Schulz nickte.

Kevin wurde warm.

„Und wo ist jetzt das Geld?", fragte Quast.

„Ja", sagte Kevin. „Ich habe eine Vermutung." Was nicht zutraf. Inzwischen wusste er, wo sich das Geld befand. Er sah auf seine Armbanduhr. Seit Lenas Nachricht waren fast zwanzig Minuten vergangen. Wenn sie gleich danach angerufen hatte, hätten sie nicht mehr viel Zeit. Jeder würde nach einem solchen Anruf sofort ins Auto springen und losfahren. „Ich würde das gern sofort überprüfen."

„Gut", sagte Quast. „Mal sehen, ob Sie recht haben. Ich bin gespannt."

„Ich auch", sagte Kevin.

Lena stellte ihren Kastenwagen ab und betrachtete das Haus durch die Windschutzscheibe. Du hast jetzt schon so viel erlebt, dachte sie. Ob es an dir liegt? Kann ein Gebäude böse Ereignisse auslösen oder atmest du auf, wenn endlich alles geklärt ist? Wenn die bestraft wurden, die diese Ereignisse überhaupt ausgelöst haben? Obwohl, viele sind davon ja nicht mehr übrig. Und der Letzte wird jetzt hoffentlich bald bestraft.

Die Frage, welche Auswirkungen alle diese Ereignisse auf ihr Leben haben würden, hatte sie sich in den vergangenen

Tagen gestellt. Auch, ob sie in ein Haus einziehen konnte, in dem Menschen gestorben waren. Würde sie immer vor dem Kamin stehen bleiben und an Lars Hanstedt denken? Oder um die Stelle, an der sein Leichnam gelegen hatte, herumgehen? Aber diese Gedanken hatten sie nicht erschreckt. Jedes Haus hatte vermutlich gute und schlechte Dinge gesehen, und letztlich waren es nur Steine, Holz und Mörtel. Und bei manchen war noch nicht mal mehr Holz dabei. Dieses Haus war durch die Ereignisse ja auch überhaupt nicht zur Ruhe gekommen. Ständig hielten sich hier Leute auf, brachten sich um oder maßen die Räume aus. Das Haus fühlte sich für sie zwar noch nicht wie ein Zuhause an, aber wie ein Heim.

Das Polizeisiegel war unversehrt. Gut, dann war noch keiner drin gewesen, seit Lars Hanstedt tot aufgefunden worden war. Sie ging um das Haus herum und holte die Leiter. Und dann tat sie das, was ein Schornsteinfeger so tat.

Malte lag in seinem Zimmer auf dem Bett, starrte an die Decke und versuchte nachzudenken. Das war nicht ganz leicht, weil er mit einem Ohr lauschte, was sein Vater machte. Der war unten und lief offenbar unruhig hin und her. Lars war tot, und er hätte es verhindern können. Er wusste zwar im Augenblick nicht, wie, aber er hätte es bestimmt verhindern können. Wenn er hartnäckiger gewesen wäre, wenn er versucht hätte, irgendwie an ihn ranzukommen. Mit ihm zu reden und sich nicht abschütteln zu lassen wie ein lästiges Insekt.

In seinem Kopf herrschte Chaos, weil er beim besten Willen nicht wusste, was er jetzt machen sollte. Lars war tot. Es war schrecklich gewesen, ihn in seinem Blut liegen zu sehen. Malte hatte sich gar nicht bewegen können, weil in seinem Kopf absolute Leere geherrscht hatte. Selbst die Frage, was passiert sein könnte, hatte er sich nicht gestellt. Und schon gar nicht die Frage, wer das getan haben könnte.

Als Lena und sein Vater aufgetaucht waren, war er erleichtert gewesen. Es waren andere Menschen da, und die hatten das Denken übernommen. Dass sie ihm das Denken abgenommen hatten, war eine große Erleichterung für ihn gewesen. Malte wäre gar nicht auf den Gedanken gekommen, die Polizei anrufen. Dabei hätte er Kevin anrufen können. Der war ja nicht im eigentlichen Sinne die Polizei. Auch wenn das bedeutet hatte, dass sie ihm die Fingerabdrücke abgenommen und ihm Fragen gestellt hatten. Aber diese Frau Schulz war immerhin nett zu ihm gewesen. Weder ruppig noch vorwurfsvoll, einfach nur freundlich. Malte schreckte aus seinen Gedanken auf, als er die Haustür unten zufallen hörte. Kurz darauf hörte er, wie die Autotür zuklappte und sein Vater von der Auffahrt fuhr.

Lena hörte einen Wagen vor dem Haus anhalten. Damit hatte sie nicht gerechnet. Sie hatte gedacht, dass er mit dem Fahrrad kommen würde. Der Motor wurde abgestellt. Dummerweise stand der Wagen einige Meter von der Straßenlaterne vor dem Haus entfernt, sodass sie nichts sehen konnte. Weder, um was für ein Fahrzeug es sich handelte, noch wer ausstieg.

Es waren offenbar zwei Personen, vielleicht zwei Männer. Sie sprachen leise miteinander und kamen auf das Haus zu.

Ich muss unbedingt eine Beleuchtung entlang des Gartenwegs installieren, dachte Lena. Man kann ja nicht mal sehen, wer zu Besuch kommt.

Die Gestalten gingen auf das Haus zu, und Lena hörte sie an der Haustür hantieren. Es dauerte nicht lange, bis sie das Haus betraten. Siegelbruch, dachte Lena. Das wird Herrn Quast nicht gefallen. Und ihre Vermutung war bestätigt, dass noch jemand einen Schlüssel zum Haus hatte. Das war ja auch kein Problem gewesen, sie hatten einfach einen Schlüssel vom Haken nehmen müssen, als sie zuletzt hier gewesen waren.

Von unten hörte sie Schritte im Haus, die beiden sprachen erst leise. Vermutlich suchten sie Lena. Nach einer Weile schienen sie alles abgesucht zu haben, und sie sprachen wieder lauter. Aus dem Wohnzimmer hörte Lena einen den anderen fragen: „Und wo ist jetzt das Geld?"

Kevin stellte seinen Wagen hinter dem der beiden Kollegen ab. Lenas Kastenwagen stand in der Zufahrt des Hauses. Ein Stück entfernt stand ein Wagen, von dem Kevin nicht wusste, ob er einem Nachbarn gehörte. Quast und Schulz stiegen aus ihrem Fahrzeug. Es war mittlerweile nach Mitternacht, nur eine schmale Mondsichel hing am Himmel. In der Dunkelheit konnte man nicht viel sehen. Was man sehen konnte, war ein hin und her huschendes Licht im Innern des Hauses. Quast zog seine Dienstwaffe, Eva Schulz ebenfalls. Kevin machte eine Halteranfrage zu dem geparkten Fahrzeug, dann folgte er den beiden zum Haus.

Lena beugte sich über den Scho2nstein. „Ihr wollt wissen, wo das Geld ist?“

Schlagartig verstummten die Stimmen im Haus.

„Ihr seid gar nicht weit davon entfernt“, rief sie.

Die beiden unten im Wohnzimmer schienen irritiert zu sein. Sie hatten aufgehört miteinander zu sprechen, und Lena stellte sich vor, wie sie sich ansahen und fragten, woher die Stimme kam. Auf der Straße hielten zwei weitere Fahrzeuge, und Lena hoffte, dass in einem der beiden Kevin saß. Denn wenn sie richtig lag, hatte es diese Situation so oder so ähnlich schon einmal gegeben. Und dabei war Hans Moll ums Leben gekommen.

Hajo wusste nicht so genau, was er eigentlich wollte. Es hatte ihn nur nichts mehr im Haus gehalten. Er musste irgendetwas tun. Sein Sohn stand in dem Verdacht, etwas mit Lars Hanstedts Tod zu tun zu haben, und Hajo selbst musste dafür sorgen, dass sein guter Ruf erhalten blieb. Zuhause herumzuhängen und Whiskey zu trinken, half da nicht viel. Was hatte Frau Becker gesagt? Er wüsste nicht, welche Rolle sein Onkel Richard in dieser Sache gespielt hatte. Hajo konnte sich nicht vorstellen, dass Richard von Kiesow als Pate von Jork aufgetreten war. Oder sonst irgendeine Verbindung zu jungen Leuten hatte, die Straftaten begingen. Er trat abrupt auf die Bremse, als bei ihm der Groschen fiel.

Jan Quast war als Erster an der Haustür. Eva Schulz trat neben ihn und beleuchtete das Polizeisiegel. Es war zwischen Türrahmen und Türblatt aufgeschlitzt worden. Die Tür stand einen Spalt breit auf. Ganz vorsichtig schob Quast die Tür auf, und eine Weile lauschten sie. Quast und Schulz nickten sich zu, dann betraten sie nacheinander mit gezückten Waffen den Flur.

Kevin schaltete schnell den Ton seines Handys aus, damit weder ein Läuten noch der Eingang einer Nachricht den Einsatz stören konnten. Tatsächlich ging wenige Sekunden später eine Nachricht ein. Die Kollegin mit der Halterfeststellung war wirklich schnell gewesen. Kevin huschte ins Haus, wo Quast und die Kollegin Schulz gerade die Küche sicherten, die auf der Vorderseite des Hauses lag. Kevin deutete in Richtung Wohnzimmer. Quast nickte und ging dann den Flur entlang zu der offenstehenden Wohnzimmertür.

Inzwischen war Lena klar geworden, dass die Leute, die als zweites das Haus betreten hatten, Polizeibeamte waren. Schwere ausladende Schritte, kürzere leichte Schritte und dann eher zögerliche Schritte. Quast, Eva Schulz und Kevin. Sie hielt das Ohr über die Öffnung des Schornsteins und lauschte. Die Polizisten waren wirklich gut. Lena jedenfalls konnte nichts hören, und die beiden Männer im Wohnzimmer offenbar ebenfalls nicht. Jedenfalls sprachen sie nach wie vor miteinander. Das Gespräch brach abrupt ab, als Lena Quasts Stimme hörte.

„Polizei! Nehmen Sie die Hände hoch!"

Nachdem er eine Weile in Jork herumgefahren war, war ihm eingefallen, dass Maltes Fahrrad noch vor Richards Haus stand. Er würde es in den Kofferraum laden und nach Hause bringen, damit Malte morgen früh damit zur Schule fahren konnte. Vor Richards Haus stand Kevins Dienstfahrzeug, davor ein dunkler Wagen, bei dem es sich vermutlich ebenfalls um ein Fahrzeug der Polizei handelte. Sicher gehörte des diesem unangenehmen Kerl Quast. Was ihn etwas beunruhigte, war, dass der weiße Kastenwagen der Schornsteinfegerin in der Zufahrt stand. Hoffentlich war ihr nichts passiert. Diese Frau hatte sich so in diese Sache reingekniet und war vermutlich hinter das Geheimnis dieses Hauses gekommen. Und möglicherweise hatte sie sich dabei selbst in Gefahr gebracht.

„Okay." Quast nickte Eva zu, die zu dem jungen Mann hinüberging und ihn nach Waffen durchsuchte, während er selbst die Waffe auf die beiden Männer gerichtet hielt.

„Hören Sie", sagte der Ältere.

„Sie sind?", fragte Quast.

„Heinz Schlüter", sagte Kevin und nahm den Blick vom Display. „Das da draußen ist sein Wagen. Und der junge Mann da bei ihm ist sein Enkel Marvin."

Eva Schulz gab Quast ein Zeichen, dass Marvin Schlüter keine Waffe bei sich trug. Der zog den Bund seiner Bomberjacke runter und zupfte den gestrickten Kragen seiner Jacke glatt. Dazu setzte er eine aufmüpfige Miene auf.

„Wollen Sie mich jetzt auch durchsuchen?“, fragte Heinz Schlüter. Er stand auf den silbernen Knauf seines Gehstocks gestützt da.

„Wenn es Ihnen nichts ausmacht“, sagte Eva Schulz und begann damit, die Ärmel und die Jacke des alten Mannes abzuklopfen.

Quast schien keine größeren Waffenfunde bei dem Alten zu erwarten und steckte die Waffe in das Holster zurück.

„Gut. Marvin Schlüter und Heinz Schlüter. Was machen Sie hier mitten in der Nacht in diesem Haus?“, fragte er.

„Wir sehen uns um.“

„Und um sich umzusehen, haben Sie Siegelbruch begangen? Wie sind Sie hier hereingekommen?“

Eva Schulz sah Quast an, dann hielt sie Heinz Schlüter die offene Hand hin.

„Geben Sie meiner Kollegin bitte den Schlüssel.“

Marvin Schlüter warf seinem Großvater einen fragenden Blick zu, dann zog er einen Schlüssel aus der Jackentasche und gab ihn der Polizistin.

„Und den haben Sie woher?“, fragte Quast.

Eva Schulz ging an Kevin vorbei zur Haustür und kehrte kurz darauf zurück. „Passt“, sagte sie.

„Also?“, wiederholte Quast seine Frage.

Marvin und Heinz Schlüter wechselten fragende Blicke.

„So, ich würde vorschlagen, wir setzen das Gespräch auf dem Revier fort“, sagte Quast. „Ich habe den Eindruck, dass Sie uns eine ganze Menge zu erzählen haben.“

„Junger Mann“, sagte Heinz Schlüter. „Es mag wohl sein, dass wir hier nicht ordnungsgemäß reingekommen sind, aber es ging meinem Enkel darum, noch einmal den Ort zu sehen, an dem sein Freund starb.“

„Ihr Freund ist Lars Hanstedt?“

„Die bei...“

„Ich habe Ihren Enkel gefragt.“

„Ja“, sagte Marvin und hob die Schultern.

„Es ist noch keine sechs Stunden her, dass wir ihn hier gefunden haben“, sagte Quast. „Woher wissen Sie also von dem Mord?“

„Mord?“, fragte Heinz Schlüter.

„Lars Hanstedt war siebzehn Jahre alt. Er ist keines natürlichen Todes gestorben“, stellte Quast fest. „Oder haben Sie andere Erkenntnisse?“

„Wir, woher denn?“, fragte Heinz Schlüter.

„Von derselben Quelle, von der sie von seinem Tod erfahren haben.“

„Wissen Sie, das hier ist Jork. Hier spricht sich schnell alles herum.“

„Na gut. Bestimmt hat ein Nachbar gesehen, wie ein Sarg aus dem Haus getragen wurde und sofort jemanden angerufen und schon hat sich in Jork herumgesprochen, dass Lars Hanstedt hier tot vor dem Kamin lag.“ Quast machte ein säuerliches Gesicht. „Wir lassen uns nicht länger von Ihnen an der Nase herumführen. Erzählen Sie jetzt bitte, was hier los war.“

Heinz Schlüter stützte sich mit beiden Händen auf den Gehstock vor sich. „Ich bin ein bisschen wackelig auf den Beinen. Meine Hüften, wissen Sie?“

„Gut, dann fahren wir aufs Revier."

„Hi."

Sie wandten sich zur Wohnzimmertür um. Dort stand Lena Becker. Sie sah ein bisschen derangiert aus. Ihre Jeans hatte Flecken, die aussahen, als seien sie von Gras oder Moos verursacht.

„Frau Becker", sagte Quast.

„Hi", sagte Kevin. „Gott sei Dank ist dir nichts passiert."

„Wo kommen Sie jetzt her?", fragte Quast.

„Von da, wo sich Schornsteinfeger häufig aufhalten", antwortete sie. „Vom Dach."

„Was haben Sie da gemacht?"

Lena deutete auf Heinz und Marvin Schlüter. „Ich habe auf die zwei hier gewartet. Sie haben sich im Dunkeln hergeschlichen, das Siegel beschädigt und das Haus aufgeschlossen."

„Und das haben Sie vom Dach aus beobachtet?"

„Habe ich. Und dann habe ich gehört, wie sich Enkel und Großvater darüber unterhalten haben, wo sie hier das Geld finden sollen."

„Welches Geld?"

„Das Geld aus den beiden Geldautomaten, die gesprengt wurden." Lena Becker sah den Kommissar an. „Sie ermitteln doch in dem Fall, oder?"

„Ja, das tue ich. Und woher wollen Sie wissen, wo die Beute versteckt ist?"

„Weil ich Schornsteinfegerin bin."

„Aha."

„Ja, so ein Schornstein ist eine praktische Sache. Man kann Dinge dadurch hören. Und man kann etwas darin verstecken."

Quast kniff die Augen zusammen, dann sah er zum Kamin hinüber. „Im Schornstein?"

Hajo saß seit einer Weile im Auto und sah durch die Windschutzscheibe nach draußen. Nach der Anzahl der Fahrzeuge zu urteilen, fand hier so etwas wie ein Ortstermin statt. Plötzlich bekam er ein ganz schlechtes Gefühl. Wenn Frau Becker etwas passiert war, würde er sich ewig Vorwürfe machen. Er zuckte erschrocken zusammen, als sich an der Fassade etwas bewegte. Jemand sprang von einer Leiter herunter und lief zum Hauseingang.

„Frau Becker", murmelte er.

Hajo stieg aus und folgte ihr ins Haus. Im Flur hörte er, wie sie dem Kommissar erzählte, dass sie auf dem Dach gewesen war und Marvin Schlüter und seinem Großvater zugehört hatte. Er ging weiter ins Wohnzimmer und traf auf die ganze Versammlung.

„Herr von Kiesow, was machen Sie hier?" Jan Quast konnte seinen Unmut über den Menschenauflauf schlecht verbergen.

„Ich wollte das Fahrrad meines Sohnes abholen und habe dann gesehen, dass hier so viel los ist."

„Ja nee, ist klar." Quast sah etwas genervt aus. „Also", wandte er sich an Frau Becker. „Wo ist jetzt das Geld?"

Sie ging zwischen den Leuten hindurch zum Kamin und öffnete eine metallene Klappe. Sie zog eine Sporttasche heraus und ließ sie auf den Boden fallen. „Hier. Kein besonders gutes Versteck und nur empfehlenswert, wenn der Kamin nicht mehr in Betrieb ist."

Nachdem er seine eigene Überraschung in den Griff gekriegt hatte, konzentrierte sich Kevin auf die Gesichtsausdrücke der anderen. Quast schien ehrlich beeindruckt zu sein, Eva Schulz eher belustigt. Marvin ließ ein leises „Fuck" hören, und Hajo sah aus, als ob er die Welt nicht mehr verstand. Als der Bürgermeister einen Blick mit Lena wechselte, hob er fragend die Augenbraue. Sag ich doch, dachte Kevin. Die zwei waren sich die ganze Zeit über einig. Und Heinz Schlüter? Der sah aus, als könne er sich nicht mehr lange auf den Beinen halten.

„Gut", sagte Quast nach einer Weile. „Darin soll also das Geld aus den gesprengten Automaten sein?"

„Das nehme ich an", erklärte Lena. „Sie können das sicher feststellen. Nummerierte Scheine und so."

Eva Schulz, die die Einzige war, die Latexhandschuhe trug, kniete sich vor die Tasche und zog den Reißverschluss auf. Beim Anblick der durcheinandergeworfenen Geldscheine sagte Marvin noch einmal leise „Fuck."

Quast sah in die Runde. „Was geht hier eigentlich ab in Jork?"

Kevin war so in seiner Rolle als Beobachter aufgegangen, dass er völlig vergessen hatte, dass er das Sagen in Jork hatte. Zumindest was die Polizeiarbeit anbetraf.

„Tja also", begann er. „Vielleicht sollten wir das nicht hier in großer Runde und an dieser Stelle erörtern. Ich denke, wir nehmen Herrn Schlüter und seinen Enkel mit aufs Revier."

„Das ist eine gute Idee", bestätigte Quast und sah Lena Becker an. „Allerdings hätte ich auch noch ein paar Fragen an diese junge Dame hier."

„Das ist kein Problem", antwortete Lena Becker. „Fragen Sie gern."

„Machen wir. Allerdings kommen Sie ebenfalls mit aufs Revier."

„Lena, also ich meine, Frau Becker, ist mit ihrem eigenen Wagen da. Ich nehme Schlüter Junior mit und Sie den Senior?", fragte Kevin Quast.

„So machen wir es." Jan Quast sah zu Hajo von Kiesow hinüber. „Ich denke, Sie brauchen wir vorerst nicht. Und Sie wollten ja ohnehin nur das Fahrrad Ihres Sohnes abholen. Es kann aber sein, dass wir Sie und Malte morgen noch einmal befragen müssen."

Kevin entging nicht, dass Hajo Lena einen fragenden Blick zuwarf. Und sie erwiderte diesen Blick mit hochgezogenen Augenbrauen und einem Kopfrucken. Damit wollte sie ihn offenbar dazu bringen, nichts Falsches zu sagen. Hajo klappte dann auch den Mund wieder zu und verließ das Wohnzimmer.

Auf der Fahrt zum Polizeirevier beschloss Kevin, sich weder von der Situation noch von Jan Quasts beeindruckender Erscheinung unterkriegen zu lassen. Das hier war sein Revier. Jork war sein Revier, und das Revier war auch sein Revier. Bei dem letzten Gedanken seufzte er. Das war so ein richtiger Kevingedanke.

Er schloss die Tür zum Revier auf und ließ die gesammelte Mannschaft eintreten. Heinz Schlüter steuerte einen der beiden Besucherstühle vor Kevins Schreibtisch an und ließ sich darauf fallen. Er wirkte mitgenommen.

„Brauchen Sie einen Arzt?", fragte Kevin.

„Nee, lassen Sie man."

„Ich hole Ihnen mal ein Glas Wasser."

„Darf ich?", fragte Quast und deutete auf Kevins Drehstuhl.

„Bitte, bitte." Als Kevin mit einem Tablett voller Gläser und einer Flasche in das Dienstzimmer zurückkehrte, räumte Quast gerade den Behälter für die Eingangspost und den Kegel für die Stifte beiseite.

„Meine Herren", begann Quast. „Wir unterhalten uns jetzt hier gemeinsam, auch wenn wir eigentlich jeden einzeln befragen müssten. Aber wir fangen mal mit Ihnen beiden an, weil Sie auch gemeinsam in das Haus von Frau Becker eingedrungen sind. Erste Frage, woher haben Sie den Schlüssel zum Haus von Frau Becker?"

Diese Frage war in Kevins Augen am schwierigsten zu beantworten. Jedenfalls dann, wenn man nicht mit dem ganzen langen Rattenschwanz an belastenden Informationen rausrücken wollte. Tatsächlich schwiegen Kevin und Heinz Schlüter. Sie sahen sich nicht einmal an. Heinz Schlüter griff nach einem Glas Wasser, und seine Hand zitterte stark.

„Herr Schlüter?", fragte Quast und sah Marvin an. „Woher haben Sie den Schlüssel?"

„Das weiß ich nicht."

„Sie wissen nicht, woher Sie den Schlüssel haben, mit dem Sie in das Haus von Frau Becker hineingegangen sind?“ Quast beugte sich über den Tisch. „Bisher haben Sie mich von meiner netten Seite kennengelernt. Diese Phase kann schneller vorbei sein, als Ihnen lieb ist.“

Heinz Schlüter legte seine knochige Hand auf das Bein seines Enkels. „Sag Ihnen alles, Marvin. Wir können es jetzt nicht mehr ändern.“

„Was können Sie nicht mehr ändern?“, fragte Quast.

„Es ist nicht die Schuld meines Enkels, Herr Kommissar.“

„Kriminalhauptkommissar“, korrigierte Quast. „Schuld woran?“

Heinz Schlüter räusperte sich. „Sie müssen wissen, dass Marvin ein guter Kerl ist. Er ist in schlechte Gesellschaft geraten. Ein krimineller junger Mann hat ihn und seinen Freund Lars dazu gebracht, ihn bei kriminellen Dingen zu begleiten.“

Schlechter Einstieg, dachte Kevin. Der alte Mann bewirkt genau das Gegenteil dessen, was er beabsichtigt.

Quast hob dann auch eine Augenbraue.

„Den Schlüssel hatte Andy Granzow bei sich. Sie kennen ihn?“, fragte Heinz Schlüter. „Er ist mit dem Wagen verunglückt.“

„Ich kenne ihn nicht. Aber ich ermittle wegen seines Todes. Wie ist dann der Schlüssel aus Andy Granzows Besitz in Ihre Hände gekommen?“ Quast sah von Heinz zu Marvin Schlüter. „Marvin?“

Der rutschte unruhig auf seinem Stuhl herum.

Quast sah auf seine Armbanduhr. „Es ist jetzt weit nach Mitternacht. Wir sind alle ziemlich müde. Wir können Sie auch über Nacht in einer Zelle in Stade unterbringen und morgen früh um sechs weitermachen." Er hob die Hand in Heinz Schlüters Richtung. „Sie natürlich nicht. Wir bringen Sie dann nach Hause."

„Ich denke, das wird nicht nötig sein. Marvin, du musst alles sagen."

„Den Schlüssel hat Andy bei Dr. von Kiesow vom Schlüsselbrett genommen", sagte Marvin.

„Dr. Richard von Kiesow? Der ist nach meiner Kenntnis nicht mehr als Dorfarzt tätig gewesen. Welche Verbindung hatte Andy Granzow also zu ihm?" Quast sah von einem zum anderen, als sein Handy den Eingang einer Nachricht vermeldete. „Sorry", murmelte er und räusperte sich. „Vielleicht haben wir schon eine Erklärung dafür, wie der Schlüssel in Ihre Hände gelangt ist", sagte er nach einem Blick aufs Display. „Die Kollegen haben eine äußere Leichenschau durchgeführt."

Kevin fing Lenas Blick auf, mit dem sie irgendetwas bedeuten wollte. Die Frage war nur, was. Leichenschau, Schlüssel, Lars Hanstedt, Marvin Schlüter, Dr. von Kiesow. In seinem Kopf purzelten die Gedanken wild durcheinander. Unauffällig ahmte Lena einen Schuss auf Kevins Beine nach. Ihr Körper verdeckte die pantomimische Darstellung zwar einigermaßen, aber Eva Schulz, die entspannt an der Fensterbank lehnte, war sie nicht entgangen. Sie stand da und schmunzelte, während Kevin angestrengt nachdachte. Endlich fiel der Groschen.

„Er hat eine alte, schlecht verheilte Schusswunde, richtig?“, sagte er.

Quast hob den Blick. „Ja, so sieht es aus. Die Kollegen sagen, die Wunde wurde nicht sachgerecht verschlossen und sei wohl auch entzündet gewesen. Danach sei eine üble Narbe übriggeblieben.“

„Dachte ich mir“, stellte Kevin fachmännisch fest. „Eine Schussverletzung, die nicht besonders gut verheilt ist, weil sie unter erschwerten Bedingungen von einem bedrohten Hausarzt behandelt wurde und nicht fachgerecht im Krankenhaus. Den Schuss habe übrigens ich abgegeben. Als ich damals am Tatort eintraf, befanden sich noch drei Personen am Tatort, die Geldscheine eingesammelt haben, die sich durch die Explosion im Vorraum verteilt haben, in dem die Geldautomaten standen. Ich habe einen Warnschuss abgegeben, die drei sind geflüchtet, bei dem letzten habe ich auf die Beine gezielt.“

„Und getroffen.“ Quast seufzte und wandte sich an Marvin. „Und dann haben Sie Ihren verletzten Kumpel zum alten Hausarzt gefahren, damit der ihn behandelt?“

„Mann, der hat geblutet wie Sau, und uns ist nichts Besseres eingefallen. Andy hat gesagt, der hat Schweigepflicht und so. Wenn wir nach Stade ins Krankenhaus gefahren wären, dann hätten die gesagt, ey, Schussverletzung, wir rufen mal lieber die Bullen. Polizei.“

„Trifft das, was mein Kollege hinsichtlich der gesprengten Geldautomaten kurz zusammengefasst hat, zu?“

Marvin nickte, und erst nach einer Weile ging ihm auf, dass dem Kommissar eine Erklärung seines Kollegen zum

Tathergang nicht reichte. Marvin blies die Backen auf. „Mann, Andy hat immer so Sachen gemacht, Autos geklaut und vertickt und so. Und eines Tages hat er gemeint, dass die armen Geldautomaten da völlig allein in diesem Raum rumstehen und sich langweilen. Und dann hat er uns eine Anleitung gezeigt, wie man ganz easy so eine kleine Bombe bauen kann. Das haben wir gemacht, und wusch, waren die Automaten offen."

Quast faltete die Hände auf dem Schreibtisch. „Und dann?"

„Und dann sind ziemlich viele Scheine durch die Gegend geflogen, und während wir die alle eingesammelt haben, ist er gekommen." Marvin deutete mit dem Daumen hinter sich auf Kevin. „Der hat gerufen: ‚Polizei! Stehen bleiben!', und dann hat er geschossen."

„Ich habe einen Warnschuss in die Luft abgegeben, und dann erneut gerufen, und nachdem man meiner Aufforderung nicht Folge geleistet hat, habe ich auf die Beine des letzten flüchtenden Täters gezielt", korrigierte Kevin.

„Und getroffen", stellte Quast erneut fest. „Ihr habt also beratschlagt und dann euren verletzten Kumpel zu Dr. von Kiesow gebracht."

„Ja, Mann. Der hat noch gepennt, stand da im Bademantel und hat nix geschnallt. Und dann haben wir gesagt, dass unser Freund verletzt ist, und er ihm helfen muss. Hat er auch gemacht. Wir sind in seine Küche, und da hat er sich die Wunde angesehen."

„Und weil Dr. von Kiesow Medizin studiert hatte und nicht dämlich war, hat er festgestellt, dass es sich um eine Schusswunde handelte."

„Alter, da war was los. Er hat gesagt, wir müssen zur Polizei gehen, und wie das überhaupt passiert ist und so."

Quast schwieg. Alle im Raum schwiegen.

„Andy ist dann aus der Küche raus und kam nach einer Weile wieder. Der Doc hat gemeint, er würde nichts verraten, aber wir müssten trotzdem zu den Bullen und so. Wir sind dann raus, Lars hat ziemlich gehumpelt und rumgeheult. Andy hat uns alle nach Hause gebracht, und dann hat Lars gefragt: ‚Wann teilen wir eigentlich die Kohle auf, und wo ist die Kohle eigentlich?' Und da hat Andy gemeint, dass er die in Sicherheit gebracht hat."

„Und wo hatte er die in Sicherheit gebracht?"

„Mann, das hat der nicht verraten. Wir waren ziemlich angepisst deshalb, aber da haben wir ihm noch vertraut. Er hat gemeint, wir müssten uns keine Gedanken machen. Die Kohle sei sicher und jetzt sollten wir alle nach Hause gehen und die Klappe halten."

„Und das habt ihr auch gemacht. Nach Hause gehen, Klappe halten."

Marvin nickte. „Ham wir."

„Und dann?", fragte Quast ungeduldig.

„Und dann hab ich meinen Opa zu diesem Abitreffen gefahren, und da saß dieser Doc. Der hat mich angeguckt wie ein Auto. Mann, mir ist vor Schreck das Herz in die Hose gerutscht. Ey, Andy hatte den so'n bisschen bedroht und so, und wir sind ja nicht bei den Bullen gewesen. Ich hab meinen Opa da nur abgeliefert und bin schnell raus."

Quast sah Heinz Schlüter an. „Ihr alter Schulfreund Richard von Kiesow hat an diesem Tag einen der jungen Männer identifiziert, die ihn in seinem Haus bedroht haben. Inzwischen dürfte der alte Mann auch eins und eins zusammengezählt gehabt haben. Er wusste, dass die jungen Männer die Automaten gesprengt hatten. Und er hat nichts zu Ihnen gesagt?"

Heinz Schlüter schüttelte den Kopf. „Der Richard war in Ordnung. Keinen Ton hat der gesagt."

„Weiter", forderte Quast Marvin auf.

„Mann, wir haben uns alle vor Angst in die Hosen gemacht, und Andy hat gemeint, es wird Zeit, die Kohle in Sicherheit zu bringen. Also ist er noch mal hin zum Doc."

„Aha? Und warum?"

„Weil er die Kohle bei dem im Keller versteckt hatte. Damals, als wir anderen alle in der Küche waren. Das hat er uns aber erst verraten, als er das Geld holen wollte."

Quast ließ den Blick zu der Sporttasche schweifen, die auf dem Sideboard stand. „Hat aber nicht geklappt", stellte er fest.

„Nee, Mann. Das hat er voll verkackt. Der hatte, als wir mit Lars bei dem Doc waren, einen Hausschlüssel vom Doc mitgenommen. Mit dem ist er dann ins Haus, weil er dachte, der Alte ist nicht da."

„Aber der Alte war da."

„Der hat ihn überrascht, als Andy in den Keller runter und das Geld holen wollte. Ich war ja nicht dabei, aber Andy hat gemeint, dass der Doc ziemlich ausgeflippt ist. Die haben sich da in die Haare gekriegt, und dann ist der Alte die Treppe runtergefallen."

„Und Andy ist abgehauen?“

Marvin nickte. „Er hat gemeint, dass er nicht über den Alten hinwegsteigen wollte, um an die Kohle ranzukommen.“

Seufzend fuhr sich Quast durch die Haare.

Heinz Schlüter griff mit zitternder Hand nach dem Wasserglas.

„Das ist alles scheiße gelaufen“, schluchzte Marvin. „Wir wollten nicht, dass jemandem etwas passiert. Ehrlich.“

„Ich kann Ihnen aus meiner beruflichen Erfahrung sagen, dass es schon hilft, keine kriminellen Dinger zu drehen, wenn man nicht möchte, dass jemandem etwas passiert.“

Bei Quasts Worten hörte Marvin auf zu schluchzen. „Andy hat gemeint, mit dem Geld könnten wir alle einen guten Start ins Leben haben“, sagte er mit leiser Stimme. „Lars wollte nach dem Abi eine Reise machen. Südamerika. Chile und so.“

„Und Sie?“, fragte Quast. „Was hatten Sie mit dem Geld vor?“

Marvin hob die Schultern. „Weiß ich noch nicht. Erst mal sparen.“

„Okay, Andys Versuch, das gestohlene Geld aus dem Keller von Dr. von Kiesow zu holen, ist also schiefgegangen. Und dann?“

„Und dann haben wir uns vor Angst in die Hose gemacht. Wir haben jeden Tag geguckt, ob es eine Polizeimeldung gibt.“

Quast lehnte sich in dem Drehstuhl zurück und sah von Marvin zu Kevin. Kevin konnte sich nicht zurückhalten. Es war möglich, dass sein Gesichtsausdruck ein wenig triumphierend ausfiel. Die Kollegen in Stade, allen voran

Jan Quast, waren nicht müde geworden, ihm zu erklären, dass alte Leute nun mal hin und wieder die Kellertreppe runterfielen, ohne dass ein anderer daran beteiligt war. Und damit hatten sie versucht, ihn, den kleinen Dorfpolizisten mundtot zu machen. Der Stader Kollege wandte sich wieder Marvin Schlüter zu.

„Aber in den Zeitungsberichten über den tragischen Tod des alten Arztes gab es keinen Hinweis auf das, was wirklich passiert war. Und dann?"

„Und dann sind wir alle zusammen noch mal in das Haus."

Lena biss sich auf die Unterlippe. Jetzt kamen sie an einen ganz heiklen Punkt in der Geschichte. Hoffentlich fiel Quast nicht ausgerechnet jetzt ein, dass sie auch noch da war und eigentlich gar nichts mehr hier verloren hatte. Eva Schulz schien Lenas Unruhe zu bemerken und sah kurz zu ihr herüber, aber dann konzentrierte sie sich wieder auf die Befragung.

„Sind wir." Marvin setzte sich gerade hin.

„Und?", fragte Quast.

„Na, das war leer."

„Und wieso war das leer?"

„Weil der Herr von Kiesow, also der Bürgermeister, also das ist der Neffe von dem alten Dr. von Kiesow, der hatte uns gebeten, das Haus zu räumen."

„Ihr seid also mit Andy in das Haus, um zusammen das Geld zu holen, obwohl Lars und Sie wussten, dass das Haus schon leer war? Und das Geld woanders?"

„Ich, also, damals wusste ich nicht, also, ich …“ Marvin schüttelte den Kopf.

„Das Geld befand sich doch im Keller, als Sie das Haus geräumt haben?“ Quast hielt den Blick fest auf Marvin gerichtet.

„Ja, und ich dachte wirklich, dass wir es mit rausgeräumt haben.“

„Wollen Sie mir erzählen, dass Sie das Geld aus dem Keller geräumt haben wie ein altes Möbelstück?“, fragte Quast ungläubig. „Wenn Herr von Kiesow so dumm war, ausgerechnet Sie beide mit der Räumung zu beauftragen, dann war das doch die beste Gelegenheit, das Geld an sich zu nehmen.“

„Ja, das hat Andy auch gesagt, und er war ziemlich sauer.“

„Weil er dachte, dass Sie beide, Lars und Sie, das Geld an sich genommen haben.“

Marvin nickte und wand sich. „Hatten wir ja auch, aber es war so, dass wir, also Lars und ich …“

„Bei Ihnen hat sich das Gewissen gerührt? Weil an dem Geld zwischenzeitlich Blut klebte? Oder wollten Sie Andy ausbooten?“

„Was? Nein, natürlich nicht. Wir wollten darüber nachdenken und uns überlegen, was wir tun.“

„Okay, Sie sind also zu dritt im Haus von Dr. von Kiesow, und das ist leer. Und dann?“

„Und dann haben die drei im Wohnzimmer gestanden, gestritten, und auf dem Dach war Hans Moll“, warf Kevin ein. „Hans Moll war der Schornsteinfeger. Der ist auf dem Dach gewesen, um eine letzte Betriebsstättenschau durchzuführen. Er hat den Streit der drei durch den Schornstein mit angehört. Und dann hat Andy Hans Moll bemerkt, ist aufs Dach geklettert und in Streit mit dem Schornsteinfeger geraten. Hans Moll ist vom Dach gestürzt und war tot." Kevin setzte eine triumphierende Miene auf. Die hatte Lena bei ihm schon bemerkt, als er Quast erklärt hatte, wie Dr. von Kiesow ums Leben gekommen war. Unauffällig reckte Lena den Daumen. Kevin ging zu einer Schublade und nahm eine Tüte heraus. „Das ist der Ring, den Frau …, also, der im Garten von Dr. von Kiesow gefunden wurde. Dabei handelte es sich um den Ring von Andy Granzows Mutter."

Quast betrachtete interessiert erst den Ring, dann Kevin. Ganz offensichtlich war Kevin in Quasts Ansehen heute um einige Grad gestiegen.

„Okay. Dann hatten Sie zu dem Zeitpunkt also schon zwei Tote und einen verletzten Kumpel."

„Es ist alles schiefgelaufen", jaulte Marvin. „Andy hat uns abgeholt, und wir wollten das eigentlich alles mal in Ruhe bequatschen. Und dann sagt Andy, er muss noch mal kurz nach Hamburg, die Kiste verticken." Marvin sah Quast an. „Wir saßen in einem gestohlenen Auto. Er hat uns mit einer geklauten Karre abgeholt. Lars ist völlig ausgeflippt, hat gesagt, Andy soll sofort anhalten, und dann …"

„Und dann?", fragte Quast.

„Ich weiß nicht. Lars saß vorne. Er hat ihm irgendwie ins Lenkrad gegriffen. Jedenfalls ist Andy von der Straße auf den Acker, und er war nicht angeschnallt. Das Auto ist gegen irgendwas geknallt, und …"

Es war wieder eine Weile still.

„Er hat sich nicht mehr bewegt. Wir sind ausgestiegen und wollten ihn eigentlich aus dem Auto rausholen, aber er war tot. Tot." Marvins Schultern zuckten.

„Sie haben keine Hilfe geholt?"

„Na ja, Lars hat seinen Opa angerufen, und der hat hier angerufen."

Quast sah Kevin an, der einmal kurz nickte. „Dann wüsste ich jetzt gern noch, wie es dazu gekommen ist, dass wir heute Lars Hanstedt tot aufgefunden haben."

Zu Lenas Überraschung schwieg Marvin. Er war bisher erstaunlich auskunftsfreudig gewesen, aber vielleicht war die Erinnerung an das schlimme Ereignis noch zu frisch. Lars Hanstedt war erst seit ein paar Stunden tot.

Heinz Schlüter räusperte sich. „Das kann ich vielleicht erklären", sagte er. „Mein Enkel wollte sich mit Lars aussprechen. Er wollte ihm vorschlagen, alles der Polizei zu sagen. Und dann kam es zum Streit." Schlüter hob den Gehstock an, auf den er sich die ganze Zeit gestützt hatte, und legte ihn über den Schreibtisch. „Den werden Sie brauchen."

Quast betrachtete den silbernen Knauf. „Passt der zu der Kopfwunde an der Schläfe von Lars Hanstedt?"

Schlüter nickte. „Er wollte uns angehen. Ich wollte ihn eigentlich nur zurückhalten, aber dann ist die Situation eskaliert, und der Junge ist unglücklich auf die Kante des Kamins gestürzt. Es war ein Unfall."

„Mann, Mann, Mann." Quast sah Kevin an. „Können Sie das mal sichern hier?"

Während Kevin hektisch begann, die Schubladen zu durchsuchen, belehrte Quast Heinz Schlüter und seinen Enkel über ihre Rechte. Nach einer Weile schien Kevin gefunden zu haben, was er suchte. Eine ziemlich große Beweismitteltüte, in der er den Gehstock verwahrte. Während im Revier formelle Angelegenheiten abgewickelt wurden, beschloss Lena, sich unauffällig davonzumachen. Sie wollte nicht darauf warten, dass Quast noch auf die Lücke in Marvins Erzählung stieß.

„Ich denke, ich werde hier wohl gar nicht gebraucht", sagte sie zu Eva Schulz. Die war damit befasst, die Personalien von Enkel und Großvater aufzunehmen und nickte ihr nur kurz zu.

Hajo war auf dem Sofa eingeschlafen, als er hörte, dass vor dem Haus ein Auto hielt. Dann wurde eine Autotür zugeschlagen. Kurz darauf ging eine Nachricht auf seinem Handy ein. Er rappelte sich unter der Wolldecke hervor, griff nach dem Handy und sah aufs Display.

Stehe vor der Tür. Absenderin war die Schornsteinfegerin. Er ging zur Tür und öffnete ihr.

„Hi", sagte sie leise. „Ich wollte Malte nicht wecken. Oder schläft er gar nicht?"

„Doch, er ist wohl eingeschlafen. Ich habe jedenfalls nichts mehr von oben gehört." Hajo fuhr sich durch die zerzausten Haare. Er fühlte sich wie vom Bus überfahren, aber diese Frau sah auch mitten in der Nacht aus wie das blühende Leben. Interessanterweise steuerte sie direkt seine Küche an, wo er sie am Küchentisch vorfand, nachdem er die Haustür geschlossen hatte.

„Entwarnung“, sagte sie. „Haben Sie ein Bier?“

Er nahm zwei Flaschen Bier aus dem Kühlschrank und öffnete sie. „Wie ist das Geld in den Schornstein gelangt?“, fragte er.

Sie setzte die Flasche ab und stellte sie auf den Tisch. „Als Schornsteinfeger hat man irgendwie eine gewisse Affinität zu Schornsteinen.“

„Das war Ihr Versteck?“

„Ja, und bisher ist auch nicht die Rede darauf gekommen, wie es dort hingekommen ist. Marvin Schlüter hat der Polizei gesagt, dass sie es im Keller Ihres Onkels versteckt und dann bei der Räumung mit hierhergebracht haben.“ Sie wirkte plötzlich nachdenklich. „Ich frage mich, was passiert wäre, wenn die Jungs es hier gefunden hätten.“

„Sie meinen, die Geschichte wäre anders ausgegangen?“

Die Schornsteinfegerin schüttelte den Kopf. „Vielleicht nicht. Dann hätten sich die beiden vielleicht hier in Ihrer Garage gestritten. Offenbar war Marvin kurz davor, zur Polizei zu gehen.“

„Was auch nicht besonders gut gewesen wäre. Und was ist mit Lars Hanstedt passiert?“

„Heinz Schlüter sagt, es war ein Unfall. Die Jungs haben sich gestritten, Marvin hatte seinen Großvater vielleicht als Verstärkung dabei, und der hat ihn mit dem Gehstock geschlagen.“

„Du meine Güte. Und das alles für ein bisschen Geld.“

„Hunderttausend. Mehr als ein bisschen.“

Hajo betrachtete sie. „Ich muss mich bei Ihnen bedanken. Sie haben es offenbar geschafft, mich aus der Geschichte rauszuhalten."

Sie stützte sich auf dem Tisch ab und stand auf. „Ich habe mein Bestes getan, und ich hoffe, dass es unser Geheimnis bleibt. Und Kevins. Aber der hat heute nichts gesagt, obwohl der auch eins und eins zusammenzählen kann. Aber vielleicht können wir ihn gemeinsam dazu bewegen, den Mantel des Schweigens über dieses kleine Detail zu breiten. Offiziell wissen Sie nichts von dem Geld in Ihrer Garage."

„Danke, Frau Becker. Sie stehen in meiner Schuld."

„Ich komme gelegentlich darauf zurück. Jetzt muss ich erst mal zu Bett."

Hajo brachte sie zur Tür. „Und vielleicht können wir gelegentlich noch mal über das Projekt Energiewende sprechen."

Sie blieb in der Haustür stehen und wandte sich zu ihm um. „Gelegentlich."

Lena stieg in ihren Wagen und schickte Isabel eine kurze Nachricht. Wenn sie schnell war, konnte die Journalistin als Erste über die Aufklärung der Todesfälle berichten.